W0217097

LA LÉGION NEUVE

TOME 1 – LA MÉMOIRE DU SANG

© Slalom 2024

Slalom, un département d'Édi8
92, avenue de France, 75013 Paris
www.slalom-editions.fr
serviceclients@lisez.com
Correction : Marion Bello et Marie-Odile Mauchamp
Illustration de couverture : Léonard Dupond
Design de couverture : Nicolas Caminade
Carte : Germain Barthélémy
Composition : Facompo

Loi n° 49-956 du 16 juillet 1949 sur les publications destinées à la jeunesse,
modifiée par la loi n° 2011-525 du 17 mai 2011.
ISBN : 978-2-37554- 448-8
1re impression.
Achevé d'imprimer en août 2024
Dépôt légal : octobre 2024

ELLIE ARINY

LA LÉGION NEUVE

TOME 1 – LA MÉMOIRE DU SANG

Relecture sensible par Kanelle Valton,
spécialiste de l'histoire afro-américaine
et des questions raciales

Slalom

BREKKUR
OLTAI
CHAÎNE DES KYPRI
Pelythrae
DARYAN

Hvnir
DRANGAVIK
SETRI
BASALEA
Seuthrae
Ankacia
Dehso
SIMINT
THYRILLAI

Il est dit qu'à l'aube du cinquième jour, Odinkar Ragnarsson reçut le joyau des mains mêmes de Hlorun et qu'il le sertit dans la poignée de son épée qui s'illumina comme un soleil sur le champ de bataille.
Il est dit que dès lors, Odinkar Ragnarsson ne perdit plus un seul combat, car telle était la puissance d'un cadeau des dieux en cet âge où la magie coulait librement dans le monde des hommes.

Extrait de *Mythes et légendes brekkis : une tradition orale*,
compilation par Johan Goransson

Chapitre 1

An XV du règne de l'empereur Solis Vestinus Marcallas

Parfois, lorsqu'elle se retrouvait seule face à l'immensité de la vallée, Shanii songeait qu'il serait peut-être plus simple de livrer la région entière aux flammes. Au fond, ce n'était pas qu'elle avait *réellement* envie de voir Basaléa brûler. Malgré l'enfance difficile qu'elle y avait vécue, elle avait fini par s'attacher à ses prairies vallonnées, ses collines accidentées et son soleil impitoyable. Basaléa était tout ce qu'elle connaissait. Pourtant, ce désir lui traversait encore souvent l'esprit, comme un fantôme surgi de son passé qui refusait de la laisser vivre en paix.

— Je savais que je te trouverais ici ! s'exclama une voix dans son dos.

Le visage de la jeune femme s'éclaira d'un sourire. La légionnaire qui venait de la rejoindre était vêtue d'une tunique ocre lui arrivant aux genoux, de hautes sandales et d'un plastron de cuir au-dessus duquel scintillait son médaillon de capitaine. Kath.

— Tu perds la main, se moqua Shanii en haussant les sourcils. Ça fait bien une heure que je me demande quand tu vas apparaître.

— C'est que j'ai dû attendre mon petit déjeuner... Je leur avais ordonné de me trouver une perdrix. La chasse a traîné en longueur.

— Une perdrix, Kath ? Rien que ça ? Tu vas nous mettre en retard.

— À quoi me sert l'autorité si je ne peux pas me permettre un petit caprice de temps en temps ?

Shanii éclata de rire et se décala pour inviter la jeune femme à la rejoindre. Elle savait que cette histoire de gibier n'était qu'un prétexte ; Kath lui avait accordé ce sursis en connaissance de cause. La troupe aurait normalement dû se mettre en marche à l'aube pour entamer sa cinquième journée de voyage, mais c'était la dernière fois qu'ils verraient le soleil se lever sur les lacs. Dès le lendemain, l'escarpement des terres arides du sud de l'empire les priverait pour de bon de ce petit plaisir. Kath n'avait probablement eu aucun mal à deviner que son amie éprouverait des difficultés à dire au revoir au campement militaire dans lequel elles avaient toutes les deux grandi.

— Tu penses que les choses vont changer pendant notre absence ? demanda Shanii.

— À Seuthrae ?

— Hmm.

Les yeux de Kath tombèrent sur le sol et Shanii suivit son regard, remarquant avec étonnement qu'elle s'était saisie d'un caillou pour tracer des motifs dans la terre sèche sans même s'en rendre compte. C'était un symptôme de nervosité qui la poursuivait depuis l'enfance, mais Shanii n'était pas nerveuse. Non. Elle avait attendu sa première mission bien trop longtemps pour éprouver quelque chose d'aussi *stupide* que de la nervosité.

— Seuthrae n'a pas évolué depuis des générations, répondit Kath avec un sourire apaisant. Ce ne sont pas ces quelques semaines qui feront changer les choses. Tu verras, nous serons de retour si vite que tu ne demanderas qu'à repartir !

Shanii échangea un regard complice avec son amie avant de pouffer de rire devant l'absurdité de la situation. Elle avait passé tant de temps à s'imaginer voyager d'un bout à l'autre du continent pour contribuer à la gloire de Basaléa que la mélancolie qu'elle ressentait en cet instant était tout bonnement ridicule. Elle s'était entraînée des années en vue de ce jour précis. Tout ce qu'elle souhaitait était de prouver sa valeur à l'homme qui avait fait d'elle ce qu'elle était, Luceo Clemens. Le commandant de la Légion Neuve.

Le rire des jeunes femmes s'étouffa quand la lumière du jour naissant se tordit pour révéler un rideau irisé d'orange, de vert et de jaune qui embrasa l'horizon. Les couleurs nacrées dansèrent dans le ciel bleu pendant de longues secondes, déclenchant une symphonie de piaillements et de battements d'ailes lorsque tous les oiseaux des environs prirent leur envol au même moment. Une aube ardente. C'était la deuxième ce mois-ci. Lorsque Shanii était arrivée à Seuthrae, c'est à peine s'il y en avait trois ou quatre par an.

— Elle est énorme ! souffla Shanii en pressant les mains contre ses oreilles pour se protéger du bourdonnement qui accompagnait chaque fois le phénomène.

Assise tout près d'elle, Kath avait une main sur le cœur. Son visage serein était tourné vers l'est et ses lèvres bougeaient au rythme de mots silencieux.

— Je n'arriverai jamais à comprendre comment tu réussis à prier avec tout ce tapage, lança encore la jeune légionnaire en posant la tête sur l'épaule de son amie.

— Le vacarme n'est une distraction que si tu essaies sciemment de l'ignorer. Pour moi, ce bruit est tout simplement la mélodie des aubes ardentes. Je ne cherche pas à les dissocier.

— Tu me dis ça à chaque fois, et pourtant... Tu ne t'es jamais demandé d'où elles viennent ?

— Les aubes ardentes ?

— Oui... Penses-tu qu'on les verra toujours après avoir quitté Basaléa ?

— J'imagine qu'on les voit d'un bout à l'autre du continent. Ce phénomène est tout ce qu'il reste de la magie que les dieux ont offerte aux hommes... Les frontières ne signifient rien pour les dieux.

— Si Clemens t'entendait, il t'enverrait à l'isoloir.

— Parce que tu comptes le lui répéter, peut-être ? rétorqua Kath avec une grimace. Laisse-moi prier, maintenant. Ce n'est pas parce que tu refuses de croire aux anciennes légendes que c'est mon cas aussi.

Shanii acquiesça et se redressa pour étudier son amie en souriant. Côte à côte, les deux légionnaires ne se ressemblaient pas. Shanii avait la peau brune et une masse incontrôlable de cheveux frisés, tandis que Kath, qui la dépassait d'une tête, avait le teint albâtre et le regard glacial des gens du Nord. L'une était née à Simint, l'autre à Brekkur, et toutes deux auraient dû passer leur vie entière dans l'ignorance l'une de l'autre. C'était l'empire de Basaléa qui les avait réunies. Basaléa, qui avait donné un but à leur existence.

Une mission.

Shanii n'avait jamais aimé les cours d'histoire qu'on leur infligeait quotidiennement à Seuthrae, mais elle les avait tant écoutés qu'elle aurait pu aujourd'hui en réciter le contenu les yeux fermés. Le traité de paix signé à la fin de la Longue Guerre qui avait mis un terme à un conflit séculaire. Les règles strictes appliquées par Basaléa après sa victoire pour empêcher un retour au chaos. La Légion Neuve. Elle aurait été capable de nommer tous les souverains qui avaient signé le pacte autorisant les soldats impériaux à emmener des enfants à Seuthrae pour les former aux métiers des armes une fois tous les dix ans.

Comme ils l'avaient fait avec elle.

— Capitaine !

Les deux jeunes femmes sursautèrent en entendant une voix masculine percer la cacophonie déclinante de l'aube ardente.

— Barsheen ? appela Shanii. Que se passe-t-il ?

— Quelqu'un a lancé une offensive contre le campement !

Les deux légionnaires bondirent d'un même mouvement, tous les sens aux aguets. À présent que l'aube avait repris ses couleurs habituelles et que le bourdonnement prenait fin, le vacarme de la nature avait été remplacé par une autre forme de chaos. L'écho de cris lointains. Le fracas du métal contre le métal. Une attaque ?

Enfin, le jeune homme qui les avait appelées surgit sur le sentier. Âgé de seize ans – un an de moins que Shanii –, Barsheen avait une carrure impressionnante, de longs cheveux bruns rassemblés en une tresse souple dans son dos et des yeux taupe qui ressortaient sur sa peau mate. Le bas de son visage anguleux et ses bras, comme ceux des autres légionnaires nés à Daryan, étaient recouverts d'un entrelacs de lignes noires qui se courbaient et se croisaient dans une logique qu'il avait toujours refusé d'expliquer à quiconque.

— Au rapport ! ordonna Kath en se précipitant vers le nouvel arrivant.

— Des dizaines de soldats ont surgi des bois alors que nous tentions de calmer les chevaux. L'aube ardente les a...

— Des *soldats* ? l'interrompit Shanii, la main déjà crispée sur la poignée de son glaive. Des rebelles ? Ici ? Si près de Seuthrae ?!

— Je ne pense pas, répondit aussitôt Barsheen. Ils portaient l'uniforme de la Légion Neuve. Je crois qu'il s'agit du Quatrième Contingent. Je... J'ai vu Saemund.

Les deux jeunes femmes échangèrent un regard interloqué. Depuis sa création, soixante ans plus tôt, chaque campagne de recrutement de la Légion Neuve donnait naissance à un contingent de mille soldats qui grandissaient ensemble depuis leur plus jeune âge et fonctionnaient comme une unité indépendante. Shanii et les autres faisaient partie du Cinquième Contingent. Saemund était le capitaine du quatrième. Ces différentes coalitions étaient bien entendu capables de travailler main dans la main lorsque le besoin s'en faisait sentir, mais leurs instructeurs les encourageaient le plus souvent à la compétition. Et si le Quatrième Contingent était en train de les attaquer, cela ne pouvait signifier qu'une seule chose.

— Clemens les a chargés de dérober nos oriflammes ! s'exclama Kath. Dépêchons-nous !

— Il nous mettrait à l'épreuve ? Maintenant ? protesta Shanii tandis que leur groupe s'enfonçait parmi les arbres. Nous ne sommes pas en entraînement !

— Quel meilleur moment pour vérifier que nous restons bien sur nos gardes ? Nous nous attendons à des pièges en entraînement. Alors qu'ici...

— Nous sommes plus vulnérables parce que notre esprit est focalisé sur notre objectif ?

— Exactement !

— Tu penses vraiment qu'il en est capable ?

— Tu connais Clemens, Shanii, il est capable de tout.

Les trois légionnaires émergèrent dans la clairière où leur troupe avait passé la nuit pour découvrir un chaos sans nom. Leurs forces étaient de loin supérieures à celles de leurs assaillants, mais ces derniers avaient tiré parti de l'aube ardente pour les attaquer au moment où leur attention était accaparée par les animaux paniqués.

Une stratégie intelligente, bien que bancale. Personne ne pouvait prévoir le phénomène, ce qui signifiait que l'ordre avait été une décision spontanée. Les légionnaires n'avaient pas eu le temps de se concerter, ni même de s'organiser efficacement pour un affrontement aussi disproportionné. Les soldats de Kath ne tarderaient pas à reprendre le contrôle.

Si cela avait été une véritable bataille, Saemund aurait perdu.

Malheureusement pour Shanii et ses compagnons, ce n'était *pas* une véritable bataille.

— Ils ont déjà pris possession du coffre ! s'exclama Barsheen avec un cri de rage. Saemund est en train d'en tirer les drapeaux...

Shanii suivit son regard en serrant les poings. Chaque contingent en déplacement se devait d'emporter des oriflammes aux couleurs de la Légion Neuve afin de les déployer lorsqu'il arrivait en ville. Cela faisait des années que Clemens utilisait ces bannières comme trophées pour leur enseigner la stratégie militaire.

— Pas de temps à perdre ! cria-t-elle en poussant Barsheen vers les combats. Va chercher Sokha et les autres. L'attaque est une diversion. Nous devons les empêcher de disparaître dans la forêt avec nos oriflammes !

Le légionnaire acquiesça sans hésiter. Shanii n'était peut-être pas capitaine, mais elle était sa seconde et ses ordres étaient tout aussi respectés que ceux de Kath.

Leur apparition soudaine dans le campement attira l'attention de plusieurs soldats du Quatrième Contingent qui se dressèrent sur leur route pour laisser à leur capitaine le temps de fuir.

— Saemund ! rugit Shanii d'une voix furieuse en le voyant tourner les talons vers la forêt.

L'un des légionnaires se jeta sur elle lorsqu'elle essaya de le dépasser en courant, la faisant basculer dans les fourrés. Habituée à ce genre de manœuvre, la jeune femme trancha l'air de son poing.

— Espèce de... s'exclama son agresseur lorsque le poing entra en contact avec sa mâchoire.

Profitant de son mouvement de recul, Shanii replia les jambes et roula sur le sol afin de se donner de la place pour se relever. Son adversaire était âgé d'un peu moins de trente ans, comme les autres membres du Quatrième Contingent. Les tatouages sombres qui dépassaient du col de sa tunique lui rappelèrent Barsheen, indiquant qu'il venait de Daryan.

Avec un sourire triomphant – elle avait trouvé les cinq derniers jours particulièrement ennuyeux –, Shanii bloqua une nouvelle volée de coups en levant les bras et contourna le Daryani afin de pouvoir sauter sur son flanc. La rencontre de leurs deux corps fut brutale, mais Shanii ne se laissa pas déstabiliser. Elle enchaîna coups de poing et coups de pied pour le forcer au sol, puis elle bondit sur ses jambes afin de reprendre sa course vers les arbres.

Ce fut un projectile qui l'arrêta finalement. Un projectile lourd et acéré qui s'abattit sur son épaule et la fit trébucher près d'un énorme tronc.

— J'en ai pas fini avec toi, menaça le légionnaire en la rattrapant en deux foulées, le poing resserré autour d'un second caillou.

— Je suppose que je ne peux pas te convaincre de regarder là-bas quelques instants ? fit-elle en grimaçant de douleur lorsqu'il la souleva par le col.

— Tu peux toujours rêver.

— Écoute, on peut certainement parvenir à une sorte d'arrangement. Tu tournes tranquillement la tête et moi je...

Lorsqu'il leva le poing, Shanii changea précipitamment de tactique et planta ses pieds dans le sol afin d'avoir la force d'envoyer son front contre le nez de son adversaire. Son geste fut récompensé par un craquement terrible, et l'homme la laissa tomber. Tendant le bras vers lui, elle l'entraîna dans sa chute tout en fouillant sa ceinture à la recherche de la dague qu'elle n'avait pas encore osé tirer.

— Arrêtez !

La voix caverneuse de Saemund interrompit les deux combattants en pleine empoignade. Relevant la tête, Shanii aperçut le capitaine du Quatrième Contingent à quelques pas d'elle, une arbalète brandie dans sa direction. La pointe métallique du carreau luisait faiblement dans la pénombre. Proche. Beaucoup trop proche. La jeune femme serra les dents en silence. Elle n'appréciait pas d'être tenue en joue.

— Tu fais moins la maligne, maintenant, se moqua Saemund.

Né à Brekkur, comme Kath, le capitaine du Quatrième Contingent avait des cheveux blonds coupés court sur un front fuyant et une barbe qui lui mangeait la partie inférieure du visage. Ses lèvres étaient étirées en un sourire malsain.

C'en était trop pour Shanii, qui tira son poignard pour se jeter sur le Daryani dont elle ne connaissait pas encore le nom. Saemund poussa un cri de surprise devant son geste brusque et le carreau de l'arbalète alla se planter dans le sol, là où la jeune femme s'était trouvée un instant plus tôt. Le capitaine du Quatrième Contingent observa la flèche pendant une seconde, interdit, avant de s'empresser d'en extraire une deuxième du carquois attaché à sa ceinture. Le temps pour lui de recharger son arme, Shanii avait pris le dessus sur son coéquipier et se tenait désormais juste derrière lui, le poignard bien en évidence sur sa gorge.

— Laisse tomber, Saemund, ou ton copain risque de ne pas apprécier ce que j'ai en tête. Ça me plairait plus de m'exercer sur toi, mais je ferai avec ce que j'ai sous la main, tu sais.

— Tu n'en feras rien.

— Je croyais que tu ne ferais rien non plus, avant que tu ne commences à me tirer dessus !

Son prisonnier s'agita entre ses bras afin de se dégager de son étreinte, mais Shanii banda ses muscles pour raffermir son emprise. Le fil de sa lame s'enfonça plus profondément dans son cou, sans pour autant entailler la peau.

— On ne se connaît même pas, murmura la jeune femme à son oreille avec un sourire impitoyable. Moi, c'est Shanii, et toi ?

— Zeyar.

— Ravie de faire ta connaissance, Zeyar. Tu m'excuseras, je suis un peu moins entreprenante d'habitude.

Le tremblement du légionnaire évoquait plus un rire qu'autre chose désormais. Shanii décida de le voir comme un bon présage. Même les soldats de cet idiot de Saemund finissaient par prendre parti contre lui. Bien sûr, il était toujours possible que Zeyar soit en train de se moquer d'*elle*, mais elle préférait de loin sa première hypothèse.

— Maintenant que nous sommes tous copains, déclara-t-elle en relevant la tête vers Saemund qui observait la scène d'un air furieux, et si tu me rendais les oriflammes ?

— Hors de question.

— Dépose ton arbalète, alors, reprit Shanii. Tu ne veux pas *vraiment* me faire du mal, n'est-ce pas ?

Pendant quelques battements de cœur, personne ne bougea. Le temps s'était comme arrêté, et c'était à peine si l'on entendait le bruissement du vent dans les feuilles. Le capitaine du Quatrième Contingent la dévisageait d'un air outré, les doigts triturant continuellement la détente de son arbalète.

— Rappelle-toi… ajouta-t-elle encore.

Elle n'eut pas le temps de terminer sa phrase qu'une silhouette bondit des arbres et fondit sur Saemund avec violence.

— Sokha ! s'écria Shanii en voyant le carreau de l'arbalète manquer de peu son ami. Idiot !

Les deux combattants roulèrent au sol dans un chaos de bras et de jambes avant de s'immobiliser dans l'herbe rase. Avec un cri de frustration, Shanii délaissa son prisonnier pour aider Sokha à se relever. Des éclats de voix dans son dos lui indiquèrent que Kath et une partie du Cinquième Contingent venaient de les rejoindre. Lorsqu'elle tourna la tête vers Saemund, cependant, ce fut pour le voir disparaître entre les arbres avec Zeyar.

— Idiot ! répéta-t-elle en bousculant Sokha. J'avais presque gagné !

— Presque gagné ? s'étouffa le jeune homme d'un ton incrédule. Il allait te *tirer* dessus, Shanii.

— Il ne l'aurait pas fait.

— Et comment peux-tu en être si sûre ?

— Il ne…

— Assez.

Les deux compagnons tournèrent la tête vers Kath, dont l'expression témoignait d'une irritation grandissante.

— Rentrons au camp.

— Je peux les rattraper, Kath, protesta Sokha en se relevant. Ils ne me verront pas arriver.

Originaire de Qecia, Sokha était leur espion pour une bonne raison : lorsqu'il souhaitait ne pas être remarqué, on oubliait aussitôt sa présence. De taille moyenne, fin et élancé, il avait des cheveux sombres coupés très court et des yeux noisette tirant sur le vert au milieu d'un visage à la peau mate. Son nez droit et ses lèvres pincées lui donnaient un air strict, mais cela, Shanii n'en était sûre que parce qu'elle était en train de le contempler. Il y avait quelque chose de fascinant chez ce jeune homme dont les traits se brouillaient dans votre mémoire dès que vous le quittiez du regard.

— Inutile, rétorqua leur capitaine en balayant la remarque de Sokha. Ils ont probablement déjà atteint leurs montures. Nous allons avoir besoin de chevaux.

— Tu veux les poursuivre ? questionna Shanii avec étonnement.

— Je vais montrer à Saemund ce qui se passe quand il se frotte au Cinquième Contingent !

À ces mots, Shanii sentit un sourire se dessiner sur ses lèvres. Elle choisissait sans hésiter un bon combat plutôt que cet interminable voyage vers le sud.

Particulièrement lorsque son adversaire était quelqu'un qu'elle haïssait autant que Saemund.

Chapitre 2

An XV du règne de l'empereur Solis Vestinus Marcallas

Les légionnaires de l'armée basaléenne étaient les mieux entraînés du continent. Dans un mauvais jour, ils pouvaient marcher une dizaine d'heures sans se plaindre. Ils transportaient avec eux une quantité considérable d'équipement sans la moindre difficulté. Et lorsqu'on leur confiait des chevaux, ils avalaient les lieues à une vitesse phénoménale.

— Saemund a pris plus d'avance que je ne le pensais, souffla Kath en tirant les rênes de sa monture pour la faire ralentir.

De l'autre côté des bois, le paysage accidenté des Kypris commençait à s'adoucir pour se couler en vastes champs dorés, séparés par des fermes et des rangées d'oliviers plantés avec une régularité méticuleuse. La poussière dégagée par la troupe de Saemund était visible même à cette distance.

— C'est parce qu'il ne ménage pas ses chevaux, répondit Shanii. Ils tomberont bientôt de fatigue. Tant que nous ne perdons pas sa piste, nous pouvons le rattraper.

— Peut-être. Mais il nous éloigne du Sud.

Les deux jeunes femmes avaient quitté Seuthrae pour superviser le recrutement de la prochaine génération de légionnaires dans le Sud, l'une à Simint et l'autre à Daryan. Une mission au caractère essentiel, bien plus importante que le jeu puéril auquel s'était livré Saemund. Pourtant, Shanii comprenait l'hésitation de Kath. Clemens serait furieux d'apprendre qu'elles avaient dévié de l'itinéraire qu'il avait décidé pour elles afin de poursuivre le Quatrième Contingent dans sa course folle vers l'ouest. Mais il serait également déçu d'apprendre qu'elles avaient perdu les oriflammes de la Légion Neuve dès leur première expédition.

Il n'y avait aucun moyen de sortir victorieux de ce dilemme.

Saemund allait le payer.

— Que vas-tu faire ?

L'expression sur le visage de Kath avait quelque chose d'indéfinissable, un mélange d'anticipation et d'inquiétude. Ses yeux perçants étaient tournés vers le sud, mais Shanii aurait été bien en peine de dire si elle souhaitait s'y rendre au plus vite ou si, au contraire, elle aurait préféré ne jamais avoir à y mettre les pieds.

— Capitaine ! les interrompit une voix hautaine. Allons-nous nous arrêter ici ?

Orrin était le soldat le plus jeune de leur troupe, ainsi que l'unique Basaléen. Destiné à une grande carrière d'officier, il était en train de parfaire son apprentissage auprès de capitaines en mission. Seule la malchance l'avait assigné à la Légion Neuve, dont le statut était, malgré les efforts de leur commandant, bien inférieur à celui des autres légions de l'armée impériale.

— Non, décida Kath. Laissons les chevaux se reposer quelques instants et nous repartirons. Nous ne pouvons pas nous permettre de perdre davantage de temps si nous voulons rattraper Saemund. Ce n'est pas ce que Clemens nous a demandé, mais...

— Le *commandant* Clemens, la corrigea Orrin avant de se mordre la lèvre.

— Le commandant Clemens, oui. N'oublie pas que je suis ton capitaine, Orrin.

Le garçon détourna précipitamment le regard et ses cheveux roux tombèrent sur son front. Shanii ne pouvait s'empêcher de songer qu'il ressemblait à une fleur, avec ses traits délicats et ses yeux d'un vert tendre. Mais Kath était la preuve qu'un beau visage pouvait dissimuler un combattant hors pair, aussi ne laissait-elle pas cette apparence affecter la façon dont elle le traitait. Orrin avait besoin de s'endurcir s'il souhaitait devenir officier un jour.

Amusée par la déconfiture du jeune Basaléen, Shanii sauta de sa monture pour rejoindre le reste de ses compagnons. Sokha était en pleine discussion avec un légionnaire qui répondait au nom de Viseh et derrière eux Barsheen était en train de se quereller avec sa sœur jumelle, une mélodie aussi familière qu'une berceuse pour leur contingent. Les jumeaux passaient leur temps à se disputer. Mais que quelqu'un ose s'approcher de l'un d'eux et l'autre sortait immédiatement les griffes. C'était ainsi depuis le jour où ils étaient entrés dans la vie de Shanii.

— Tout va bien ? demanda la jeune femme en s'arrêtant devant eux.

— Nara essaie de m'apprendre comment je dois me battre, expliqua Barsheen avec une grimace.

— Je disais simplement que tu avais peut-être un peu trop délaissé les entraînements, ces derniers temps, c'est tout.

— Parce que tu te lèves encore aux aurores pour faire des tours de terrain, peut-être ?

La sœur de Barsheen haussa les sourcils d'un air faussement choqué, et les traits de Shanii se détendirent malgré elle. Avec son regard espiègle et son sourire communicatif, Naramsina avait cet effet-là sur les gens. C'était sa bonne humeur qui leur avait permis de ne pas perdre l'esprit au cours des heures les plus sombres de leur jeunesse.

— Et toi ? demanda Nara en faisant la grimace. Pas trop secouée ? On dirait que tu as pris un sale coup sur le front.

— Je n'aimerais pas voir la tête du type qui lui a fait ça, lança son frère en passant un bras autour des épaules de Shanii.

— Tu n'aurais pas été déçu, je pense. Zeyar, ça te dit quelque chose ?

— Grand, effrayant et rancunier ?

Shanii éclata de rire et emboîta le pas aux deux légionnaires qui dirigeaient leurs chevaux vers la rivière. Elle vivait à leurs côtés depuis si longtemps qu'elle avait entièrement oublié sa vie d'avant. Kath, Sokha et les autres étaient sa véritable famille. Ils étaient son pays. Le seul dont elle avait besoin, en tout cas.

La jeune femme savait qu'elle était née dans la tribu des Daoras, l'un des huit clans qui se partageaient le territoire de Simint au sud de l'empire. Elle l'avait lu dans le registre de Seuthrae. Mais il ne lui restait aucun souvenir de l'endroit qui l'avait vue naître, ou des parents qu'elle avait pu avoir, excepté peut-être de vagues images de verdure et les motifs fleuris qu'elle se mettait à dessiner lorsqu'elle n'y prêtait pas attention. À vrai dire, peu lui importait. Elle ne souhaitait pas en connaître davantage sur ces gens qui avaient accepté de l'abandonner.

Au cours des années qui avaient suivi la fin de la Longue Guerre, chaque nation avait développé ses traditions autour de la sélection des enfants qui devraient partir à Seuthrae pour devenir légionnaires.

Brekkur était réputé pour sa loterie, Daryan pour ses accords avec les caravanes bordant la frontière. À Simint, les conscrits étaient le plus souvent désignés par leur famille et rassemblés à Thyrillai, la capitale, avant même l'arrivée du contingent responsable du recrutement.

Lorsque Shanii avait appris ce détail au cours de ses leçons quotidiennes, sa propre rancœur avait menacé de l'étouffer. Depuis, elle avait tout simplement décidé de ne plus songer à eux.

Sa famille n'était pas là-bas. Elle était ici.

Leur groupe se remit en marche après une courte pause, filant à travers les champs à la vitesse de l'éclair. Shanii et Kath chevauchaient avec un peu d'avance afin de s'assurer que leur route ne les conduirait pas à proximité d'une agglomération : les habitants de ces régions auraient certainement vu d'un mauvais œil un bataillon de soldats faire irruption sur leur seuil. En particulier des soldats de la Légion Neuve.

Aux alentours de Seuthrae, les villages étaient habitués à traiter avec eux. Personne ne sourcillait lorsque Barsheen ou Sokha se présentait dans une exploitation agricole pour confirmer les livraisons mensuelles. Ici, les choses étaient différentes. Shanii se sentait observée, étudiée d'une manière qu'elle n'avait jamais éprouvée auparavant.

Secouant la tête pour se débarrasser de cette impression désagréable, elle talonna les flancs de sa monture pour la presser. Saemund avait pris une avance considérable ; chaque seconde comptait.

Alors qu'elles approchaient d'un coteau parsemé d'oliviers, le cheval de Shanii se cabra brusquement sous elle, manquant de peu de la faire basculer.

— Shanii ! s'exclama Kath en faisant immédiatement demi-tour. Est-ce que ça va ?

— Je crois qu'il a peur de quelque chose.

Il ne fallut que quelques instants aux jeunes femmes pour découvrir ce qui avait effrayé l'animal : de l'autre côté de la colline, un épais nuage noir commençait à s'élever vers le ciel.

— Un piège de Saemund ? s'étonna Kath en fronçant les sourcils.

— Saemund est peut-être stupide, mais il n'est pas irréfléchi au point de déclencher un incendie dans le seul but de nous ralentir. Clemens ne lui pardonnerait jamais un tel acte.

— Tu as raison. Allons voir ce qu'il en est.

Chaque distraction offrait à leur cible une meilleure chance de disparaître avec les oriflammes, mais Shanii savait qu'elles n'avaient pas le choix. Elles étaient des soldats. Elles ne pouvaient pas continuer leur chemin sans inspecter les lieux.

Dressée dans ses étriers, elle fit signe au reste de la troupe de la suivre et s'engagea le long de la butte. À chaque foulée de l'animal, l'odeur de brûlé devenait plus intense. Il n'était pas anormal pour les paysans de ces régions de mettre le feu aux champs en jachère afin de purifier le sol, mais si l'on en croyait le tumulte qui parvenait désormais à ses oreilles, il se passait quelque chose d'autrement plus grave.

Une fois au sommet de la butte, les jeunes femmes se figèrent, frappées de stupeur. Face à elles se trouvait un hameau dont le plus gros bâtiment, une auberge située en périphérie du bourg, avait été dévoré par les flammes. Le feu était en cet instant même en train de se répandre aux autres maisons, et tout autour du village, les habitants tentaient vainement de se défendre contre un groupe de bandits armés jusqu'aux dents.

— Que... Qui sont-ils ? souffla Shanii d'une voix étranglée.

— Nous aurons le temps pour les questions plus tard, rétorqua Kath. Ils ont besoin d'aide.

Les deux amies échangèrent un regard lourd de sens. Malgré toutes les années qu'elles avaient passées à s'entraîner ensemble, c'était la première fois qu'elles se retrouvaient sur un véritable champ de bataille. La première fois que le commandant Clemens n'était pas à leurs côtés pour leur offrir ses conseils. La première fois qu'une erreur de jugement pouvait se révéler fatale.

— Shanii ? insista Kath.

— Je te suis.

Un sourire complice éclaira brièvement les lèvres de la capitaine du Cinquième Contingent, qui leva aussitôt le bras pour appeler le reste de la troupe à l'aide avant de lancer son cheval au galop. La Légion Neuve avait été créée pour préserver la paix. Sa mission impliquait également la protection des habitants de l'empire.

Prenant le dessus sur ses émotions, l'esprit analytique de Shanii étudia le village, à la recherche d'un moyen de différencier les brigands de leurs victimes. La jeune femme tira ensuite son glaive pour faucher l'un des assaillants du haut de sa monture. Elle nota du coin de l'œil que Barsheen et Naramsina s'étaient saisis de leurs arcs et abattaient leurs ennemis l'un après l'autre. Elle vit Kath, fonçant au cœur des combats en poussant un cri. Puis son cheval se cabra dans un sursaut de panique face à un homme armé d'une torche.

La chute fut douloureuse, d'autant plus qu'elle n'était pas encore remise de l'escarmouche dans la forêt, mais il en aurait fallu beaucoup plus pour l'arrêter. Roulant sur elle-même, elle raffermit sa prise sur son épée avant de se redresser d'un bond et de se camper sur ses jambes. Le bandit n'était qu'à quelques pas d'elle à présent. Il était vêtu d'une longue tunique, de gants de cuir et d'une capuche qui avait glissé sur sa tête, dévoilant une peau sombre semblable à la sienne. Ce détail attira l'attention de Shanii pendant une fraction de seconde, mais la jeune femme s'empressa de le mettre de côté. Kath avait raison : il serait toujours temps de déterminer leur identité plus tard. Tout ce qu'elle avait besoin de savoir, en cet instant, était que l'homme était en train de la menacer, et que si seul l'un d'entre eux devait survivre, ce serait elle.

Shanii fondit sur lui. Le brigand para sa première offensive, puis la deuxième, avant de répliquer par un coup dont la violence fit trembler le bras de la jeune femme. Mais c'était loin d'être la première fois qu'elle se battait contre quelqu'un de plus fort qu'elle. Les lèvres pincées par l'effort, elle accrut la pression de son arme puis elle s'écarta d'un bond agile.

Porté par son élan, son adversaire tituba pendant quelques secondes afin de retrouver son équilibre. Ce fut un instant de distraction suffisant pour Shanii, qui en profita pour plonger sa lame dans son ventre.

L'homme s'effondra dans un râle. Apercevant une ombre qui se ruait vers la sienne sur le sol trempé de sang, Shanii pivota sur ses talons d'un geste brusque. Mais le nouvel assaillant trébucha avant même de l'atteindre, le visage déformé par un rictus de douleur. De son dos dépassait l'empennage rouge d'une flèche et derrière lui, Naramsina abaissait son arc avec un regard déterminé. Shanii reporta aussitôt son attention sur la bataille qui était en train de s'achever. Effrayés par l'arrivée subite de renforts armés, les brigands avaient pour la plupart pris l'option de la fuite.

Au lieu de les pourchasser, les deux jeunes femmes firent quelques pas vers Viseh.

— Tout va bien ? s'enquit le légionnaire en écartant les longues mèches de cheveux collées à son front par la sueur.

— Oui, rien de grave.

— Ils venaient de Simint, n'est-ce pas ? demanda Nara en fronçant les sourcils. Que faisaient-ils si loin de chez eux ?

Shanii n'avait pas de réponse à cette question. Il ne faisait aucun doute que ces brigands étaient originaires de Simint. Mais leur présence à l'intérieur des terres n'avait pas le moindre sens. La circulation des populations s'était vue fortement réduite après la guerre. Les rares caravanes marchandes encore autorisées à traverser la frontière ne pouvaient voyager que jusqu'à Ankacia, la ville fortifiée au bord du fleuve Emné. Un trajet de plusieurs jours vers le sud. De plus, il était évident que ces individus n'étaient pas des marchands.

Avisant Barsheen qui courait vers eux, Shanii fit un signe de la main.

— Barsheen ! Tu en dis quoi ? De simples voleurs ou bien...

Quelque chose dans l'expression du jeune homme l'empêcha de préciser sa pensée. Un frisson remonta le long de sa nuque et ses doigts se mirent à trembler de façon incontrôlée, comme si son esprit avait deviné qu'il était porteur d'une terrible nouvelle.

— Que se passe-t-il ? demanda-t-elle.

— C'est Kath.

Chapitre 3

An IV du règne de l'empereur Solis Vestinus Marcallas

Kath détestait par-dessus tout la bouillie d'épeautre qu'on leur servait matin et soir à la cantine de la Légion Neuve. La petite fille n'avait qu'à s'approcher de l'énorme marmite dans laquelle elle devait plonger son bol pour être secouée de nausées. Comme pour mieux la torturer, son esprit choisissait toujours cet instant pour lui rappeler les brioches dorées que sa grand-mère laissait cuire dans les cendres de leur gigantesque cheminée. Leur texture croustillante ou la sensation de chaleur entre ses doigts. Pourtant, même dans ses rêveries, sa mémoire lui refusait obstinément le souvenir de leur goût sucré. Il n'y avait plus rien d'autre que la bouillie d'épeautre, désormais.

Cela faisait une semaine à peine que Kath était arrivée à Seuthrae, mais elle se languissait déjà terriblement de son village de Hvnir. Des côtes déchiquetées par le passage des glaciers et du vent salé qui vous rafraîchissait en plein cœur de l'été. Elle aurait donné tout ce qu'elle possédait pour pouvoir repartir chez elle. L'ennui était qu'elle ne possédait plus rien.

— C'est toi, Kathild ? siffla une voix fluette qui tira la petite fille de ses réflexions à propos de Hvnir et des brioches dorées auxquelles elle ne goûterait probablement plus jamais.

— Kath, répondit-elle par réflexe.

Elle baissa les yeux pour découvrir une gamine d'une demi-douzaine d'années qui la dévisageait avec curiosité. Sa peau était de la couleur du bois d'acajou et ses lèvres d'un brun sombre, relevées sur des dents d'un blanc éclatant. Après l'avoir observée des pieds à la tête, la fillette renifla d'un air peu convaincu.

— T'es vieille.

— Quoi ?

— Tu viens d'arriver, non ? Pourquoi t'es vieille ?

— J'ai neuf ans ! rétorqua Kath en croisant les bras. Je suis pas vieille.

— Les nouveaux ont toujours cinq ou six ans, insista l'autre, soupçonneuse. Si t'as neuf ans, tu *es* vieille.

Par certains côtés, la gamine n'avait pas tort. Comme tous les enfants, Kath savait que les recrues confiées à la Légion Neuve par les cinq nations vassales étaient très jeunes – une mesure nécessaire pour les façonner à l'image des légionnaires basaléens. Malgré les aménagements qu'avait connus Brekkur au fil du temps, neuf ans restait un âge avancé pour faire ses premiers pas dans la Légion Neuve.

La vérité était que Kath n'aurait jamais dû faire partie du tribut reversé à Basaléa. Lorsque l'heure de la Grande Loterie était arrivée, la guilde de Hvnir n'avait pas réussi à remplir ses quotas et s'était vue forcée d'élargir son champ de recherche. Pour le plus grand malheur de la petite fille et de sa famille.

— Moi, c'est Shanii, reprit la gamine en faisant sursauter Kath, qui avait presque oublié sa présence. C'est moi qui commande ici.

— Si ça te fait plaisir...

— Je plaisante pas !

Kath quitta la table en haussant les épaules, mais la fillette se jeta sur elle pour l'empêcher de partir. Une douleur aiguë explosa entre ses tympans lorsque sa tête heurta la terre battue. Se sachant en position de faiblesse, elle croisa les bras pour protéger son visage pendant que son adversaire tentait de percer ses défenses à coups de poing. Comment une fillette aussi menue pouvait-elle posséder une telle force ?

L'assaut prit fin après quelques secondes, et Kath se redressa en clignant des yeux. Luceo Clemens, le commandant de toute leur légion, se tenait désormais devant elle avec son air sévère et une Shanii gesticulante au bout du bras. Âgé d'une quarantaine d'années, l'homme avait de courts cheveux châtains et le regard aussi perçant qu'un aigle.

— Combien de fois, demanda-t-il d'une voix grave, devra-t-on vous répéter qu'il est interdit de se battre en dehors des terrains d'entraînement ?

Kath avala nerveusement sa salive. Le commandant Clemens était la personne la plus gradée à Seuthrae, et sa réputation le précédait où qu'il aille. On disait qu'il se mettait rarement en colère, mais que lorsqu'il le faisait sa rage était telle qu'elle pouvait déplacer des montagnes. On murmurait qu'il pouvait lire dans votre esprit et savoir ce que vous alliez dire avant que vous ne songiez à le faire. On racontait même que les légionnaires qui l'avaient poussé à bout entraient dans ses quartiers et qu'on n'entendait plus jamais parler d'eux.

— C'est elle qui a commencé ! couina Shanii.

— Menteuse ! riposta aussitôt Kath, qui ne voulait pas être la seule à être paralysée par la peur devant la silhouette gigantesque du commandant.

— Peu m'importe qui a commencé. Vous allez arrêter, c'est compris ?

— Mais...

— Maintenant.

— Oui, commandant, répondirent les petites filles en chœur avant de se séparer sur un regard qui ne pouvait signifier qu'une seule chose.

La bataille ne faisait que commencer.

Un an. Cela faisait un an que Kath vivait dans cet endroit infernal. Un an qu'elle subissait les humiliations de ses professeurs et de ses camarades, qu'elle apprenait à rendre les coups au centuple et qu'elle s'éloignait chaque jour un peu plus de l'enfant qu'elle avait été. Ironiquement, elle avait fini par devenir l'une des élèves les plus douées de leur contingent. Elle courait plus vite, lançait plus loin et frappait plus fort que tous ses adversaires.

Il lui arrivait parfois même d'oublier qu'elle avait grandi près de la mer, dans une maison où son père sculptait des œuvres d'art qui débordaient de son atelier pour encombrer toutes les pièces de leur foyer. Elle sentait son passé lui filer entre les doigts et cette idée la terrifiait plus que tout. Alors, au crépuscule, elle se réfugiait sur sa paillasse pour prier, pour se rappeler les soirées passées à regarder le soleil se coucher en dégustant les brioches de sa grand-mère avec ses parents. Sauf au plus profond de l'hiver, quand la neige les coupait du reste du monde pendant des semaines et qu'ils se tassaient dans l'abri aménagé au-dessus de leur cheminée afin d'écouter leur aïeule conter des légendes d'antan.

Peut-être était-il déjà trop tard pour elle ; les dieux de Brekkur avaient-ils le moindre pouvoir si loin de leur foyer ? Elle n'en savait rien, mais cela ne l'empêchait pas d'essayer. Les yeux fermés, elle répétait leurs noms un à un et tentait de se persuader, pendant quelques précieuses minutes, qu'elle était de retour chez elle, auprès d'une famille qui l'aimait plus que tout.

Ses parents avaient été des artisans dont la renommée s'étendait loin au-delà des frontières de leur village. Si elle n'avait pas été forcée de les quitter pour rejoindre la Légion Neuve, Kath aurait sans doute très bientôt commencé son apprentissage. Elle se demandait souvent quelle aurait été sa spécialité. La peinture ? Le dessin ? La couture ? Il y avait quelqu'un dans le village de Hvnir qui était si doué de ses doigts qu'il parvenait à transformer la plus simple des plantes en œuvre somptueuse.

Kath observait alors ses propres mains dans le crépuscule. Il était difficile de les imaginer à présent faire autre chose que briser des arcades sourcilières et lancer des javelots. Ses paumes étaient couvertes de cals qui avaient durci jusqu'à former une couche complètement insensible. Elle détestait cette peau.

Elle détestait cet endroit.

— Kathiiiiiild ? chantonna une petite voix.

Ah... Shanii. Si Kath était la plus forte de leurs camarades, Shanii était de loin la plus intrépide. Depuis le jour de leur rencontre, les deux jeunes filles parvenaient rarement à se trouver en présence l'une de l'autre sans en venir aux mains.

— Qu'est-ce que tu veux ? cracha Kath en ignorant les regards effarouchés de ses compagnons de dortoir.

— Clemens veut nous voir.

— Pourquoi ?

La petite haussa les épaules d'un air indifférent et fit demi-tour sans un mot. En fin de compte, Kath poussa un soupir et se leva pour lui emboîter le pas. Elle était trop effrayée par le commandant pour refuser son invitation. Même si cela signifiait se plier aux directives de Shanii.

— Kathild ?

— Kath.

— Pourquoi t'aimes pas Kathild ?

— C'est pas tes oignons.

— Au fait, les autres ont lancé un pari...

— Je veux pas savoir.

— J'ai dit que Kathild, ça devait vouloir dire vieille peau, dans ta langue d'origine, mais ils sont pas d'accord.

Kath pinça les lèvres pour s'empêcher de répliquer et accéléra le pas le long de la butte sans prêter attention aux recrues qui s'écartaient brusquement de son chemin. Elle n'avait pas besoin de se maintenir au niveau de cette petite peste de Shanii.

— Ou alors, reprit cette dernière en levant le doigt comme sous le coup d'une inspiration subite, ça veut dire rejetée c'est ça ? Parce que tes parents voulaient pas de toi et...

Assez. Pivotant sur ses talons, Kath fonça sur la petite fille pour la pousser aux épaules. Shanii vacilla brièvement, mais elle retrouva son équilibre en moins d'un battement de cœur. Son visage se fendit alors d'un sourire qui ne pouvait signifier qu'une chose : *enfin*.

Sans perdre une seconde de plus, la fillette plia les genoux et bondit sur son adversaire, sa taille réduite la forçant à cibler le ventre avant le reste. Mais Kath avait anticipé ce mouvement. D'un geste agile, elle retourna l'élan de la petite fille contre elle et la poussa de toutes ses forces vers sa gauche, où le chemin s'inclinait en pente assez raide jusqu'au centre du campement. Malheureusement, Shanii eut la présence d'esprit de s'accrocher fermement à elle et toutes deux dévalèrent le talus dans un chaos de bras et de jambes.

Une fois au pied de la butte, après avoir vérifié qu'elle était toujours en un seul morceau, Kath garda les yeux rivés au ciel pendant de précieuses secondes, plus essoufflée qu'elle ne voulait l'admettre. Mais pire encore que sa fatigue était la pensée que ce qu'elle avait envie de faire en cet instant n'était pas de reprendre le combat, mais simplement de rester là et de rire. Rire. Elle avait envie de *rire* ?!

Un peu choquée par cette révélation, elle fronça les sourcils et tourna la tête vers Shanii qui était en train de balayer la poussière de sa tunique, les lèvres étirées en un sourire amusé.

— Tu en as mis du temps, Kath.

Le manoir du commandant Clemens était composé d'une vaste pièce, large comme trois tentes, dont les bibliothèques croulaient sous le poids de centaines de livres. Au fond de la salle, un escalier de bois monumental conduisait à une galerie qui surplombait le salon pour s'ouvrir sur les appartements privés du propriétaire.

Les yeux écarquillés, Kath engloba la maison du regard avant de laisser son attention dériver vers la table qui trônait au centre. Cinq hommes y étaient assis devant un assortiment de viandes, tartes et pain frais. Un festin comparé au gruau qu'elle avait pris l'habitude d'avaler. Les deux plus âgés faisaient partie des premiers contingents, ceux avec lesquels Kath n'avait que peu de contacts. Les trois autres, en revanche, n'avaient que quelques années de plus qu'elle. L'un d'eux, avec sa peau albâtre et sa tresse blonde, venait indéniablement de Brekkur. Les deux derniers avaient le teint basané des nomades de l'Ouest. Des Oltaïtes, peut-être. Ou des Qecians.

— Kath, Shanii, les accueillit le commandant. Bienvenue. Laissez-moi vous présenter les capitaines des Deuxième et Troisième Contingents, Adil et Eyving, ainsi que mes pupilles : Rous, Saemund et Viseh. Je vous ai invitées ce soir pour vous faire une proposition. Vous êtes les élèves les plus douées de votre contingent. Je sais que vos camarades vous obéissent déjà au doigt et à l'œil, et c'est exactement ce que je recherche. À partir d'aujourd'hui, j'aimerais que vous vous joigniez à nous, tous les soirs pendant deux heures, pour échanger sur les sujets de l'organisation militaire et de la stratégie. Cela vous semble-t-il acceptable ?

— Oui, commandant, répondit Shanii.

— Kath ?

— Oui, monsieur.

— Cette invitation est un honneur, comprenez-le bien. J'attends de vous un esprit rigoureux et des efforts constants, sans quoi je me réserve le droit de vous congédier. Ne me décevez pas.

Après un repas copieux, Clemens déposa sur la table une boîte ouvragée de laquelle il sortit un large plateau de jeu ainsi qu'une sacoche pleine de pions rouges et noirs.

— Puisque c'est votre première fois, déclara-t-il en jetant un regard amusé à Shanii et à Kath qui étudiaient l'objet avec des yeux ronds, vous vous contenterez d'observer. Avez-vous déjà entendu parler du jeu *Brigands* ?

Kath examina attentivement le plateau. Les sillons gravés dans le bois dessinaient dix rangées de seize carrés, accentués par une peinture dorée dont les années d'usage avaient terni l'éclat. De part et d'autre de la table, Rous et Viseh étaient en train de placer les pions sur les lignes les plus éloignées.

— Non, avoua-t-elle finalement.

Shanii n'ajouta rien, mais son silence était une réponse en soi.

— Je m'en serais douté. Les règles ne sont pas difficiles à assimiler, mais elles ne sont que la première étape pour comprendre une partie de *Brigands*. Vous devrez étudier les mouvements de votre adversaire pour déchiffrer sa stratégie. Vous devrez faire attention à chaque geste, chaque hésitation. Ce plateau est un champ de bataille et ces pièces sont vos troupes. La moindre erreur vous coûtera de nombreuses vies.

De ses doigts, il fit glisser un pion rouge vers le centre du damier avant de l'encadrer de deux pions noirs.

— C'est ainsi que vous pourrez attaquer les régiments opposés. Lors d'un affrontement, parvenir à cerner son ennemi est un passage presque assuré vers la victoire.

Il se saisit délicatement du pion rouge et le déposa sur la table, juste à côté du plateau.

— Qu'en est-il de celui-là ? demanda Shanii en désignant un pion conique plus épais que les autres.

— Bien vu, approuva Clemens avec un sourire en coin. Celui-là est votre capitaine. Il peut sauter les troupes ennemies et se déplacer aisément d'un bout à l'autre du plateau. Afin de le capturer, vous aurez besoin de l'encercler par quatre pièces.

— La partie prend-elle fin lorsque le capitaine est battu ? s'enquit Kath, dont l'esprit fourmillait de questions.

— Non. Les combats ne s'arrêtent pas lorsque le commandant vient à tomber. Cela n'est rien de plus qu'une idée saugrenue popularisée par les jeux d'enfants. Mais dès la perte de leur capitaine, les pions restants ne peuvent plus se déplacer que d'une case à la fois. Ils perdent la vue d'ensemble de la bataille, dirons-nous.

Kath baissa les yeux, gênée d'avoir posé une question aussi idiote. Mais Clemens ne sembla pas lui en vouloir. Il déplia un drapeau au-dessus du plateau et désigna de la tête Saemund et Rous, lesquels commencèrent aussitôt à disposer leurs troupes en formations distinctes sur les rangées les plus éloignées. Quelques minutes plus tard, le commandant retira l'étoffe et la partie débuta pour de bon.

Les pions se déplaçaient à toute allure sous les yeux fascinés de Kath qui faisait de son mieux pour garder chaque détail en mémoire. Tout en étudiant leur jeu, Clemens posait parfois des questions sur d'anciennes campagnes militaires que les jeunes hommes semblaient connaître sur le bout des doigts. Lorsque Saemund remporta la partie, Viseh prit la place de Rous et lorsqu'il arracha la victoire à Saemund, Clemens lui-même s'installa derrière le plateau, un geste si naturel qu'il devait avoir été répété des centaines de fois.

La nuit était désormais bien entamée, mais dans cette pièce éclairée par les bougies, le temps s'était comme arrêté. Les débats s'étaient même tus depuis quelques minutes, lorsque le commandant avait commencé à avaler les pions de son élève les uns après les autres.

— Un instant, Viseh, déclara-t-il finalement en tournant son attention vers les deux fillettes silencieuses. Approchez. Dites-moi ce que vous feriez à sa place si vous vous retrouviez dans cette situation.

Kath jeta un coup d'œil nerveux vers le plateau. Les pions de Viseh étaient en infériorité numérique, mais deux d'entre eux avaient réussi à repousser le capitaine ennemi dans un cul-de-sac.

— Dites-moi, insista le commandant en croisant les doigts sous son menton.

— Facile ! s'exclama Shanii. Je bloque le capitaine. Une fois qu'il sera hors d'état de nuire, les autres seront trop lents pour se défendre.

— Et toi, Kath ? demanda Clemens en se tournant vers la petite fille.

L'image de ses parents lui effleura brièvement l'esprit, souvenir d'une époque où elle ne réfléchissait pas qu'avec ses poings.

— Moi aussi, avoua-t-elle pourtant. Je ferais pareil.

— Et vous seriez mortes toutes les deux. Regardez, le capitaine n'est pas aussi isolé qu'il en a l'air. En concentrant vos soldats dans une même zone, vous risquez de les laisser à la merci des troupes ennemies. Voilà pourquoi il est important de toujours remettre votre jugement en question, d'imaginer toutes les issues possibles d'un conflit avant d'y envoyer votre armée. À Seuthrae, nous apprenons aux légionnaires à obéir, mais ici, je veux vous enseigner comment réfléchir.

— Je ne comprends pas, s'obstina Shanii. Il suffirait d'en déplacer plus d'un, non ? Une fois le capitaine tombé, les pions rouges seront si lents qu'il sera facile de les faucher un par un !

Le visage du commandant se fendit d'un sourire satisfait. Il se leva et contourna la table jusqu'à parvenir aux côtés de la petite fille qui remua sur sa chaise, mal à l'aise.

— Je compte sur toi pour poser ce genre de questions chaque fois que nous nous retrouverons. Il n'y a jamais une bonne et une mauvaise réponse dans les tactiques militaires, chaque décision apporte son lot de conséquences, et de surprises supplémentaires. Le débat est souvent l'unique moyen de voir se dessiner des solutions qu'une personne seule ne pourrait concevoir. Kath ? Que penses-tu du choix que vient de faire Shanii ?

— Je... bafouilla la petite fille en jetant un regard nerveux autour d'elle. Je ne sais pas.

— Tu n'as pas à hésiter, observe le plateau et dis-moi ce que tu penses.

— Je pense... Je pense que si Viseh concentrait ses forces autour du capitaine, cela permettrait aux troupes du commandant de le contourner pour lui couper toute marge de manœuvre.

— En effet, c'est un danger bien réel. Mais il est également possible que canaliser vos soldats sur le capitaine pousse votre adversaire à la panique. Même les meilleurs officiers ont tendance à faire des erreurs, quand ils sont acculés. C'est comme je le disais, il n'y a pas de bonnes ou de mauvaises réponses. Assez pour ce soir. Souvenez-vous de la disposition des pions. Demain, vous aurez réfléchi à un moyen de remporter cette campagne militaire. J'ai ici des ouvrages qui... Lisez-vous la langue commune ?

Kath acquiesça et sentit son cœur se serrer en voyant Shanii plonger la tête vers ses sandales. Elle avait dû arriver à Seuthrae à cinq ans à peine et leurs instructeurs s'embarrassaient rarement de leçons telles que la lecture ; il n'y avait donc rien d'étonnant à cela. Pourtant, Kath comprit que la petite fille en ressentait de la honte.

— Bien, conclut Clemens. Nous commencerons par cela. Kath, tu aideras ta camarade. Partez, maintenant, la nuit est bien avancée.

Les pupilles s'inclinèrent, certains plus maladroitement que d'autres, avant de se retirer. Dehors, le silence régnait sur le campement. On distinguait toutefois les silhouettes des gardes qui patrouillaient entre les tentes et se saluaient avec des mots de passe. Pour la première fois, Kath songea que cela devait être une idée de

Clemens. C'était sans doute le genre de stratégie qu'elle allait bientôt apprendre à ses côtés.

À cette pensée, quelque chose s'étira dans le secret de son cœur, une joie endormie depuis des mois qui se rappelait doucement à elle. Peut-être tout n'était-il pas encore perdu, finalement.

— Eh ! Toi !

Surprise, elle pivota sur ses talons. L'un des pupilles de Clemens venait de la rattraper : Saemund, celui dont les cheveux lui évoquaient avec nostalgie le pays de sa petite enfance. Partagée entre l'appréhension et la familiarité, elle ouvrit la bouche pour le saluer, mais les mots s'étranglèrent dans sa gorge lorsqu'elle plongea dans l'océan glacial qui lui tenait lieu de regard.

— Tu fais quoi avec les mioches ? Tu devrais être avec nous, non ?

— Je ne pense pas, non.

— Une fille capitaine... marmonna-t-il en tirant la natte de Kath d'un air soupçonneux. On aura tout vu. Je me demande ce que Clemens te trouve...

Les lèvres crispées, Kath fit un geste de la tête pour se dégager, mais il avait les doigts fermement verrouillés autour de sa tresse et le mouvement lui arracha une grimace.

— Lâche-moi, ordonna-t-elle.

— Une plaisanterie, ça ne peut être que ça. Il doit vouloir jouer un peu avec toi. Peut-être qu'il les aime jeunes après tout...

Saemund était son aîné de plusieurs années, mais Kath était si grande qu'elle n'avait pas vraiment à se tordre le cou pour le foudroyer du regard. Elle refusait de se laisser marcher sur les pieds. En particulier par quelqu'un qui venait de son pays et qui aurait dû être un allié naturel dans un environnement aussi effrayant que la Légion Neuve. Furieuse, elle leva le bras pour lui asséner un coup de poing, mais le visage du jeune homme se décomposa avant même qu'elle l'ait touché. Il perdit l'équilibre et tomba à genoux devant elle dans un cri, révélant la silhouette de Shanii.

— Attaque-toi à quelqu'un de ta taille, pervers, cracha la fillette.

Puis son regard croisa celui de Kath et quelque chose de furtif prit naissance dans l'espace qui les séparait. Un sourire discret. Un murmure.

Un pacte.

Chapitre 4

An XV du règne de l'empereur
Solis Vestinus Marcallas

Shanii suivit Barsheen le long de l'auberge en ruine sans prêter attention aux blessés basaléens qui gémissaient tout autour d'eux. Son esprit formulait à toute vitesse des dizaines d'explications rationnelles à ce qu'avait dit son compagnon. Il existait tant de raisons pour lesquelles Kath pouvait avoir réclamé sa présence, une majorité d'entre elles n'ayant rien à voir avec la panique grandissante qui l'étouffait un peu plus à chaque pas. Son cœur battait à toute allure dans sa poitrine, tel un oiseau affolé butant contre les barreaux de sa cage. Ce n'était rien. Tout irait bien. Shanii avait presque réussi à s'en convaincre lorsqu'elle arriva en vue du champ de bataille de l'autre côté de l'édifice et aperçut le corps immobile, allongé sur le sol.

C'était impossible.

— N... Non... balbutia-t-elle en serrant les poings avant de dévaler la pente en hurlant. Kath ! Non !

Son amie gisait dans une mare de sang, la cuirasse déchirée par la force du coup qui l'avait jetée à terre. Shanii sentit sa poitrine se contracter sous l'effet d'une horreur telle qu'elle n'en avait jamais ressenti. Kath ne pouvait pas mourir. C'était impossible. C'était tout bonnement impossible.

Sous le choc, la jeune femme tomba à genoux devant leur capitaine et ajouta ses mains à celles d'Orrin qui tentait désespérément de contenir les flots carmin, les yeux écarquillés par la panique.

— Ça ne fonctionne pas... se lamentait-il en boucle d'une voix discordante. Ça ne fonctionne pas !

— Qu'est-ce qui s'est passé ? s'écria Nara dans leur dos.

— Plus fort, Orrin ! rugit Shanii en le bousculant brusquement pour prendre sa place.

Elle savait pourtant que cela ne changerait rien. Kath respirait encore, faiblement, mais la blessure qui lui avait ravagé le ventre était bien trop grave pour laisser imaginer une guérison. Aucun espoir naïf n'aurait pu survivre à la vision de la jeune femme se vidant de son sang sur la terre aride. Kath était sur le point de mourir, et Shanii ne savait même pas pourquoi. Elle ne savait pas qui étaient ces gens qui l'avaient tuée ni pourquoi ils étaient ici, si loin de leur pays.

Le pire était sans doute qu'en choisissant de rester auprès de leur capitaine en cet instant – et comment aurait-elle pu faire autrement ? –, elle était en train de leur donner le temps de fuir et de disparaître à tout jamais dans la nature. Le cœur au bord des lèvres, Shanii appuya plus fort encore. Comme en réponse, sa sœur d'armes battit faiblement des paupières et ouvrit les yeux.

— Kath ! s'exclama la jeune femme dans un sanglot déchirant.

— Sh... Sha... N...

— Tu ne peux pas partir... Kath... Tu m'as promis ! Tu as prêté serment ! Tu n'as pas le droit de partir...

En voyant Kath hocher mollement la tête, Shanii essuya ses larmes d'un geste rageur. Elle ne voulait pas manquer la moindre seconde des derniers instants de sa sœur. Son cœur était devenu poussière dans sa poitrine. Elle aurait tout aussi bien pu être morte.

— Kath... supplia-t-elle.

— N... essaya encore Kath avant d'être secouée par un haut-le-cœur.

Lorsqu'une vague de sang s'échappa de ses lèvres, Shanii se crispa, foudroyée par un sentiment de panique. Autour d'elle, Nara et Barsheen sanglotaient dans les bras l'un de l'autre. Viseh se tenait quelque peu en retrait, le visage sombre tourné vers la silhouette de leur capitaine. Sokha n'était nulle part en vue, mais lorsqu'une main se posa sur son épaule, Shanii comprit qu'il était derrière elle.

— Kath... souffla-t-elle d'un ton qui sonnait presque comme une menace. Si tu me laisses seule ici, je te jure que...

Le reste de sa phrase mourut sur ses lèvres lorsque Kath esquissa un geste fébrile pour atteindre une bourse attachée à sa ceinture.

— Que... Attends... Laisse-moi t'aider !

La détresse rendait ses mouvements maladroits, mais elle réussit tout de même à délier le nœud. Kath pressa aussitôt l'objet entre ses mains, le visage déformé par des paroles qu'elle ne parvenait pas à prononcer.

— Tu veux... me donner... quelque chose ? Kath ?

— N...

— J'en... J'en prendrai soin, déclara-t-elle d'une voix solennelle. Je te le jure...

Comme rassérénée par cette promesse, Kath se laissa doucement aller et son bras retomba sur sa poitrine. Ses yeux se tournèrent vers le ciel et, très brièvement, l'espoir remplaça la douleur au fond de son regard. Une larme coula le long de sa joue. Puis elle souffla, une ultime fois.

C'était fini.

— Non ! rugit Shanii en s'effondrant sur le corps de sa sœur.

Elle étouffait. Elle avait beau inspirer, c'était comme si l'air refusait de parvenir jusqu'à ses poumons. Sa gorge nouée l'irritait. Ses yeux brûlaient. Elle avait envie de hurler sa détresse au monde puis de s'allonger aux côtés de son amie pour ne plus jamais se relever.

— Quels sont tes ordres, Shanii ? demanda Barsheen, quelque part sur sa droite.

— Shanii ? insista Sokha d'une voix douce quelques minutes plus tard.

— Le bûcher... commença la jeune femme en luttant pour donner un sens au chaos qu'étaient devenues ses émotions. Il nous faut... Il nous faut des branches pour le bûcher funéraire. Oui. Allez ramasser du bois. Mais ne vous éloignez pas trop. Les bandits sont peut-être encore dans les parages.

Les *bandits*. Le mot avait un goût âcre de sang dans sa bouche. Mais il lui permit de transformer sa peine en fureur, de trouver une cible à ses désirs de vengeance.

Une fois seule, la jeune femme tourna son attention vers l'objet que lui avait laissé Kath. Elle s'était attendue à découvrir le médaillon impérial – un geste symbolique indiquant que son amie la désignait comme capitaine –, mais la bourse révéla un collier qu'elle voyait pour la première fois. Un pendentif en argent ouvragé, aussi long que son index, particulièrement lourd pour sa taille. Les arabesques gravées dans le métal lui donnaient un aspect raffiné, à l'image d'un ruban de dentelle.

Pour une raison ou une autre, Kath avait souhaité offrir ce cadeau à Shanii. Et cette dernière ne comptait pas la décevoir.

— Je ne m'en séparerai jamais, murmura-t-elle en attachant le lacet de cuir autour de son cou. Je t'en fais le serment.

Elle n'avait pas bougé lorsque ses compagnons revinrent, après ce qui aurait tout aussi bien pu être une éternité. Sentant qu'on lui touchait l'épaule, Shanii quitta du regard la forme inanimée de Kath pour tomber dans les bras de Nara.

— Cela n'aurait pas dû se passer ainsi... hoqueta-t-elle.

— Je sais...

— C'était notre première mission !

— Nous devons la laisser partir, Shanii.

Barsheen choisit cet instant pour s'accroupir et soulever délicatement le corps de leur capitaine entre ses bras puissants.

— Non... protesta Shanii tandis que la main de Kath lui échappait.

L'étreinte de Nara se resserra autour d'elle, l'ancrant dans la réalité, l'empêchant de suivre son amie là où les vivants ne peuvent aller. Les larmes se remirent à couler, traîtresses, douloureuses, nécessaires. Shanii les laissa s'épancher jusqu'à se sentir aussi sèche qu'une feuille morte. Alors, enfin, elle se leva pour rejoindre le petit groupe qui s'était formé aux abords du bûcher préparé à la hâte.

La coutume basaléenne voulait qu'on brûle les soldats tombés au front, et même si Shanii aurait préféré ramener leur capitaine à la maison, elle savait que ce n'était pas envisageable.

Aux côtés de ses amis, elle nettoya le visage de la défunte et disposa une couverture en travers de son ventre ravagé. Autour d'eux, les Basaléens survivants avaient fait de même avec leurs propres morts et des chants funéraires s'élevaient d'ores et déjà dans la vallée. La jeune femme savait qu'elle aurait dû aller vers eux, essayer de comprendre ce qui s'était passé et voir ce qu'elle pouvait faire pour leur venir en aide.

En cet instant, pourtant, ils ne lui inspiraient qu'indifférence.

Orrin se pencha pour placer deux pièces de cuivre sur les paupières de Kath. Viseh souleva la main de la défunte pour détacher le bracelet d'aigues-marines qui ne la quittait pas depuis des années. Il le glissa délicatement entre les lèvres de la jeune femme et déposa un baiser sur son front. Cette tradition n'était pas basaléenne et Shanii n'était pas certaine d'en comprendre la signification profonde. Mais ce n'était pas important. La seule chose qui comptait était la tristesse contenue dans leurs regards, cette émotion qui les liait désormais plus sûrement encore que des chaînes.

Sokha glissa sa main dans celle de Shanii lorsqu'elle s'approcha du corps en ravalant ses sanglots. Sur sa droite, Barsheen lui tendit une torche sans prendre la peine de dissimuler les larmes qui coulaient le long de ses joues.

— Capitaine, commença Shanii en serrant les poings. Kath. Je... Je ne sais pas comment te dire... Ce n'était pas supposé...

Elle s'interrompit momentanément pour ordonner à son cœur de ralentir sa course effrénée. L'effronté refusa de lui obéir.

— Je te jure que ta mort ne restera pas impunie. Nous traquerons ces bandits, jusqu'au bout de la terre, s'il le faut... Et Kath ? Je crois que je t'en voudrai jusqu'à la fin de mes jours de m'avoir faussé compagnie, alors attends-toi à quelques remarques désobligeantes au cours des prochaines décennies...

Shanii aurait souhaité pouvoir en dire davantage. Son cœur débordait de mots, d'émotions et de souvenirs, mais ce n'étaient pas des choses qu'elle avait appris à exprimer. Elle se sentait perdue face à l'ouragan de ses pensées. Au lieu de parler, elle posa la torche contre le bois sec et regarda, impuissante, les flammes grignoter peu à peu les branches. L'odeur de chair brûlée qui envahit bientôt l'air lui retourna l'estomac. Toutefois, aucun d'eux ne bougea. Kath le méritait. Elle aurait mérité tellement mieux que cela.

— Le Soleil te guide, Kath, murmura finalement Shanii en observant les volutes de fumée sombres qui se découpaient sur le ciel.

Cette formule rituelle basaléenne était tout ce qu'elle pouvait lui offrir, désormais.

Personne ne parla pendant ce qui sembla être de longues heures. Les mots paraissaient déplacés, après ce qu'ils venaient de vivre. La réalité de la vie hors du camp d'entraînement s'était abattue sur eux avec tant de violence que même eux, légionnaires depuis leur plus tendre enfance, étaient surpris. Pourtant, l'heure était aux décisions difficiles. Ils le savaient tous.

— Capitaine ? hasarda Sokha.

Il revenait à présent à Shanii, en sa qualité de seconde, de prendre la tête de leur petit groupe.

— Faites vos bagages, ordonna la jeune femme d'un air affligé. Nous partons sans attendre.

— À Simint ? Ou à Daryan ?

Simint ou Daryan. Les destinations que Clemens avait choisies pour eux. Enrôler la prochaine génération de légionnaires aurait dû être une priorité absolue pour la survie de leur organisation. Mais comment pouvaient-ils effectuer un tel voyage alors que des bandits simitiens sévissaient dans le sud de l'empire ? Il y avait plus important que cela, désormais. Le commandant devait être mis au courant sans attendre.

— Aucun des deux, répondit finalement Shanii en serrant les poings. Nous allons envoyer des éclaireurs dans les villages environnants pour savoir si les habitants ont remarqué des allées et venues suspectes au cours des derniers jours.

— Et nous ?

— Nous rentrons à Seuthrae.

Chapitre 5

An XV du règne de l'empereur Solis Vestinus Marcallas

En découvrant le bastion de la Légion Neuve pour la première fois, un ménestrel avait un jour décrit Seuthrae comme un champ de fleurs rouges et blanches s'épanouissant dans toutes les directions sur le versant oriental des monts Kypris. Une belle métaphore, qui omettait toutefois le fait que l'endroit puait la sueur, la pisse et le sang.

Un foulard remonté sur le nez pour se protéger au maximum de l'odeur, Damian Aquila observait l'immense campement du haut de son cheval, les lèvres pincées et l'expression pensive. Il n'aurait jamais imaginé être envoyé ici un jour, et voilà qu'il venait de traverser l'enceinte de Seuthrae, seul, sans renforts ni escorte à ses côtés.

Au cours de son long voyage solitaire depuis la capitale basaléenne, le jeune homme s'était souvent demandé si son exil n'était pas une excuse mal déguisée pour l'encourager à disparaître. Personne n'avait été chargé de le suivre pour vérifier qu'il obéissait bien à la sentence de l'empereur une fois hors des murs de Setri. Peut-être que personne ne s'attendait à ce qu'il le fasse vraiment. Il aurait sans doute été plus simple – et bien moins humiliant – de diriger ses pas vers un village quelconque afin d'y refaire sa vie loin de l'armée. Mais chaque fois que ces pensées affleuraient à la surface de sa conscience, Damian s'empressait de les enfermer à double tour au plus profond du labyrinthe de son esprit. Il devait croire qu'il lui restait un moyen de servir Basaléa, même si cela signifiait vivre à Seuthrae jusqu'à la fin de ses jours.

Sans cela, il aurait absolument tout perdu.

— Que puis-je faire pour vous, messire ? demanda un légionnaire de garde.

— Je suis Damian Aquila. Votre commandant m'attend.

Il lui tendit son ordre de mission et se redressa sur sa selle, luttant contre le profond malaise qui l'avait gagné lorsqu'il avait posé les yeux sur le campement. Sur ces soldats dont il avait entendu parler depuis sa plus tendre enfance. Pour beaucoup de ses concitoyens, à Setri, la Légion Neuve n'était rien de plus qu'une expérience ridicule à laquelle ils étaient forcés de participer depuis des années, le dos voûté par le poids de taxes qui ne cessaient de s'alourdir. Le père de Damian aimait tout particulièrement se plaindre du supplément d'impôt causé par l'existence de Seuthrae, alors même qu'il travaillait au palais et n'avait jamais manqué d'argent. Il pouvait également se lamenter pendant des heures sur le prix du sel ou du miel, la dot considérable qu'il avait dû préparer pour sa fille, ainsi que sur les décisions absurdes de leur souverain. Quand il était absolument certain que personne ne pouvait l'entendre, en tout cas. On disait que les murs avaient des oreilles à Setri, et c'était plus vrai encore à l'intérieur du palais impérial. Une critique pouvait vous coûter votre poste, votre fortune et parfois même la vie.

C'était au moins une chose que Damian était ravi d'avoir laissée derrière lui.

Les légionnaires s'inclinèrent maladroitement en récitant les formules de salutation basaléennes à la vue du sceau impérial sur son ordre de mission. Sans doute s'imaginaient-ils avoir affaire à quelque prince de sang royal. L'un d'eux proposa de s'occuper de sa jument et Damian faillit refuser : il avait pris l'habitude d'effectuer ces tâches lui-même pendant son service militaire. Au fil des ans, l'exercice était devenu un rituel qui le calmait et lui permettait de mettre de l'ordre dans le chaos de ses pensées. Mais il était capitaine, désormais. Et même si ce titre était presque une insulte au vu de sa situation, il se devait de respecter les procédures.

— Occupez-vous bien d'elle, déclara-t-il bêtement en confiant Ijandrax à un Daryani dont les bras étaient couverts de lignes noires.

— Le Soleil vous guide, répondit l'homme en s'emparant des rênes de son cheval.

Damian le regarda partir en avalant nerveusement sa salive. L'envie de se rendre dans l'écurie pour s'assurer que le travail était bien fait le tarauda tout au long du chemin vers la résidence bâtie au cœur de Seuthrae.

Le commandant Clemens ne fit pas l'effort de sortir l'accueillir, quand bien même l'un des soldats de la palissade avait filé plus vite que l'éclair pour lui annoncer l'arrivée d'un visiteur. Ce n'était pas bon signe. Clemens était son officier supérieur, bien sûr, mais les fondements de la politesse basaléenne étaient plus importants encore que les rangs militaires. En plus d'être à Seuthrae sur l'ordre de l'empereur, Damian était le fils d'un des magistrats les plus influents de Setri. Une information que les officiers de la capitale étaient censés avoir précisée dans le courrier qui avait précédé son arrivée.

— Commandant, déclara le légionnaire qui l'avait escorté jusqu'au manoir. Votre invité, Damian Aquila, mandaté par l'empereur Solis Vestinus Marcallas.

La pièce où on l'avait introduit avait quelque chose d'austère, avec ses meubles aux angles sévères et ses murs couverts de tapisseries aux couleurs de Basaléa. Damian se sentait presque jugé par les yeux impitoyables de l'aigle impérial qui le fixait depuis chacune des cloisons. Au milieu du salon se trouvait une table suffisamment grande pour accueillir une dizaine de personnes, débordant de cartes et de papiers en tout genre. Là, le commandant Luceo Clemens lui-même était penché sur une liasse de documents qu'il étudiait d'un air concentré, sans prêter attention aux deux hommes qui venaient de pénétrer dans son manoir.

Après plusieurs minutes de silence inconfortable, Damian toussa pour annoncer de nouveau sa présence. Le commandant se redressa alors pour l'observer en fronçant les sourcils.

— Capitaine Aquila ?

— Damian, commandant. Le Soleil v...

— Les familiarités sont bonnes pour les légionnaires, capitaine. Montrez-moi votre ordre de mission.

Le commandant Clemens était un homme d'une cinquantaine d'années, les cheveux grisonnants coupés court sur un visage anguleux aux traits burinés. Il avait le nez busqué et des yeux pâles qui vous toisaient constamment avec méfiance.

Damian garda le silence pendant que le commandant déchiffrait l'écriture minuscule de l'empereur. Il savait qu'il avait été précédé d'une lettre annonçant son arrivée. C'était ainsi que fonctionnait l'armée, lorsqu'elle envoyait des officiers d'une légion à l'autre. Cet examen prolongé de son ordre de mission avait probablement pour seul but de le mettre mal à l'aise. N'y tenant plus, il finit par reprendre la parole :

— Y a-t-il un problème, commandant ?

— Pas à ma connaissance. Mais dites-moi plutôt, capitaine, pourquoi Seuthrae ? Pourquoi vous intéressez-vous à ma légion ?

— Je vais où l'on m'envoie, répondit le jeune homme en serrant les dents.

Le regard perçant de Clemens tomba sur lui, le traversant de part en part comme s'il n'était qu'une botte de foin sous la lame acérée d'une épée. Comme s'il n'était rien de plus qu'un lac transparent au fond duquel la vérité était inscrite en lettres d'argent.

Était-il vraiment possible qu'il ne soit pas au courant, pour sa mère ?

Clemens reposa finalement la missive sur la table en laissant échapper un bref soupir. Pendant une fraction de seconde, son âge et les terribles années d'expérience sur les champs de bataille se dessinèrent sur son visage. Mais Damian battit des paupières et lorsqu'il les rouvrit, l'impassible commandant était de retour.

— Écoutez-moi bien, capitaine Aquila, fit-il d'une voix sévère. Je sais que la Légion Neuve a ses détracteurs et je sais que l'empereur Solis n'est pas toujours d'accord avec la façon dont je gère mes troupes. Il n'a jamais approuvé les capitaines que je nomme à la tête de mes armées ; je suppose qu'il a dû sauter sur l'occasion de vous envoyer ici afin de remédier à ce problème. Peut-être n'êtes-vous rien de plus que cela, un pion dans une partie qui vous dépasse, ou peut-être êtes-vous quelque chose de bien plus dangereux. Je tirerai cette histoire au clair, soyez-en certain. En attendant, vous pouvez installer vos affaires dans le quartier des invités. Aujourd'hui, je pense que ni vous ni moi n'avons vraiment le choix.

Damian acquiesça, les sourcils froncés. Il n'avait pas tout à fait compris ce que lui reprochait le commandant, mais une chose était sûre, Clemens ne pouvait pas être compté dans la liste d'alliés potentiels que le jeune homme était d'ores et déjà en train de dresser dans son esprit. Ce qui n'annonçait rien de bon pour la suite. Damian ne connaissait personne à Seuthrae. Il n'avait aucune idée de la hiérarchie des pouvoirs qui régissaient tous ces individus. En qui avoir confiance. Qui redouter. Il avait passé tant d'années à essayer de démêler la toile de la cour impériale, et voilà qu'il devait à présent tout recommencer.

— Je vous imaginais plus vieux, ajouta finalement Clemens d'un ton pensif en croisant les mains sous son menton.

Un silence tendu suivit sa remarque. L'insulte dissimulée derrière ces quelques mots faisait frémir Damian d'indignation. Contrairement aux membres de la Légion Neuve, les soldats basaléens ne commençaient pas leur carrière d'officier très jeunes. Et si Damian, à vingt ans, se retrouvait aujourd'hui capitaine, c'était uniquement parce que cette décision s'était révélée être la meilleure façon pour l'empereur de l'exiler sans perdre le soutien de son père.

Le campement de Seuthrae suivait une organisation précise que Damian connaissait fort bien, ayant lui-même eu l'occasion de participer à des manœuvres militaires en tant qu'aide de camp. De part et d'autre de l'édifice central se dressaient les luxueuses tentes réservées aux invités de marque ainsi qu'aux troupes d'élite que le commandement avait affectées à sa protection personnelle. Elles étaient jouxtées des bâtiments administratifs, de l'armurerie ainsi que du terrain d'entraînement. Enfin, érigées à perte de vue jusqu'aux murs d'enceinte, des centaines de tentes rudimentaires abritaient les dortoirs des légionnaires.

Damian ne s'était pas attendu à les trouver si nombreux. Ou, plus perturbant encore, à y voir des femmes. En théorie, il n'existait à Basaléa aucune loi qui interdisait aux femmes de rejoindre l'armée, mais c'était malgré tout une chose dont il n'avait jamais entendu parler. Dans les cercles où il avait grandi, les filles préféraient généralement le rôle de trophée à celui de combattant. Tout particulièrement lors des jeux saisonniers, où toutes les jeunes femmes de la capitale se disputaient le rôle de Domis afin d'être sacrées plus belle femme de Setri.

Après avoir déposé ses affaires dans la tente qu'on lui avait désignée et étudié en détail les meubles de qualité répartis dans les trois pièces que comprenait sa suite, le jeune homme céda finalement à la tentation de se rendre à l'écurie. Il devait s'assurer qu'Ijandrax avait reçu l'attention qu'elle méritait. Les campements permanents disposaient généralement d'une batterie de palefreniers et de maréchaux-ferrants, mais Damian, tout particulièrement après avoir passé ses longues années de service militaire sur les routes de l'empire, n'était pas tout à fait certain de leur faire confiance.

Il dut pourtant admettre que les légionnaires avaient fait du bon travail. Sa jument le toisait depuis une stalle propre, dessellée et pansée.

— Là, voilà, murmura-t-il en caressant de la main son encolure brune. Je vois qu'on s'est bien occupé de toi. Mais il va falloir changer tes fers sans attendre. Ohé ! Palefrenier !

Une petite fille de moins de dix ans émergea timidement dans l'allée. Elle avait la peau noire et des cheveux coupés très court sur un visage aux pommettes anguleuses. Damian la regarda s'approcher en tentant de contenir sa stupeur. Il faudrait qu'il s'habitue vite à voir des filles surgir là où elles n'étaient pas supposées se trouver. Il pressentait qu'il aurait du mal à asseoir son autorité dans le cas contraire.

— Que puis-je faire pour vous, messire ?

— J'ai besoin de changer les fers d'Ijandrax. Peux-tu me montrer où sont les outils ?

— Je peux m'en charger pour vous, messire !

— Ça ira, répondit Damian, troublé par la vision de la gamine luttant pour maîtriser sa fière jument. Amène-moi juste à la forge.

Une main sur l'encolure d'Ijandrax, il suivit la petite fille à l'arrière de l'écurie où les légionnaires avaient préparé des fourneaux, un point d'eau et un baquet d'avoine. Après l'avoir aidé à attacher sa jument, la fillette se dirigea vers un coffre plus lourd qu'elle. Damian fit un geste pour l'assister, mais le regard qu'elle lui lança, fier et inflexible, l'en dissuada aussitôt. Il la laissa donc tituber jusqu'à lui, le visage crispé par la concentration, et la regarda se débattre avec la serrure pendant quelques instants avant de parvenir à soulever le couvercle, dévoilant une série d'outils.

Poussé par l'habitude, le capitaine basaléen tria les pinces et les limes les moins abîmées avant de les déposer sur le plan de travail en lignes parallèles.

— Comment t'appelles-tu, petite ?

— Kesia, messire.

— Je m'appelle Damian. Et je suis capitaine, pas messire.

— Capitaine ?

Kesia reporta son attention sur la selle richement décorée suspendue au mur à l'intérieur de l'écurie, ainsi que sur les vêtements de qualité que portait Damian. Les capitaines de la Légion Neuve ne différaient guère des autres soldats. Ils n'avaient ni terres ni fortune. Ce n'était pas le cas dans le reste de l'armée impériale, et lorsqu'on venait d'une bonne famille, comme Damian, ce statut offrait de nombreux privilèges.

— Est-ce que le feu est prêt ? demanda le jeune homme après avoir sélectionné quatre fers. Je vais commencer par celui-là.

Kesia acquiesça et les porta près de la forge.

— Compte jusqu'à cent, lui rappela Damian.

— Oui, capitaine.

Pendant que la petite fille chauffait le premier fer, Damian souleva l'une des jambes de sa jument pour la coincer entre ses cuisses et retira celui qui était cloué au sabot afin de limer la corne. La fillette l'observa sans prononcer le moindre mot. Quelques instants plus tard, elle déposa le fer rougeoyant sur l'enclume attachée au plan de travail en pinçant les lèvres pour ne pas le faire tomber.

— Je peux le faire, assura-t-elle lorsque Damian essaya de prendre sa place.

Ce n'était pas quelque chose qu'il aimait confier aux mains d'autrui, particulièrement quelqu'un qui ne connaissait pas encore Ijandrax. Mais Damian savait qu'il lui faudrait faire des efforts afin de permettre aux légionnaires de Seuthrae de s'habituer à sa présence.

Il ravala donc ses réticences pour laisser Kesia remodeler le fer, notant avec satisfaction qu'elle s'arrêtait régulièrement pour étudier le sabot relevé de sa jument. Cela faisait longtemps que Damian n'avait pas délégué une tâche à quelqu'un, et l'exercice le rendait plus nerveux qu'il ne l'aurait imaginé.

Tous deux travaillèrent de concert pendant de longues minutes au cours desquelles ils n'échangèrent pas plus de dix mots. Mais le silence était agréable, et Kesia particulièrement efficace. Ils accomplirent leur mission bien plus rapidement que lorsque Damian essayait de tout faire lui-même.

— Kesia ! appela alors une voix furieuse à l'extérieur. Où es-tu encore passée ?

Délaissant les outils qu'elle était en train de ranger, la petite fille courut vers la sortie en écarquillant les yeux. Damian verrouilla la stalle de sa jument pour lui emboîter le pas. Après l'heure qui venait de s'écouler, il se sentait étrangement protecteur envers la fillette, et l'irritation contenue dans la voix de l'inconnu ne lui disait rien qui vaille.

L'homme qui les attendait dehors était un soldat d'une trentaine d'années, le front marqué d'une large cicatrice. Il ne sourcilla qu'une seconde à la vue d'un Basaléen richement vêtu au cœur de leur campement.

— Je t'avais demandé d'être à la porte sud à notre arrivée, gronda-t-il en reportant son attention sur la petite fille. C'est pas mon boulot de prendre soin des chevaux !

— Kesia était occupée, répliqua Damian d'un ton ferme.

Le regard vexé qu'elle lui adressa en réponse le surprit. Le jeune homme savait qu'il aurait besoin de s'adapter à de nouvelles règles ici, mais il n'avait pas prévu que ses manières seraient remises en cause.

— Je suis désolée, Ahnaki, fit Kesia. Cela ne se reproduira pas.

Ahnaki lui tendit les rênes d'un étalon noir essoufflé et sali par un long voyage dans les plaines. Derrière lui piaffaient d'autres chevaux de bât, larges et trapus, attachés à des charrettes croulant sous une pile de coffres scellés. Une foule de légionnaires s'affairait à les vider sous le regard attentif de deux Basaléens fatigués.

— Un nouvel arrivant ? interrogea Damian d'un air curieux.

— Un invité du commandant, messire, répondit Ahnaki.

— Capitaine, le corrigea aussitôt le jeune homme dans un soupir.

Damian n'était pas sûr que ce soit délibéré, mais le mot messire sonnait comme une insulte dans leurs bouches.

Chapitre 6

An XV du règne de l'empereur Solis Vestinus Marcallas

Le chemin du retour se fit dans une ambiance lourde et morose. Shanii avait les yeux constamment rivés sur l'horizon, les lèvres closes et les doigts scellés autour du pendentif de Kath. Des jours durant, aucun d'eux n'osa briser le silence. Naramsina elle-même ne parvenait plus à trouver le sourire.

La veille de leur arrivée au campement, ils s'arrêtèrent au sommet d'une crête d'où l'on pouvait apercevoir un tapis de lumière tremblotant dans la pénombre. Ils atteindraient Seuthrae le lendemain.

Le cœur lourd, la jeune femme installa son duvet près d'un saule pleureur qui faisait face à la vallée. Orrin allait probablement se mettre à sa recherche pour lui poser des questions au sujet de l'organisation de la troupe, mais Shanii espérait qu'il ne la trouverait pas avant plusieurs heures. Il était si difficile de forcer son cerveau à formuler des pensées cohérentes quand tout ce qu'elle voulait était dormir pendant des jours. Non, des semaines. Dormir jusqu'à oublier que Kath avait jamais existé.

Les enfants de la Légion Neuve n'étaient pas entraînés à comprendre le deuil. On respectait la mémoire d'un camarade tombé au combat, oui. Shanii avait l'expérience des séparations.

Mais personne ne lui avait appris comment faire ses adieux à un être aussi cher que l'avait été Kath. Comment faire face à la perte d'une partie de son cœur. Les légionnaires étaient la lame affûtée de l'empire et les armes ne s'embarrassent pas de choses aussi futiles que des émotions.

— Shanii ? l'appela une voix grave.

Jetant un coup d'œil par-dessus son épaule, elle découvrit Sokha qui approchait à pas de loup, une main dans ses cheveux courts. Le jeune homme avait été l'un des premiers à rejoindre leur cercle d'amis, de nombreuses années plus tôt, lorsque Kath et elle n'étaient encore que des enfants. Shanii se souvenait parfaitement du petit garçon aux yeux noisette qui les avait aidées à obtenir leur revanche sur cet abruti de Saemund. C'était grâce à elles que Clemens avait repéré les qualités du garçon, grâce à elles qu'il avait pris la décision d'en faire un maître espion.

Sokha, qui avait bien changé depuis cette époque, s'assit à ses côtés en croisant ses longues jambes maigres sur l'herbe froide. Elle le regarda faire, le cœur aussi sec et vide que le désert de Daryan. Les larmes s'étaient taries. Il ne lui restait plus que l'amertume.

— Elle n'aurait pas voulu te voir comme ça, fit-il en glissant un bras autour de ses épaules.

Ayant grandi ensemble, dans un environnement des plus difficiles, Shanii et ses amis ne ressentaient pas d'aversion ou de timidité face au toucher. C'était une marque d'affection qu'ils s'offraient librement les uns aux autres, une source de réconfort pour eux qui ne possédaient guère plus que leur corps. Et le Soleil savait qu'elle avait besoin de réconfort en cet instant. L'étreinte du jeune homme libéra quelque chose dans sa poitrine, une douleur qui n'était pas vraiment préférable au vide retentissant qu'elle traînait depuis des jours, mais qu'elle savait plus saine.

— Tu as raison, admit-elle en fermant les yeux. Il faut agir.

— Sa mort ne doit pas rester impunie.

— Elle ne le restera pas.

— Nara a parlé d'un tatouage sur les corps des bandits ?

Shanii hocha la tête. Pendant que Barsheen et Sokha menaient une équipe sur les traces des fuyards, Shanii avait ordonné que l'on déshabille et inspecte les morts.

— Sur le poignet, expliqua-t-elle en levant le bras pour lui montrer. Trois lignes parallèles, avec une courbe au milieu.

— Un symbole ?

— Probablement. Mais je ne sais pas ce qu'il représente. Orrin l'a reproduit dans ses notes pour le commandant, si tu veux le voir.

Sokha hocha distraitement la tête.

— Rien d'autre ?

— Non. Ils n'avaient rien de plus que leurs vêtements et leurs armes.

— Et tu es sûre d'avoir vérifié partout ?

La remarque lui arracha un léger sourire, le premier qu'elle esquissait depuis des jours.

— Oh, crois-moi. Nous avons vérifié *partout*.

Les deux amis retombèrent dans un silence confortable, le regard perdu dans la vallée. La soirée était douce, la brise porteuse d'une fraîcheur bienvenue et le ciel constellé d'étoiles. C'était une nuit pour les amants et non pour la stratégie. Mais l'amour, les soldats de la Légion Neuve n'en connaissaient pas grand-chose.

Les sourcils froncés, Shanii était en train de songer aux heures qu'elle avait passées dans le bureau du commandant Clemens, tout ce temps dévoué à la tactique et à la réflexion afin d'apprendre comment utiliser son cerveau aussi habilement qu'elle maniait son glaive. Elle ne s'était encore jamais prêtée à cet exercice sans Kath. La présence rassurante de sa sœur avait toujours été une évidence incontestable, leurs échanges, un socle sur lequel elle avait bâti tous ses plans.

Désormais seule, Shanii voyait son monde s'effondrer. Elle ne comprenait pas ce qui s'était passé. Mais il y avait une chose dont elle était certaine.

— Je vais demander à Clemens de m'envoyer à Simint, murmura-t-elle finalement, brisant le silence. Je dois venger la mort de Kath.

— Je n'en doutais pas une seconde.

— Est-ce...

— Je t'accompagne. Tu n'as même pas besoin de poser la question.

Shanii sourit de nouveau contre son épaule, bercée par une agréable sensation de familiarité. Elle prit la main de Sokha et se perdit dans la contemplation de leurs doigts entremêlés. Sokha, Viseh, Nara et Barsheen étaient sa famille, mais ils étaient également celle de Kath. Bien sûr qu'ils la suivraient dans sa quête, quelles que soient les conséquences.

Ils arrivèrent à Seuthrae à la mi-journée, exactement comme elle l'avait prédit. Leur présence, qui n'était pas attendue avant la fin de la saison, attira rapidement une foule de curieux, mais Shanii les ignora. Elle avait profité de la nuit précédente pour peaufiner son plan. Son cœur avait fermé la porte au deuil et basculé vers des considérations avec lesquelles la Légion Neuve l'avait familiarisée : l'orchestration de sa vengeance.

Après avoir salué Kesia qui était apparue pour s'occuper des chevaux transportant le gros de leur équipement, elle dirigea ses pas vers le manoir du commandant. Deux légionnaires montaient la garde à l'entrée, mais ils la laissèrent passer sans émettre le moindre commentaire. Cette maison était pratiquement la sienne, après tout.

À l'intérieur, Clemens était attablé avec un vieux Basaléen barbu muni d'un cache-œil et deux garçons qui prenaient frénétiquement des notes. Le groupe était plongé dans un grand débat au sujet d'une carte étalée sur la table, mais la discussion s'interrompit brutalement à l'apparition de la jeune femme.

— Shanii ? s'étonna le commandant en la rejoignant au milieu de la pièce. Que fais-tu déjà ici ? Où est Kath ?

Incapable de lui répondre sans éclater en sanglots, Shanii présenta sa main au commandant. Dans le creux de sa paume se trouvait le médaillon que Kath avait reçu en devenant capitaine. Le visage de Clemens se décomposa brutalement, comme un masque qui s'effrite sous une pression violente. L'air abattu, presque vieilli par la nouvelle, il jeta un coup d'œil derrière son épaule.

— Pouvez-vous nous laisser, maître Kelarios ? Je souhaiterais m'entretenir avec ma pupille.

Le Basaléen se redressa, visiblement vexé de la tournure que prenait la réunion, avant de sortir d'un pas vif pendant que les deux jeunes garçons rassemblaient les affaires éparpillées sur la table. Après leur départ, Clemens posa les mains sur les épaules de Shanii pour la forcer à croiser son regard.

— Raconte-moi.

Clemens resta stoïque durant tout son récit, se contentant de hocher la tête de temps en temps comme pour approuver les décisions rapportées par son élève. Enfin, une fois le silence retombé, il poussa un long soupir et ferma brièvement les paupières. Pour un homme tel que lui, cela représentait beaucoup.

— Kath était un bon élément. C'est fort malheureux de l'avoir perdue si tôt. Je... Je sais que vous étiez proches, toutes les deux. Je suis désolé, Shanii.

La jeune femme acquiesça, les yeux rivés sur l'oreille du commandant afin de ne pas tout gâcher par une crise de larmes. Elle ne pleurerait pas devant Clemens.

— As-tu remarqué quoi que ce soit d'inhabituel à propos des agresseurs ?

— Un symbole sur leur poignet, répondit-elle en traçant le dessin sur sa peau. Trois traits horizontaux, avec une courbe recoupant celui du milieu.

— Trois traits...

— Ce symbole vous dit-il quelque chose ?

— Je n'en suis pas certain. Cela ressemble à une forme ancienne de simitien. Des Daoras, peut-être ? Nous devons faire des recherches.

Des huit clans qui se partageaient le territoire de Simint, les Daoras étaient ceux qui inquiétaient le plus souvent Basaléa. Leur province englobait une vaste et fertile région dont la proximité avec l'empire avait été la cause de bien des tourments pendant la guerre.

— Ma troupe est prête à partir dès aujourd'hui ! s'exclama la jeune femme avec passion.

— Shanii...

— Les Daoras n'avaient rien à faire dans cette région, commandant, en particulier si loin de la frontière ! Il se passe quelque chose. Et si une troupe doit se rendre à Simint pour enquêter, alors ce sera nous ! Confiez-moi cette mission. Je suis prête. La mort de Kath doit être vengée.

— Je te promets d'y réfléchir. Mais nous ne pouvons pas nous jeter dans l'inconnu sans étudier la situation. J'ai besoin de temps. Nous en reparlerons dans quelques jours.

Les dents serrées pour s'empêcher de protester davantage, la jeune femme hocha la tête. Ce n'était pas ce qu'elle avait espéré, mais c'était un début.

Une fois dehors, Shanii s'attarda quelques instants devant le manoir du commandant. Le vieil homme qu'elle avait rencontré quelques minutes plus tôt – maître Kelarios – était en train de vociférer des insultes à l'encontre d'un de ses apprentis, lequel se recroquevillait sur lui-même dans l'attente d'un coup qui ne venait pas.

La jeune femme retint sa respiration. Ce n'était pas tant le comportement agressif de Kelarios que le public qu'il semblait chercher qui l'indignait. Shanii avait été élevée sous la menace du fouet, elle aussi. À vrai dire, elle était tout bonnement incapable d'imaginer une autre forme d'éducation. Mais elle avait toujours eu en horreur, et ce depuis son plus jeune âge, les instructeurs qui faisaient de leurs punitions un spectacle.

Tournant le dos à l'invité du commandant, elle était sur le point de prendre la direction de son dortoir quand une silhouette masculine émergea de la tente voisine. Seuthrae était le foyer de plusieurs milliers d'âmes, Shanii ne pouvait pas prétendre toutes les connaître. Mais les Basaléens étaient rares, et le nouveau venu ne semblait pas à sa place parmi eux. Avec ses cheveux sombres bouclant sur des sourcils épais, les traits anguleux de son visage doré par le soleil et ses yeux d'un bleu intense, tout en lui criait l'aristocratie.

Consciente qu'elle l'étudiait sans doute un peu trop ouvertement, Shanii secoua la tête et se fondit dans la foule pour rejoindre le dortoir qu'elle partageait avec ses amis, l'existence du mystérieux Basaléen aussitôt oubliée. Clemens avait intérêt à ne pas la faire attendre trop longtemps, car sa patience avait des limites. Elle ne désirait plus qu'une chose désormais : se rendre à Simint et venger la mort de Kath.

Chapitre 7

An V du règne de l'empereur Solis Vestinus Marcallas

Peu après avoir été sélectionnées comme pupilles du commandant Clemens, Kath et Shanii emménagèrent dans l'un des dortoirs bordant l'arène. L'ordre était venu du commandant lui-même, qui souhaitait les voir étudier ensemble le matin, avant le début de l'entraînement.

L'affaire avait été réglée en moins de quelques minutes, les deux jeunes filles ne disposant que des maigres effets qu'elles avaient reçus le jour de leur arrivée à Seuthrae : deux tuniques et des sandales qu'elles pourraient renouveler une fois par an, ainsi qu'une tablette d'argile gravée de leur nom que l'intendant conservait lorsqu'il leur confiait des armes. Shanii possédait également une collection de petits cailloux pointus qu'elle alignait à côté de sa paillasse la nuit et utilisait pour dessiner des arabesques dans la terre quand elle s'ennuyait.

Plus tard, lorsqu'elles atteindraient leur majorité et commenceraient leurs missions aux frontières de l'empire, elles percevraient une solde de quelques pièces de cuivre par mois qui leur permettrait d'acheter un équipement de meilleure qualité dans les villages environnants. Celle qui serait choisie pour devenir capitaine gagnerait sans doute bien plus. Mais cette perspective était aussi lointaine que l'horizon pour les deux petites filles qui n'avaient encore que dix et sept ans.

Le premier matin après le réarrangement de leurs dortoirs, Kath découvrit Shanii en tailleur sur sa paillasse, la main sur l'un de ses cailloux. Elle avait creusé dans le sol de terre battue le dessin approximatif d'une fleur à huit pétales.

— Par où veux-tu commencer ? demanda Kath à voix basse pour ne pas déranger les autres enfants qui partageaient leur tente.

— Par partir, riposta la petite fille en se levant.

Elle était déjà habillée, les sandales lacées sur ses pieds couverts de poussière.

— Ce n'est pas ce que je voulais di...

— Pas ici.

Shanii croisa les bras, campée sur ses jambes d'un air de défi. La posture si confiante aurait pu sembler adorable, venant de quelqu'un d'aussi jeune, mais la vie dans la Légion Neuve avait instillé en elle une violence dont la petite fille n'hésitait pas à faire preuve. Adorable n'était pas un mot que l'on associait à Shanii. Jamais.

— Bien, capitula Kath. Où, alors ?

Les deux fillettes prirent la direction du terrain d'entraînement afin de s'installer sous les gradins. Là, elles étaient sûres de ne pas être dérangées jusqu'au lever du soleil. Là, Shanii consentit à laisser Kath lui apprendre à lire.

Elles commencèrent par le plus simple : l'alphabet. Faire correspondre des lettres aux sons que la petite fille connaissait déjà se révéla d'une facilité surprenante. Malgré son jeune âge, Shanii était d'une intelligence redoutable. Kath pensait comprendre pourquoi Clemens l'avait désignée entre tous pour devenir sa pupille.

Les semaines s'écoulèrent dans une étrange sérénité. Plus le temps passait, plus Kath se rendait compte qu'elle se délectait de ces moments, des discussions engagées sur la prononciation de tel ou tel mot et même des remarques acerbes que la petite fille laissait souvent échapper. Shanii n'avait pas la langue dans sa poche, mais cela plaisait à Kath qui n'avait jamais eu l'occasion de rencontrer quelqu'un comme elle.

Près de six mois plus tard, un jour où le contingent de Kath était en train de s'entraîner au glaive sous le soleil déclinant de la fin d'après-midi, le terrain fut brusquement envahi par un groupe d'adolescents. Au milieu d'eux, la chevelure pâle de Saemund brillait comme de l'or blanc.

— Ton admirateur est arrivé, grimaça Shanii tout en lui assénant un coup si puissant de son épée de bois que Kath dut faire un pas en arrière.

— S'il m'admire, c'est parce qu'il me prend pour un miroir, répliqua cette dernière dans un souffle.

Les lèvres étirées en un sourire moqueur, Shanii s'autorisa un regard amusé vers les garçons. Kath en profita aussitôt pour se jeter sur elle de toutes ses forces, mais la fillette était si rapide qu'elle pirouetta hors de sa portée.

— Vous souhaiteriez peut-être que je vous montre comment se bat un vrai légionnaire ? susurra Saemund, qui s'était glissé jusqu'à elles.

— Si tu veux dire comment te faire malmener par une gamine, bien entendu, je t'écoute, rétorqua Kath en tournant son attention vers lui.

— Eh ! s'exclama Shanii d'un ton vexé. Je suis pas une gamine ! Et je peux vous le prouver à l'un comme à l'autre !

Kath devait avouer que son regard sanguinaire compensait amplement sa petite taille et la fragilité de ses traits d'enfant. Saemund et elle avaient beau la dominer tous deux de plus d'une tête, la fillette était de loin la plus terrifiante.

— Si les dernières fois t'ont pas convaincu, ajouta-t-elle encore en pointant son glaive dans la direction de Saemund, je veux bien te donner une nouvelle leçon.

La menace n'était pas vaine : Shanii et Saemund en étaient venus aux mains à plusieurs reprises après la fois où elle l'avait fait tomber dans la poussière, l'année précédente. Le jeune homme se contenta toutefois de hausser un sourcil dubitatif. Élevé à Seuthrae, tout comme elles, il était habitué aux intimidations quotidiennes. Kath aimait à croire que sa promotion au rang de pupille découlait davantage de l'existence d'une famille influente quelque part à Brekkur que de ses aptitudes. Mais même le dernier des idiots apprenait à se défendre en grandissant dans un camp militaire.

— Dégage, la mioche, les adultes parlent. Et toi, *Kathild*, voyons comment tu te débrouilles quand les choses deviennent sérieuses.

Avec un sourire satisfait, il pénétra dans le cercle d'entraînement qu'elles avaient tracé dans le sable et brandit son arme. Ce n'est qu'en le voyant s'abattre sur elle que Kath comprit qu'il s'agissait d'un véritable glaive. Elle n'avait encore jamais eu l'occasion d'en observer un de si près. Et le contingent de Saemund, qui n'était qu'une génération au-dessus du sien, n'aurait pas dû y avoir accès non plus.

Le choc la paralysa une seconde de trop.

La lame n'était plus qu'à quelques pouces de son visage lorsqu'elle fut percutée par la gauche et s'écroula fort disgracieusement sur le sol. Shanii venait une nouvelle fois de lui sauver la mise. Pour quelqu'un qui prétendait ne tolérer sa présence qu'à grand-peine, cela commençait à faire beaucoup.

Kath se releva en époussetant sa tunique, la respiration haletante. L'air prétentieux de Saemund lui donnait envie de crier. À présent que l'effet de surprise s'était estompé, elle sentait sa colère bouillonner dans le creux de son ventre. Serrant les doigts sur la poignée de son épée de bois, elle se jeta sur son adversaire et enchaîna les mouvements qu'elle avait étudiés au cours des derniers mois. Le jeune homme les para l'un après l'autre sans aucune difficulté. Puis, d'un coup particulièrement puissant, il logea son glaive dans les aspérités du bois de celui de Kath et le lui arracha littéralement des mains.

Le désordre aurait dû attirer l'attention de leur professeur à ce stade, mais un coup d'œil dans sa direction apprit à Kath que personne ne viendrait à leur aide : les légionnaires les plus proches les observaient d'un air curieux et Gallius, leur instructeur, était de l'autre côté de l'arène en train de corriger la posture d'un jeune Brekki.

— Tu fais moins la maligne à pr... commença Saemund en ricanant.

Sa brimade se mua en grognement lorsque Shanii sauta sur son dos dans un hurlement perçant. Profitant du fait qu'il était déconcentré, Kath s'empressa de le frapper au tibia. Le jeune homme, encore aux prises avec la petite fille cramponnée à son cou, lâcha son épée en poussant un juron sous les rires de ses camarades. Aucun d'eux ne fit le moindre geste pour lui venir en aide. Kath se pencha alors pour ramasser l'arme tombée sur le sable.

— Je suppose que c'est toi qui fais moins le malin, maintenant, lança-t-elle avec l'impression euphorisante d'avoir remporté le combat.

— Professeur Gallius ! appela alors Saemund. Professeur !

Le Basaléen fut obligé d'abandonner sa leçon pour les rejoindre, l'air mécontent. Orestes Gallius était un homme ventru d'une quarantaine d'années qui avait dû quitter son poste de capitaine après avoir perdu une main lors d'une bataille bien des années plus tôt. Clemens lui avait offert une place d'instructeur à Seuthrae, et même si l'homme était venu de son plein gré, il semblait détester ses élèves, chacun avec plus de ferveur encore que le précédent.

— Que se passe-t-il ? gronda-t-il en s'approchant.

— Kath et Shanii ont volé des glaives aux légionnaires !

Même venant de Saemund, c'était un coup bas.

— Menteur ! s'écria Shanii en le bousculant.

Kath était en possession de l'épée, mais elle n'osait pas se défendre, surtout sous le regard de Gallius. Elle avait été élevée dans le respect de l'autorité et savait que le port d'une arme réelle leur était interdit. Ses réticences disparurent toutefois en une fraction de seconde lorsque Saemund envoya son poing contre la tempe de Shanii. Lâchant le glaive, elle se précipita vers la petite fille pour lui venir en aide.

— Assez ! gronda le professeur. Arrêtez !

Ils l'ignorèrent. Au milieu des cris d'encouragement de la foule, Gallius s'immisça dans la mêlée, plongea la main dans la chevelure de Kath pour la jeter en arrière avant de soulever Shanii par le col de sa tunique, les arrachant l'une après l'autre à Saemund.

— Assez ! répéta-t-il d'un ton furieux. Cela suffit, toutes les deux ! Je n'en tolérerai pas plus.

Shanii et Kath se tinrent tranquilles, mais la lueur dans leur regard ne ressemblait en rien à de la contrition. Le Basaléen dut s'en apercevoir, car au lieu d'être apaisée par leur obéissance, sa colère ne fit que croître.

— L'entraînement est terminé pour aujourd'hui, annonça-t-il à la ronde. Saemund, retourne avec ton contingent immédiatement. Vous deux, montez sur l'estrade.

— Mais c'est lui qui... protesta Shanii.

— Tout de suite !

Kath ne put réprimer un frémissement d'horreur. Lorsqu'ils voulaient les punir, la plupart de leurs instructeurs se contentaient généralement de leur assigner des tâches épuisantes comme nettoyer l'écurie ou les latrines. Après presque deux ans à Seuthrae, Kath connaissait ces deux endroits sur le bout des doigts. Mais l'estrade était là pour les corrections les plus sévères. La seule vision de ses six piliers qui s'élançaient vers le ciel faisait trembler tous les enfants de la Légion Neuve.

L'envie de fuir démangeait les jambes de Kath. Mais elle croisa le regard déterminé de Shanii et comprit qu'elle n'irait nulle part. Il n'était pas question qu'elle la laisse affronter seule ce qui allait suivre.

D'un pas lourd, les deux fillettes gravirent les marches de bois aux côtés de Gallius qui porta la main à sa ceinture pour se saisir de son fouet. C'était un objet abominable pourvu d'une garde longue comme l'avant-bras et d'une collection de larges lanières savamment découpées dans un cuir souple afin d'infliger un maximum de douleur sans lacérer la peau de ses victimes.

— Vos armures, mesdemoiselles.

Le cœur battant à tout rompre, Kath dénoua le lacet qui retenait les protections sur ses épaules et regarda le morceau de cuir bouilli tomber au sol dans un bruit mat. L'air s'était mis à gronder à ses oreilles. De l'autre côté de l'estrade, les gradins étaient déserts en dehors d'une poignée de légionnaires rassemblés autour de Saemund, lequel les contemplait sans la moindre gêne, tirant même un plaisir certain de leur disgrâce.

Le bourdonnement se renforça et Kath secoua la tête pour dissiper la sensation de vertige qui l'accompagnait.

En vain.

— Vos tuniques, également. À moins que vous ne souhaitiez finir l'année avec un uniforme déchiré.

Kath fit glisser le vêtement jusqu'à sa taille en serrant les dents. Jamais encore elle ne s'était sentie si impuissante. Si vulnérable. C'était la première fois qu'elle comprenait que son corps pouvait être utilisé comme une arme contre elle.

Prise de nausées, elle leva la main pour se tenir au poteau à l'instant où Gallius frappa. Ce fut comme si le monde s'était replié sur lui-même. Le bourdonnement éclata à ses oreilles et, pendant quelques secondes, elle aurait pu jurer être témoin du châtiment des centaines d'enfants qui avaient subi la morsure du fouet à cet endroit précis. Leurs voix. Leur agonie. Mêlée à la sienne. Lorsque le brouillard se dissipa dans son esprit, elle se rendit compte qu'elle était en train de hurler et serra les dents, honteuse. Elle s'était promis de ne rien trahir de sa douleur.

Satisfait, le professeur se tourna vers Shanii en brandissant son arme. Le gémissement sourd qui s'échappa de la bouche de la petite fille brisa le cœur de Kath, la forçant à détourner le regard. Malheureusement pour elle, l'autre côté de l'estrade était pire encore.

Saemund s'était approché aussi près que les gradins le lui permettaient. Alors que le fouet frappait à nouveau la peau tendre de son dos, Kath le vit pincer les lèvres, comme s'il tentait vainement de réprimer un sourire. Dévastée par la douleur et la honte, elle ferma les yeux, priant tous les dieux de son pays de l'aider à contenir les larmes qui gonflaient sous ses paupières.

Gallius leur administra six coups à chacune. Puis il les congédia comme si rien ne s'était passé. La leçon du jour était terminée. Shanii et Kath revêtirent leur tunique en grimaçant et patientèrent jusqu'au départ du dernier légionnaire. Alors seulement elles quittèrent l'arène pour prendre la direction de la résidence du commandant, les dents serrées pour ne pas révéler l'ampleur de leur souffrance.

Les enfants de Seuthrae avaient accès à une infirmerie, mais elle se trouvait à l'autre bout du campement et Kath était persuadée que les guérisseurs les garderaient en observation pendant plusieurs heures. C'était un risque qu'elle ne voulait pas courir, car le soleil empourprait déjà le ciel des premières lueurs du couchant. Les soirées passées en compagnie de Clemens étaient devenues d'une importance capitale à ses yeux, les connaissances qu'elle y aiguisait plus précieuses que tout le reste. Shanii devait être du même avis. L'expression résolue, elle s'engagea d'elle-même sur le chemin qui menait au manoir sans proposer de détour.

L'arène n'était séparée de la demeure du commandant que par l'auditorium, mais ce fut suffisant pour offrir à Saemund l'opportunité de les rejoindre, le pas léger et l'air triomphant.

— Eh bien, c'était du spectacle, souffla-t-il d'un ton narquois.

— Dégage, lui répliqua Kath.

— Mais nous allons au même endroit...

— Saemund...

— Je voulais juste te rappeler de ne pas faire ta maligne avec moi, petite Kathild.

Il posa la main dans son dos, la faisant sursauter de douleur, et se pencha pour murmurer à son oreille :

— Mon père est le grand maître de la guilde des marchands de Drangavik. Tu sais ce que cela veut dire, n'est-ce pas ? Essaie encore une fois de te mettre en travers de mon chemin, et tu recevras bien plus que des coups de fouet !

— Saemund !

Kath tourna la tête dans la direction de la voix. Viseh était en train de courir à leur rencontre.

— T'en as pas marre de t'en prendre à des gamines ?

— Occupe-toi de tes oignons, joli cœur.

— Aniela a dit qu'elle t'attendait près du puits, si j'étais toi je me dépêcherais. Tu sais que Clemens ne tolère pas le moindre retard.

Saemund partit d'un rire gras, frappa joyeusement l'épaule de son compagnon et se lança le long d'une seconde avenue en courant dans la poussière. Viseh se tourna alors vers Kath et Shanii d'un air désolé.

— Clemens ne sera pas là avant une demi-heure, fit-il en leur tendant une petite sacoche. J'ai pris ça pour vous à l'infirmerie. Allez à l'intérieur, j'empêcherai Rous d'entrer s'il arrive trop tôt.

Kath hocha la tête et pressa aussitôt le pas pour dissimuler le sourire gêné qui était en train de naître sur ses lèvres. Avec sa peau hâlée, ses traits délicats et ses longs cheveux bruns où se perdaient de fines tresses serties de perles, Viseh était d'une grande beauté. Bénéficier de son attention était une expérience des plus étranges, surtout après un épisode aussi traumatisant que celui qu'elle venait de traverser.

— Il faut faire quelque chose à propos de Saemund, grimaça Shanii une fois à l'abri dans le salon du commandant. Quelque chose d'assez intimidant pour lui faire comprendre qu'il ne peut plus nous traiter comme ça.

Le *nous* éveilla un écho particulièrement agréable dans le cœur de Kath, dont le sourire s'agrandit encore tandis qu'elle débouchait le récipient.

— Je suis d'accord, admit-elle en plissant le nez devant l'odeur de l'onguent. Mais ce que j'aimerais surtout savoir, c'est pourquoi tu veux m'aider.

— Quoi ?

— Pourquoi es-tu remontée contre Saemund ? Qu'est-ce qu'il t'a fait, à toi ?

— Il t'a appelée Kathild, répondit la petite fille en fronçant les sourcils, le visage dénué de la moindre trace de sarcasme.

Kath sentit une vague de chaleur se répandre dans sa poitrine.

Pour la première fois depuis des mois, depuis son arrivée à Seuthrae peut-être, elle n'avait plus l'impression d'être seule.

Chapitre 8

An V du règne de l'empereur
Solis Vestinus Marcallas

— Nous étions alors victimes de guerres incessantes. C'était une époque difficile, où chaque dispute pouvait se transformer en conflit sanglant et emporter des milliers, non, des centaines de milliers de vies. Mais Basaléa était déjà un empire prospère. Nos mines regorgeaient de fer et nos champs étaient fertiles. Nous avions construit des routes et détourné des rivières. Nos paysans étaient bien nourris, nos armées disciplinées et nos villes ne faisaient que croître. En l'an VIII de son règne, l'empereur Cineris Horatius Marcallas a donc pris la décision de partager nos richesses avec le reste du continent.

Leur instructeur du jour était un Basaléen d'une trentaine d'années aux yeux bleus profondément enfoncés nommé Cheiron. De tous, c'était probablement celui que Kath préférait, mais son entrain habituel ne parvenait pas à éveiller l'attention de ses élèves. Il régnait une ambiance particulièrement morose ce matin-là. Personne, dans la pièce, n'osait croiser le regard de Shanii ou de Kath.

Ce n'était pas que les châtiments étaient rares à Seuthrae, loin de là. La punition de la veille avait pourtant laissé une ombre lugubre sur leur contingent. Peut-être était-ce la naissance d'un sentiment d'injustice devant le fait que le véritable instigateur de la dispute n'avait pas été puni. Peut-être était-ce parce que Kath et Shanii étaient des filles et qu'on leur réservait généralement des sanctions non corporelles. Ou peut-être cette gêne n'était-elle qu'une conséquence naturelle de chaque correction publique et Kath ne s'en rendait-elle compte qu'en cet instant parce que c'était la première fois qu'elle s'en trouvait l'objet.

— Qui peut me rappeler à quelle date ont été signés les accords de Setri ? interrogea Cheiron en embrassant la salle du regard.

Personne ne lui répondit. Kath poussa un soupir, trop maussade pour lever la main. Elle connaissait cette date, bien sûr. Ils la connaissaient tous. Depuis leur premier jour à Seuthrae, leurs instructeurs les réunissaient quotidiennement en petits groupes pour leur narrer la même histoire. Parfois au mot près.

— En l'an LXVIII du règne de l'empereur Cineris Horatius Marcallas, reprit leur professeur sans s'émouvoir du silence. Après des années de guerre, Brekkur, Simint, Daryan, Qecia et Oltaï ont travaillé main dans la main avec Basaléa pour se débarrasser des rebelles qui faisaient obstacle à la paix que Cineris brandissait tel un étendard. Ensemble, ils ont signé les accords de Setri, garantissant une paix durable entre nos pays et l'aide généreuse de l'empire afin d'empêcher le retour au chaos.

Kath se mordit la lèvre pour étouffer un grognement. Ils savaient déjà tout cela. Cineris était mort quelques semaines après la signature du traité, à l'âge avancé de quatre-vingt-sept ans. Il avait laissé sa place à l'empereur Ignetus Gallio Marcallas, le père de celui qui se tenait aujourd'hui sur le trône et l'homme qui avait été derrière l'idée même de la Légion Neuve. La jeune fille ne comprenait pas pourquoi ils étaient obligés d'écouter la même histoire, jour après jour. La patience faisait habituellement partie de ses qualités, mais avec la douleur qui persistait dans son dos, elle ne se sentait pas d'humeur à faire le moindre effort.

— Et c'est ainsi, acheva enfin Cheiron, que vous êtes devenus des citoyens de Basaléa. Vous êtes tous les enfants de Son Altesse Impériale désormais, et depuis son trône dans la capitale dorée, il salue votre travail et vous offre sa protection. Pour la paix du continent et la gloire de Basaléa.

Le silence retomba sur la salle à la fin de son discours. On n'entendait plus que la toile de la tente claquer au vent tout autour d'eux. Cheiron les dévisagea un instant avant de hocher la tête en désignant la sortie, mouvement qui causa un chaos soudain dans leurs rangs. Après l'entraînement intensif du matin et la leçon obligatoire sur l'histoire de l'Empire basaléen venait enfin le moment du repas.

Le soir même, alors que les enfants étaient endormis dans leurs lits de camp, Kath sentit une petite main lui toucher l'épaule. Immédiatement réveillée, elle se redressa d'un bond, découvrant sur elle les grands yeux sombres de Shanii qui lui ordonnaient de la suivre. La jeune fille leva un sourcil étonné. Elle n'était jamais vraiment sûre de ce que Shanii s'apprêtait à faire, la soutenir dans un combat ou bien la poignarder dans le dos. Non. S'il y avait bien une chose dont elle était certaine, c'est que si jamais Shanii souhaitait la poignarder, elle le ferait de face, en la regardant droit dans les yeux.

— Que veux-tu ? murmura Kath en grimaçant de douleur.

— Pas ici. Viens.

Abandonnant pour de bon l'idée de s'octroyer quelques heures de sommeil réparateur avant la reprise des entraînements à l'aube, Kath poussa un soupir et quitta le confort tout relatif de son lit. Une fois hors de leur pavillon, Shanii s'engagea sans hésiter vers le nord, longeant tente après tente d'un pas décidé. Les seuls bruits qui leur parvenaient dans la nuit étaient les ronflements continus des légionnaires endormis et au loin les échanges des gardes en faction. Lorsque la petite fille s'immobilisa et leva le bras pour lui intimer le silence avant même d'avoir aperçu le soldat qui remontait l'allée, Kath dut se rendre à l'évidence : ce n'était pas la première fois qu'elle se livrait à ce jeu. Il y avait quelque chose dans l'angle de sa nuque et la concentration absolue de son regard qui forçait l'admiration. Personne n'aurait pu deviner qu'elle avait été fouettée la veille.

Après quelques minutes supplémentaires, elles parvinrent devant une vaste remise en bordure du campement où étaient entreposés d'énormes sacs de grains. Comme la majorité des recrues désobéissantes, Kath et Shanii avaient été obligées de venir dans ce bâtiment à de nombreuses reprises pour y récurer les marmites dans lesquelles cuisait leur gruau quotidien. C'était donc un lieu parfaitement familier pour Kath qui aurait pu s'y orienter les yeux fermés.

Ce qui n'était pas familier, en revanche, c'était la silhouette du garçon qui les attendait à l'intérieur. Il semblait avoir le même âge que Shanii, sept ou huit ans tout au plus. Ses cheveux châtain foncé tombaient en mèches désordonnées sur sa peau hâlée et ses yeux noisette. Avec son torse mince et ses membres interminables, il dégageait une allure de marionnette, comme les jouets que son père rapportait parfois de la capitale. Kath ne parvenait pas à se souvenir si elle l'avait déjà croisé ; son âge était pourtant une indication suffisante pour affirmer qu'il faisait partie de leur contingent.

— Kath, je te présente Sokha, fit Shanii. Sokha, Kath, mon amie.

Le cœur de la jeune fille se mit à danser dans sa poitrine, lui faisant momentanément oublier la question de l'identité du garçon. À Hvnir, le village où elle était née, il n'y avait que très peu d'enfants. C'était même la raison pour laquelle la guilde locale avait été obligée d'ajouter son nom dans la boîte qui avait pris la route de la capitale pour la Grande Loterie.

Kath n'avait jamais vraiment eu de compagnons de jeu, quelques enfants du voisinage, tout au plus. Et aucun d'eux ne l'aurait présentée comme une amie. C'était une sensation inédite.

— Que faisons-nous ici ? demanda-t-elle pour s'empêcher de sourire comme une idiote.

— Sokha a un talent très particulier. Je veux ma vengeance sur Saemund et je pense qu'il peut nous aider.

Kath reporta son attention sur le jeune garçon qui les étudiait en silence. Son visage lui était vaguement familier, tout comme la lueur maussade qui brillait au fond de ses yeux. Mais elle avait beau réfléchir, elle ne parvenait pas à évoquer un souvenir précis dans lequel il aurait eu sa place.

— D'accord, fit-elle avant de se tourner vers Shanii. Quel est le plan ?

— Je n'en ai pas encore. Je me suis dit qu'on trouverait quelque chose ensemble.

C'était logique. Et tout à fait le genre de leçon que Clemens essayait de leur inculquer depuis des mois : les meilleurs plans prenaient rarement naissance dans l'esprit d'une unique personne, ils étaient le résultat d'une réflexion engagée entre plusieurs parties aux avis parfois divergents.

Kath se gratta le menton et observa tout autour d'elle à la recherche d'une source d'inspiration quelconque. Son regard retomba assez naturellement sur Sokha. Le garçon était assis, les jambes croisées devant lui. Ses doigts tapotaient en rythme le sol de terre battue sur un tempo qu'il était le seul à entendre.

— Quel talent ? demanda finalement Kath.

— Talent ? répéta Shanii en fronçant les sourcils.

— Sokha. Quel est son talent ?

— Ah ! Il peut devenir invisible !

— Invisible ? s'exclama Kath en écarquillant les yeux de surprise. Mais... C'est...

Ce ne fut que lorsque Shanii éclata de rire que Kath comprit qu'il s'agissait d'une plaisanterie. Bien sûr. Devenir invisible était une forme de magie et la magie appartenait aux merveilleuses légendes que lui racontait sa mère, pas au monde dans lequel ils vivaient. Kath se sentit rougir, embarrassée de s'être montrée si crédule. Elle priait chaque fois que le soleil se levait dans une aube ardente, certes, mais c'était une habitude que beaucoup de gens partageaient, à Brekkur. Elle ne croyait pas *sincèrement* à l'existence de la magie.

La veille, pourtant, elle avait douté. Pendant quelques secondes, lorsqu'elle avait posé les mains sur le poteau, sa vision du monde avait été ébranlée. Les voix avaient semblé si réelles, les émotions si intenses. Comme si elles avaient appartenu à d'autres personnes. Mais c'était ridicule. Une telle chose était tout bonnement impossible. C'était la terreur qui avait submergé son esprit, lui faisant entendre des bruits qui n'existaient pas. Rien de plus.

Comme s'il avait perçu sa confusion, Sokha se releva d'un bond en laissant échapper un petit rire.

— Je suis très discret quand je le veux. J'ai comme la faculté de... de me faire oublier rapidement.

— Il m'apprend à me déplacer sans être vue depuis quelques semaines, renchérit Shanii, qui semblait particulièrement fière de cet exploit.

Cela expliquait la façon dont elle avait traversé le campement cette nuit. Avec un talent tel que celui-ci, Kath ne pouvait s'empêcher de songer qu'elle aurait fui Seuthrae depuis longtemps.

Quoi qu'ils décident de faire pour se venger de Saemund, la discrétion serait sûrement de mise. C'était donc un atout particulièrement tentant, mais les leçons de stratégie avec Clemens l'avaient rendue prudente.

— Pourquoi es-tu ici ? demanda-t-elle. Pourquoi veux-tu être mêlé à cette histoire ?

— Pour la même raison que j'entraîne Shanii.

— Laquelle ?

— Je m'ennuie.

— Tu... Tu *t'ennuies* ?!

Il haussa les épaules d'un geste désinvolte avant de porter la main à ses tempes.

— Je m'ennuie vite. J'ai besoin d'avoir un but, sinon ça fait mal, là.

Kath secoua la tête d'un air perdu. Elle peinait à comprendre comment on pouvait s'ennuyer dans un endroit tel que Seuthrae, un campement militaire où les légionnaires n'avaient pas une minute à eux du lever au coucher du soleil. Mais le garçon semblait sincère et s'il était aussi doué qu'il le prétendait, son aide pourrait se révéler utile.

— Assez avec les présentations, intervint Shanii en traversant la pièce de long en large comme un général devant ses troupes. Nous devons trouver un plan, maintenant !

— Quelle est ton idée ?

— Attirer Saemund à l'extérieur de Seuthrae et le tuer.

— Non, je... Nous ne pouvons pas le tuer !

— Pourquoi ?

— Pourquoi ? Mais parce que... parce que...

Shanii la toisa avec méfiance, une expression si sérieuse dans ses yeux d'enfant que Kath se mit à rire malgré elle.

— Nous serions punies plus sévèrement encore.

— Pas si nous faisons disparaître le corps.

— Après ce qui s'est passé hier, nous serions les premières suspectes. Et puis, je préfère attendre le plus longtemps possible avant de devenir une meurtrière, pas toi ?

La petite fille haussa les épaules, mais Kath était persuadée d'avoir vu une lueur de soulagement dans son regard.

— Bien, reprit-elle. Puisque nous sommes d'accord, voici un autre plan. On se débrouille pour faire sortir Saemund du camp, puis on trouve un moyen de lui faire passer l'envie de s'en prendre à nous.

Aucun des trois enfants ne dormit cette nuit-là, l'esprit échauffé par des milliers d'idées plus macabres les unes que les autres. Kath fut obligée d'intervenir à plusieurs reprises afin de poser des limites à leurs élucubrations.

— Tu es consciente qu'il va devoir souffrir ? s'agaça Shanii au bout d'une longue dispute sur le démembrement. Si nous ne frappons pas assez fort, cela lui donnera juste l'envie de concentrer tous ses pions sur nous. Tu sais, comme il le fait sur le plateau de *Brigands*.

— Je sais.

Kath en avait conscience, en effet. Elle le déplorait, mais elle comprenait de mieux en mieux le mode de vie à Seuthrae. Son expérience au quotidien et les leçons de stratégie lui avaient ouvert les yeux sur les rapports de force qui régissaient l'ensemble des légionnaires. Si elles se contentaient d'intimider Saemund, ce dernier prendrait sa revanche à la première occasion, les enfermant dans un cercle vicieux sans fin. Elles seraient forcées de vivre dans la crainte perpétuelle d'une riposte, d'une marche de plus dans un escalier interminable qui s'enfonçait toujours plus profondément dans l'abîme de la monstruosité humaine.

Cette pensée l'obséda le lendemain, alors qu'elle bataillait pour survivre à une nouvelle journée d'entraînement. Elle continua de la tarauder tandis qu'elle écoutait Clemens et ses pupilles débattre de l'intelligence d'un mouvement sur le plateau de *Brigands* et après, encore, l'empêchant de trouver le sommeil jusqu'aux petites heures du matin.

Mais lorsque le soleil se leva finalement sur Seuthrae, un plan avait commencé à germer dans le secret de son esprit.

Chapitre 9

An XV du règne de l'empereur Solis Vestinus Marcallas

— Ah, capitaine Aquila, entrez donc. Je pense que j'ai trouvé la mission parfaite pour vous.

Damian pénétra dans le manoir d'un air suspicieux. Après avoir été ignoré pendant des jours, il avait vu quelques minutes plus tôt un page entrer dans ses appartements afin de lui annoncer que le commandant l'attendait à l'instant même. La précipitation de l'affaire ne lui disait rien qui vaille. Malgré l'expression impassible qu'il avait imposée à ses traits, le jeune homme pressentait que les ennuis étaient sur le point de commencer.

— Le Soleil vous guide, déclara-t-il d'une voix polie en traversant le salon.

Debout près de la bibliothèque, le commandant s'empressa de poser le livre qu'il était en train de feuilleter pour se saisir de la carafe qui patientait sur la table.

— Que savez-vous d'Ankacia, capitaine ? demanda-t-il tout en lui servant un verre de vin.

— Ankacia ? Un avant-poste, dans le sud de l'empire. D'après mes souvenirs, la ville a longtemps été une source de conflits avec la tribu des Daoras, de l'autre côté de la frontière.

— Correct. Ankacia a toujours été une zone quelque peu volatile, mais elle a pris une importance toute particulière au cours des derniers mois. Voyez-vous, le gouverneur a découvert un gisement d'or et de cuivre aux abords de sa ville.

— C'est une bonne nouvelle pour l'empire.

— Tout à fait. Mais cela a entraîné une hausse brutale de la population, ainsi qu'une diminution des ressources naturelles dans la région. Ce qui nous amène à votre mission. L'empereur a chargé maître Kelarios de se rendre à Ankacia afin de superviser la création d'un aqueduc vers la mine. Vous l'escorterez.

Damian hocha prudemment la tête. Accompagner un architecte sur les routes de Basaléa était loin de ressembler à la première expédition qu'il s'était imaginé entreprendre après avoir reçu le titre de capitaine. Mais dans ses rêveries naïves, il s'était également vu obtenir sa promotion à Setri, des mains mêmes de l'empereur, alors il n'était plus à une déception près.

— À partir d'aujourd'hui, continua le commandant, vous êtes responsable du Cinquième Contingent. Toutefois, vous ne pourrez prendre qu'une troupe réduite avec vous pour cette fois. La discrétion est de rigueur, car après avoir mis maître Kelarios en sécurité auprès de la garnison d'Ankacia, vous profiterez de l'expérience des soldats en poste à la frontière pour recueillir le plus de renseignements possible sur une éventuelle faction rebelle de Simint. J'enverrai un message à l'attention du gouverneur, afin qu'il vous assiste dans vos recherches.

— Des rebelles simitiens ? s'étonna le jeune homme, pour qui la mission prenait soudain un nouveau visage. Je n'ai pas entendu parler d'insurrection depuis...

— Dix ans. La région n'a pas connu de déséquilibres depuis le renouvellement du serment d'allégeance de la reine Makeda à l'empereur Solis. Mais j'ai l'impression que cette tranquillité arrive à son terme. Mes légionnaires ont récemment surpris une attaque qui m'inquiète tout particulièrement. J'ai besoin d'agents sur place pour vérifier si ces éléments perturbateurs agissent au nom de Simint. D'après les témoins, ils portaient un symbole qui semble les rattacher aux Daoras. Mais je préfère ne pas envoyer un contingent complet avant d'en savoir plus. La paix avec les Daoras a toujours été fragile, et avec l'augmentation brutale de la population à Ankacia... nous devons procéder avec la plus grande prudence.

— Et vous pensez que les soldats d'Ankacia pourront vous fournir des renseignements ?

— Vraisemblablement. Il est toutefois possible que cela ne soit pas suffisant et que vous soyez amené à continuer votre enquête de l'autre côté de la frontière.

— Vous voulez dire, pénétrer dans Simint ? Je croyais qu'il était interdit de...

— La Légion Neuve ne suit pas exactement les mêmes règles que le reste de l'empire, capitaine. Ce sera malgré tout dangereux. Si des bandits daoras sévissent dans la région d'Ankacia, il est probable que leur repaire se trouve quelque part dans les Oréades, et cette forêt est sacrée. Vous mènerez vos investigations en toute discrétion. Avec une petite troupe. Ne prenez pas de risques inconsidérés, et envoyez régulièrement un rapport de vos avancées. La garnison d'Ankacia dispose de pigeons voyageurs qui pourront gagner Seuthrae en moins d'une journée.

— Bien entendu, commandant.

— J'ai perdu l'un de mes capitaines les plus prometteurs au cours de l'attaque. Et l'unité qu'elle dirigeait crie vengeance. Ils formeront votre équipe pour cette mi...

Ils furent interrompus par une forte clameur, cacophonie de bruits de lutte et de protestations indignées. Damian fut sur ses pieds en un instant, la main sur la garde de son glaive, mais lorsque la porte s'ouvrit dans un grand fracas, il resta bouche bée devant la silhouette qui s'engouffra à l'intérieur.

Une fille.

Une fille, telle qu'il n'en avait jamais vu.

Elle avait la peau brune et d'immenses yeux noirs qui lançaient des éclairs. Sa petite taille était compensée par l'énorme masse de cheveux frisés qui entourait son visage comme un halo furieux. Damian ne put s'empêcher de laisser son regard dériver vers son nez retroussé et ses lèvres crispées, puis le long de la nuque délicate qui disparaissait dans le col de l'uniforme réglementaire des légionnaires. Une légionnaire. Le jeune homme haussa les sourcils. Comment avait-il pu mettre autant de temps à comprendre que l'inconnue était un soldat ?

— Commandant ! s'écria-t-elle d'une voix irritée. J'ai entendu dire que vous avez prévu de m'exclure de l'expédition à Ankacia ? Vous ne pouvez pas me faire ça ! J'étais la seconde de Kath ! Le poste de capitaine me revient ! À moi et à personne d'autre !

— Shanii, ce n'est pas le moment, répondit Clemens en la dévisageant d'un air las.

— Mais il n'y aura pas d'autre moment, n'est-ce pas ? Comptiez-vous me le dire un jour ? Ou bien aviez-vous prévu de leur faire quitter le camp sans préavis, au milieu de la nuit ?

— J'ai mes raisons.

— Je ne comprends pas ! J'ai besoin d'y aller ! Commandant... J'en ai besoin...

Sa voix s'était faite suppliante. Damian fronça les sourcils. Maintenant qu'il l'avait identifiée comme soldat, il trouvait son attitude complètement déplacée. Elle s'adressait à Clemens comme si elle était son égale et contestait même ses ordres. Ce n'était pas là le comportement d'un bon légionnaire.

Ce fut à cet instant que le regard de la jeune femme se posa sur lui, relevant sa présence pour la première fois. L'intensité de ses yeux sombres était telle qu'il eut l'impression de recevoir un coup dans l'estomac.

— Shanii, déclara le commandant, je te présente le capitaine Damian Aquila. Il...

— ... conduira *mon* unité à Simint, acheva-t-elle dans un sourire.

Mais ce n'était pas un sourire joyeux. Ce n'était même pas un sourire poli. C'était un sourire impitoyable qui promettait une mort lente et douloureuse.

— Où as-tu entendu cela ? soupira le commandant en se levant pour aller à sa rencontre.

— Saemund, qui d'autre ? Rien ne lui fait plus plaisir que de m'annoncer ce genre de chose. Ne me retirez pas cette mission. C'est *ma* mission. Je me débrouillerai bien mieux qu'un petit nobliau tout juste débarqué du palais. Je *connais* la région. Je *connais* mes troupes.

La seule réaction de Damian fut de serrer les dents. À dire vrai, ce n'était pas l'insulte qui le blessait – il ne s'était jamais attendu à être accueilli à Seuthrae à bras ouverts. Non, ce qui le choquait au plus haut point était le fait qu'elle n'avait pas même pris soin de parer son mépris des atours d'un compliment. C'était ainsi qu'il avait appris à procéder, dans la capitale.

— Le capitaine Aquila nous a été envoyé par l'empereur Solis, continua le commandant sans s'émouvoir de la détresse de la jeune femme. Cette mission lui revient de droit.

— Laissez-moi mon poste de seconde, dans ce cas. Je sais ce qu'il faut faire, et je serais un bon lien entre lui et le reste de l'unité.

— Je n'aurais pas pris cette décision à la légère, Shanii. J'ai besoin que tu m'accompagnes à Setri pour raconter ce que tu as vu.

— Naramsina peut témoigner ! Ou Sokha ! Ou même Orrin, qui se ferait une joie de rentrer chez lui.

— Ma décision est prise.

— Mais...

— Contesteras-tu mes ordres, Shanii ? Rappelle-toi, une fois les pions posés, il ne s'agit plus de stratégie, mais de hiérarchie.

La jeune femme pinça les lèvres et affronta son supérieur du regard pendant d'interminables secondes. Damian avait le souffle coupé devant tant d'audace. Il n'avait jamais vu un légionnaire faire preuve d'une insubordination aussi flagrante.

Pendant quelques instants, le monde entier s'effaça, ne laissant que la jeune femme et son mentor. Au fond d'elle, Shanii savait qu'elle ne pourrait pas le faire changer d'avis, mais cela n'avait pas la moindre importance. Ce n'était pas son genre d'abandonner sans se battre. Imaginait-il vraiment qu'elle se contenterait de regarder son unité partir *sans elle* pour venger la mort de Kath ? C'était tout bonnement impossible.

Elle reporta finalement son attention sur le Basaléen qu'elle avait surpris quelques jours plus tôt lors de son retour à Seuthrae. Damian

Aquila, avait-elle appris depuis. Le fils d'un ministre de Setri. Un jeune nobliau préposé à une carrière militaire, envoyé à Seuthrae pour lui voler son poste.

Depuis quand affectait-on des officiers basaléens aux unités de la Légion Neuve ?

La façon dont il était en train de l'étudier en cet instant, les yeux plissés, comme si elle venait d'échouer à passer la plus basique des évaluations, n'avait rien de surprenant. Shanii avait l'habitude d'être sous-estimée par les hommes, et plus particulièrement encore par les Basaléens. Après l'avoir toisé du regard suffisamment longuement pour être certaine qu'il ne l'imaginerait ni effrayée ni sans défense, elle fit demi-tour et sortit du manoir la tête haute.

Dirigeant ses pas vers son dortoir, elle trouva Sokha, Barsheen et Naramsina en train d'aiguiser leurs armes autour d'un feu de camp réduit à l'état de braises.

— Eh bien, ça n'a pas marché, fit-elle. Je n'y croyais pas vraiment...

— Qu'est-ce qui lui prend ? ronchonna Sokha en se laissant aller en arrière contre la bûche qui lui tenait lieu de dossier.

— Apparemment, il veut m'emmener à Setri pour livrer un témoignage sur l'attaque. Comme si cela allait servir à quelque chose ! Ces lâches se fichent bien de savoir ce qui nous arrive. Tant qu'on a la politesse de mourir loin de leurs fêtes et de leurs machinations...

D'humeur massacrante, Shanii frappa l'herbe jaunie du pied. Puis elle regarda autour d'elle, avisant Orrin en train de nettoyer son sac de voyage près de la tente.

— Où est Viseh ? demanda-t-elle en fronçant les sourcils.

— Probablement entre les bras de Nyssa, répondit Naramsina avec un sourire triste. Ou bien Calianne, je n'ai pas bien suivi.

— Même en un instant pareil ?

— Il surmonte son deuil à sa façon, Shanii. Ne lui en veux pas. Il aimait Kath autant que nous.

La jeune femme envoya d'autres brindilles en l'air pour la forme. Elle savait que Nara avait raison.

— J'ai besoin de bouger, s'exclama Sokha, qui avait du mal à rester oisif trop longtemps. Le terrain est vide à cette heure, que diriez-vous d'un entraînement au glaive entre nous ?

— En équipe ? demanda Barsheen.

— Tu en penses quoi, Shanii ? Nous contre les jumeaux ?

— Pas question qu'on se retrouve contre Nara et Barsheen, rétorqua aussitôt la jeune femme. Ils se comprennent toujours d'un seul regard. Prends l'un d'entre eux.

Avec un soupir, Sokha étudia attentivement les deux guerriers qui lui faisaient face. Barsheen était tout en muscles, un combattant dont la force était légendaire au sein de leur contingent. Naramsina semblait naïve et fragile au premier abord, mais elle était aussi habile que son frère.

— Nara, décida-t-il finalement.

Shanii aurait fait le même choix.

Les quatre amis prirent la direction du terrain d'entraînement, où ils s'armèrent de glaives en bois. Leurs duels avaient beau être factices, ils étaient extrêmement intenses et personne n'avait envie de perdre un bras ou une jambe pour une raison stupide.

Soupesant quelques épées jusqu'à en trouver une qui lui convenait, Shanii se tourna vers Barsheen.

— Tu t'occupes de ta sœur ?

— Tu es sûre ?

Elle acquiesça. Sokha était un adversaire des plus redoutables, sa puissance se conjuguant à une agilité surhumaine née de l'entraînement spécial qu'il avait reçu durant son enfance. Mais la jeune femme avait justement besoin de se plonger corps et âme dans l'exercice, afin d'oublier, même temporairement, l'outrage qu'elle avait ressenti face à la décision du commandant Clemens.

Glaive en main, Shanii devenait une autre personne. Sa vision s'aiguisait. Son ouïe s'affinait. Elle avait l'impression de sentir chaque souffle de vent sur sa peau. C'était ainsi depuis la toute première fois qu'elle s'était saisie d'une arme, bien des années plus tôt. La petite fille qu'elle était alors n'avait eu qu'à refermer les doigts sur la poignée d'une épée pour être envahie d'un sentiment de sécurité qui avait balayé tout le reste. Aujourd'hui, cette excitation des premières fois était loin derrière elle, mais le poids du glaive qui reposait contre sa paume demeurait synonyme de confiance, de sérénité. De foyer.

Avec un sourire, elle se mit en position d'attaque et se jeta immédiatement sur Sokha sans lui laisser le temps de respirer. Leurs mouvements étaient précis, redoutables, affinés par des milliers d'heures d'entraînement. Shanii visa la tête de son adversaire, mais ce dernier bougea avec fluidité, disparaissant de l'endroit où il se tenait un instant auparavant. La jeune femme avait anticipé cette esquive, aussi pivota-t-elle aussitôt, bloquant à l'ultime seconde le coup qu'il essayait de lui porter dans le dos. Les vibrations se propagèrent le long de son bras dans une vague dévastatrice. Elle tint bon.

Quelques minutes plus tard, essoufflée et couverte de sueur, Shanii s'aperçut que Barsheen et Naramsina avaient mis fin à leur duel pour les regarder se battre. Ils avaient également attiré une foule de spectateurs enjoués qui pariaient sur le vainqueur à grands cris.

Les loisirs étaient rares, à Seuthrae.

La distraction n'avait duré qu'une seconde, mais elle permit à Sokha d'abattre le tranchant de son glaive sur le flanc gauche, non protégé, de la jeune femme. Prise de court, elle lui opposa une parade qui manquait de force et les deux compagnons se percutèrent violemment, basculant dans le sable. Shanii savait qu'elle aurait du mal à se relever si son adversaire l'écrasait de son poids, aussi profita-t-elle de la chute pour couler ses bras autour de lui et renverser leur position. Ce n'était pas vraiment une attaque réglementaire, mais le temps pressait et rien d'autre ne lui venait à l'esprit.

À présent à cheval sur Sokha qui riait aux éclats, elle sortit un poignard de la gaine sur son épaule et appuya la lame froide sur le cou de son ami dans un mouvement fluide.

— Tu es mort.

— J'ai remarqué, répliqua-t-il sans s'arrêter de rire. Lève-toi, maintenant. On t'a déjà dit que tu pesais lourd pour ta taille ?

— C'est le poids de son cerveau, fit Barsheen en s'approchant pour aider Sokha à se redresser. Tu ne peux pas comprendre.

— Tes encouragements me vont droit au cœur, Barsheen. Vous êtes-vous au moins battus, tous les deux ? Ou avez-vous préféré admirer le spectacle ?

— C'est que ça en valait la peine, s'exclama Naramsina.

Shanii laissa échapper un rire franc. Cette manifestation de bonne humeur sonnait presque comme une trahison, si près de la mort de leur amie. Mais dans une vie aussi brève et incertaine que celle d'un légionnaire, on apprenait à apprécier les choses comme elles venaient, sans se poser de questions.

Chapitre 10

An V du règne de l'empereur Solis Vestinus Marcallas

N'importe quel plan valait mieux que pas de plan du tout. C'était une vérité indiscutable. Pourtant, alors que Kath pesait les avantages et les inconvénients de ce qu'elle avait proposé à ses compagnons quelques jours plus tôt, son cœur s'entêtait à faire pencher la balance du mauvais côté.

Shanii n'avait pas été difficile à convaincre. Pas plus que Sokha, qui était prêt à faire n'importe quoi pour apporter un peu de couleur à la monotonie de leur quotidien. Le seul obstacle avait été de forcer Shanii à admettre une fois pour toutes qu'il n'était pas question d'estropier Saemund.

Au fond d'elle, Kath aurait presque préféré que ses amis nouvellement désignés lui opposent une résistance. Son plan était ridicule, elle était la première à se l'avouer. Il était criblé de si et de peut-être, de moments où tout pouvait se retourner contre eux en l'espace d'un souffle. Clemens aurait probablement dit qu'il s'agissait d'une très mauvaise stratégie. Mais les trois enfants n'étaient que des débutants à ce jeu si particulier, et aucun d'eux ne parvint à imaginer une autre solution – ne contenant ni meurtre ni amputation – avant la semaine suivante, le jour du solstice d'hiver où Kath avait prévu de mettre leur petite aventure à exécution.

À la date convenue, en se rendant au manoir de Clemens, Kath était rongée par le doute. La première partie de son plan était celle qui lui paraissait la plus risquée, car elle impliquait de solliciter une aide extérieure. Leur vengeance n'avait pas commencé qu'elle ne tenait déjà qu'à un fil.

La leçon de ce soir-là les rassembla de nouveau autour d'un plateau de *Brigands*. Saemund se montra particulièrement retors, avalant les pions l'un après l'autre, ce que Kath vit comme un mauvais signe. Qui était-elle pour s'imaginer avoir le dessus sur un adolescent de plusieurs années son aîné ?

Pourtant, quand Viseh la remplaça après sa défaite cuisante, elle reprit légèrement espoir en remarquant la colère mal dissimulée du jeune homme, dont les yeux ne quittaient pas Saemund.

Viseh.

L'inconnue de cette opération qui les dépassait déjà.

Lorsque Kath s'était rendu compte qu'elle aurait besoin de l'aide d'un légionnaire, son choix s'était assez naturellement porté sur lui. Issus du Quatrième Contingent, Saemund, Rous et Viseh partageaient leur dortoir avec sept autres adolescents, mais il était le seul en qui elle pouvait avoir confiance. C'était l'unique raison pour laquelle elle avait décidé de l'impliquer. Absolument pas à cause du regard désolé qu'il lui avait lancé en lui tendant une pommade pour ses blessures, après leur correction publique. C'était en tout cas ce dont elle essayait de se convaincre. Il était beaucoup trop dangereux de tout miser sur un bref accès de compassion.

La partie de *Brigands* entre les deux jeunes hommes fut d'une violence inouïe. Les attaques n'étaient peut-être pas physiques, mais chacun des coups portés sur le damier était marqué par une rage bien visible. Le visage crispé, Viseh harcela son adversaire tant et si bien que ce dernier finit par perdre patience, négligeant toutes les techniques que Clemens leur enseignait depuis des mois.

Kath savait qu'elle était un peu la cause de tout cela.

Tout avait commencé le jour où elle avait pris la décision de pister Viseh. Son plan n'était alors qu'une vague esquisse, à peine le brouillon de ce qu'il allait devenir. Toutefois, elle avait déjà pris conscience du rôle que le jeune homme pourrait jouer, s'il se rangeait à leurs côtés. La première étape de toute stratégie qui se respecte était l'observation et la collecte d'informations.

Sokha s'était donc porté volontaire pour cette mission. Au bout de quelques jours, il avait rapporté à Kath qu'il avait suivi sa proie jusqu'au village voisin. Le jeune homme était parti directement après la leçon de Clemens, versant quelques pièces au soldat de garde pour s'assurer de son silence. Ce n'était pas une grande nouvelle en soi, la plupart des garçons, passé seize ans, se rendaient de temps en temps dans les maisons closes des environs, des endroits où les filles étaient considérablement moins effrayantes que celles qui partageaient leur quotidien. Les officiers fermaient les yeux sur ces mauvaises habitudes depuis la création du camp, sans doute parce qu'ils en faisaient tout autant.

Apprendre que Viseh disparaissait parfois à la nuit tombée n'était donc pas une surprise. Apprendre avec qui il avait passé sa nuit, en revanche, oui.

Le légionnaire ne s'était pas rendu auprès de prostituées comme ses camarades, car il avait une maîtresse : une blanchisseuse dont le mari était mort. Leur ami avait entendu dire qu'il la fréquentait depuis plusieurs mois. Les fillettes s'étaient donc rendues sur place pour la toute première fois, sous le couvert de la nuit, dans le but d'en découvrir davantage sur cette femme et la façon dont elle pourrait leur être utile. Elles avaient été les premières surprises lorsqu'elles avaient vu Saemund se glisser à l'intérieur de la boutique, un sourire ravi sur le visage.

— Fais attention à tes troupes, Saemund, gronda Clemens d'une voix sèche qui tira Kath de ses pensées.

La jeune fille regarda les deux légionnaires s'affronter sur le plateau de jeu, l'esprit troublé par ce qu'elle avait mis en marche. Elle étudia les tentatives désespérées de Saemund pour sauver ce qui restait de ses pions. Viseh se laissait rarement aller à la colère, mais force était d'avouer qu'il en était capable. Ses mouvements sur la grille étaient brusques, presque irréfléchis. Saemund ne parvenait pas à prévoir ce que son adversaire s'apprêtait à faire, et cela lui coûta la victoire.

Peu après, alors que Clemens les congédiait finalement pour la nuit, Kath jeta un coup d'œil entendu à Shanii pour s'assurer qu'elle s'occuperait de mettre la main sur Sokha. Il était l'heure de passer à l'attaque.

— Viseh ? appela-t-elle en le rattrapant sur le chemin de son dortoir.

— Kath ? Que puis-je faire pour toi ?

Malgré sa frustration évidente, son ton était bienveillant. Kath éprouva une pointe de honte pour ce qu'elle avait fait et décida de se montrer directe. Elle ne souhaitait pas le manipuler plus longtemps.

— J'ai besoin de ton aide.

— Mon aide ?

— Je veux mettre un terme à l'attitude ridicule de Saemund. Une fois pour toutes.

Il la dévisagea attentivement, les sourcils froncés, comme s'il réfléchissait aux événements des derniers jours.

— Et tu imagines que la trahison de ma maîtresse fait de moi l'allié idéal pour accomplir ta vengeance ? Je suppose que tu as entendu la rumeur.

— Je... Je l'ai entendue, oui, balbutia Kath en se mordant la lèvre inférieure.

Elle avait fait plus que l'entendre : elle l'avait fait courir. La chose s'était même révélée un jeu d'enfants. Mais à présent qu'elle se tenait face à Viseh, à présent qu'elle ne pouvait plus ignorer la douleur dans son regard, sa fierté était en train de se transformer en une émotion amère qui lui rongeait l'estomac.

— Est-ce que... Est-ce que tu l'aimais ?

— Tu es trop jeune pour songer à l'amour, petite Kath.

— Je ne suis pas petite !

— D'accord, d'accord... Que comptes-tu faire à propos de Saemund ? Le tuer ?

— Non ! Bien sûr que non ! Je...

— Tu sais que si tu manques ton coup, cela ne fera que l'inciter à se venger ?

— Shanii a dit la même chose.

— Cela ne m'étonne pas qu'elle soit mêlée à cette histoire.

Kath se maudit en silence. Elle aurait dû garder l'implication de son amie secrète. Ainsi, elle aurait été la seule à être punie si le plan se retournait contre elle. Mais son cœur battait à folle allure dans sa poitrine, l'empêchant de réfléchir à ce qu'elle était censée dire ou ne pas dire.

— Ne t'inquiète pas, je ne le répéterai pas. Qu'attends-tu de moi ?

— J'ai besoin que tu glisses ça dans l'outre de Saemund, fit-elle en lui tendant un sachet de poudre. Et de tous les autres dans ton dortoir.

— Tu penses vraiment qu'il acceptera de boire quelque chose que je lui offre avec les rumeurs qui courent dans le camp depuis hier ? Après notre partie de ce soir ?

La jeune fille poussa un nouveau juron dans le secret de sa tête. Elle n'avait pas songé à cela. Préparer des stratégies dans le calme avait quelque chose de naturel, de logique. Mais la réalité était truffée de milliers de détails impossibles à concevoir. Réfléchissant à toute vitesse, elle s'exclama :

— Il boira si tu bois également !

— Je suppose. Si je lève un verre à l'inconstance de la gent féminine, peut-être.

— Le feras-tu ?

— Il y a quoi là-dedans ? Du poison ?

— Juste un somnifère. Assez puissant pour endormir un homme pendant plusieurs heures.

Sokha l'avait dérobé le matin même à l'infirmerie. Kath commençait à penser qu'il avait vraiment des talents d'une valeur inestimable.

— Ce ne sera pas dangereux si tu n'en bois qu'une ou deux gorgées, je te le jure ! expliqua-t-elle d'un ton nerveux.

— Je ne devrais peut-être pas te faire confiance, mais je suis assez curieux de voir le résultat de cette petite aventure. Bien, je le ferai. En échange de quelque chose.

— Que veux-tu ?

— La promesse que tu me rendras un service un jour, peu importe quand je te le demanderai.

— C'est vague...

— C'est à prendre ou à laisser, petite Kath. Je suis sur le point de m'empoisonner pour toi. Un service pour un service, ce n'est pas grand-chose, au fond.

Kath fronça les sourcils. Elle devinait qu'elle n'avait pas le choix, mais elle n'aimait pas s'engager dans un contrat sans savoir ce qu'il lui coûterait. À Brekkur, les promesses n'étaient pas des paroles en l'air, elles avaient une valeur considérable, presque sacrée. Ce n'était pas quelque chose qui pouvait être décidé sur un coup de tête. En fin de compte, le visage de Saemund qui souriait sadiquement tout en la regardant se faire fouetter l'arracha à son hésitation.

— J'accepte, fit-elle en lui tendant le sachet.

— Un plaisir de faire affaire avec toi, répondit le jeune homme d'un ton amusé.

Shanii et Sokha l'attendaient dans la remise, les joues maculées de boue afin de se fondre au maximum dans la nuit.

— C'est fait, déclara Kath en entrant. Je pense que nous pourrons aller le chercher d'ici à une heure. Avez-vous tout ce qu'il faut ?

— Douze pieds de cordes, des sels, des bandes de tissu et un poignard, énuméra Sokha en fouillant dans le sac. Tes requêtes étaient drôlement précises, à propos.

— Rien ne doit être laissé au hasard. Nous devons être rentrés avant le lever du soleil. Si quelque chose tournait mal...

— On sait, l'interrompit Shanii. Pense plutôt aux filles du camp à qui tu es en train de rendre service. Cela apaisera ta conscience.

Cela aida un petit peu, en effet. Kath savait que Shanii et elle n'étaient pas les premières que Saemund s'amusait à torturer. Si tout se déroulait comme prévu, elles seraient peut-être les dernières.

— Plus le temps passe et plus je me dis que cette histoire est vouée à l'échec, confessa-t-elle d'une voix misérable.

— Ah ! s'exclama sa jeune amie. Si tu préfères qu'on se rabatte sur le plan de secours...

— Aucune amputation n'est prévue pour ce soir.

Shanii fit la moue et croisa les bras d'un air boudeur. Sokha, lui, éclata de rire.

— Rappelle-moi de ne jamais te mettre en colère, tu veux bien ?

Kath se demanda comment ils pouvaient prendre les choses avec autant de légèreté. Deviendrait-elle comme eux lorsqu'elle aurait passé davantage de temps dans les serres de Seuthrae ? Les deux années écoulées lui avaient paru interminables. Mais elles ne représentaient que très peu, au regard du temps qu'elle aurait à vivre ici. À quoi ressemblerait-elle dans cinq ans ? Dans dix ans ? Cette question lui donnait envie de vomir.

Après avoir traversé le campement sans la moindre difficulté, ils furent accueillis dans la tente de leur proie par un concert de ronflements cacophoniques. Saemund était vautré au travers de sa paillasse, une gourde encore au bout de ses doigts. Presque malgré elle, Kath sentit son attention dériver vers la silhouette de Viseh sur le lit voisin. Elle s'attendait presque à le voir lui adresser un clin d'œil. Mais il dormait, comme les autres garçons. Dans la douceur du sommeil, ses traits étaient d'une finesse sans pareille.

— Eh, Kath ! l'admonesta Shanii. On a besoin de toi ici !

Abandonnant le rêveur à ses rêves, elle rejoignit ses amis rassemblés autour de Saemund. Heureusement pour eux, il n'était vêtu que de sa tunique. Kath ne put s'empêcher de se demander si Viseh avait délibérément attendu qu'il se débarrasse de ses protections afin de leur faciliter la tâche. Elle devrait songer à le remercier, lorsque tout cela serait derrière eux.

Transporter le légionnaire au-delà des remparts de Seuthrae se révéla plus ardu que les enfants ne l'avaient imaginé. Sokha avait besoin d'être libre de ses mouvements afin de les guider hors du campement en évitant les sentinelles et Shanii était bien trop petite pour apporter un véritable soutien. Ce fut donc Kath qui s'en chargea, en transpirant à grosses gouttes.

Tout cela était nouveau pour la jeune fille, qui commençait tout juste à comprendre les différences entre la théorie et la pratique. La stratégie qu'elle avait élaborée avec Shanii était nette et précise. La réalité, elle, était sale et bâclée, faite de décisions de dernière minute pour rattraper les erreurs causées par les choix précédents. À chaque pas, Kath devait se battre avec son instinct qui lui criait que les risques qu'ils prenaient étaient trop grands, trop graves, et qu'il valait mieux tout abandonner tant qu'il en était encore temps.

La veille, les enfants s'étaient échappés de Seuthrae pour ramasser des branches et construire une civière rudimentaire qu'ils avaient dissimulée dans les fourrés le long de la palissade. Après y avoir attaché Saemund, ils purent se relayer pour porter la forme endormie parmi les arbres rabougris, ne s'arrêtant qu'une fois dans une clairière hors de vue du campement.

Kath aurait préféré s'éloigner davantage pour être certaine de ne pas attirer l'attention des soldats. Mais c'était un risque qu'ils devaient courir. Elle ignorait quelle quantité de somnifères avait avalée le jeune homme et, par conséquent, le temps qu'il leur restait avant qu'il ne s'éveille de son sommeil forcé.

Tirant la corde du sac où elle l'avait rangée au début de la soirée, Shanii et elle s'empressèrent de ligoter Saemund avant de sélectionner une haute branche suffisamment large pour soutenir le poids de l'adolescent. Sokha se porta volontaire pour grimper dans l'arbre et faire passer la corde de l'autre côté. Ils travaillèrent de concert, échangeant peu de mots, le visage crispé par l'effort.

Enfin, Saemund se retrouva suspendu par les chevilles, la tête à presque cinq pieds du sol. Sa tunique pendait lamentablement sur les liens qu'ils avaient serrés autour de sa taille, exposant des sous-vêtements souillés à l'air frais de la nuit. Kath détourna les yeux, gênée. C'était un autre détail auquel elle n'avait pas songé.

— Et maintenant ? demanda Shanii.

— Donne-moi les sels. Tu devrais rester là-haut, Sokha. Autant qu'il ne voie pas ton visage.

Shanii lui tendit la petite bouteille et Kath la plaça à proximité du nez de leur agresseur – ou bien était-ce leur victime ? Saemund remua pendant une seconde avant d'ouvrir brusquement les yeux, l'effroi passant dans son regard tandis qu'il tentait de comprendre où il se trouvait. Il essaya de crier, mais seul un râle étouffé franchit le barrage du bâillon qu'ils avaient enfoncé dans sa bouche. Lorsqu'il se rendit compte qu'il était complètement à leur merci, sa peur se transforma en panique et il s'agita dans ses liens, faisant frétiller la corde sur la lourde branche.

— Bonsoir, Saemund, fit Kath en se glissant dans son champ de vision.

Elle se demanda brièvement s'ils auraient dû prévoir des masques pour dissimuler leur identité, mais il était bien trop tard désormais.

Tant de détails.

Son cœur battait à toute allure tandis qu'elle observait la figure affolée du jeune homme. La méchanceté dont elle faisait preuve lui donnait la nausée. Que diraient ses parents s'ils la voyaient aujourd'hui ? Que dirait son frère, Erling ? Elle était sûre qu'ils seraient dégoûtés de la personne qu'elle était en train de devenir.

— Ne te fatigue pas, ajouta-t-elle en combattant son propre épuisement. Tu es solidement attaché, tu n'iras nulle part cette nuit.

Le choc dissipé, Saemund finit par se calmer et la dévisagea d'un air intense. Kath avait cru que contraindre son adversaire au silence lui apporterait un sentiment de supériorité, mais ce n'était pas le cas. Elle se sentait envahie d'un besoin malvenu de s'expliquer.

Shanii, heureusement, lui épargna cette honte.

— Tu t'imagines en sécurité, entouré de tes petits copains, n'est-ce pas ? déclara-t-elle en se rapprochant. Rien n'a été plus facile que de t'amener ici. Souviens-t'en, Saemund. Tu n'es en sécurité *nulle part*.

C'était l'un des piliers principaux du plan de Kath : la peur. La crainte de se savoir à la merci d'autrui, même à l'endroit qui s'apparentait le plus à un foyer pour eux tous. Vivre chaque jour conscient de sa propre faiblesse, conscient que ceux qu'il imaginait être ses amis ne se battraient pas pour lui. Kath se doutait que cette peur ne suffirait pas à lui faire abandonner toute envie de vengeance. Mais c'était un bon début.

Au-dessus d'elle, Saemund émit un son rauque qui ressemblait à un rire. Déstabilisée, Shanii fit un pas en arrière. Kath vola à sa rescousse. Si elles se laissaient intimider maintenant, tout serait vain. C'était plus qu'elle n'en pouvait supporter.

— Cela te paraît peut-être drôle, mais sois patient. Tu sais ce qui va se passer ? Ton sang va affluer dans ton crâne et te priver de la moindre pensée cohérente. Tu ne pourras plus voir. Tu ne pourras plus respirer. Personne ne se lancera à ta recherche avant demain matin, mais tu sais quoi ? Tu ne survivras pas jusque-là.

Cette dernière affirmation était sans doute une exagération. Kath avait entendu dire que l'on pouvait mourir d'être pendu tête en bas, mais elle n'avait aucune idée du temps que cela prenait. Peu importait. Il était plus que probable que le jeune homme n'en savait pas plus qu'elle, et lorsqu'il commencerait à ressentir les premiers étourdissements, la panique l'empêcherait de réfléchir.

Au lieu de se laisser aller à la peur, Saemund se mit à jouer des poignets pour essayer de se libérer, usant de son poids pour tendre la corde dans un sens puis dans l'autre. Ses efforts restèrent vains. Un sourire forcé aux lèvres, Kath s'assit sur un rocher et fit de son mieux pour trouver une position confortable.

— Tu sais, tu n'as que quelques mots à dire pour nous convaincre de te délivrer, déclara-t-elle d'une voix qu'elle espérait raisonnable.

— Si seulement tu pouvais *parler*, ironisa Shanii en prenant place à ses côtés.

Kath essaya de ne pas s'attarder sur l'expression amusée de la petite fille. Si elle l'observait trop attentivement, il deviendrait difficile de continuer à croire que Shanii était simplement une bonne actrice.

Une heure passa, peut-être deux. Dans le silence angoissant de la nuit, les gémissements de Saemund commencèrent à se faire sérieux. Kath se releva et s'étira à grand renfort de soupirs et de gestes amples, comme si elle sortait d'un profond sommeil. Derrière la façade lézardée de son assurance, son estomac était noué au point de lui donner envie de vomir.

— Tu es prêt à discuter, maintenant ? demanda-t-elle.

Le regard que Saemund lui jeta était un mélange de peur panique et de rage meurtrière.

— Tu vas prêter serment, continua-t-elle. Tu vas promettre de ne plus te mettre en travers du chemin de Shanii, ou du mien. Plus de vengeance. Plus d'attaques sournoises. À partir d'aujourd'hui, nous sommes quittes et tu ne lèveras plus la main sur nous. Tu vas aussi jurer de cesser tes petits jeux pervers et de laisser les filles du camp en paix. Et tu vas le jurer au nom de Hlorun.

Ses yeux s'écarquillèrent de surprise. Il était pourtant celui qui lui avait soufflé cette idée. Pour la première fois de la nuit, Kath sentit un sourire sincère flotter sur ses lèvres. Une partie d'elle était révoltée par ce qu'elle était en train de faire, mais au fond, elle éprouvait également une certaine fierté à l'idée d'avoir réussi à retourner les paroles du jeune homme contre lui.

Les serments étaient un rituel antique qui engageait l'honneur du jureur, une pratique crainte et respectée d'un bout à l'autre du continent. Mais leur pays de naissance poussait la chose plus loin encore.

Brekkur était un pays profondément religieux dont la foi se tournait vers un panthéon complexe de divinités et d'esprits. Kath ne passait pas une journée sans adresser une courte prière à Geidr, l'esprit protecteur de son village natal, Hvnir, ainsi qu'à Bein, le saint patron des sculpteurs auquel son père faisait des offrandes lors de chaque fête sacrée. La jeune fille aurait été bien incapable de dresser une liste exhaustive des divinités que son peuple adorait, mais tout le monde connaissait Hlorun. Hlorun, le dieu tutélaire de la guilde des marchands. La guilde dont le père de Saemund était le grand maître. Faire un serment en son nom, c'était impliquer ses parents, ses cousins et leurs descendants. Même Saemund ne prendrait pas un tel risque. C'était sa faute s'il avait été assez stupide pour laisser échapper ce détail révélateur.

— Si tu ne veux toujours pas prêter serment, continua la jeune fille en voyant que Saemund ne réagissait pas, nous pouvons attendre un peu pl...

Le jeune homme secoua précipitamment la tête, en proie à la panique la plus totale. Kath avala sa salive, partagée entre son envie de fuir et celle de savourer sa victoire.

— Tu es prêt à jurer ?

Il acquiesça tout aussi vite. Après un coup d'œil à Shanii qui hocha la tête, la jeune fille se saisit du couteau préparé par Sokha et s'entailla la paume avant de libérer le poignet de son prisonnier pour effectuer une incision similaire. En raison de sa position inversée, le sang se mit à couler à flots.

Tant et tant de détails.

— Je vais te retirer le bâillon, expliqua-t-elle en prenant sa main dans la sienne, et tu vas jurer. Tu as intérêt à ne pas revenir sur ta parole, Saemund, ou nous serons forcés de récidiver. C'est bien compris ?

Saemund hocha de nouveau la tête en battant des paupières. Le regard vague, il semblait avoir du mal à focaliser son attention sur un point en particulier. Lorsque Shanii lui retira le foulard, il ne cria pas.

— Je jure, croassa-t-il. Tout ce que tu as dit. Je le jure au nom de Hlorun, ça te va ? Fais-moi descendre d'ici, maintenant. Si je meurs, je reviendrai te hanter jusqu'à la fin de tes j...

— Shanii ? l'interrompit Kath.

La jeune fille s'empressa de rattacher le bâillon. Saemund s'agita encore, les paupières lourdes, mais ses mouvements avaient perdu la fougue qu'ils avaient au début de la nuit. Kath savait qu'ils devaient faire vite, mais elle n'était pas certaine de la conduite à tenir.

— On fait quoi, maintenant ? demanda Shanii en jetant un coup d'œil vers la branche où Sokha était assis, hors de vue.

— On se débrouille pour le ramener à Seuthrae.

— Mais il est réveillé. Comment allons-nous...

— Nous nous en chargerons, mesdemoiselles, les interrompit une voix grave.

Prises sur le fait, les deux fillettes se retournèrent d'un geste brusque. À l'orée de la clairière se tenait Clemens, une expression contrariée sur le visage, entouré d'une dizaine de soldats de la Légion Neuve.

Chapitre 11

An XV du règne de l'empereur
Solis Vestinus Marcallas

Quatre jours après son coup d'éclat, debout sur l'une des tours de garde, Shanii regarda ses amis quitter le campement d'un air sombre. Barsheen, Naramsina, Viseh et Sokha s'étaient tous portés volontaires pour cette mission. Orrin, lui, n'avait pas eu le choix. On les avait chargés d'accompagner Gregoran Kelarios, l'architecte, ainsi que ses apprentis jusqu'à Ankacia avant de poursuivre leur route à la recherche d'informations sur les bandits sévissant dans la province.

C'était un petit groupe. Mais puisque la discrétion était de mise, son effectif réduit était un avantage.

Shanii serra les poings si fort qu'elle sentit ses ongles courts percer la peau de ses paumes alors que le convoi s'éloignait sur la voie impériale, porté par les meilleurs chevaux de Seuthrae. Elle n'avait pas réussi à persuader son supérieur. Elle s'était vu refuser sa vengeance.

— Tout se passera bien, lui promit Clemens qui était venu surveiller le déroulement des manœuvres matinales. Je sais que tu m'en veux, aujourd'hui, mais tu as ton propre rôle à jouer. À Setri. À mes côtés.

— Bien, commandant.

— Sois prête demain à l'aube. Nous partirons à la première heure.

— Je serai prête.

Il tendit une main dans sa direction, sembla hésiter un instant puis la posa maladroitement sur son épaule.

— Fais-moi confiance, Shanii. Je fais ce qui est le mieux pour nous. Ce qui est le mieux pour toi. Tu as une grande carrière devant toi.

Bien, commandant. Merci, commandant. À bientôt, commandant. Shanii était prête à dire tout ce qu'il souhaitait entendre. Elle ne pouvait pas risquer de le mettre en colère et de l'avoir sur le dos jusqu'au lendemain matin. Elle avait tant de choses à faire avant son prétendu *départ*.

Déserter, tout particulièrement.

Shanii avait pris cette décision dès la fin du combat qui l'avait opposée à Sokha, alors qu'ils reposaient enlacés les uns contre les autres dans la poussière du terrain d'entraînement. Si Kath était sa sœur, ces trois-là étaient sa famille. Viseh également, même s'il préférait le plus souvent la compagnie de ses nombreuses maîtresses. Il n'était pas question qu'elle les laisse partir seuls au-devant du danger. Elle ne pouvait rien faire pour eux à la capitale.

Clemens serait furieux, elle n'en doutait pas. Il avait beau se montrer indulgent envers elle, même lui devait avoir ses limites, et la punition pour les déserteurs était la mort. Peu importait, sa décision était prise. Elle avait essayé de faire les choses en suivant les règles. Elle avait essayé d'obtenir la permission. Mais cela n'avait mené nulle part. Elle demanderait pardon à son retour. Une fois le convoi disparu derrière les collines, Shanii abandonna les remparts pour rassembler ses affaires. Le voyage qu'elle était censée entreprendre le lendemain était une bonne excuse pour se procurer des vivres, mais la jeune femme savait qu'elle éveillerait les soupçons si elle se montrait trop avide dans ses requêtes. La route de Setri, à l'inverse de celle qui menait à Ankacia, suivait un fleuve qui traversait plusieurs villes, assurant un ravitaillement facile et un voyage jalonné d'auberges. Heureusement pour elle, lorsque Sokha s'ennuyait – ce qui était fréquent –, il choisissait souvent de se distraire en volant du matériel dans tout le camp. Après toutes ces années, Shanii connaissait l'intégralité de ses planques.

À la tombée de la nuit, elle avait récupéré une large besace, une pierre à feu, deux couteaux, une gourde d'eau fraîche, suffisamment de galettes et de viande séchée pour survivre quelques jours sans avoir besoin de chasser, une seconde tunique pour remplacer la sienne ainsi qu'une cape dans laquelle s'enrouler pour dormir.

Son équipement ne causerait pas de difficultés particulières. À présent que son contingent avait commencé son service, personne ne les empêchait de se promener à Seuthrae un glaive à la ceinture. Elle n'avait qu'à *oublier* de rendre ses affaires à l'armurerie pour une nuit. Peut-être pouvait-elle même prétexter la mission à Setri pour se voir confier une arbalète et une cuirasse neuve. Oui, cela semblait tout à fait logique. Les légionnaires affectés à cette tâche seraient sans doute ravis qu'elle ne vienne pas les embêter à la dernière minute.

Le dortoir des plus jeunes. L'armurerie. La remise. La palissade. Le chemin vers la liberté était gravé dans sa mémoire depuis des années. Shanii ne comptait plus les fois où elle s'était enfuie à la faveur de la nuit pour aller s'amuser dans les villages avoisinants avec Sokha, Kath, Nara et Barsheen.

C'était un jeu d'enfants.

D'un pas agile, elle contourna les feux de camp et évita les patrouilles aussi silencieusement que possible. Elle n'était pas aussi douée que Sokha, mais elle l'était suffisamment pour échapper aux soldats que le commandant avait judicieusement affectés à la surveillance de son dortoir pour la nuit. Ainsi qu'à ceux qu'il avait chargés de faire le guet devant la palissade, aux endroits que les légionnaires utilisaient le plus souvent pour quitter Seuthrae le soir venu.

Malheureusement pour Clemens, ses méthodes n'avaient plus de secrets pour Shanii, qui avait passé les dix dernières années à profiter de son enseignement. Le commandant aurait dû se rendre compte que Sokha avait trouvé d'autres points faibles dans les fortifications.

Parvenue dans un recoin où l'enceinte se réduisait à un mur, elle rampa jusqu'à repérer la planche abîmée que son ami avait marquée d'un trait. C'est là que commençaient ses problèmes. Leurs escapades habituelles les entraînaient vers le nord-ouest, où la forêt était plus dense et où les arbres offraient une protection. Mais Damian et les légionnaires étaient partis vers le sud. À cheval.

Shanii hésita quelques instants entre continuer droit devant elle et longer les remparts jusqu'à trouver la route. La seconde option était de loin la plus rapide, mais elle la mettait à la merci des gardes en faction qui ne manqueraient pas de remarquer sa silhouette à la lumière de la lune. C'était un risque qu'elle ne voulait pas prendre. Il lui fallait retarder le moment où l'on s'apercevrait de sa disparition. Si Clemens envoyait quelqu'un sur ses traces, il aurait tôt fait de la rattraper.

Avec un juron pour sa propre prévoyance qui l'empêchait de foncer droit sur son objectif, la jeune femme s'élança en direction de l'ouest.

Les hautes herbes la dissimulèrent vite aux regards indiscrets, la protégeant jusqu'à son arrivée à l'orée des bois. De là, il ne restait plus qu'à courir.

Alors elle courut.

Les ennuis survinrent dès le premier soir. Pour être parfaitement honnête, Damian n'avait pas prévu de s'arrêter cette nuit-là. Ils ne chevauchaient que depuis quelques heures et le jeune homme souhaitait parcourir la plus grande distance possible au cours des premiers jours de leur expédition. Avant que la fatigue et la prudence ne les obligent à ralentir l'allure.

Diriger une unité de la Légion Neuve dans les provinces reculées de l'empire n'était certainement pas la façon dont il avait imaginé la suite de sa carrière. Mais c'était la mission qu'on lui avait confiée, et il comptait la mener à bien. De plus, si Clemens avait raison au sujet d'une probable rébellion dans la région des Oréades, il relevait de son devoir de s'acquitter de sa tâche avec un dévouement absolu. Comme la plupart des Basaléens, Damian avait grandi en entendant ses aînés raconter les horreurs de la Longue Guerre. Il comprenait l'importance de cette opération.

Lorsque le soleil disparut derrière les montagnes à l'horizon, il était à la tête de leur petite caravane, écoutant d'une oreille la discussion enflammée de Barsheen et de sa sœur tout en songeant au chemin qu'il leur faudrait emprunter pour atteindre Ankacia. Barsheen paraissait en vouloir à Naramsina d'un outrage que Damian ne parvenait pas à comprendre. Mais les autres légionnaires, Sokha et Viseh, avaient l'air de trouver sa réaction hilarante.

Damian était intrigué par l'étrange relation qui semblait les lier les uns aux autres. Elle n'était guère d'usage dans les régiments qu'il avait fréquentés, et ces railleries affectueuses étaient loin de ressembler à ce qu'il avait imaginé découvrir au sein de la Légion Neuve. Il était également fort perturbé par le fait d'avoir une femme dans sa troupe, même s'il devait avouer qu'elle ne s'était pas plainte une seule fois dans la journée, contrairement aux fleurs fragiles de Setri qui ne pouvaient pas se déplacer d'un bâtiment à l'autre sans réquisitionner une chaise à porteurs.

— Capitaine, l'appela une voix gênée dans son dos.

Tirant sur les rênes d'Ijandrax, Damian laissa la première des trois roulottes le rattraper. Celle-ci servait de chambre et de bureau à l'architecte tandis que les deux autres débordaient de coffres scellés à double tour.

— Que se passe-t-il ? demanda-t-il.

L'apprenti qui lui avait fait signe était un Basaléen aux courts cheveux châtains, assis à l'avant du premier véhicule. Sa peau était si peu habituée au soleil qu'elle avait déjà pris une teinte rouge vif sur son nez pointu. Il avait revêtu une cuirasse segmentée par-dessus sa tenue de voyage, et Damian avala nerveusement sa salive en remarquant que les plaques n'étaient pas toutes attachées entre elles.

— Mon maître demande quand nous nous arrêterons pour la nuit.

— Je préférerais ne pas perdre de temps si tôt dans notre périple. Votre chargement nous ralentit déjà bien assez comme cela. Vous direz à votre maître qu'il peut dormir à l'abri dans sa roulotte, nous nous occupons de garantir sa sécurité.

— Oh... Mon... Mon maître ne peut pas trouver le sommeil à cause des aspérités de la route, balbutia le jeune homme, les yeux suppliants. Pourquoi ne pas faire une halte de quelques heures ?

— Parce que nous venons tout juste de partir, rétorqua le capitaine, qui sentait son calme se dissiper peu à peu. Ankacia est encore loin. Si nous faisons des pauses à longueur de journée, nous n'y arriver...

— Arrête le chariot, Callius ! s'écria une voix aigrelette depuis l'intérieur de la roulotte.

Les yeux de l'apprenti filèrent du capitaine au rideau qui protégeait l'intimité de son maître avant de revenir se plonger dans ceux de Damian, suppliants.

— Capitaine Aquila ?

— Nous continuons, insista ce dernier.

— Callius ! retentit de nouveau la voix.

Le jeune garçon se mordit la lèvre et jeta un regard effrayé par-dessus son épaule avant de tirer sur les rênes des deux chevaux de bât.

— Maître Kelarios, rugit Damian, à présent de fort méchante humeur. Nous ne nous arrêterons pas ce soir.

Le vieil homme surgit de derrière les rideaux, ses cheveux hirsutes dressés tout autour de son crâne et son œil unique plissé en direction de Damian. Apparemment, il n'avait pas l'habitude qu'on lui donne des ordres.

— Tu n'es pas mon capitaine, mon garçon.

— Le commandant m'a chargé de vous escorter jusqu'à Ankacia, vous êtes sous mon autorité jusqu'à ce que nous soyons en sécurité entre ses murs.

— Autorité ? Raah, qu'elle est bonne ! Que comptes-tu faire, jeune chiot, me tirer par les oreilles jusqu'à ce que je te suive ? Je voudrais bien te voir essayer.

Damian eut l'impression de s'étrangler avec ses propres mots. Les réponses se fracassèrent les unes contre les autres sans parvenir à trouver un chemin jusqu'à ses lèvres. Presque malgré lui, il jeta un nouveau regard vers le torse de l'apprenti, dont les lacets mal attachés le narguaient avec autant d'insolence que l'architecte.

Il sentait la situation lui échapper. Et avec elle, l'illusion de contrôle qu'il maintenait sur sa vie s'effrita plus vite encore. C'était un cauchemar avec lequel il était des plus familiers. Un instant, il faisait face au vieil homme qui le toisait sans la moindre gêne. Le suivant, il était à Setri, avançant d'un pas maladroit au milieu des rues glissantes de sang. Sa sandale gauche était mal attachée. Il n'avait pas pris conscience qu'il se souvenait de ce détail avant cet instant.

Damian sentit sa nuque se couvrir de sueur. Son cœur s'envola dans sa poitrine comme un animal affolé. Il battit précipitamment des paupières pour refouler la panique qui cherchait à l'engloutir.

— Tout va bien, capitaine ? s'enquit l'apprenti d'une voix inquiète.

Tout n'allait pas bien. Non. Mais ils ne devaient surtout pas s'en rendre compte. Les dents serrées, Damian renvoya ces souvenirs sanglants au plus profond du labyrinthe de son esprit. Il avait pris l'habitude de visualiser un coffre qu'il pouvait fermer à double tour. Cela aidait. La plupart du temps.

Lorsque son cœur commença à retrouver un rythme normal, il leva la tête. Kelarios et l'apprenti n'avaient pas bougé. C'était plutôt bon signe : cela signifiait qu'il ne s'était pas écoulé plus de quelques secondes.

— Nous camperons ici, déclara-t-il, parce qu'il n'avait pas vraiment le choix.

Kelarios n'était pas un soldat qu'il pouvait punir ou menacer. C'était un civil. Et un proche de l'empereur. Il devait en conséquence être traité avec le plus grand respect.

— Mais nous partirons aux premières lueurs de l'aube, c'est bien compris ?

— Bien sûr, *capitaine*, répondit l'architecte d'une voix moqueuse.

— Et toi, lança Damian en direction de l'apprenti, peut-être un peu plus sèchement qu'il ne l'aurait voulu, attache ta cuirasse comme il faut.

Puis il fit demi-tour en soupirant. Le fantôme de sa demi-crise s'accrochait à lui d'une main gluante, atténuant l'embarras qu'il aurait dû ressentir à l'idée que ses compagnons avaient été témoins de la faiblesse de sa position.

— Nous nous arrêtons, capitaine ? demanda Orrin en s'approchant.

— Oui. Maître Kelarios ne se sent pas bien. Nous repartirons au lever du soleil. Monte ma tente, veux-tu ?

— Tout de suite, capitaine !

Orrin était plutôt joli garçon. Avec ses cheveux roux, ses yeux verts et la fraîcheur de sa jeunesse, il devait subir nombre de moqueries dans un campement tel que celui de la Légion Neuve. La déférence avec laquelle il le dévisageait était sans doute un peu exagérée, mais elle contrastait élégamment avec le peu de considération qu'il obtenait des autres. À les voir, on aurait presque pu croire qu'il avait fait assassiner leur précédent capitaine afin de prendre sa place.

Descendant de son cheval, Damian fit le tour du terrain que l'architecte avait choisi pour eux, décida qu'ils auraient pu tomber sur bien pire, et entreprit de s'occuper d'Ijandrax pendant que les soldats installaient le campement.

La soirée se déroula sans incident majeur, à l'exception de la dispute entre Barsheen et Naramsina qui continua jusqu'au souper. Le capitaine avait du mal à trouver sa place dans ce nouvel environnement. Les jumeaux étaient bien trop bruyants, tapageurs et exubérants. Sokha semblait avoir une envie constante de se pendre. Viseh lui aussi était étrange, bien trop aimable pour être honnête ; Damian avait appris à ne pas faire confiance aux gens qui souriaient trop. Et puis il y avait l'autre fille. Celle qui n'était pas là, mais dont l'absence était devenue une présence à part entière.

Le commandant l'avait appelée Shanii.

Damian avait beau se mentir, elle hantait ses nuits depuis qu'il l'avait rencontrée. Son visage magnifique se dessinait derrière ses paupières chaque fois qu'il fermait les yeux pour trouver le sommeil. À la suite de son entrevue avec Clemens, quelques jours plus tôt, il avait été attiré en direction du terrain d'entraînement par les clameurs d'une foule en liesse. Curieux, il avait joué des coudes pour se tailler un chemin jusqu'au premier rang.

Comment aurait-il pu imaginer la scène qui l'y attendait ? Shanii et Sokha en train de se livrer à un duel sans merci. C'était la première fois qu'il voyait une femme se battre à l'épée. Fasciné par la précision redoutable de ses mouvements, il avait été incapable de détourner son regard des muscles bandés de ses jambes et de ses bras. Ou de la façon dont ses cheveux cherchaient constamment à s'échapper d'un chignon noué à la hâte. Il aurait pu rester ainsi à la contempler pendant des heures. Mais la jeune femme avait remporté le combat au milieu des vivats de la foule et il s'était senti obligé de disparaître pour la laisser célébrer sa victoire. L'humeur des légionnaires de Seuthrae avait tendance à tourner lorsqu'il se tenait dans les parages.

Chapitre 12

An XV du règne de l'empereur Solis Vestinus Marcallas

— Et tu n'es jamais revenu à Setri après ton départ ?

Les pavés de la voie impériale défilaient paresseusement sous les sabots d'Ijandrax. Après avoir levé le camp quelques heures plus tôt, leur petit groupe faisait désormais route vers Ankacia sous un soleil brûlant. Damian avait essayé de prendre de la vitesse à plusieurs reprises, mais il avait fini par se rendre à l'évidence : avec les trois roulottes, c'était impossible. Au lieu de se laisser aller à la frustration et aux sentiments sombres qui naissaient dans son sillage, le jeune homme avait placé sa monture auprès de celle d'Orrin afin d'entamer une discussion avec la seule personne qui ne semblait pas le considérer comme une sorte d'ennemi.

— Non, expliqua Orrin sans cesser d'observer la route. Il me reste encore une année avant de terminer mon apprentissage ici.

Tous les garçons basaléens commençaient leur service militaire à l'âge de douze ou treize ans. À l'issue de deux années, les plus méritants d'entre eux quittaient l'académie pour devenir aides de camp auprès d'officiers en mission. Au terme de deux années supplémentaires, leur service s'achevait, et ils devaient choisir entre retourner dans leur famille et s'engager dans l'armée pour de bon.

Damian avait pris la décision de rester. Ce n'était pas le cas de la majorité.

— As-tu hâte de rentrer chez toi ?

— Je ne rentrerai pas, répondit Orrin en tournant enfin son attention vers son interlocuteur. Je veux devenir capitaine à mon tour. J'aimerais simplement être affecté plus près de la capitale, ou dans une autre ville. N'importe où plutôt qu'ici.

Damian ne put contenir une exclamation de surprise. Il avait conscience que ce n'était pas là le comportement détaché et poli qu'un capitaine basaléen était censé avoir, mais le jeune garçon ne semblait pas taillé pour la guerre.

Le silence persista quelques secondes de trop et l'expression d'Orrin se referma brutalement.

— J'ai parlé trop librement, je m'excuse.

— Non, non, c'est seulement...

— Je sais, le coupa Orrin en baissant la tête. On m'a suffisamment répété que je n'aurais jamais l'étoffe d'un capitaine.

— Non, ce n'est pas ce que j'allais dire.

— Vraiment ?

L'aide de camp tourna vers lui un regard surpris, teinté d'espoir naïf. Damian se sentit aussitôt envahi d'une vague de gêne. C'était exactement ce qu'il avait été sur le point de dire. Mais à bien y réfléchir, cela aurait été injuste de sa part : qui était-il pour décider de ce que le jeune garçon devait ou non faire de sa vie ?

— Pourquoi ? demanda-t-il alors. Pourquoi veux-tu devenir capitaine ?

— Mon père était officier. C'est une sorte de tradition parmi les hommes de ma famille, et je n'ai que des sœurs. Mais il y a plus que ça, je... je ne sais pas, je l'ai toujours souhaité. Depuis tout petit.

J'enfilais l'uniforme de mon père quand il ne me regardait pas, et j'imaginais que j'étais commandant à mon tour.

Un sourire se dessina discrètement sur les lèvres de Damian. C'était quelque chose qu'il pouvait comprendre. Lui aussi avait entendu cet appel. Très tôt, au cours de son enfance, il avait ressenti le besoin irrépressible de servir Basaléa. Orrin lui ressemblait peut-être plus qu'il ne l'avait cru.

— Dans ce cas, répondit-il en adressant un regard déterminé au garçon, tu dois le faire. Peu importe ce que les autres te disent. Si c'est ce que tu souhaites, n'abandonne surtout pas avant d'avoir été au bout de ton idée. Et si tu as besoin d'aide, ou que tu as des questions, n'hésite pas à me demander, Orrin.

— Je n'y manquerai pas, capitaine ! s'exclama le jeune garçon avec ferveur.

Le soir venu, le petit groupe s'arrêta de nouveau sur la berge d'une rivière paisible. Un vent frais courait entre les herbes hautes, balayant la chaleur écrasante de la journée. À quelques pas du feu de camp, les légionnaires partagèrent un repas rapide composé de viande séchée et d'un potage de légumes acheté dans une ferme croisée sur le chemin. Aucun d'eux ne lui adressa vraiment la parole, et Damian se garda bien d'engager la conversation. Le jeune homme savait que les choses étaient ce qu'elles étaient et qu'il perdrait son temps à essayer de les faire évoluer. L'amitié, la confiance, rien de tout cela ne se créait en quelques jours. C'était d'ailleurs la raison pour laquelle les légionnaires de l'armée impériale s'entraînaient et vivaient ensemble des années durant avant de partir en mission. C'était le temps qui les façonnait en une entité efficace, indépendante et fusionnelle. Et du temps, Damian n'en avait pas.

Une fois leur repas terminé, il regarda silencieusement les soldats s'éloigner du feu de camp afin de s'exercer à la lumière de la lune. Un peu à l'écart, assis sur une pierre presque aussi haute que lui, Orrin était occupé à noircir un vieux carnet de cuir. Il revenait à l'aide de camp de tenir une liste précise de leurs provisions. Damian fut toutefois étonné de voir qu'il ne prenait pas part à l'entraînement collectif, même lorsque Barsheen s'approcha de lui pour l'exhorter à se mêler à eux.

Shanii n'avait pas imaginé qu'il lui serait si facile de remonter la trace du convoi. De multiples scénarios s'étaient enchaînés dans son esprit tandis qu'elle fuyait à travers les herbes hautes pour retrouver la route hors de vue de Seuthrae, mais à aucun moment elle n'avait songé qu'elle n'aurait besoin que de vingt-quatre heures pour rattraper, à pied, une troupe à cheval partie une demi-journée avant elle. Après avoir trouvé les cendres refroidies d'un feu de camp aux abords de la voie impériale quelques heures plus tôt, elle était même certaine que Damian avait ordonné une halte pour la nuit. Une halte. La *première* nuit.

Clemens avait-il vraiment choisi cet individu pour la remplacer ?

Essoufflée par sa course, Shanii étudia les flammes dansant dans l'obscurité. Depuis sa position indétectable au milieu des arbres, la jeune femme pouvait apercevoir au loin les silhouettes endormies de Sokha, d'Orrin et de Barsheen. Nara était en train de monter la garde avec Viseh, à quelques pas d'une grande tente illuminée de l'intérieur par la lueur vacillante d'une lampe à huile. Un peu plus loin, les trois roulottes de l'architecte étaient plongées dans la pénombre.

Qu'il aurait été facile de les rejoindre en cet instant ! Shanii n'avait aucune peine à imaginer l'expression ravie qui se peindrait sur le visage de Nara si elle émergeait du sous-bois pour apparaître devant eux avec un air victorieux. La joie de ses compagnons serait vive et immédiate, tout comme le choc de leur capitaine. La jeune femme s'autorisa à y songer pendant quelques minutes, les lèvres étirées dans un sourire malicieux. Au fond d'elle, pourtant, elle savait bien que c'était impossible.

Si elle révélait sa présence maintenant, comment pourrait-elle convaincre Damian de ne pas la renvoyer pieds et poings liés à Seuthrae ? Au galop, un cavalier pourrait faire l'aller-retour en moins d'une journée et rattraper la troupe, ralentie par les roulottes. La jeune femme aurait aimé s'asseoir près du feu de camp et partager un repas avec ses amis sans attendre, mais son esprit lui intima la patience. Elle avait suffisamment de vivres pour suivre le convoi à distance pendant quelques jours. Jusqu'à ce qu'ils soient trop loin de leur foyer pour que le capitaine se risque à perdre une partie de ses effectifs.

Déterminée à mettre toutes les chances de son côté, Shanii s'allongea près d'un arbre, la cape roulée en boule sous sa nuque. Après quarante-huit heures de veille, dont une bonne moitié passée à courir, elle avait pensé trouver le sommeil rapidement, mais ses yeux refusèrent de rester fermés. Comme animées d'une volonté propre, ses paupières papillonnèrent pendant des heures au rythme du chant des insectes et des cris d'animaux lointains. Les bruits de la forêt n'étaient ni effrayants ni inhabituels pour la jeune femme, qui n'en était pas à sa première escapade nocturne au-delà des remparts de Seuthrae. C'était la solitude qui lui pesait. Ce vide dans son cœur, là où aurait normalement dû se trouver Kath. C'était la première fois depuis plus de dix ans que Shanii se retrouvait seule.

Ici, au milieu de nulle part, les derniers instants de sa sœur se répétaient en boucle dans son esprit. Elle revoyait sans cesse la façon dont ses yeux s'étaient tournés vers le ciel, comme en une ultime prière. La façon dont elle avait essayé de prononcer son nom, encore et encore, sans jamais y parvenir. Et dans son cœur, la tristesse et la colère se fondaient désormais en une seule émotion qui la rongeait de l'intérieur.

Elle dut finalement sombrer dans le sommeil, car elle en fut arrachée, à l'aube, par l'écho d'une chevauchée effrénée. Sans hésiter une seconde, Shanii s'empara de ses affaires pour sauter sur la branche la plus proche et se hisser aussi haut que possible à la force de ses bras. Ensuite seulement, elle s'autorisa à jeter un coup d'œil à la plaine qui s'éveillait doucement au-delà du sous-bois.

Sa première pensée fut que Damian avait ordonné à ses soldats de patrouiller aux alentours de leur campement, mais elle l'écarta rapidement : ce n'était pas là le bruit provoqué par un ou deux hommes. C'était une troupe entière qu'elle entendait approcher. Ses questions trouvèrent une réponse lorsqu'elle aperçut finalement une vingtaine de légionnaires progressant à toute vitesse sur la grande route. Clemens avait envoyé des soldats à sa poursuite.

Cela n'étonnait pas vraiment Shanii. Le commandant n'avait probablement eu aucun mal à deviner la direction qu'elle avait prise : il la connaissait trop bien pour cela. Mais à voir le nombre d'hommes qui s'arrêtèrent devant le campement pour parler avec Damian, la jeune femme songea que l'effectif qu'il avait affecté à cette corvée était plus important qu'elle ne l'avait prévu. Ce qui ne faisait que lui rendre la tâche plus difficile. Des légionnaires pouvaient tout à fait être en train de la chercher dans les bois en cet instant même. Elle devrait se contenter d'avancer à la faveur de la nuit, désormais.

Au fur et à mesure des jours, le terrain devint de plus en plus aride et Shanii savait qu'il n'y aurait bientôt plus assez d'arbres pour dissimuler sa présence le long de la voie impériale. Si elle continuait ainsi, elle devrait marcher dans les plaines mêmes, et rien ne serait plus facile pour les troupes déployées par Clemens que de la mettre hors d'état de nuire. Shanii pouvait se vanter d'être douée pour le combat, mais même elle ne pouvait imaginer remporter la victoire face à des dizaines de légionnaires entraînés, tout particulièrement après des jours à ne dormir que d'un œil.

L'heure était venue de dévoiler sa présence. Shanii savait qu'elle n'aurait droit qu'à une unique chance. Il n'était pas question de la gâcher. Elle choisit donc, pour sa petite mise en scène, un dénivelé où la route sinuait dans un vallon serré. Grâce à un raccourci particulièrement épuisant au cours de la nuit précédente, elle avait même réussi à devancer le convoi. C'était sans doute un effort futile, mais Clemens lui avait appris l'importance d'une entrée remarquée. Elle devait s'assurer que Damian la prendrait au sérieux. Rééquilibrer les rapports de force, comme Kath et elle l'avaient fait toutes ces années auparavant avec Saemund, dans la forêt.

On ne pouvait pas dire que cet épisode s'était bien terminé, cependant.

Il ne restait qu'à espérer que celui-ci se déroule comme prévu.

Barsheen fut le premier à remarquer sa présence. Il poussa un cri de surprise, alertant les autres légionnaires qui se redressèrent aussitôt, à l'affût d'une menace. Les bras en évidence au-dessus de la tête, Shanii se pressa dans leur direction, regardant l'incrédulité se transformer en ahurissement puis en allégresse sur leurs visages.

Damian, lui, n'avait pas l'air heureux.

La jeune femme savait qu'il serait le seul à décider de son avenir, aussi ignora-t-elle temporairement ses amis pour avancer vers lui. Elle s'arrêta devant une jument sombre bien trop grande à son goût. Shanii aurait préféré que le capitaine mette pied à terre pour l'accueillir, mais il n'en fit rien. Bien sûr. Si les rôles avaient été inversés, elle aurait également choisi de profiter de son ascendant.

Du haut de sa monture, Damian ne l'avait pas quittée du regard un seul instant, visiblement partagé entre la colère et l'incrédulité. Lorsqu'elle comprit qu'il n'allait ni descendre ni entamer la conversation, Shanii poussa un léger soupir et dissimula son agitation derrière un sourire qu'elle espérait convaincant.

— Le Soleil vous guide, capitaine Aquila, fit-elle, quel plaisir de vous retrouver.

Elle avait imaginé toutes sortes d'introductions piquantes pendant ces longues journées de solitude, mais ses idées ingénieuses s'étaient effacées l'une après l'autre face à la mine sévère du jeune homme. Shanii ne pouvait pas se permettre de s'en faire un ennemi.

— Que fais-tu ici ? s'enquit le capitaine d'une voix sombre.

— Je ne peux pas vous laisser partir sans moi. Kath... Je ne pourrai pas faire mon deuil tant que je ne la considérerai pas comme vengée.

— Les ordres du commandant étaient clairs. Tu n'as rien à faire ici.

— Si je fais demi-tour maintenant, ils m'exécuteront pour désertion.

— Tu le savais au moment de quitter le campement, non ?

Shanii se mordit la lèvre inférieure. Elle ne pouvait pas se permettre d'échouer si près du but. C'était tout bonnement impossible. Elle ne se laisserait pas faire.

Jetant un coup d'œil nerveux autour d'elle, elle rencontra les regards familiers de ses compagnons. Les soldats affectés par Clemens n'étaient nulle part en vue, mais Shanii se doutait bien qu'ils étaient toujours dans la région et ne manqueraient pas de revenir. Elle avait besoin de la protection de Damian. Il était le seul, ici, à avoir de l'autorité sur eux.

— Pouvons-nous en parler en privé ? demanda-t-elle enfin en levant les yeux vers le jeune homme.

Les secondes suivantes furent parmi les plus longues de son existence. Damian la dévisagea comme s'il pouvait lire en elle, les sourcils froncés et les lèvres pincées. Le cœur battant, Shanii s'efforça de ne laisser que sa bonne volonté transparaître dans son regard. S'il ordonnait à sa troupe de la ramener à Seuthrae, elle se battrait de toutes ses forces. Mais il valait mieux pour elle qu'il ne s'en doute pas.

Enfin, comme au ralenti, il posa une main sur la selle de sa jument et lança sa jambe droite de l'autre côté. Les légionnaires l'imitèrent aussitôt avec un sourire rassuré.

— Que se passe-t-il encore ? bougonna une voix de vieil homme depuis la première roulotte, mais personne ne lui prêta la moindre attention.

La gorge serrée, Shanii adressa un regard désespéré à ses compagnons avant d'emboîter le pas au capitaine. Elle était prête à tout pour rester. Elle était prête à nettoyer leurs auges, à graisser leurs armes, à s'occuper des animaux s'il le fallait. Mais Damian comprendrait-il à quel point cette mission comptait pour elle ?

Chapitre 13

An V du règne de l'empereur Solis Vestinus Marcallas

À la suite de leur petite vendetta, Kath passa plusieurs jours enfermée dans un isoloir. Creusées dans le sol à une distance respectable les unes des autres, ces cellules étaient une série de trous aussi étroits que profonds où le commandant confinait parfois les éléments perturbateurs. Une fois l'échelle retirée et la trappe rabattue, il devenait impossible d'en sortir sans une aide extérieure.

Clemens avait même eu l'abominable idée de recouvrir la grille d'un large tapis de laine afin de bloquer jusqu'aux rayons du soleil qui auraient pu se faufiler au travers des interstices.

Les prisonniers y étaient donc laissés en tête à tête avec eux-mêmes dans l'obscurité la plus totale, sans personne avec qui parler ni aucun indice visuel du temps qui s'écoulait. Kath avait entendu dire qu'on pouvait perdre la raison dans de telles conditions. Comme tous les autres enfants, elle avait souri à cette idée – ce type de punition était extrême et Clemens se mettait rarement suffisamment en colère pour y recourir. Elle ne souriait plus désormais.

À l'intérieur de l'isoloir, la perte si absolue de la vue jouait des tours à l'esprit. La jeune fille avait souvent l'impression qu'une main visqueuse s'emparait de sa cheville ou qu'une aile duveteuse frôlait sa joue dans le noir. Elle entendait des grattements imaginaires. Elle sentait même, parfois, l'odeur d'un corps moisi envahir sa cellule. Elle devait alors se forcer à respirer profondément avec la bouche pour calmer sa nausée et les battements affolés de son cœur.

Si son décompte était exact, cela faisait sept jours qu'elle était enfermée. Une fois par jour, la grille se soulevait en l'inondant brièvement de lumière, afin de permettre à un légionnaire de lui lancer une miche de pain et une gourde d'eau. Les premières fois, elle avait tourné un regard implorant vers le ciel, mais le flamboiement du soleil était si douloureux qu'elle avait vite appris à garder les yeux rivés au sol. Tête baissée. Les paupières à demi ouvertes. C'était le seul moyen de voir où sa ration quotidienne atterrissait avant que la trappe ne se referme en la plongeant de nouveau dans l'obscurité.

Kath avait conservé chacune des gourdes et prenait soin de les aligner à côté de son corps quand elle s'allongeait pour dormir. Lorsqu'elle s'éveillait – elle aimait à s'imaginer que c'était le matin –, elle les comptait afin de s'assurer qu'aucune n'avait disparu pendant la nuit. Ce rituel lui avait permis de garder l'esprit à peu près clair, même si elle avait été prise d'une peur panique un jour où une outre était venue à manquer. Son souffle s'était accéléré, les battements de son cœur s'étaient envolés. Pendant plusieurs secondes, elle avait été incapable de bouger, persuadée que le temps s'était joué d'elle et lui avait dérobé une journée.

Puis, tâtonnant le sol pouce par pouce, elle avait fini par récupérer la gourde au pied du mur. Son soulagement était tel qu'elle s'était mise à pleurer.

Après une semaine au fond de l'isoloir, Kath avait pratiquement oublié à quoi ressemblait le monde extérieur. Lorsque la lumière inonda sa petite prison en ce jour qui n'avait rien de particulier, elle banda aussitôt ses muscles, prête à se jeter sur sa ration du jour. Rien ne vint. Plissant les yeux devant les rayons impitoyables du soleil, elle leva la tête. La trappe était un trou béant et douloureusement lumineux qui perçait ses rétines à coups d'aiguille. De cette énorme masse éclatante surgit alors un serpent. Un long serpent sombre, rampant lentement dans sa direction.

Avec un cri de terreur, Kath se jeta contre le mur opposé. Ses jambes protestèrent devant le mouvement soudain, mais elle ne leur prêta aucune attention, fouillant frénétiquement autour d'elle à la recherche d'une arme.

— Monte ! s'exclama un homme, quelque part au-dessus de sa tête.

La jeune fille cligna des yeux, en pleine confusion. Le serpent ne bougeait plus. Ce n'était d'ailleurs plus un serpent, c'était une échelle de bois et de corde.

— J'ai pas toute la journée, pesta l'inconnu d'une voix agacée. Si tu veux sortir, je te conseille de te dépêcher.

Ce fut à cet instant que Kath comprit qu'on était venu la libérer. Elle se redressa sur des jambes flageolantes et attrapa le barreau qui lui faisait face d'un geste timide, comme si elle avait peur que cette apparition soudaine ne soit qu'une divagation de son esprit fatigué. Mais la corde était bien réelle sous ses doigts, tangible et rêche, solidement nouée.

— Voilà qui est mieux, railla l'autre. Allez, grimpe.

La jeune fille s'exécuta en serrant les dents pour ignorer ses muscles qui grinçaient sous l'effort. Le bleu étourdissant du ciel valait bien ce supplice. Elle se hissa donc sur le rebord sans un mot, à la seule force de ses bras.

L'homme qui était venu la délivrer, probablement de la deuxième ou troisième génération, était originaire de Brekkur, comme elle. Un inconnu aurait pu penser que leur similarité serait la cause d'une sorte de fraternité entre eux, mais il la regarda s'écrouler sur le sol et se redresser sans esquisser le moindre geste pour l'aider. Ainsi allaient les choses à la Légion Neuve.

— Le commandant t'attend.

Sur la terre ferme, la lumière était plus aveuglante encore. Kath peinait à discerner ce qui se trouvait devant elle, mais elle jeta malgré tout un coup d'œil en direction des autres isoloirs. Si elle parvenait à détecter leur présence au milieu de cette nappe blanche qui semblait recouvrir le monde, elle pourrait peut-être savoir si Shanii et Sokha avaient également retrouvé la liberté.

Elle en fut incapable. Et lorsque le légionnaire mit la main sur son épaule pour la forcer à avancer, elle ne trouva pas la force de lui résister.

Le commandant était attablé devant un repas copieux lorsqu'elle fut introduite dans le manoir. Il était seul, ce qui devait signifier que Sokha et Shanii étaient toujours au fond de leur trou. Kath jeta un coup d'œil nerveux autour d'elle. C'était la première fois qu'elle venait ici sans les autres pupilles.

— Ah, Kath, te voilà, la salua Clemens en désignant un siège en face de lui. Assieds-toi.

La jeune fille obéit prestement, sans oser croiser son regard. Son ventre protesta bruyamment. La vue de l'immense table avec ses assiettes de viande et de fromage, ses coupes débordant de fruits et la tarte juteuse qui trônait au milieu de cette profusion de couleurs lui faisait venir l'eau à la bouche. Au fond d'elle, Kath devinait que cela faisait partie de sa punition. Manipulation, rapport de force, tout n'était qu'une suite d'échanges stratégiques sans fin avec Clemens.

Elle tenta donc d'imposer le silence à son estomac. Et lorsque ce dernier se révéla trop obstiné pour lui obéir, elle se résigna à la deuxième option de sa liste : l'ignorer catégoriquement.

— As-tu eu le loisir de réfléchir à ton comportement ? demanda le commandant en croisant les mains sous son menton.

— Oui, monsieur.

— Regrettes-tu tes actions ?

Oui.

— Non, monsieur.

— Je vois.

Il planta son couteau dans un cône de fromage et le porta négligemment à sa bouche sans se soucier de la salive qui perlait aux commissures des lèvres de son élève. Kath le regarda mâcher sans un mot pendant de longues minutes, le ventre perclus de douleur. Enfin, après s'être resservi du lièvre à la moutarde et avoir avalé une tranche de pain aux olives, Clemens s'essuya les mains dans un linge blanc. Son regard, lorsqu'il se posa sur la jeune fille, était empreint de menaces toutes plus sérieuses les unes que les autres.

— Ce que vous avez fait était complètement stupide, dangereux et, plus grave encore, un manquement criant aux règles que *je* vous ai imposées lorsque je vous ai choisies comme pupilles, Shanii et toi.

Kath se recroquevilla, dans l'attente d'un coup qui ne vint pas. Lorsqu'elle osa relever la tête, les traits du commandant s'étaient légèrement détendus. S'il n'aurait pu être qualifié de bienveillant ou d'agréable, il était toutefois passé de tout à fait terrifiant à simplement songeur.

— Mais je suis impressionné malgré tout, ajouta-t-il enfin. Suis-je dans l'erreur en supposant que tu étais à l'origine de ce plan ?

— Non, monsieur. C'était mon idée.

— Explique-moi.

— Vous expliquer ?

— Ton plan. Explique-moi ta stratégie.

Kath n'était pas certaine de comprendre pourquoi il n'était pas en train de lui hurler dessus. Elle s'était attendue à bien pire que ces quelques minutes à souffrir de la faim en silence. Mais il n'était pas question qu'elle laisse passer cette chance.

— Tout a commencé le jour où Saemund s'est infiltré dans notre entraînement avec un véritable glaive, déclara-t-elle sans oser dévisager le commandant. Le jour où le professeur Gallius nous a fouettées, Shanii et moi.

— Je me souviens de cet incident, oui.

— Saemund n'a pas été puni et...

— Je ne suis pas ici pour déterminer qui est responsable, Kath, la coupa-t-il avec un geste impatient. Je veux comprendre d'où t'est venue cette stratégie.

— Je... Ce jour-là, Saemund a laissé échapper que son père était le grand maître de la guilde des marchands à Drangavik. Nous sommes d'un naturel superstitieux à Brekkur, et Hlorun – le dieu protecteur de la guilde des marchands – n'est pas tolérant avec les parjures. J'ai songé que si je parvenais à lui faire prêter un serment de sang, au nom de Hlorun, il le respecterait. Qu'il nous laisserait tranquilles, Shanii et moi.

— Même un serment sous la contrainte ? l'interrogea Clemens d'un air intéressé.

— Un serment est un serment, confirma la jeune fille à voix basse. Tout particulièrement quand le sang a été versé. Saemund ne peut plus revenir sur sa parole sans se montrer sacrilège aux yeux de tous nos dieux.

— Le sang est-il indispensable ?

— C'était une précaution supplémentaire... Comment nous avez-vous retrouvés ?

— Les gardes de la palissade vous ont vus entrer dans les bois. J'étais très surpris que vous soyez parvenus jusque-là.

— Vous étiez là depuis le début ? Pourquoi n'êtes-vous pas intervenu ?

— Saemund n'était pas encore en danger. Et j'étais curieux de savoir ce que tu allais faire.

— Je souhaitais juste lui faire passer l'envie de tenter autre chose ! s'exclama Kath en relevant finalement la tête. Il n'était pas *vraiment* en danger ! Enfin... Il n'était... Je...

Clemens la regarda chercher ses mots pendant un instant, puis il poussa un soupir. Kath s'interrompit aussitôt, plus gênée qu'elle n'aurait voulu l'admettre.

— Ce que tu as fait n'était pas nécessaire, Kath. Tu aurais dû venir me voir lorsque Saemund a commencé à vous importuner. Je ne peux pas avoir un œil sur tout le campement, mais mes pupilles... Vous êtes trop précieux pour que je vous laisse vous entre-déchirer sans rien faire. Mange, maintenant. Tu as besoin de reprendre des forces.

— C'est tout ? Je ne suis pas punie ?

— Et comment décrirais-tu la semaine qui vient de s'écouler ? fit le commandant en haussant un sourcil, les lèvres relevées en un demi-sourire.

Kath se saisit d'une part de tarte d'un geste hésitant, comme si elle n'était pas tout à fait sûre de sa bonne fortune. Puis, voyant que Clemens gardait le silence, elle la mordit impatiemment. Les baies fondirent sur sa langue comme un petit morceau de paradis. Bouchée après bouchée, elle termina son butin et se resservit une seconde portion, en prenant soin cette fois d'y ajouter une cuillerée de crème épaisse. Elle avait l'impression de n'avoir jamais goûté une nourriture aussi délicieuse.

— Où est Shanii ? demanda-t-elle, l'esprit un peu plus clair à présent que son ventre ne criait plus famine.

— Shanii sera avec nous dans quelques instants. Parle-moi du garçon, plutôt.

— Sokha ?

— Oui, Sokha. Est-ce lui qui a dérobé la corde et les somnifères à l'infirmerie ?

— Oui. Le poignard, également. Il a un talent naturel pour se faufiler partout sans se faire voir.

— Je l'avais remarqué.

Le ton tranchant du commandant lui fit relever brusquement les yeux, convaincue qu'elle venait de commettre une erreur. Peut-être n'aurait-elle pas dû mettre la responsabilité sur le dos de Sokha ? Aurait-elle dû prétendre qu'elle était celle qui avait perpétré les vols ?

— Vous l'aviez remarqué... comment ? demanda-t-elle d'une petite voix.

— Il s'est échappé.

— Il s'est *quoi* ?!

— Il s'est échappé de son isoloir pendant sa punition.

— Mais... Le trou... Comment...

— D'après ce que j'ai pu observer, il a utilisé les gourdes pour creuser des aspérités dans la paroi, puis il a grimpé comme une araignée et a soulevé la trappe au milieu de la nuit, quand personne ne pouvait le voir.

Kath sentit un sourire se dessiner malgré elle sur ses lèvres. Sokha était vraiment incroyable.

— As-tu une idée d'où il a pu disparaître ? s'enquit Clemens.

— Non, mais je pense qu'il réapparaîtra de lui-même lorsque la punition sera terminée. Il n'a nulle part où aller. Allez-vous l'enfermer à nouveau ?

— Je vais l'envoyer à Pelythrae pendant quelques années. Nous avons quelqu'un là-bas, plus à même de développer ses talents.

Pelythrae était le deuxième campement de la Légion Neuve, construit quelques années plus tôt de l'autre côté des montagnes, afin de surveiller les frontières avec Oltaï et Qecia après une recrudescence des hostilités entre ces deux nations. Kath en avait entendu parler au cours de ses leçons avec le commandant, mais elle n'avait jamais eu l'occasion d'y aller. Les Kypris, la chaîne de montagnes qui coupait Basaléa en deux, rendaient le voyage long et difficile.

Kath venait à peine de se faire un nouvel ami qu'elle était sur le point de le perdre.

Chapitre 14

An XV du règne de l'empereur Solis Vestinus Marcallas

Shanii suivit Damian sans un mot au travers des hautes herbes qui ondulaient doucement dans la brise. Le paysage tout entier se déclinait dans des nuances de jaune et de vert, aux champs succédaient les prés et les vignes à un rythme régulier. Cet endroit ressemblait tant à celui où Kath avait perdu la vie. La jeune femme percevait cette similitude comme une lame chauffée à blanc plantée dans son dos. Une douleur qui déchirait son cœur telles des griffes acérées et l'empêchait de respirer.

— Vas-y, je t'écoute, déclara soudainement Damian en la faisant sursauter.

— Je...

De près, le capitaine était plus imposant que dans son souvenir. Son visage de marbre l'étudiait sans la moindre trace de compassion dans ses yeux bleus. En raison de sa petite stature, Shanii avait l'habitude de devoir lever la tête pour croiser le regard des gens. Au fil des années, elle avait même développé l'aptitude singulière de prendre ses interlocuteurs de haut tout en les toisant d'en bas. Pourtant, avec son calme imperturbable et ses lèvres pincées, le capitaine parvenait étrangement à la mettre mal à l'aise.

— N'as-tu pas réfléchi à la meilleure façon de me convaincre ? demanda-t-il après l'avoir regardée se débattre avec elle-même pendant de longues secondes.

— Capitaine Aquila, je souhaite faire partie de votre équipe. Je peux vous aider à débusquer les rebelles et à détruire l'endroit où ils se cachent !

— Tu es prête à risquer la mort pour cela ?

— Sans hésiter une seule seconde.

— Et après ?

— Après ma mort ?

— Après ta vengeance. Tu as déserté la Légion Neuve. Penses-tu que Clemens t'accueillera à bras ouverts une fois que tu reviendras à Seuthrae ? Crois-tu sincèrement qu'il te pardonnera ?

Shanii avala sa salive. Elle n'avait pas vraiment réfléchi aussi loin. Ou plutôt, elle s'était empêchée d'y songer. Il était parfois plus facile de ne pas explorer les conséquences de ses actions.

— Je... Je pense qu'il sait à quel point je peux me montrer utile...

— Tu préfères demander pardon plutôt que la permission, c'est bien ça ?

Un sourire effleura les lèvres de la jeune femme à ce qu'elle crut tout d'abord être une sorte de plaisanterie. Mais l'expression de Damian resta figée dans une moue désapprobatrice.

— Non, reprit-il d'un ton cassant. Je ne peux tolérer une telle insolence. Si tu fais aussi peu de cas des directives de ton commandant, comment puis-je te faire confiance ? Moi, un simple capitaine ? Nous allons te raccompagner devant le commandant à Seuthrae.

— Clemens doit déjà être en route pour Setri à l'heure qu'il est ! protesta Shanii. Il n'a plus besoin de moi, je serais bien plus utile à vos côtés !

— Il n'est pas parti pour Setri, rétorqua Damian. Ses soldats m'ont affirmé qu'il attendait de tes nouvelles à Seuthrae. Tu as défié une injonction de ton officier supérieur, que pensais-tu qu'il en découlerait ?

— Capitaine Aquila, vous devez me croire ! Je ne suis pas ici pour contester votre autorité, je le jure ! J'ai désobéi au commandant parce que... parce que...

— Parce que tu n'étais pas d'accord avec ses ordres ? Ce n'est pas comme ça que fonctionne la loyauté.

La remarque se ficha dans son cœur comme la pointe acérée d'une flèche. Il avait raison. Bien sûr qu'il avait raison. Mais malgré tout le respect qu'elle ressentait envers Clemens, l'affection qu'elle éprouvait pour Kath était plus forte encore. Tant pis si elle perdait la vie. Tant pis si elle condamnait sa carrière militaire ou sa place dans la Légion Neuve. Kath avait été sa sœur pendant onze longues années. Elle méritait de voir son nom vengé dans le sang.

— Kath était mon capitaine, déclara-t-elle en plongeant son regard obsidienne dans l'océan des yeux de Damian. Ma loyauté va à sa mémoire avant tout le reste. Je suis prête à *tout* pour vous accompagner. Je pourrais vous être utile pour espionner les rebelles une fois à Simint. Je prendrai tous les tours de garde, je nettoierai vos armes. Je serai votre meilleur soldat !

— Mon meilleur soldat ? répéta-t-il avec un froncement de sourcils, comme si son intérêt venait de s'éveiller.

— Kath et moi étions de loin les plus fines lames de Seuthrae. Je suis capable de battre en duel tous les légionnaires du Cinquième Contingent et je souhaite mettre mon épée à votre service.

— Même moi ?

Shanii l'étudia pendant une fraction de seconde. Il était bien bâti, les épaules larges et les bras aussi robustes que Barsheen. De tels muscles causaient souvent une perte d'agilité ou de vitesse.

— Je pense, oui.

Pour la première fois depuis le début de leur échange, le coin des lèvres de Damian se retroussa. Ce n'était pas vraiment un sourire, mais c'en était bien plus proche que la grimace sérieuse qui figeait ses traits jusqu'à présent.

— Crois-tu être capable de le prouver ? demanda-t-il en l'étudiant des pieds à la tête.

— Si je vous bats en duel, m'accepterez-vous dans le convoi ?

— Si tu me bats en duel, je te promets d'y réfléchir.

— Ce n'est pas un très bon marché.

— C'est le seul que je t'offre.

Sans son soutien, Shanii savait qu'elle ne pourrait pas rester. Damian était l'unique personne à avoir l'autorité nécessaire pour révoquer l'ordre du commandant Clemens et empêcher ses soldats de la ramener à Seuthrae, même si ce n'était que temporaire. Malgré tout, la façon dont il l'observait en cet instant la faisait grincer des dents.

— Vous ne pensez pas que je puisse gagner, n'est-ce pas ? fit-elle en croisant les bras.

— Je t'ai vue te battre contre ton partenaire, à Seuthrae.

— Sokha ? Alors vous savez que j'ai remporté la victoire !

— En trichant.

— Je n'ai pas triché !

— Une telle manœuvre t'aurait coûté la vie avec de véritables épées.

— Je me suis juste adaptée à l'arme que j'avais en main ! Ce n'est pas de la triche !

— Que dis-tu de ce nouveau marché ? Si tu remportes un duel contre moi, à la loyale, sans coups bas, alors je te laisserai venir avec nous. Tu te cacheras dans les roulottes si Clemens nous envoie d'autres légionnaires, et nous réglerons cette histoire ensemble avec lui à notre retour. Est-ce que cela te convient ?

L'exaspération et l'espoir se livraient leur propre combat à l'intérieur du cœur de Shanii. Elle ne supportait pas d'avoir été insultée ainsi, qui plus est par un individu qui n'avait pas fait ses preuves en tant que capitaine. Mais d'un autre côté, il venait de lui offrir sa seule opportunité de s'imposer dans cette mission sans effusion de sang. Enfin, avec une effusion de sang *minimale.*

— D'accord, acquiesça-t-elle avec une expression déterminée. On commence quand ?

— Au coucher du soleil. Tu n'as pas la moindre chance maintenant, alors que tu tiens à peine sur tes jambes.

— Je n'ai pas besoin d'un traitement de faveur !

Sans lui laisser le temps de reprendre son souffle, Damian la poussa brusquement en arrière. C'était un choc qu'elle aurait parfaitement pu anticiper, mais ses réflexes étaient érodés par la fatigue. Les roulottes de maître Kelarios avaient imposé à la caravane une allure modérée, mais Shanii n'avait eu que ses jambes pour parcourir le trajet qu'ils effectuaient à cheval. Basculant en arrière, elle s'écroula dans l'herbe sèche comme un pantin désarticulé.

— Tu disais ? demanda Damian avec ce qui ressemblait pour la première fois à un véritable sourire.

— Au coucher du soleil, grimaça-t-elle en réponse.

L'élégant capitaine basaléen ne perdait rien pour attendre.

Après avoir dormi quelques heures dans la roulotte de maître Kelarios, lequel ne s'était plié à l'ordre d'hébergement de Damian que de très mauvais gré, Shanii fut réveillée par Naramsina qui lui secouait gentiment l'épaule.

— Qu'est-ce qui t'a pris de t'enfuir ? la réprimanda la jeune femme d'un ton affectueux en lui tendant une galette salée avant de s'allonger à ses côtés. Clemens voulait probablement que tu l'accompagnes à Setri afin que tu reçoives ton propre médaillon de capitaine...

— Je n'en suis pas si sûre : le Cinquième Contingent a déjà un capitaine. Et puis cela n'a aucune importance. Je ne pouvais pas vous laisser venger Kath sans moi.

— Kath n'aurait pas aimé te voir braver les ordres du commandant...

— Kath chérissait mes petits écarts de discipline.

— Shanii...

— Je t'assure !

— Il y a une différence entre écarts de discipline et insubordination... Tu n'as pas fait les choses à moitié, cette fois. Penses-tu vraiment que Clemens se montrera aussi compréhensif à notre retour ?

— Ah, ça me semble peu probable, répondit Shanii en s'étirant, délogeant la tête de Nara qui reposait contre son épaule pour avaler un peu de nourriture. Il m'a pardonné à de nombreuses reprises au cours des années, mais aujourd'hui j'ai peut-être été trop loin. Qui sait ? Peut-être gagnerai-je quelques points pour avoir réussi à vous pister si rapidement. Damian est un piètre capitaine. J'aurais pu vous rattraper les yeux fermés.

Nara éclata d'un rire sonore qui agaça l'architecte de l'autre côté de l'habitacle.

— Si vous êtes réveillées, allez-vous-en ! Ma patience a des limites !

Les deux jeunes femmes s'empressèrent d'obéir en quittant la roulotte d'un pas vif. Dehors, Viseh, Sokha et Barsheen étaient en train de monter la tente du capitaine pour la nuit, mais lorsqu'ils aperçurent Shanii, ils abandonnèrent immédiatement leur travail pour la prendre dans leurs bras. La troupe s'était arrêtée aux abords d'un cercle de pierres tapissées de mousse dont la plupart étaient renversées sur le sol. Un choix judicieux, car les rares monolithes encore debout offraient un refuge naturel contre le vent qui soufflait particulièrement fort ce soir-là.

— Je suis heureuse de vous retrouver, fit Shanii.

— Nous aussi, petite, répondit Viseh en lui ébouriffant les cheveux.

— De mon côté, je dois avouer que je suis plutôt surpris que tu aies mis tant de temps à nous rattraper.

Shanii tenta d'enfoncer son coude dans les côtes de Barsheen, mais ce dernier pirouetta aussitôt hors de sa portée.

— Que va-t-il se passer, maintenant ? demanda Nara en la conduisant près du feu de camp. Le capitaine ne nous a pas exactement fait de discours, tout à l'heure.

— Il autorisera ma présence ici si je le bats en duel, expliqua la jeune femme avec un sourire.

Le silence consterné qui suivit sa déclaration fut brutalement rompu par l'hilarité incontrôlable de Sokha.

— Tu trouves ça drôle ? se défendit-elle d'une voix faussement agacée.

— Et il a accepté ?

— C'était *son* idée !

— Ah… Shanii… Le monde serait bien trop ennuyeux sans toi.

La jeune femme croisa les bras. Peu lui importait s'ils ne la croyaient pas. La seule chose qui comptait désormais était qu'elle fasse mordre la poussière au capitaine basaléen. Elle ne repartirait pas à Seuthrae. Pas avant d'avoir obtenu sa vengeance.

Délaissant ses compagnons, elle tourna les talons dans la direction de la silhouette solitaire qui les étudiait de l'autre côté des flammes. Damian la regarda approcher sans la quitter des yeux, une main distraitement posée sur le pommeau de son glaive. Le coucher de soleil creusait des ombres dans son visage et donnait des reflets cuivrés à ses cheveux bruns.

— C'est quand vous voulez, capitaine, déclara-t-elle en croisant les bras.

— Allons-y, dans ce cas. Finissons-en.

Derrière lui se trouvait une piste d'herbe rase, délimitée par leurs sacs de voyage et des piles de rameaux desséchés. Un par un, les légionnaires se répartirent à l'intérieur du grand cercle de pierre avec quelques mots d'encouragement envers Shanii. Tous, sauf Orrin qui se contenta de la toiser de haut en bas. Amusée, la jeune femme esquissa un geste menaçant dans sa direction et s'esclaffa en voyant le Basaléen gagner précipitamment sa place parmi les spectateurs.

— Nous resterons à l'intérieur de cette ligne, déclara Damian en désignant les besaces. Le duel prendra fin si l'un de nous sort du cercle, ou au premier sang versé.

— Je n'ai pas dix ans, capitaine.

Ce dernier leva un sourcil perplexe et répondit d'une voix mal assurée :

— Je sais. Quel est le rapport ?

— J'ai passé depuis longtemps l'âge des combats au premier sang versé. Nous nous battrons jusqu'à ce que l'un de nous crie grâce, ou que l'autre soit en position de victoire irréfutable.

— Tu en es certaine ?

— Absolument.

— Boucliers ?

— Ils ne feraient que nous ralentir.

Ils s'affrontèrent du regard quelques secondes. Shanii n'aimait pas ce qu'elle lisait dans ces profondeurs aigue-marine. À cet instant encore, il la sous-estimait. Il n'imaginait pas qu'une femme puisse se montrer à la hauteur. Shanii haïssait cette sensation. Elle s'était démenée pendant des années afin de ne jamais avoir à se retrouver face à un tel regard. Elle s'était battue, davantage que tous les autres, pour prouver qu'elle avait sa place dans la Légion Neuve. Le doute qu'elle apercevait dans les yeux du jeune homme réveillait en elle un besoin de victoire plus puissant encore que son désir de vengeance. Elle remporterait ce duel. Elle n'avait tout simplement pas d'autre choix.

Avec une grande inspiration, elle ordonna aux battements de son cœur de ralentir et marcha jusqu'au centre du cercle. Damian hésita plus longtemps qu'elle ne l'aurait imaginé – ce combat était, après tout, son idée –, mais il finit par se décider et franchit la ligne d'un pas résolu.

Aussitôt, Shanii attaqua. Plus tôt elle gagnerait, plus tôt cette histoire serait réglée. Malheureusement pour elle, son geste fut accueilli par une défense aussi solide qu'un mur. Le capitaine para son coup sans faire le moindre pas en arrière. Dépitée, elle souleva son glaive et le frappa sur son flanc gauche avant de bondir hors de sa portée pour l'attaquer sur la droite. Encore une fois, il était prêt.

Lorsqu'il bondit à son tour, elle esquiva à la vitesse d'un oiseau de proie. Elle savait que la force de son adversaire serait suffisante pour la repousser hors du cercle s'il la coinçait dans une position de faiblesse. La rapidité était son atout le plus précieux.

Emporté par son élan, Damian dépassa Shanii, et elle profita de l'opportunité pour lui asséner un coup dans les côtes. La jeune femme rencontra cette fois une défense plus maladroite qui dévia son glaive vers l'épaule du capitaine en traçant une ligne rouge le long de son bras. Damian poussa un petit cri, les yeux écarquillés. Mais Shanii, qui s'était attendue à y lire de la colère, fut surprise d'y découvrir une détermination farouche qui lui rappela Kath.

Les deux combattants fondirent de nouveau l'un sur l'autre, échangeant des coups d'épée avec une impatience grandissante. Partout où la lame de Shanii attaquait, celle de Damian surgissait, stable et infranchissable. À chaque minute qui s'écoulait, il la pressait plus près de la limite du cercle, la forçant à se contorsionner pour lui échapper sans y laisser un membre.

Shanii devait admettre qu'elle avait sous-estimé le jeune homme.

Le temps passa et aucun d'eux ne parvenait à trouver une faille dans la défense de l'adversaire. Les certitudes de Shanii battaient de l'aile. Elle se sentait plus lente, moins réactive. Sa force, déjà dérisoire comparée à celle du capitaine, s'épuisait progressivement. Bientôt, la peur commença à germer dans son cœur, se taillant peu à peu un chemin dévastateur dans ses veines. Si Damian la renvoyait à Seuthrae, elle serait exécutée pour désertion. Si Damian la renvoyait à Seuthrae, sa misérable vie prendrait fin. Mais toute misérable qu'elle était, c'était sa vie, et elle n'en avait pas tout à fait fini avec elle. Elle ne pouvait pas perdre.

Elle. Ne. Pouvait. Pas. Perdre.

L'inconvénient d'un duel où l'on ne cherchait pas à tuer son adversaire était précisément qu'on ne pouvait pas tuer son adversaire. Cela réduisait considérablement le champ des possibilités. Shanii savait qu'elle ne pourrait se déclarer victorieuse qu'en soumettant le Basaléen à une attaque dont il ne pourrait se défaire. Le couteau sur la gorge était son choix de prédilection, mais cela impliquait de renverser Damian au sol et de se débarrasser de son épée pour l'empêcher de la frapper au ventre. Cela faisait plusieurs minutes qu'elle tentait cette manœuvre en vain. Elle en était venue à la conclusion qu'il lui fallait un plan de secours. Tout de suite.

Sa panique ne fit qu'augmenter lorsque leurs glaives se coincèrent momentanément entre leurs deux corps. Damian était si proche qu'elle aurait pu l'atteindre d'un coup de tête. Malheureusement pour la jeune femme, ce fut son adversaire qui y pensa le premier, la faisant reculer de quelques pas, le front si douloureux qu'il lui sembla que son crâne avait été brisé. Elle tenta aussitôt de se rétablir, mais c'était trop tard : Damian avait pénétré sa défense en enchaînant une succession de coups qui l'acculaient peu à peu vers le bord de leur arène improvisée.

Non.

Elle ne pouvait pas perdre.

Les sacs n'étaient désormais plus qu'à quelques pouces derrière elle. Elle pouvait presque sentir le frottement d'une courroie contre sa cheville.

Non. Non. Non.

Damian était contre elle, le visage éclairé par une expression triomphante. Autour d'eux, des cris d'encouragement fusaient de tous côtés, mais Shanii aurait été bien incapable de répéter ce qu'ils disaient. Tout ce qu'elle comprenait, c'est qu'elle était sur le point d'échouer et qu'elle ne pouvait pas se le permettre.

Saisissant la tunique du capitaine à pleines mains, elle prit son élan et lança violemment le genou vers son aine. Mais le jeune homme referma brutalement les cuisses, bloquant sa jambe dans une position inconfortable avant qu'elle ait pu causer de véritables dégâts. Shanii laissa échapper un cri de désespoir, mais il était trop tard : Damian lui tordit le poignet tout en la poussant en arrière. Dans cette posture précaire, elle n'avait plus aucune chance de maintenir son équilibre face à quelqu'un d'aussi grand que lui.

Shanii atterrit lourdement sur le sol, piégée par le poids de Damian étalé sur elle, la lame contre sa gorge.

Autour d'eux, les cris s'étaient tus. La jeune femme sentit les larmes lui monter aux yeux, mais elle se mordit violemment la lèvre pour s'empêcher de pleurer. Pas maintenant, pas alors que le capitaine basaléen se tenait juste au-dessus d'elle, preuve écrasante de sa supériorité.

— Tu es morte, fit Damian à voix haute, retournant contre elle les mots qu'elle avait utilisés avec Sokha quelques jours auparavant.

Puis il se pencha et murmura à son oreille :

— Je savais que tu viserais bas.

Chapitre 15

An XV du règne de l'empereur
Solis Vestinus Marcallas

Un silence pesant avait envahi le cercle de pierres. Damian se redressa et rangea le glaive à sa ceinture sans quitter du regard la forme abattue de la jeune femme. Il avait pensé qu'il ressentirait plus de satisfaction à voir ses doutes confirmés, mais il était partagé entre la déception et l'admiration. Shanii était une combattante exceptionnelle. Elle avait tenu bien plus longtemps que ses adversaires habituels, détournant ses attaques avec une précision mortelle.

Elle aurait même remporté leur duel haut la main si elle n'avait pas voulu jouer les terreurs en bousculant les règles qu'il avait proposées.

Poings serrés le long du corps, Damian écarta Viseh pour remonter le chemin jusqu'à sa tente, transpirant des efforts qu'il faisait pour ne pas laisser sa démarche trahir sa douleur. Il était plutôt fier d'avoir bloqué le dernier coup d'éclat de son adversaire, c'était une parade qui lui taillerait une belle réputation parmi les hommes de leur troupe. Il n'était pas question qu'il gâche tout maintenant. Pas question que les autres se rendent compte que ses cuisses n'avaient absorbé qu'une partie de l'attaque et qu'il avait en cet instant l'impression d'avoir l'aine en feu.

Tant qu'il gardait la tête haute, la victoire qu'il venait d'arracher à Shanii le cimentait en tant que capitaine du Cinquième Contingent. C'était tout ce qui importait.

Une fois dans sa tente, il se dirigea vers son lit pour allumer la petite lampe en terre cuite qu'il avait déposée près de ses affaires. Sa paillasse était agrémentée d'un matelas souple et d'une fine couverture de laine, proprement pliée en quatre. L'espace central était généralement réservé à un bureau, mais puisqu'ils abandonneraient la majorité de leur matériel à Ankacia pour continuer à pied, Damian avait préféré n'emmener que le strict minimum.

Les doigts raidis par le duel intense qui venait de s'achever, le jeune homme reposa la lampe sur le coffre et commença maladroitement à se débarrasser de sa cuirasse, un lacet après l'autre. Il se doutait qu'il lui faudrait bientôt ressortir pour régler le souci de la présence de Shanii, mais il ne parvenait pas à s'y résoudre. Il avait besoin de réfléchir. Damian savait ce qui lui arriverait s'il la livrait au commandant Clemens. Il ne voulait pas avoir sa mort sur la conscience.

— Capitaine !

Pivotant brusquement, le jeune homme aperçut Shanii à quelques pas de lui, suivie de Viseh, de Sokha, d'Orrin et des jumeaux. Voilà qu'ils entraient dans la tente du capitaine sans permission, maintenant.

— Que faites-vous ici ? Dehors.

— Nous sommes venus vous demander de garder Shanii ! s'écria Barsheen.

— Il ne peut pas, protesta Orrin en croisant les bras. Le commandant...

— Nous ne vous suivrons plus si vous renvoyez Shanii ! insista Sokha.

— Cela va à l'encontre des règles...

— DEHORS ! s'exclama Damian d'une voix courroucée, mettant temporairement fin à l'altercation. Shanii, reste ici. Les autres, sortez immédiatement.

— Mais...

— Ne me le faites pas répéter.

Il toisa sévèrement ses soldats, l'un après l'autre, jusqu'à ce qu'ils baissent les yeux. Sokha se montra de loin le plus insolent, affrontant son capitaine d'un air buté pendant d'interminables secondes. Mais même lui finit par se soumettre en sortant à reculons, après avoir jeté un regard désolé à la jeune femme qui semblait sur le point d'exploser. Damian avait cru que vaincre l'ancienne seconde du Cinquième Contingent lui ferait gagner le respect de ses compagnons de voyage. Il s'était trompé.

— Je... commença-t-il.

Shanii ne lui laissa pas le temps d'aller au bout de sa pensée. L'expression déformée par une terreur panique, elle tomba à genoux devant lui, coulant ses mains autour de ses chevilles dans un geste de supplication désespérée. Les yeux du capitaine volèrent instantanément vers l'auvent de la tente pour s'assurer que le dernier de ses petits rebelles l'avait bien refermée en partant. Plus tard, il parviendrait à se convaincre qu'il avait agi ainsi pour vérifier que cette scène déplaisante n'avait aucun témoin. Mais la vérité était que sa première pensée avait été pour la jeune femme : il pouvait deviner ce que ce geste lui coûtait.

— Capitaine Aquila, je vous en conjure...

— Relève-toi, s'il te plaît.

— Ne me renvoyez pas à Seuthrae. Je jure que je peux vous être utile. Je ferai n'importe quoi, je servirai d'appât, je...

— Shanii, la coupa-t-il cette fois d'une voix ferme. Relève-toi. Obéis aux ordres de ton capitaine.

Même les esprits rebelles comme Shanii ne pouvaient faire fi d'années de conditionnement. Elle fut debout sans même s'en rendre compte, les yeux écarquillés par la surprise et la peur.

— Je ne te renverrai pas à Seuthrae, l'assura le jeune homme, presque étonné de s'entendre prononcer ces mots.

— Je... Vraiment ?

— Ton désir de vengeance est une source de motivation qui nous sera des plus utiles. Et puis, j'ai comme l'impression que si j'ordonnais à quelqu'un de te ramener à Seuthrae, tu trouverais un moyen de lui fausser compagnie pour nous suivre. N'ai-je pas raison ?

La jeune femme baissa momentanément les yeux – un aveu plus flagrant encore que des mots.

— La plupart d'entre eux ne se mettraient même pas en travers de ton chemin, ajouta Damian en tâchant de dissimuler son amusement. Je respecte la loyauté. Dans une mission comme la nôtre, une équipe soudée a beaucoup plus de chances de parvenir à son but. Je dois aussi admettre que tu es une combattante exceptionnelle, et je serais idiot de me priver d'une telle lame. J'accepte donc de te garder avec moi. Mais à quelques conditions.

— Tout ce que vous voudrez, capitaine.

— Tu devrais te montrer plus réservée dans tes serments, tu sais ?

— Je suis sérieuse.

Le jeune homme la dévisagea un instant en silence. Il était prêt à la croire.

— Dans ce cas, reprit-il, voici mes conditions. Tu te rangeras à mon avis, peu importent mes décisions futures, et tu feras tout ce qui est possible pour convaincre les autres de faire la même chose. Dans une situation idéale, nous disposerions de mois, ou même d'années, pour construire une relation saine, basée sur une confiance mutuelle. Mais ceci n'est pas une situation idéale.

— Je comprends.

— Tu serviras également de professeur à Orrin. J'ai pu voir qu'il ne participait pas à vos entraînements. J'ignore s'il a bénéficié d'un traitement de faveur jusqu'à aujourd'hui, mais je ne veux pas d'un maillon faible dans notre groupe.

— D'accord.

— *Et*, lorsque cette mission sera finie, si je te demande de me suivre à Seuthrae pour recevoir ta punition, tu obéiras sans discuter. C'est bien compris ?

Damian laissa retomber ses bras le long de son corps tout en observant Shanii, dont les sourcils froncés étaient la marque d'une concentration intense. Ce n'était pas une décision aisée.

— Je le ferai, dit-elle finalement.

— Je veux que tu jures sur la mémoire de ton amie, celle qui a été tuée par les rebelles.

— Je... Je jure sur la mémoire de Kath que j'obéirai à toutes vos conditions.

Le moment se figea dans une sorte de nuage cotonneux. Aucun d'eux ne parla pendant de longues minutes, perdu dans des souvenirs qui ne pouvaient être partagés. Si près d'elle, Damian aurait presque pu compter ses cils et les mèches qui volaient autour de son visage. Il n'aurait eu qu'à lever la main pour toucher ses pommettes anguleuses, les trois grains de beauté sur sa joue droite ou la courbe gracile de son cou encore nimbé de sueur. La lueur de la lampe à huile dessinait sur sa peau des reflets dansants de bronze.

Le jeune homme sentit son cœur accélérer de façon désordonnée dans sa poitrine. C'était une sensation étrange, mais pas désagréable. Avec le temps, il avait pris l'habitude de repousser ses émotions les plus fortes. Il avait bâti des murs, toujours plus hauts, toujours plus larges, afin de les tenir à l'écart. La proximité de Shanii éveillait quelque chose en lui. Quelque chose qui s'agitait dangereusement et faisait trembler les fondements de sa forteresse.

Son regard fut finalement attiré par la bosse sur le front de la jeune femme et sa gorge se noua. Il était responsable de cela. Cette prise de conscience accentua son malaise, dissipant pour de bon l'instant de quiétude.

— Je suis désolé pour ça, fit-il en la désignant du doigt.

— Pourquoi ? s'étonna-t-elle. J'ai quelque chose sur le fr... Aïe !

Le visage de Shanii se déforma en une terrible grimace qui lui donna envie de rire et de s'excuser tout à la fois.

— C'est douloureux ?

— Pas tant que je n'y touche pas, l'assura-t-elle en haussant les épaules, un sourire amusé sur les lèvres. Ne faites pas cette tête, capitaine, je guérirai. D'ailleurs, puisqu'on en parle, ne devait-on pas se battre – quel est le mot que vous avez employé – à la *loyale* ? Je ne suis pas tout à fait certaine que ce flamboyant coup de tête soit conforme à ces règles que vous essayiez de m'enseigner...

— Je te l'accorde, répondit Damian, sidéré par l'amusement qui le gagnait peu à peu. J'ai paniqué. J'ai vu dans ton regard que tu étais sur le point de faire la même chose.

— Je ne vous ferai pas l'affront de mentir.

— Suis-je donc pardonné de ce geste déloyal ?

— Aucun geste n'est vraiment déloyal s'il permet d'obtenir la victoire, répliqua-t-elle d'un ton solennel.

La gravité de sa voix, lestée du poids de souvenirs innommables, fit l'effet d'une douche froide à Damian. À quoi ressemblait l'enfance d'un soldat de la Légion Neuve ? Il avait du mal à se le représenter. Oh, il savait que l'armée recrutait ses légionnaires chez les enfants des nations vassales à des âges très précoces, il l'avait toujours su. Mais cette donnée prenait un sens complètement différent à présent qu'il se trouvait parmi eux.

— Allons-y, fit-il en secouant la tête pour s'éclaircir les idées. Je pense que les autres sont en train de nous attendre.

Une fois à l'extérieur de la tente, Damian affronta les regards agressifs et les expressions mécontentes pendant quelques secondes avant d'ouvrir la bouche pour déclarer d'une voix forte :

— Shanii reste.

Sa décision fut accueillie par une cacophonie de vivats. Les jumeaux se levèrent d'un même geste pour envelopper Shanii de leurs bras pendant que Viseh et Sokha cherchaient à se frayer un chemin jusqu'à elle.

Quelque peu à l'écart du feu de camp, Orrin faisait semblant de ne pas remarquer ce débordement d'émotions somme toute fort peu convenables pour l'officier qu'il souhaitait devenir un jour.

— Vous ne pouvez pas être sérieux, capitaine, souffla le jeune garçon lorsque Damian le rejoignit.

— Comment pourrais-je plaisanter sur un sujet tel que celui-ci ?

— Vous... Vous ne lui avez pas menti pour l'empêcher de s'enfuir ?

Damian poussa un grognement et attira Orrin hors de portée de voix.

— J'ai raison, n'est-ce pas ? Je peux trouver un messager à notre prochaine étape, si vous le souhaitez...

— Orrin, non. Tu tires des conclusions bien trop hâtives. Il n'y a nul motif caché derrière ce choix, nul plan secret et certainement aucune raison de contacter Seuthrae. Je réglerai le problème de sa désertion en temps voulu, à ma manière.

— Mais... capitaine ! Comment pouvez-vous... ? C'est une hors-la-loi !

— J'ai pris ma décision.

Le choc peint sur les traits délicats du jeune garçon finit par être remplacé par de la frustration. Il poussa un soupir et détourna les yeux, reportant son attention sur un gros caillou près de son pied. Quelles que soient les pensées amères qui l'affligeaient en cet instant, il n'osait visiblement pas en faire part à Damian.

— Il y a autre chose dont je dois te parler, Orrin.

— Je suis à votre service, capitaine, répondit le jeune Basaléen sans pour autant lever la tête.

— Ton entraînement.

— Mon entraînement ?

— J'ai demandé à Shanii de t'entraîner au combat.

— Mais... protesta Orrin en écarquillant les yeux.

— Si tu fais suffisamment de progrès et que tu te montres attentif à mes décisions, le coupa Damian, je recommanderai de te nommer second dans mon rapport. J'ai besoin de gens en qui je peux avoir confiance à mes côtés. Puis-je te compter parmi ces gens, Orrin ?

Sa colère oubliée, le jeune garçon hocha vivement la tête.

Satisfait, Damian fit demi-tour, hésitant entre gagner sa tente pour y attendre vainement le sommeil pendant des heures et rejoindre le feu de camp où les autres étaient plongés dans une discussion joyeuse. Shanii était assise à même le sol, la tête posée contre l'épaule de Sokha qui était en train de rire à gorge déployée d'une quelconque remarque de Barsheen. Viseh était allongé juste à côté d'eux, le dos contre son sac de voyage, les doigts occupés à tailler un morceau de bois pour Naramsina qui lui prodiguait des instructions imagées.

La scène était d'une simplicité et d'une beauté douloureuses que Damian ressentit comme une flèche décochée en pleine poitrine. Il n'avait jamais connu une telle amitié. Il ne savait même pas ce que cela voulait dire. Comment pouvait-on se laisser aller avec autant d'aisance en présence d'un groupe de gens ? Qu'avaient-ils vécu pour être capables de partager cette confiance absolue ? Une loyauté telle qu'ils auraient pris le risque de déserter si leur capitaine n'avait pas autorisé la jeune femme à rester parmi eux ?

Une partie de lui désirait plus que tout faire l'expérience d'une camaraderie comme la leur. Il avait grandi dans un environnement où tous les regards avaient une connotation particulière, tous les sourires un motif caché. Et même ceux qui auraient dû être irréfutablement de son côté, sa propre famille, l'avaient finalement trahi lorsque l'heure était venue.

Oui, une partie de lui convoitait le bonheur qui émanait d'eux comme un parfum envoûtant. Mais l'autre partie était beaucoup plus pragmatique. Elle savait que ce n'étaient là que les caprices d'un enfant rêveur et qu'il devait rester éveillé. Elle lui rappelait que son rôle était d'être leur capitaine, non leur ami, et que cette fonction impliquait une distance qu'il ne pourrait jamais combler.

En proie à une amertume inhabituelle, Damian gagna sa tente sans jeter un regard en arrière, sans remarquer la jeune femme qui tourna la tête pour le regarder disparaître, les yeux pleins de questions qui resteraient sans réponses.

Chapitre 16

An XV du règne de l'empereur Solis Vestinus Marcallas

Le lendemain matin, au lever du soleil, Shanii trouva la tente de Damian ouverte. Assis sur sa paillasse, le jeune homme semblait perdu dans la contemplation d'une carte dépliée sur ses genoux, une main suivant les contours d'une rivière et l'autre plongée dans ses boucles brunes.

— Capitaine ? appela-t-elle pour se faire annoncer. Vous souhaitiez me parler ?

— Oh, sursauta-t-il. Je ne t'avais pas entendue. Entre, nous devons discuter d'Orrin et de son entraînement. Je ne l'ai encore jamais vu se battre. Sais-tu pourquoi il se tient à l'écart de vos exercices ?

— Orrin se débrouille plutôt bien avec un arc, mais il déteste le combat à l'épée.

— Il sera heureux d'avoir eu la formation nécessaire le jour où il aura à défendre sa vie. Te sens-tu prête à commencer son instruction ?

Shanii acquiesça, un sourire amusé sur les lèvres. Orrin se montrait fainéant depuis qu'il avait rejoint leur unité, mais en raison de ses origines nobles, Kath n'avait jamais réussi à asseoir son autorité sur lui. Avec Damian comme officier supérieur, il n'avait plus la possibilité de refuser.

— Je suis à votre service, capitaine.

— Parfait. Orrin nous attend dans le cercle de pierres. Allons voir quel professeur sommeille en toi.

Au lieu de leur imposer sa présence, Damian s'éloigna de quelques pas et s'adossa contre un rocher monumental, orné de gravures endommagées par le temps qui représentaient un étrange animal à mi-chemin entre le cheval et le serpent. Derrière lui, le soleil commençait timidement son ascension dans le ciel, apportant des vagues de chaleur qui dissiperaient bientôt la fraîcheur de la nuit. Ses rayons dorés nimbaient la vallée accidentée d'une lumière vaporeuse. Shanii avait toujours trouvé que la campagne basaléenne avait quelque chose de splendide au petit matin.

Détournant son attention du paysage, elle se tourna vers Orrin en lui faisant signe de lever son glaive. Le jeune garçon obéit en pinçant les lèvres, le visage crispé par les efforts qu'il faisait pour tenter de dissimuler sa nervosité.

— Nous allons commencer par le début, expliqua-t-elle. Tu vas répéter ces mouvements après moi. Lentement. Prends soin de les faire aussi amples que possible : les nouveaux ont l'impression d'en faire trop, mais le plus souvent ils n'en font jamais assez.

— Ça vient de toi, cette histoire d'entraînement ? souffla le garçon à voix basse pendant qu'il s'appliquait à copier les gestes de Shanii.

— Absolument pas. Mais c'est une excellente idée et je compte bien en profiter.

— Tu aimes me torturer, c'est ça ?

— Tu sais bien que je vis pour ces instants, chaton. Non. Garde ton bras légèrement plié. Cela évitera de faire peser le poids de ton arme sur tes tendons.

— Manier le glaive est une activité de légionnaire, grimaça Orrin en serrant les dents sous l'effort. Clemens n'a jamais besoin de toucher une épée, lui.

Shanii laissa brièvement retomber son bras, surprise par la conviction naïve et erronée de l'aide de camp. Leur commandant avait été un soldat hors pair avant d'accéder au poste qu'il détenait actuellement. Il avait même contribué à étendre le pouvoir de l'empereur sur tout le continent, bien des années avant leur naissance.

— Il n'en a peut-être plus besoin aujourd'hui, mais je suis certaine qu'il te botterait les fesses en duel si l'envie lui en prenait, le réprimanda-t-elle. Tu vas devoir être capitaine si tu veux obtenir un poste de commandant, de toute façon. Et tu ne survivras pas longtemps en tant que capitaine si tu ne sais pas te battre. Recommence.

Tandis qu'Orrin se remettait maladroitement en mouvement, Shanii remarqua du coin de l'œil que l'un des apprentis de l'architecte était en train de discuter avec Damian, dont la posture indiquait clairement l'exaspération. Même à cette distance, la jeune femme pouvait deviner la tension de ses épaules.

Après quelques minutes houleuses, Damian finit par pousser un soupir et jeta un regard dans leur direction.

— Le devoir m'appelle, lança-t-il. Continuez jusqu'à notre départ.

Shanii acquiesça avant de reporter son attention sur Orrin, qui l'étudiait avec une expression ombrageuse.

— Allez, chaton, fit-elle en le désignant de la pointe de son glaive. La pause est terminée.

Lorsqu'il s'arrêta devant la roulotte de l'architecte, Damian avait réussi à se composer un visage calme, dissimulant son irritation derrière un sourire poli. Son sourire impérial, comme il le décrivait souvent. C'était une aptitude vitale à la cour. Il ne s'était simplement pas imaginé qu'il aurait encore à s'en servir après lui avoir fait ses adieux.

S'il se forçait à être honnête avec lui-même – une autre chose qu'il s'interdisait à Setri, car cela ouvrait la porte à des pensées frisant parfois la trahison –, Damian devait avouer avoir cru que la difficulté de sa mission viendrait des légionnaires. La Légion Neuve était bien connue des habitants de Setri. À la cour, on en parlait à mi-voix comme du projet un peu fou de l'empereur. Nul ne contestait son utilité : Clemens l'avait prouvée à de nombreuses reprises au cours des dernières années en arbitrant des disputes frontalières. Toutefois, personne dans la capitale ne considérait vraiment ces légionnaires comme une part intégrante de l'empire. Ils n'étaient pas des ennemis, mais cela ne faisait certainement pas d'eux des alliés pour autant.

Habitué à ce discours, Damian s'était naturellement attendu à affronter la rancœur de son unité une fois à Seuthrae. Il n'avait pas imaginé qu'il découvrirait des soldats liés par une amitié profonde, comme si, à défaut d'avoir pu grandir parmi les leurs, ils s'étaient simplement recréé une nouvelle famille.

Et voilà qu'à présent les ennuis surgissaient du côté de ses propres concitoyens.

— Maître Kelarios ? appela-t-il de l'extérieur. Vous avez réclamé ma présence ?

Vous avez *osé* réclamer ma présence était la formulation qui lui brûlait les lèvres.

— Ah, capitaine. Oui. Donnez-moi un instant.

Mais Damian, dont le sourire factice dissimulait à grand-peine une indignation grandissante, passa outre l'ordre sous-entendu et grimpa les marches. Une fois à l'intérieur, il fut forcé de plisser le nez pour se garder de l'odeur désagréable piégée par les tentures. Mais cela en valait la peine. La remise en cause de son autorité n'était pas un sujet de plaisanterie.

— Vous devriez aérer, commenta-t-il d'une voix glaciale.

— Je préfère éviter d'exposer certains de mes documents aux vents, bougonna le vieil homme. Je vous avais demandé d'attendre. Sortons, je suis prêt.

— Non. J'ai besoin de vous parler. Asseyez-vous.

L'architecte marmonna quelque chose dans sa barbe tout en décalant une pile de dossiers afin de libérer un peu de place sur le banc.

Damian laissa son regard dériver sur le chaos qui l'entourait. Il avait toujours eu le désordre en horreur, mais ses réactions avaient pris une ampleur catastrophique après *l'incident*. Cette nuit à laquelle il refusait obstinément de songer. Réfugié derrière son expression impassible, il tâcha de calmer les battements de son cœur.

— Cette petite manie de requérir ma présence à longueur de journée ne peut pas continuer, déclara-t-il d'un ton ferme. Je suis le capitaine. Vous remettez mon autorité en cause devant mes troupes. Comment voulez-vous qu'ils me respectent après ça ? Nous sommes dans le même camp, maître Kelarios. J'aimerais croire que je peux compter sur votre soutien.

— Mais de quoi parlez-vous ?

— Je serais ravi de profiter de votre expérience, continua le jeune homme en croisant les bras sur sa poitrine. Et je suis prêt à vous fournir ce dont vous avez besoin : huit heures de sommeil ou des pauses à longueur de journée. Mais ayez la présence d'esprit de ne pas vous comporter comme si mes ordres n'avaient aucune valeur, je vous en prie.

— Je ne fais rien de tel.

— Nous avons passé l'âge de jouer à ces jeux. Puis-je compter sur vous, maître Kelarios ?

L'homme acquiesça, la barbe tremblant au rythme de mots prononcés trop bas pour être compris.

— Bien. Maintenant que nous sommes d'accord, de quoi avez-vous besoin ?

— J'ai entendu dire que vous avez décidé de garder la fille, celle qui est arrivée hier.

— Je ne me mêle pas de vos affaires, je vous invite à ne pas vous mêler des miennes.

— C'est celle que veut le commandant Clemens, non ? Celle que les soldats recherchaient, l'autre jour ?

Damian ne s'était pas rendu compte que Kelarios avait prêté attention à ces détails. La visite des légionnaires n'avait duré que quelques minutes, et l'architecte n'était même pas sorti de sa roulotte pour les saluer.

— Encore une fois, ce n'est pas...

— Ne le prenez pas mal, capitaine Aquila, je voulais juste vous prévenir.

— Me prévenir ? Mais de quoi ?

— La situation à Ankacia est plus tendue que vous ne le pensez. Les gens ne verront pas d'un bon œil qu'une Simitienne se promène dans les rues.

— Je connais l'histoire d'Ankacia, riposta Damian en secouant la tête. C'est l'une des rares villes de Basaléa à admettre les marchands de Simint. Vous devez faire erreur.

— Les choses ont... *changé*. Faites-moi confiance lorsque je vous dis que vous devriez la renvoyer à Seuthrae. Le plus vite possible.

— Que voulez-vous dire par là ? Quelles choses ?

Les accords signés entre Basaléa et les cinq nations vassales empêchaient la libre circulation de leurs ressortissants, et ce depuis de nombreuses années. Mais quelques rares villes frontalières étaient restées ouvertes au commerce, sous une surveillance stricte des autorités impériales. Ankacia était l'une d'elles. S'il y avait un endroit dans l'empire où la présence de la Légion Neuve ne susciterait aucun froncement de sourcils, c'était bien celui-là.

— Je ne sais pas ce que vous a raconté le commandant, expliqua l'architecte en levant les yeux au ciel, mais Ankacia a connu quelques... accrochages avec la tribu des Daoras, de l'autre côté de la frontière. Cela a commencé par des disputes bénignes, mais elles se sont faites de plus en plus fréquentes au cours des dernières années. Cela fait des mois que le gouverneur parle de fermer la ville. Une mesure de précaution avant que le conflit ne devienne inévitable. Et voilà que vous débarquez avec vos petits soldats...

Damian fronça les sourcils. Le commandant Clemens aurait-il délibérément gardé secrètes une partie des informations nécessaires au bon déroulement de sa mission ? Est-ce pour cette raison qu'il avait refusé à sa pupille la vengeance qu'elle désirait tant obtenir ? Face à lui, le vieil homme laissa échapper un ricanement qui ressemblait plus à un grincement de métal qu'à une manifestation d'amusement.

— Je souhaitais juste vous prévenir, capitaine… La suite dépend de vous.

— Nous ne nous attarderons pas à Ankacia plus que nécessaire, trancha finalement Damian en se redressant. Et Shanii est sous ma responsabilité. J'ai décidé qu'elle resterait.

— Tiens-toi droit ! Écarte les pieds !

Orrin para maladroitement les assauts de Shanii tout en s'efforçant de suivre ses directives. Il était aussi raide qu'un bâton, oscillant sur des jambes qui paraissaient trop grandes pour sa petite taille.

— C'est mieux, concéda-t-elle au bout de quelques minutes. Attaque-moi, maintenant.

— Comment ? demanda le jeune garçon d'une voix essoufflée.

— Essaie de me frapper.

— Mais… Je ne voudrais pas te blesser.

— Crois-moi, gamin, tu ne risques pas de la toucher.

Viseh était venu les observer pour échapper au démontage du campement. Adossé contre la pierre où Damian s'était tenu moins d'une heure auparavant, il leur adressa un clin d'œil en portant une gourde à ses lèvres.

— Il a raison, renchérit Shanii dans un éclat de rire. Je ne crains rien.

— Tu es insupportable, grimaça Orrin en repoussant une mèche de cheveux roux trempée de sueur.

— Essaie de me faire taire, dans ce cas, chaton. Si c'est ce qui fonctionne pour toi.

Les yeux plissés, Orrin chargea en serrant les dents, le glaive droit devant lui. Shanii le fit dévier de sa route sans le moindre effort.

— La haine est une motivation efficace, ajouta-t-elle en tapant légèrement le poignet de son adversaire du plat de sa lame. Ce n'est pas une motivation très noble, nous sommes d'accord. Certains diraient même qu'elle te pousse à une attitude *déloyale*, mais ne crachons pas sur une opportunité de nous améliorer...

Au mot *déloyale*, ses lèvres avaient repris leur arc habituel, ce sourire impitoyable qui était sa marque de fabrique depuis les premières années qu'elle avait passées au camp.

Ils échangèrent une nouvelle série de coups dans un silence tendu ; Orrin, le visage crispé par la concentration, et Shanii, l'esprit ailleurs. Ce qui ne l'empêchait pas de parer chacune des attaques avec une facilité déconcertante. Avait-elle été aussi prévisible, jadis ? Cela lui semblait difficile à imaginer.

Quelques minutes plus tard, Nara et Barsheen firent leur apparition pour les prévenir que le convoi s'apprêtait à reprendre la route. Satisfaite, Shanii libéra Orrin et le regarda se traîner misérablement jusqu'aux chevaux.

— Il va avoir besoin d'aide aujourd'hui, nota-t-elle avec un sourire presque coupable. Barsheen ?

— Je m'en charge. Tu devrais te montrer un peu plus indulgente avec lui, Shanii... Il n'est pas aussi résistant que nous.

— Tu dis ça comme si j'étais une sorte de tortionnaire !

Barsheen secoua la tête d'un air faussement indigné en pivotant sur ses talons pour rattraper la silhouette solitaire de l'aide de camp.

Shanii les regarda discuter à voix basse près de leurs montures avant de se tourner vers Viseh et Nara qui se tenaient encore à ses côtés.

— On y va ?

— Barsheen n'a pas tort, tu sais ? commenta Viseh. Tu te montres vraiment dure avec le petit.

— Orrin a besoin de s'endurcir et nous n'avons pas de temps à perdre à jouer au maître et à l'élève, répondit la jeune femme en haussant les épaules. Je pense qu'il y parviendra plus vite s'il peut défouler sa colère sur quelqu'un. Autant que cette personne soit moi... Il me déteste déjà, cela rend les choses plus faciles.

— Shanii... protesta Nara en posant une main sur son bras.

— Quoi ? Tu vas essayer de me convaincre du contraire ? Allons, ne traînons pas. Ankacia nous attend.

— Ah, Ankacia... répéta Viseh d'un air songeur. Cela fait si longtemps que je n'ai pas revu Magda.

— Une autre de tes maîtresses ?

— La plus belle... Le cheveu brun et luisant, la taille fine et les hanches rondes, aussi souple qu'une...

— Viseh ! le réprimandèrent Shanii et Nara d'une même voix.

La tirade du jeune homme s'acheva dans un sourire amusé.

— Oh, ne jouez pas vos prudes, toutes les deux. Ce n'est pas comme si c'était la première fois.

— Je n'ai jamais compris pourquoi elles acceptent toutes de se contenter des miettes que tu leur jettes, railla Nara en inclinant la tête sur le côté.

— Si ça t'intéresse, je n'ai besoin que de quelques instants pour te montrer exactement pourquoi...

— Viseh ! gronda Shanii. Bas les pattes ou je te coupe la main ! Tu sais que je ne plaisante pas avec ces choses-là.

Naramsina éclata d'un rire joyeux avant de partir en direction de son frère. Shanii se doutait que Viseh était généreux et patient avec ses maîtresses. Elle savait même, pour avoir discuté avec certaines d'entre elles, qu'il ne leur mentait jamais et que ses très nombreuses conquêtes lui ouvraient leurs draps sans se faire aucune illusion. Néanmoins, Shanii éprouvait souvent un petit pincement au cœur en se rappelant la femme qu'il avait aimée quand elle était enfant. Serait-il devenu un autre homme si sa maîtresse d'alors s'était montrée digne de sa confiance ? Si leur petit groupe n'avait pas révélé ses secrets au grand jour dans une tentative de le rallier à leur cause ? Peut-être. Peut-être pas.

Shanii aurait souhaité pouvoir poser la question à Kath. Elle aurait voulu pouvoir la retrouver près de leur feu de camp pour discuter de toutes ces choses qu'elle n'osait dire à personne. Malgré ses airs blasés, ses sourires et son attitude désinvolte, la jeune femme ressentait continuellement l'absence de son amie comme une souffrance en pleine poitrine, une flamme brûlante qui dévorait sa chair sans le moindre répit.

C'était cette douleur qui l'avait tenue éveillée pendant des jours, tandis qu'elle pistait le convoi. Elle qui la poussait, ce matin-là encore, à mettre un pied devant l'autre pour rallier Simint. Car Simint signifiait vengeance.

Et rien ne s'interposerait entre elle et sa vengeance.

Chapitre 17

An VII du règne de l'empereur
Solis Vestinus Marcallas

Dans la vallée à l'est des Kypris, chaque jour ressemblait à celui qui l'avait précédé, brossant une fresque sans fin au rythme de la ronde du soleil. Alors que les semaines devenaient des mois, Kath décréta que Shanii n'avait plus besoin des leçons d'écriture qu'elle lui prodiguait avant l'entraînement, mais l'habitude qu'elles avaient prise de se retrouver avant l'aube perdura. Les deux jeunes filles aimaient profiter de ces quelques instants de calme, alors que le reste du camp dormait encore, pour s'asseoir sur les gradins et discuter de ce qu'elles avaient appris la veille auprès de Clemens, ou imaginer ce que faisait Sokha de l'autre côté des montagnes, à Pelythrae.

Parfois, quand la lumière du jour se parait des couleurs irisées d'une aube ardente et que Kath portait la main à son cœur pour prier, Shanii lui demandait de lui parler de Brekkur. La curiosité de la petite fille était infatigable et Kath était parfaitement disposée à la satisfaire, car elle adorait se replonger dans ses souvenirs et dans les histoires que lui racontaient ses parents.

Kath ne pouvait pas vraiment dire qu'elle se *plaisait* à Seuthrae. Mais avec chaque mois qui passait, la terreur des premiers jours lui apparaissait un peu plus lointaine. L'amitié avec Shanii, la puissance qu'elle avait l'impression de détenir après les innombrables heures d'entraînement et même les leçons de stratégie dans le salon du commandant Clemens : tout cela l'emplissait d'une joie qu'elle ne parvenait pas à renier. Petit à petit, Seuthrae devenait son foyer.

Deux ans après le départ de Sokha, alors qu'elle revenait des lacs avec Shanii, Kath trouva un message sur sa paillasse qui lui ordonnait de se rendre immédiatement auprès de Clemens. Elle releva aussitôt les yeux, saisie d'un espoir qui fit battre son cœur à toute allure. Elle pensait pouvoir deviner ce qui l'attendait chez le commandant. Elle avait treize ans. C'était l'âge.

Des cinq nations vassales, Brekkur était la plus privilégiée. Ses forêts luxuriantes étaient la principale source de bois de l'empire, et c'était de ses mines que sortait la majorité du métal essentiel aux légions basaléennes. Pour ces raisons, l'arrangement signé entre Basaléa et Brekkur avait connu un certain nombre de compromis au fil du temps. Parmi ceux-ci, la possibilité pour les recrues méritantes d'entretenir une correspondance avec leur famille.

Kath en rêvait depuis des années.

— Je ne pensais pas que ça viendrait si vite, avoua-t-elle en refermant son poing sur le papier.

— Tu as l'air nerveuse.

— J'ai un peu peur, oui... Et si... Et s'ils ne voulaient plus entendre parler de moi ?

Shanii se laissa tomber sur sa paillasse avec un grand rire, comme si Kath venait de faire une plaisanterie. Mais c'était pourtant une inquiétude sincère. Au fond d'elle, la jeune fille était terrifiée à l'idée d'être devenue une personne que les membres de sa famille ne comprendraient pas. Quelqu'un qu'ils ne pourraient plus aimer. Elle avait beau se répéter que c'était ridicule, cette pensée la rongeait de l'intérieur. Que ferait-elle si ses parents préféraient couper les liens avec cette fille qui maniait l'épée au lieu du pinceau ? Cette enfant disparue qui apprenait à donner la mort au lieu de célébrer la vie ?

— Tu devrais venir avec moi, dit-elle précipitamment.

— Je n'ai pas été invitée.

— Clemens n'y verrait pas d'inconvénient, tu le sais. Tu pourrais écrire à tes parents, toi aussi.

— Je ne me souviens pas de mes parents, répondit la fillette en étudiant la terre battue.

L'aveu fut suivi d'un court silence gêné. C'était la première fois que Kath abordait ce sujet avec son amie, qui avait toujours refusé de parler de son passé. Jetant le papier sur la paillasse, la jeune fille s'installa à côté de Shanii.

— Tu ne te souviens pas d'eux ? Pas même un petit peu ?

— Non. Et puis je m'en moque.

— Pourquoi ? s'enquit Kath, qui ne parvenait pas à comprendre cette indifférence.

— Je n'ai pas besoin d'eux, répliqua Shanii en haussant les épaules, les doigts serrés sur le caillou qu'elle utilisait régulièrement pour dessiner des motifs sur le sol.

— Mais... ce sont tes parents.

— Pas vraiment, non.

Le caractère final de la réponse ne laissait pas de place à un contre-argument. Kath garda donc le silence. Elle savait que c'était une pensée honteuse, mais elle ne pouvait s'empêcher de se demander si elle n'aurait pas mieux fait d'éprouver un tel détachement vis-à-vis de sa propre famille. Sans doute cela aurait-il rendu la présente expérience moins terrifiante.

— Ne t'inquiète pas, Kath, murmura la fillette en la bousculant un peu sèchement. Tout va bien se passer.

Shanii ne parvenait pas à faire preuve de compassion sans y ajouter une moquerie ou un petit geste brusque. C'était une question d'équilibre.

Clemens l'accueillit dans le salon désormais familier où se déroulaient leurs leçons de stratégie. Derrière lui, près de la bibliothèque, une dizaine de jeunes recrues brekkis la toisaient d'un air sombre.

— Ah, Kath, l'appela leur commandant. Te voilà enfin.

— Je m'excuse du retard, bafouilla-t-elle, gênée du silence glacial des autres enfants.

— Nous t'attendions, reprit Clemens en désignant le siège qui lui faisait face, celui-là même qu'elle occupait habituellement lors de leurs réunions nocturnes.

Kath comprit soudainement que le commandant avait ordonné aux légionnaires de l'attendre avant de prendre place autour de la table. Ce genre de traitement de faveur ne faisait rien pour améliorer sa popularité auprès des autres soldats. Mais comme tout ce que faisait Clemens avait un but précis – le plus souvent une raison évidente et une profusion de raisons secrètes –, Kath se doutait qu'il agissait ainsi afin d'étudier sa réaction.

Se complairait-elle dans l'autorité qu'il lui conférait, ou bien se dresserait-elle contre lui pour se faire bien voir de ses camarades ? Elle n'avait pas encore décidé quelle était la stratégie qu'il attendait d'elle. La relation du commandant et de ses cinq pupilles était comme un gigantesque jeu de *Brigands*, où chaque pion était déplacé avec l'intention de leur enseigner quelque chose.

Aujourd'hui, elle obéirait.

Demain, elle aviserait.

— Bien, commença Clemens une fois qu'ils furent tous assis. Je pense que vous savez pourquoi vous êtes ici, aussi irai-je droit au but. Vos instructeurs vous ont sélectionnés parmi toutes les recrues de Seuthrae comme étant les plus méritants de nos légionnaires. Afin de récompenser vos efforts, vous serez désormais autorisés à entamer une correspondance avec vos familles. Les lettres seront à remettre à l'intendant, et ce dernier se chargera de vous contacter lorsque vous recevrez une réponse.

L'excitation gagna peu à peu l'ensemble des enfants.

— Toutefois, continua le commandant en les dévisageant d'un air sévère, je me dois de préciser que tout courrier qui ne sera pas rédigé en langue commune sera immédiatement détruit, sans justification de notre part. Pour le bien de tous. J'espère avoir été clair.

Kath observa attentivement les enfants à la recherche d'un signe de réticence ou d'embarras. Elle n'en trouva aucun. Dans sa tête résonnait encore la voix de Shanii, lui avouant dans un murmure ne pas se souvenir de ses parents. Shanii aurait été incapable d'écrire à ses proches en ce jour, même si on lui en avait donné l'opportunité. Cela ne semblait pas juste. Pourquoi étaient-ils autorisés à communiquer avec ces familles qu'ils avaient quittées quand leurs compagnons d'infortune devaient se contenter de réminiscences à moitié oubliées ?

Le commandant Clemens déposa une liasse de feuilles sur la table avant de se retirer dans ses appartements privés en les laissant en compagnie de l'intendant de Seuthrae, un vieux Basaléen répondant au nom de Phausius qui, comme aimaient l'imaginer les enfants, occupait ce poste depuis la création même de la Légion Neuve.

Lorsque Kath parvint à récupérer un bout de papier, son esprit entra en ébullition, oubliant pour un temps tous ses soucis d'équité et de justice. Le moment était venu. Elle était sur le point d'écrire à ses parents. Mais que pouvait-elle bien leur dire ? Kath n'était pas stupide, elle savait que son courrier serait lu et disséqué par l'intendant dans l'attente d'une autorisation. Elle ne pouvait pas parler de ses craintes ou des difficultés de la vie à Seuthrae.

Elle se décida donc pour une missive simple, afin de se rappeler au bon souvenir de ses parents. Ses lignes étaient tremblotantes, ses lettres malhabiles. Il semblait qu'elle maniait désormais le glaive bien mieux que la plume. Elle s'appliqua cependant de tout son cœur, certaine qu'on ne lui fournirait pas un autre papier si elle gaspillait celui qu'elle tenait entre ses mains.

Papa, maman,

Vous me manquez beaucoup, même Erling et ses mauvaises manies. Je pense souvent aux sculptures de papa. La nuit, lorsque je ferme les yeux, je les vois se dessiner derrière mes paupières. Il me semble aussi entendre les chansons de maman résonner dans le silence. Je suis heureuse ici, je me suis même fait des amis. Le commandant a été assez bon pour m'autoriser à vous écrire cette lettre, j'espère que cette nouvelle vous fera autant plaisir qu'à moi et que je recevrai bientôt une réponse.

Votre Kath, qui vous aime

Une fois son billet achevé, Kath l'examina d'un air sceptique. L'écriture n'était décidément pas son fort. Si Shanii pouvait lire cette ébauche dégoulinante de sentiments, elle se moquerait sans doute d'elle jusqu'à la fin de ses jours.

Peut-être était-ce une bonne chose qu'elle ne soit pas là.

— Parfait, déclara l'intendant d'une voix grincheuse après avoir récupéré tous les messages. Vous pouvez vous re...

— Commandant ! appela un soldat de l'autre côté de la porte. Commandant Clemens !

Les enfants présents tournèrent tous la tête vers le nouvel arrivant : un légionnaire du Troisième Contingent, originaire de Qecia. Kath ne se souvenait pas de son nom, mais elle savait qu'il était le plus souvent en mission de surveillance à la porte ouest. Son expression reflétait une angoisse qui enflamma immédiatement sa curiosité.

— Que se passe-t-il ? demanda Clemens en faisant irruption dans la galerie qui surplombait le salon.

— Des soldats approchent, commandant ! Plusieurs centaines !

— Qui ?

— Je... Je ne suis pas certain. Je suis venu vous chercher dès qu'on les a aperçus.

Clemens s'engagea aussitôt dans l'escalier d'un pas rapide, vérifiant que son épée était à sa ceinture tout en dévalant les marches deux à deux.

— Retournez à vos dortoirs et restez-y jusqu'à nouvel ordre, lança-t-il aux enfants avant de sortir.

Kath le regarda disparaître en se mordant la lèvre. Une armée approchait de Seuthrae ? Shanii était en train de l'attendre dans leur tente, sans savoir qu'un événement inhabituel était sur le point de briser la monotonie de leur quotidien. Elle ne manquerait pas de lui en vouloir si personne ne la prévenait. Mais si elle perdait du temps à aller la chercher, Kath risquait tout aussi bien de rater l'arrivée des soldats inconnus.

Dévorée par la curiosité, la jeune fille finit par céder à la tentation et se mit à courir pour rattraper Clemens sur la route qui menait à la porte ouest.

Dans un campement militaire, les arrivées à l'improviste n'étaient pas un fait exceptionnel. En plus des unités en mission qui pouvaient réapparaître d'un moment à l'autre, des officiers en visite et des livraisons régulières de vivres, Clemens invitait parfois des membres éminents de la cour qui venaient vérifier que l'investissement de leurs taxes dans cette armée insolite portait ses fruits. Le contingent de Kath avait déjà été appelé à plusieurs reprises à faire étalage de ses prouesses devant eux.

Les hommes qui firent leur entrée à Seuthrae ce jour-là n'appartenaient pourtant à aucune de ces catégories.

L'immense caravane de légionnaires avançait à pied, dirigée par un Basaléen âgé aux cheveux gris. Son armure n'était plus que ruine, mais on pouvait tout de même deviner que ses vêtements étaient de bonne facture sous la saleté. Un officier. Parvenant à Seuthrae au terme d'un long et éprouvant voyage, sans doute.

L'esprit analytique de Kath s'éveilla aussitôt, notant l'uniforme de la Légion Neuve sur tous ces soldats inconnus ainsi que leur équipement incomplet. Elle n'apercevait que quelques chevaux transportant des vivres, alors qu'une troupe de cette taille en aurait nécessité plusieurs dizaines. Dévorée par la curiosité, la jeune fille était en train de faire des pronostics sur leur identité quand elle remarqua quelque chose qui fit voler toutes ses réflexions en éclats.

Là, au milieu d'un rang d'enfants dont les vêtements ressemblaient plus à des haillons qu'à une tenue militaire, avançait Sokha.

L'un de ses yeux avait enflé au point de ne plus pouvoir être ouvert, masse volumineuse de peau meurtrie et boursouflée. Il avait également un bras en écharpe, maladroitement immobilisé entre deux planches de bois. Mais il lui sourit malgré tout d'un air radieux en la voyant fendre la foule à coups de coudes pour se frayer un chemin jusqu'à lui.

— Sokha ! s'exclama Kath en le serrant contre elle. Est-ce que tu vas bien ?

Il se laissa aller à son étreinte comme si c'était la chose la plus naturelle du monde. À bien y réfléchir, les trois amis n'avaient passé qu'une courte période ensemble, avant d'être séparés pendant deux longues années. Il apparaissait que les événements traumatisants – torturer un jeune homme dans la forêt par exemple – forgeaient des liens que la distance ne pouvait défaire.

— Pelythrae a été rasé, expliqua Sokha d'une voix sombre. Nous avons été attaqués par une horde de bandits oltaïtes. Ils se sont abattus sur nous au milieu de la nuit et ils ont tout brûlé. Nous sommes les seuls survivants.

— Que... Oltaï ?

— Des centaines de guerriers, à cheval. La ville entière a brûlé, même les bâtiments... C'était... Je...

— Viens, fit-elle d'une voix douce en le voyant lutter pour trouver les bons mots, allons chercher un endroit où nous asseoir. Tu as l'air de ne pas tenir sur tes jambes...

— Attends. Je ne suis pas seul.

Kath leva un sourcil étonné lorsque deux légionnaires s'approchèrent d'un pas timide. D'apparence un peu plus jeune que Shanii et Sokha, les deux nouveaux venus partageaient une ressemblance physique frappante : la même peau mate, les mêmes cheveux bruns ébouriffés qui ondulaient sur leurs épaules. Leurs yeux aux paupières tombantes étaient d'une couleur indéfinissable entre le gris et le marron. Des Daryanis. Il y en avait bien quelques-uns à Seuthrae, mais la plupart étaient stationnés de l'autre côté des montagnes, dans ce camp qui n'était plus que poussière.

— Naramsina et Barsheen, déclara Sokha en les désignant de son bras valide. Ils sont avec moi.

— Bienvenue à Seuthrae, je m'appelle Kath.

— Sokha nous a parlé de toi, répondit la fille avec un sourire. De toi et de la petite terreur qui te prête sa force.

— Shanii ?

— Elle est toujours ici, n'est-ce pas ? s'inquiéta Sokha.

Ce n'était pas une question aussi anodine qu'elle en avait l'air. Dans un environnement comme la Légion Neuve, les décès étaient monnaie courante. Neuf enfants du contingent de Kath avaient trouvé la mort depuis son arrivée, trois d'entre eux noyés dans le lac, cinq autres des suites de blessures reçues en entraînement et le dernier assez mystérieusement. La rumeur disait qu'on l'avait retrouvé pendu, mais les officiers punissaient ceux qui en parlaient trop librement. Il n'était pas bon que les enfants pensent trop souvent au suicide.

— Toujours ici, et toujours une petite terreur, le rassura Kath avec un sourire. Elle va d'ailleurs probablement me faire regretter d'être venue sans la prévenir.

— Tout Seuthrae doit avoir appris la nouvelle, désormais. Elle ne devrait pas t… Ah !

Kath pivota sur ses talons pour découvrir la silhouette de Shanii qui approchait à vive allure en frappant le sol à chaque pas.

— Nous réglerons ça plus tard toi et moi, lança-t-elle à Kath avant de se tourner vers les nouveaux venus. Sokha. J'ai entendu dire que tu étais revenu. C'était donc vrai…

— Heureux de te retrouver aussi, répliqua le garçon en riant. Pelythrae était bien trop ennuyeux sans toi.

— Je m'en doute. Qui est-ce ?

— Mes amis. Ils vont vivre avec nous, maintenant. Et lorsque Kath ou toi deviendrez capitaine, nous serons vos premiers lieutenants. Promis ?

La fillette considéra les deux inconnus de haut en bas, puis de bas en haut, sans le moindre complexe. Elle soupesa la question pendant quelques minutes, les sourcils froncés. Puis elle acquiesça et la décision fut prise.

Leur petit groupe d'amis venait de gagner deux nouveaux membres.

Chapitre 18

An VII du règne de l'empereur Solis Vestinus Marcallas

Avec le retour de Sokha et l'arrivée des jumeaux Barsheen et Naramsina, Shanii et Kath passèrent en un soir du statut d'amies isolées à celui de reines d'une des bandes les plus influentes de leur contingent. Malgré son œil gonflé et son bras cassé, Sokha était capable de s'introduire n'importe où pour voler n'importe quoi. De son côté, Barsheen se révéla un combattant hors norme dont la force rivalisait avec toutes les recrues de leur âge, y compris Kath qui était pourtant restée indétrônable depuis des années. Sa sœur, tout aussi intense lorsqu'elle avait un glaive ou un arc en main, devenait un ange de douceur dès qu'ils terminaient l'entraînement.

Cette transformation était un spectacle que Kath détestait rater. Nara se battait avec une détermination redoutable, compensant la faiblesse de ses muscles par une rapidité et une agilité qui donnaient du fil à retordre à tous ses adversaires. Mais lorsqu'elle se débarrassait de son armure, son visage perdait toute marque d'agressivité pour prendre une expression espiègle, les lèvres étirées dans un sourire malicieux, comme en réponse à une plaisanterie qu'elle était la seule à entendre.

La rumeur disait d'ailleurs que Barsheen et elle pouvaient communiquer par la pensée. Les jumeaux avaient beaucoup ri de cette idée, assurant à leurs amis qu'ils étaient bien entendu incapables d'une telle prouesse. Pourtant, Kath était fascinée – et quelque peu troublée – par la façon dont ils semblaient toujours réagir à la présence l'un de l'autre une demi-seconde avant le reste du groupe.

Près d'une semaine après l'arrivée de la caravane de réfugiés, Clemens se décida enfin à expliquer la situation à ses cinq pupilles.

— Je ne peux plus me permettre de repousser cette discussion, soupira-t-il tandis que Saemund et Viseh prenaient place de part et d'autre du plateau de *Brigands* après le duel qui avait opposé Shanii et Kath. Vous le savez déjà, Pelythrae a été attaqué.

Tous acquiescèrent d'un air grave. Dans le silence, Saemund arrangea ses pions en formation agressive.

— Est-il possible que cet incident ait un lien avec une faction rattachée à Basaléa ? s'enquit Rous. Un groupe de séparatistes, peut-être ?

— Aucun des mouvements rebelles dont nous avons connaissance ne dispose d'armes suffisamment puissantes pour réduire une ville en cendres. De plus, d'après les descriptions des témoins, les assaillants étaient tous oltaïtes.

Viseh sursauta, les doigts crispés sur un pion au beau milieu du plateau de jeu. Il était né à Oltaï.

— Pelythrae a été rasé, continua Clemens en les étudiant un à un. Vous l'avez peut-être déjà entendu auprès de vos camarades, mais on nous a rapporté l'existence d'une arme dévastatrice, capable de répandre des flammes sur de grandes distances. Du fait de la brutalité de l'assaut, et du couvert de la nuit, nous n'avons pas pu récupérer de description plus précise. Le capitaine Laertes m'a affirmé qu'il n'avait jamais rien vu de pareil. C'est un danger que nous ne pouvons pas ignorer. Avec une telle puissance, Oltaï pourrait aisément compromettre la paix dans toute la région.

— Y a-t-il eu d'autres attaques ? fit Saemund en quittant le jeu du regard pour se tourner vers le commandant.

— Seulement Pelythrae.

— Ce n'est pas une déclaration de guerre, dans ce cas.

— Non. C'était la destruction d'un symbole. L'anéantissement de tout ce que nos efforts ont accompli. Nous ne pouvons pas rester sans rien faire.

— Allons-nous entrer en guerre contre Oltaï ? demanda Kath en écarquillant les yeux.

— Pas si vite, non. Nous allons nous rendre à la frontière afin d'enquêter sur les origines de l'attaque et solliciter l'aide d'Oltaï pour nous débarrasser des éléments perturbateurs qui sévissent sur nos territoires. La Légion Neuve a été créée précisément pour régler ce genre de conflit. S'il existe un moyen d'empêcher une guerre ouverte, alors nous devons agir sans tarder. Nous partirons dans deux jours, à l'aube, dès le retour de la patrouille des Deuxième et Troisième Contingents. Je franchirai le col des Kypris pour gagner Pelythrae avec Saemund et une partie de nos troupes. Viseh, Rous, vous prendrez la route du sud. Cela vous servira d'expérience. Le Troisième Contingent s'occupera de sécuriser le Nord. Nous devons nous assurer qu'aucun des rebelles n'a trouvé refuge dans les montagnes avant de nous regrouper sur la frontière.

— Et nous ? demanda Shanii, les yeux brillants.

Clemens tourna vers elle un regard surpris. La petite fille était penchée sur la table, les poings serrés par l'excitation. Ses boucles brunes virevoltaient autour de sa tête comme un halo nimbé de cuivre par les flammes des bougies. Après une seconde de silence, les traits du commandant se détendirent en un sourire amusé.

— Vous n'irez nulle part, j'en ai bien peur. Kath et toi êtes encore beaucoup trop jeunes pour une telle mission. Vous resterez ici, sous la protection du Deuxième Contingent, et nous reprendrons nos leçons à mon retour.

— Mais...

— Il n'y a pas de mais. Votre tour viendra un jour, mais pas cette fois. C'est bien compris ?

Les deux jeunes filles acquiescèrent, l'une avec beaucoup plus de dépit que l'autre.

— Bien. Je pense que cela sera tout pour ce soir. Retournez dans vos dortoirs et commencez à choisir vos hommes demain à la première heure. Kath ?

— Oui, commandant ?

— Reste ici, j'ai à te parler.

Shanii et les autres quittèrent le manoir un à un, ne laissant bientôt que Kath auprès de la silhouette imposante du commandant Clemens.

— Finissons cette partie, veux-tu ? demanda ce dernier en se resservant du vin.

Kath jeta un coup d'œil au plateau que Viseh et Saemund avaient abandonné derrière eux. L'un des participants était visiblement en difficulté. D'instinct, elle se dirigea vers le siège de Saemund dont la disposition de pions semblait plus prometteuse, mais Clemens lui barra la route, indiquant du menton l'autre côté de la table.

— Ce n'est pas juste, protesta-t-elle.

— La vie l'est rarement, et la guerre encore moins. Un bon stratège doit pouvoir tirer parti de n'importe quelle situation. Prouve-moi que tu en es capable.

— Quels sont les enjeux ?

— Si tu parviens à me faucher la victoire, je te laisserai réorganiser ton dortoir à ta guise.

— Avec qui je veux ?

— Exactement.

À l'approche de la puberté, les légionnaires se voyaient transférés de dortoirs mixtes de vingt enfants à des abris d'une dizaine de soldats du même sexe. Un ordre que Kath comprenait, mais qui ne la réjouissait pas particulièrement, car elle n'entretenait pas des relations très cordiales avec les rares autres filles de son contingent. L'offre de Clemens lui permettrait de se débarrasser des occupants de la tente qu'elle partageait avec Shanii afin d'y installer Sokha et les jumeaux, consolidant par là même leur amitié tout en s'entourant de gens en qui elle avait confiance.

— Que va-t-il arriver si je perds ? demanda-t-elle en s'asseyant.

— Ne perds pas.

Le plateau de *Brigands* penchait énormément en faveur du commandant. Viseh avait déjà cédé une majorité de ses pions, et les survivants étaient alignés dans une formation qui semblait n'avoir ni queue ni tête. Kath pouvait se vanter d'être devenue extrêmement douée aux jeux de stratégie. Malgré son jeune âge, elle était régulièrement capable de se mesurer à Clemens et au reste de ses pupilles. Néanmoins, reprendre une partie en cours était une autre paire de manches. Cela impliquait d'analyser son adversaire actuel tout comme les joueurs qui les avaient précédés elle et lui afin de comprendre leurs tactiques. Cela poussait la réflexion à un niveau qu'elle n'avait jamais effleuré.

Viseh était loin d'être idiot, mais il préférait vivre dans le moment plutôt que de planifier ses coups avec plusieurs tours d'avance. Ses stratégies étaient de petites choses volatiles qui avaient tendance à virer de bord plusieurs fois au cours d'une même partie.

Cela contribuait largement à la difficulté de la tâche présente.

Kath releva les yeux pour trouver ceux du commandant posés sur elle. Elle s'autorisa un bref sourire, soudainement frappée par l'importance que cet homme avait prise dans sa vie. Le commandant Clemens l'avait tant effrayée au cours des premières semaines qu'elle avait passées à Seuthrae, mais cette terreur n'était plus aujourd'hui qu'un lointain souvenir. À présent, elle ne parvenait même plus à imaginer une vie dans laquelle il n'aurait pas sa place.

— Je t'offre le premier coup, déclara-t-il d'une voix imperturbable en portant son verre à ses lèvres.

Kath secoua la tête afin de dissiper toutes les pensées qui pourraient la déconcentrer et reporta son attention sur les pions de Saemund. Le jeune homme faisait généralement preuve d'une grande créativité, mais il était aussi buté que Viseh était souple. Clemens, lui, était capable de jouer dans un camp ou dans l'autre, adaptant ses forces aux vulnérabilités de celui qui lui faisait face, comme le stratège expérimenté qu'il était.

Les yeux rivés sur la grille, Kath retraça l'historique du jeu en réfléchissant aux intentions de ses prédécesseurs. Le manque de pions de Viseh était un désavantage certain, mais l'originalité de leur disposition jouait en sa faveur. Petit à petit, le front plissé, elle vit se dessiner un chemin vers la victoire.

Ignorant délibérément le geste qui aurait paralysé le capitaine adverse, elle déplaça une pièce à l'extrémité gauche du plateau. Clemens haussa un sourcil.

— Tiens ? Et que fais-tu de celui-ci ?

— J'ai retenu depuis longtemps la leçon de ne pas parler pendant une partie de *Brigands*.

— Une bonne habitude, je te le concède. Jouons, dans ce cas.

Kath joua. Et elle gagna.

Au fond d'elle, la jeune fille soupçonnait le commandant de ne s'être qu'à moitié investi dans cette partie, se contentant d'observer la façon dont elle retournait le jeu en sa faveur plutôt que de chercher à la prendre à son propre piège. Cela n'entacha en rien le plaisir de sa victoire. Elle savait que si Clemens avait vu la moindre faiblesse dans sa stratégie, il s'en serait saisi sans hésitation.

— Bien joué, Kath, la félicita le commandant en posant son verre de vin pour contourner la table.

D'un geste souple, il s'accroupit devant elle et plaça une main sur son épaule. L'approbation qu'elle lisait dans son sourire fit battre le cœur de la jeune fille de manière erratique. Kath n'avait jamais réalisé avant cet instant à quel point elle avait envie qu'il soit fier d'elle.

— Vous m'avez laissée gagner, protesta-t-elle en baissant les yeux pour dissimuler sa gêne.

— Je t'ai laissée aller au bout de ton idée, c'est différent.

— Pourquoi m'avez-vous demandé de finir cette partie ?

— Je réserve généralement cet exercice à des étudiants plus mûrs, mais je soupçonnais que tu en serais capable. Kath, écoute-moi. Très peu de femmes ont obtenu des postes d'officier à Basaléa, et aucune n'a jamais été capitaine. Mais je vois quelque chose en toi, et je pense que l'heure est venue de changer cela. J'aimerais pousser ta formation au niveau supérieur.

— Vous voulez... Moi... Capitaine ?

— Tu dois savoir que les choses ne seront pas faciles pour toi si tu souhaites continuer dans cette voie. Ton statut sera constamment remis en cause par tes pairs, et ce même après que tu auras prouvé tes compétences. Ils te jetteront tes erreurs au visage et fermeront les yeux sur tes prouesses. Pourtant, je persiste à penser que te cantonner à un rôle de légionnaire serait un pur gâchis. Et tu sais bien à quel point j'abhorre le gâchis.

Kath était à court de mots. Le commandant Clemens était en train de lui offrir la chose qu'elle convoitait depuis des années, un désir qui n'avait fait que grandir au fur et à mesure du temps passé à étudier auprès de lui. Pourtant, son plaisir n'était pas aussi intense que ce qu'elle avait imaginé.

— Que... Que va-t-il arriver à Shanii ? bafouilla-t-elle.

— Shanii restera l'une de mes pupilles. À l'heure qu'il est, elle est beaucoup trop impatiente pour que j'envisage de la former comme capitaine. Elle fera un excellent lieutenant, et tu pourras lui faire confiance en tant que seconde. Qui sait, cela viendra peut-être à changer, mais ma décision est prise pour le moment. Qu'en penses-tu ? As-tu besoin d'y réfléchir ?

— Non. J'accepte.

— Le contraire m'aurait étonné. Très bien. Nous commencerons ta formation à mon retour.

La porte du manoir s'ouvrit à cet instant pour révéler un vieil homme qui traversa le seuil et les rejoignit dans le salon sans attendre d'y être invité. Vêtu d'une tenue de voyage, il avait un visage ridé mangé par une barbe grise et broussailleuse qui semblait pousser dans toutes les directions sauf celle du sol. Ses yeux avaient la couleur d'une aube hivernale : bleue, limpide et glaciale. Il n'accorda qu'un bref regard à Kath avant de s'avancer vers Clemens, qui s'était redressé pour le saluer.

— Je ne suis pas en retard, j'espère ?

— Non, maître Kelarios. Vous arrivez à pic, nous partons après-demain. Venez, je pense que vous serez intéressé par ce que j'ai à vous montrer. Kath ? Ce sera tout, tu peux regagner ton dortoir.

— Mais...

— Je parlerai de ta récompense à l'intendant. File, à présent.

La vaste tente était plongée dans l'obscurité lorsque Kath y pénétra, quelques minutes plus tard. Elle avança vers son lit de camp sur la pointe des pieds et manqua de pousser un cri de surprise quand elle tira la couverture de laine pour constater que Shanii l'y attendait, les yeux grands ouverts dans la nuit.

— Alors... Capitaine, hein ? l'interrogea la petite fille d'une voix suffisamment puissante pour faire grogner leurs compagnons de dortoir.

— Moins fort, Shanii... Tu as écouté aux portes ?

— Non, pas vraiment. Mais je m'en doutais. Il te regarde bizarrement depuis quelques jours.

— Ah bon ? Je n'avais pas remarqué.

Encore sous le coup de la proposition du commandant, Kath s'allongea et laissa sa tête reposer dans le creux de l'épaule de son amie. Cette dernière la serra contre elle, caressant négligemment de la joue sa chevelure dorée. C'était un geste si familier à présent. Kath était souvent prise de tendresse en se rappelant la petite terreur qui avait tout fait pour la faire sortir de ses gonds lorsqu'elles s'étaient rencontrées.

— Est-ce que ça te dérange ? demanda finalement Kath dans un souffle. Qu'il m'ait choisie ?

— Non. Tu le mérites. Et puis, ça te ressemble bien plus qu'à moi.

— Tu ferais une excellente capitaine.

— Certainement pas ! Je n'ai pas la patience requise pour gérer la moitié de ces idiots. Je serais tentée de couper quelques têtes pour faire remonter le niveau général.

— Shanii ! s'exclama Kath en riant, ce qui déclencha de nouveaux grognements dans le dortoir. Un capitaine ne peut pas couper les têtes de ses soldats !

— C'est bien ce que je disais...

— Pas de titre de capitaine pour toi, alors.

— Non. Mais jure-moi que j'aurai toujours une place à tes côtés.

— Bien sûr.

— Je suis sérieuse, Kath, fit la petite fille en se redressant sur un coude. Jure-moi que tu ne partiras pas découvrir le monde avec Clemens en m'abandonnant ici à taper sur les nouveaux venus pour passer le temps. Jure-moi que, quand tu seras capitaine, tu n'iras nulle part sans moi. Quoi qu'il arrive.

— Je le jure.

— Jure-le sur le dieu de ton village, comme l'a fait Saemund.

— Shanii...

La petite fille enfonça un coude dans ses côtes pour appuyer le fait qu'elle était bel et bien sérieuse.

— D'accord, céda Kath. Je le jure sur Geidr, le saint patron de Hvnir.

La tension persistante du corps de Shanii sembla se relâcher quelque peu à ces mots. Kath l'étudia en silence, troublée. Elle ne s'était jamais rendu compte que Shanii avait peur d'être abandonnée. Pour dire la vérité, elle ne s'était jamais rendu compte que Shanii avait peur de quoi que ce soit. L'armure derrière laquelle la petite fille se réfugiait était bien trop épaisse pour cela. Mais la chose semblait évidente à présent : sa détresse, son inquiétude, l'espoir ténu qui vacillait comme la flamme d'une bougie... C'était ce qu'on lisait dans ses grands yeux sombres.

Face à cet étalage inhabituel d'émotions, Kath sentit naître en elle le besoin de la réconforter. Elle se décida plutôt pour l'option du changement de sujet, une solution moins dangereuse que de s'engager dans la voie des sentiments et prendre le risque de brusquer la petite fille.

— J'ai obtenu le droit de réarranger les dortoirs, déclara-t-elle avec un sourire satisfait.

— Pour de vrai ?

— Oui ! Je pensais demander à Sokha, Nara et Barsheen de nous rejoindre. Ainsi, nous ne mourrons pas d'ennui avant le retour du commandant !

— Que crois-tu qu'ils vont découvrir à Pelythrae ? murmura Shanii après un moment de silence.

— Des ruines. Les assaillants ont tout brûlé, Clemens nous l'a dit. Je suppose qu'ils vont devoir se rendre à Oltaï afin de trouver des indices sur l'identité des pillards. Peut-être qu'en les punissant publiquement, ils décourageront leurs éventuels complices.

— J'aurais aimé pouvoir les accompagner. Voir de l'action !

— Notre tour viendra.

— Tu le penses vraiment ?

— Oui, Shanii, répondit Kath en ébouriffant les boucles noires de la petite fille. Un jour, ce sera notre tour de parcourir la campagne à la recherche de séparatistes armés jusqu'aux dents !

— J'ai hâte.

Chapitre 19

An XV du règne de l'empereur
Solis Vestinus Marcallas

Située dans une boucle du fleuve Emné, tout au sud de l'empire, Ankacia était le bastion basaléen le plus proche de Simint. Détruite et rebâtie à plusieurs reprises au cours de la Longue Guerre, cette ville avait vu son importance symbolique grandir sans interruption. Aujourd'hui encore, malgré la paix qui durait depuis plusieurs décennies, les deux pays se disputaient les quelques lieues séparant le fleuve des Oréades, l'immense forêt des Daoras. Basaléa considérait que la frontière naturelle de son empire était la lisière des Oréades. Mais Simint, qui ne souhaitait pas plus que Basaléa ouvrir la porte à ses anciens ennemis, affirmait que c'était le fleuve qui marquait la limite entre leurs deux nations. En conséquence, la région entière était laissée en friche et ne servait aux deux camps qu'à de brèves escapades, comme des parties de chasse ou des virées d'adolescents en mal d'aventures. Les rencontres, lorsqu'elles avaient lieu, s'achevaient généralement dans le sang.

Alors que leur troupe parvenait en vue de l'enceinte de la cité, Damian fit brusquement demi-tour pour se rapprocher de Shanii, qui chevauchait avec Nara.

— Capitaine, le salua cette dernière.

— Je dois m'entretenir avec Shanii.

La jeune femme tira aussitôt sur les rênes de leur monture, au grand désespoir de Shanii qui aurait préféré que cette conversation n'arrive jamais.

— Ne reste pas là, l'exhorta Nara en voyant que sa passagère ne bougeait pas d'un pouce. Le capitaine t'attend.

— Je...

Son corps refusait de lui obéir. Ce n'était pas de la peur, pas exactement. Shanii avait simplement compris que leur périple était sur le point de prendre un tournant qui ne lui plaisait pas. L'arrivée à Ankacia marquait la fin de l'insouciance de ces derniers jours. Pour quelle autre raison Damian voudrait-il soudainement lui parler ? Ils n'avaient pas croisé un seul soldat de Clemens au cours de leur voyage à travers les plaines. Cela signifiait-il qu'ils étaient rentrés à Seuthrae ? Peut-être serait-il plus facile de disparaître, de demander à Nara de galoper droit devant elle sans se retourner et...

— Ne t'en fais pas, fit son amie d'une voix douce qui la tira de ses rêveries. Quoi qu'il arrive, nous sommes là. Nous ne laisserons personne te faire du mal, n'est-ce pas, capitaine ?

Le regard de Damian n'était pas aussi confiant que Shanii l'aurait souhaité, mais elle décida d'y croire et sauta à bas du cheval pour le rejoindre.

— Tu ne peux pas passer les murs d'Ankacia aussi ouvertement, à la vue de tous, expliqua le jeune homme. Nous allons...

— Vous allez me présenter comme votre prisonnière.

— Quoi ? Bien sûr que non !

Le Basaléen sembla sincèrement choqué à cette perspective.

— Vous allez... me demander de vous attendre en dehors de la ville ?

— Nous ignorons combien de temps nous aurons à rester à Ankacia ; l'idée me paraît fort mauvaise. Et puis, te connaissant, je ne suis pas sûr que tu ne saisirais pas cette opportunité pour reprendre la route seule.

— Que comptez-vous faire, alors ?

— Tu vas te cacher dans la roulotte de maître Kelarios. Jusqu'à ce que nous soyons certains que personne n'est à ta recherche.

Ce fut au tour de Shanii d'être surprise. Elle ne s'était pas attendue à ce que le capitaine prenne un tel risque pour elle. Si l'on apprenait qu'il l'avait fait entrer illégalement dans la ville en dépit des ordres du commandant Clemens, sa carrière militaire prendrait fin.

Peut-être ne s'imaginait-il pas pouvoir tomber plus bas que ce poste à la Légion Neuve.

— Tu as promis que tu obéirais à mes ordres, reprit Damian en se méprenant sur les raisons de son silence.

— Je n'ai pas oublié.

— Bien, dans ce cas...

— Capitaine ?

— Oui ?

— Vous avez aussi... Vous m'avez promis de me laisser venir à Simint à vos côtés... Vous...

Le capitaine la contempla quelques instants de ses yeux si bleus, le visage crispé dans une expression indéfinissable, puis il hocha la tête.

— Je n'oublie jamais mes promesses.

Damian observait les rues bondées tout autour de lui d'un air critique. Il avait imaginé quelque chose de plus grandiose, quelque chose à l'image de la magnifique Setri, peut-être. Mais Ankacia n'avait rien à voir avec la capitale de Basaléa, joyau d'art et d'architecture, le cœur palpitant de son pays. Ici, les allées étaient sableuses et tortueuses, à l'opposé des vastes artères méticuleusement pavées que le jeune homme avait foulées jour après jour pendant son enfance. Les murs étaient recouverts de poussière et les plantes périssaient sur les toits. Malgré les efforts visibles qui avaient été déployés dans la reconstruction de la cité, Ankacia avait quelque chose de vieux et de défraîchi, à l'image d'une fleur fanée oubliée entre les pages d'un livre.

L'apparence maussade des édifices était toutefois rehaussée par l'effervescence qui régnait au sein de la population. En cet après-midi ensoleillé, l'avenue principale de la ville était entièrement accaparée par une troupe de forains. Une cinquantaine de comédiens, acrobates et diseurs de bonne aventure se disputaient la foule à coups de percussions et de braillements incompréhensibles.

— Nous aurions pu choisir un meilleur moment pour faire notre entrée, remarqua Orrin en luttant pour maintenir le contrôle de son cheval perturbé par le rassemblement.

— Nous avons pris suffisamment de retard sur les chemins, répondit Damian. Sokha ? Une fois que nous serons en vue du palais, je veux que tu escortes les roulottes jusqu'au quartier des invités. C'est là que maître Kelarios posera ses valises, et je veux être certain que notre *chargement* y arrive en sécurité.

— Notre *chargement* est connu pour s'attirer des ennuis aussi facilement qu'elle respire, capitaine.

— Raison de plus pour s'assurer que tout se passe comme nous l'avons prévu.

Le Basaléen jeta un coup d'œil par-dessus son épaule en direction de la roulotte où Shanii était terrée. Un groupe de jeunes filles aux cheveux couronnés de fleurs avait profité de leur vitesse réduite pour se joindre à leur convoi, appâtées peut-être par l'éventualité d'un nouveau spectacle. En les voyant se contorsionner afin d'apercevoir quelque chose derrière les tentures, Damian fit signe aux légionnaires.

— Barsheen, Naramsina, dispersez la foule immédiatement. Orrin ouvrira le chemin. Sokha, Viseh, venez avec moi. Nous fermerons la marche pour nous assurer que personne ne s'approche des roulottes.

— Bien, capitaine.

Pas une objection. Pas un regard en coin. Les soldats se plièrent à ses directives sans la moindre remarque. C'était la présence de Shanii qui avait permis cela.

Une fois arrivé devant le palais, Damian ordonna aux légionnaires de se rendre à la caserne d'Ankacia afin d'enquêter sur les hommes envoyés par Clemens. Avec un dernier regard vers Sokha qui disparaissait à l'angle de la rue avec les roulottes, le capitaine du Cinquième Contingent tourna les talons pour rattraper maître Kelarios le long des marches menant à la luxueuse résidence.

— Le gouverneur Aiantes vous attend dans son salon privé, déclara un page à l'allure impeccable. Les gardes de la cité l'ont prévenu de votre arrivée.

— Bien, rétorqua l'architecte d'une voix grinçante. Finissons-en.

— Un instant, les coupa Damian. Vous disposez d'oiseaux messagers, n'est-ce pas ? J'ai un courrier urgent pour le commandant Clemens, à Seuthrae.

— Je me chargerai de le transmettre immédiatement à l'intendant, capitaine.

— Je vous en suis reconnaissant, le remercia Damian tout en lui tendant le rapport qu'il avait rédigé la veille au soir.

Le garçon les entraîna le long d'un couloir de marbre jusqu'à une paire de portes monumentales. De l'autre côté se trouvait une vaste salle à manger, ouverte sur une terrasse presque aussi grande. Tout autour de la pièce, des rideaux vaporeux dansaient doucement dans la brise, frôlant les méridiennes garnies de coussins brodés. Cet endroit aurait aisément pu contenir une cinquantaine d'invités, mais ils n'y découvrirent qu'un seul homme aux cheveux grisonnants, vêtu d'une toge rouge rehaussée de galons d'or : Titus Aiantes. Le gouverneur d'Ankacia.

— Gregoran Kelarios ! s'exclama ce dernier à leur approche. Vous voilà enfin ! Le message du commandant Clemens annonçant votre départ de Seuthrae est arrivé il y a des jours... Je commençais à vous croire perdu sur les routes de l'empire ! Qui est donc ce jeune homme ?

— Capitaine Damian Aquila, gouverneur. Le Soleil vous guide.

— Le Soleil vous guide, répéta aussitôt leur hôte en inclinant la tête. Asseyez-vous, vous êtes les bienvenus.

— Je suis surpris de voir que vous connaissez déjà maître Kelarios, commenta Damian en se fendant de son plus beau sourire impérial.

— Nous avons servi ensemble il y a quoi – dix ans ?

— Bien plus, gouverneur Aiantes, répliqua l'architecte en se laissant tomber sur un fauteuil dans un concert de grognements.

J'ai préféré la voie de la construction à celle des armes il y a fort longtemps.

— La construct...

Le gouverneur fronça les sourcils quelques instants avant de partir d'un grand éclat de rire.

— Ah, bien sûr ! Voyez-vous ça... Ce doit être un symptôme de l'âge, je refuse tout simplement de voir les années s'écouler ! Garçon ! Du vin !

Le page s'empressa de revenir avec un plateau chargé de trois coupes en argent et de grappes de raisin. Après les avoir déposées sans un mot sur la table, il salua les trois hommes en s'inclinant si bas que Damian eut l'impression qu'il était sur le point de basculer.

— Capitaine Aquila, goûtez-moi ce vin, l'un des meilleurs de l'empire. Vous a-t-on déjà dit que vous avez l'air bien jeune pour un capitaine ? D'où venez-vous ?

— De Setri, gouverneur.

— Et que fait donc un Basaléen pure souche à la tête d'un régiment de la Légion Neuve ? Le commandant Clemens ne m'avait pas dit que le groupe qui escorterait maître Kelarios serait dirigé par... Aquila... Maintenant que j'y pense, ce nom a quelque chose de familier. Setri et Aquila... Oh.

Son visage se décomposa et Damian serra les dents pour contenir le flot de souvenirs qui gonflait d'ores et déjà en lui. Une vague grondante et menaçante. Prête à tout dévaster sur son passage s'il la laissait faire.

— Vous êtes de la famille de Camilla Aquila, n'est-ce pas ? demanda le gouverneur d'une voix presque sympathique.

— Ma mère.

— Quelle triste affaire que celle-ci...

— Oui, gouverneur.

— Vous n'avez fait que votre devoir.

— Merci, gouverneur.

Un silence gêné tomba sur leur petite assemblée, mais Damian refusa de le combler par des banalités. Les yeux dans le vide, il porta sa coupe à ses lèvres et prit une longue gorgée de vin doucereux.

— Peut-être aimeriez-vous étudier notre mine ? demanda finalement le gouverneur en tournant son attention vers l'architecte. Je peux dépêcher une troupe afin de vous escorter. Vous êtes également le bienvenu si vous souhaitez vous joindre à cette expédition, capitaine. Dans son message, le commandant Clemens me disait que vous étiez à la recherche des bandits simitiens qui sévissent dans ma province ?

— Exactement. Ils se sont attaqués à l'un de nos capitaines il y a un peu moins d'un mois. En avez-vous déjà entendu parler ?

— Si j'en ai entendu parler ? Ces bandits sont une plaie pour les habitants de la région ! Ils n'osent pas approcher Ankacia de trop près, mais nos fermes ont pratiquement toutes été touchées. J'ai envoyé un courrier à l'empereur, il y a plusieurs semaines, pour requérir des renforts. Mais... Mes guetteurs m'ont dit que vous étiez cinq ou six ?

— En effet.

— Je dispose d'une légion entière sous mes ordres, jeune homme. Pensez-vous vraiment que ce sont cinq ou six soldats qui pourront changer les choses ?

— Je suis certain que l'empereur dépêchera une troupe plus importante après avoir reçu notre rapport.

L'expression du gouverneur était tout sauf convaincue, mais Damian ne pouvait rien lui offrir de mieux.

— Quoi qu'il en soit, vous êtes le bienvenu ici, capitaine Aquila. J'ose espérer que vous me ferez le plaisir de demeurer parmi nous, au palais ? Je vais de ce pas vous faire préparer une chambre. Je l'aurais fait plus tôt si j'avais eu vent de la présence d'un Basaléen de votre statut à la tête de l'escorte.

Sans attendre la réponse de son invité, Titus Aiantes se saisit d'une cloche afin d'appeler le page, qui fit aussitôt irruption dans la pièce.

— Vous devriez le lui demander vous-même, murmura Kelarios en se penchant vers Damian pendant que leur hôte donnait des instructions détaillées à ses gens.

— À propos de... ?

— Ce que vous avez caché dans ma roulotte. Ou même la relation entre Ankacia et ses voisins de l'autre côté du fleuve. Vous verrez que je n'ai pas menti.

— Ne vous mêlez pas de ce qui ne vous regarde pas, rétorqua le capitaine sur le même ton.

— Ne faites pas cette tête, Aquila. Je n'ai aucune envie d'intervenir dans cette affaire.

— Vous...

— Capitaine Aquila ?

Damian reporta brusquement son attention vers le gouverneur.

— Antius va vous accompagner à vos quartiers.

— Je souhaitais...

— Nous discuterons plus tard, capitaine. Maître Kelarios et moi avons des années à rattraper. Vous avez mieux à faire que de nous écouter.

La politesse basaléenne l'empêchait de protester une seconde fois. Pourtant, le jeune homme n'était pas rassuré par le fait de les laisser seuls. C'était comme s'il se rendait enfin compte de la gravité de ce qu'il avait accepté de faire en emmenant Shanii à l'intérieur de la cité.

Damian ne parvenait pas à savoir s'il s'inquiétait davantage pour la légionnaire ou pour les risques qu'il courait à cause d'elle. Dissimuler la présence d'une fugitive. Lui. La partie raisonnable de son cerveau n'avait de cesse de lui répéter qu'il ferait mieux de la dénoncer. Il n'avait qu'un mot à dire et Shanii serait faite prisonnière. Renvoyée à Clemens. Et probablement exécutée.

L'idée le rendait malade.

Chapitre 20

An XV du règne de l'empereur Solis Vestinus Marcallas

La roulotte s'arrêta peu après la dispersion du groupe et Shanii se retrouva seule dans l'obscurité. Perturbée par l'odeur qui persistait malgré le départ du propriétaire des lieux, la jeune femme faillit céder à sa curiosité en ouvrant les caisses pour découvrir ce qui pouvait bien sentir aussi mauvais. Mais l'idée de fouiller dans les affaires du vieil homme la dégoûtait plus qu'autre chose.

Après un moment de silence oppressant, des voix s'élevèrent à l'arrière de la roulotte, puis l'épais rideau se souleva.

— Toujours en vie ? la héla Sokha à voix basse.

— Le capitaine sait-il que tu es là ?

— Je ne pouvais pas partir sans dire adieu à ma petite teigne préférée ! Oh, ça va, ne fais pas cette tête... Tout le monde a l'air de s'être donné rendez-vous à la foire, le quartier est désert. Personne ne fait attention à nous.

— Tu m'en vois ravie, répliqua Shanii en dépliant ses jambes. Je vais peut-être en profiter pour aller faire un tour, dans ce cas.

Sokha se laissa tomber à côté d'elle en haussant les épaules, comme pour dire qu'il ne l'arrêterait pas si l'envie lui en prenait.

Adossé aux caisses, il plissa ensuite le nez et regarda autour de lui d'un air circonspect.

— Et encore, lança Shanii, qui devinait ce à quoi il était en train de penser. C'est pire quand il est là !

— Ma pauvre. Tu dois t'ennuyer comme un rat mort ici...

— Tu n'imagines même pas ! Comment ça se passe, dehors ? Raconte-moi.

— Je ne peux pas rester trop longtemps... Le capitaine est parti avec l'architecte et les autres sont allés à la caserne. Je suppose que nous en saurons un peu plus demain matin.

— Je vais devoir attendre ici jusqu'à *demain matin* ?

— Je ne voudrais être à ta place pour rien au monde.

La jeune femme lui asséna un petit coup de poing à l'épaule. Elle aurait tout donné pour échanger sa place avec l'un des légionnaires.

Sokha la quitta peu de temps après, et Shanii s'abîma dans des pensées de plus en plus pessimistes. Elle patienterait jusqu'à demain matin, parce qu'elle l'avait promis. Mais si Damian ne revenait pas avec l'assurance qu'elle était libre de ses mouvements, alors elle s'échapperait de cette prison et infiltrerait Simint toute seule s'il le fallait. Ce n'était pas comme si elle avait besoin d'aide. Elle avait étudié la région davantage que tous les membres de son unité réunis. Elle connaissait parfaitement le chemin.

Shanii attendit. Encore et encore et encore. Elle entendit les rires des riverains se rapprocher et s'éloigner de nouveau, accompagnés du chant d'une cithare. Les apprentis de l'architecte trouvèrent par deux fois une excuse pour venir dans la roulotte, afin de mettre de l'ordre dans les papiers de leur maître, disaient-ils. Shanii savait qu'ils étaient là pour la surveiller.

Le temps passait si lentement qu'elle avait envie de hurler. Elle avait l'impression d'être de retour dans l'isoloir où Clemens l'avait enfermée quand elle était enfant. Sans rien d'autre à faire que compter les secondes. Elle s'était tant époumonée le premier jour de sa punition qu'elle en avait perdu la voix. Sa gorge avait brûlé pendant des heures. Mais à peine avait-on ouvert la trappe de sa prison pour lui envoyer sa ration, le lendemain, qu'elle s'était remise à hurler.

Malheureusement pour elle, ce n'était pas vraiment une attitude envisageable dans la situation présente. Alors elle continua d'attendre.

Quand des voix étouffées surgirent dans le silence de la nuit, elle n'y prêta tout d'abord pas attention. Mais au lieu de disparaître comme l'avaient fait les passants quelques heures plus tôt, celles-ci se rapprochèrent. Et lorsqu'elle tendit l'oreille, Shanii distingua clairement le cliquetis métallique d'armures en mouvement.

On venait la chercher.

Ce qui voulait dire que quelqu'un l'avait dénoncée.

Réprimant un cri de rage, Shanii s'empara de son épée d'un geste brusque. Maudit soit Damian et ses grands discours ! Cette comédie n'avait-elle été qu'une ruse pour l'empêcher de prendre la fuite ? Pour l'emmener droit dans les griffes de Clemens ?

Elle n'eut pas le temps de réfléchir davantage : l'épais rideau de la roulotte s'ouvrit sur un visage inconnu et elle bondit, le glaive dressé devant elle. Le légionnaire se jeta en arrière pour échapper à son attaque. Il était basaléen, comme deux des huit autres soldats qui se tenaient autour de la caravane d'un air menaçant. Les six restants venaient de la Légion Neuve. Shanii les connaissait. Ils faisaient partie de son contingent. Ce constat éveilla une douleur sourde en elle : peu de temps auparavant, lorsqu'elle avait encore le titre de seconde, ils auraient été forcés d'obéir à ses ordres. Mais Clemens lui avait pris cela en même temps qu'il lui avait arraché sa vengeance.

— Ruslan, Kaveh, lança-t-elle aux deux légionnaires les plus proches, je vous manquais déjà ?

— Ne fais pas l'idiote, Shanii. Clemens nous a demandé de ne pas ébruiter ta désertion... Tu devrais nous suivre sans faire d'histoires pendant qu'il en est encore temps. Tu sais ce qui arrive quand on lui désobéit.

— Je sais ce qui arrivera si je lui obéis. Alors tu vas me faire le plaisir de faire demi-tour et d'oublier que tu m'as vue. Et tu sais quoi, en échange, je te promets de chanter tes louanges à l'oreille de Nara.

Ruslan se mit à rougir et Shanii éclata de rire. Les sentiments qu'il éprouvait pour Naramsina étaient l'un des secrets les moins bien gardés de leur contingent. Profitant de cette distraction, la jeune femme s'élança entre leurs rangs en direction de la grille ouverte. Mais Kaveh et l'un des Basaléens qu'elle ne connaissait pas se déportèrent aussitôt sur sa trajectoire avec une force qui la projeta au sol. Suivant un instinct forgé par ses années d'entraînement, Shanii roula sur elle-même et leva son épée pour protéger son visage. La lame du Basaléen se brisa sur la sienne dans un fracas métallique.

Il n'y avait pas une seconde à perdre. Shanii pirouetta hors de portée de son adversaire et tourna son attention vers le reste du groupe. Les six soldats de Seuthrae se rapprochaient peu à peu, positionnés en cercle autour d'elle afin de lui couper toute retraite. Kath leur avait enseigné cette formation.

Peu importait. Elle ne les laisserait pas la traîner pieds et poings liés devant Clemens.

Les dents serrées, la jeune femme fondit sur Ruslan, qui ploya sous son attaque, mais l'espace qu'elle gagnait était aussitôt comblé par un autre légionnaire. Ces idiots étaient bien entraînés. Elle aurait dû s'en douter, elle avait grandi avec eux.

Dans son dos, quelqu'un attrapa une poignée de ses cheveux pour la tirer en arrière, mais elle répliqua d'un coup de pied dans le tibia de son assaillant, qui lui fit rapidement lâcher prise. Tournoyant sur elle-même, elle frappa du plat de l'épée l'estomac d'un des soldats, envoya son coude libre dans la mâchoire d'un autre et continua de viser les jambes qui étaient à sa portée. Elle sentait des coups pleuvoir dans son dos, mais son armure absorbait la majorité des chocs. Ils n'étaient pas ici pour la tuer. À neuf contre un, elle n'aurait pas eu la moindre chance si cela avait été le cas.

Pivotant sur ses talons, elle remarqua qu'une silhouette venait d'apparaître à l'angle de la rue : Damian Aquila. En personne. Shanii sentit une nouvelle vague de colère l'envahir lorsqu'elle comprit qu'il était ici pour assister à son humiliation. Comme si se jouer d'elle n'avait pas été suffisant ! Le souffle court, elle raffermit sa prise sur son glaive et tenta de forcer les rangs dans sa direction, mais le jeune homme donna brusquement de la voix :

— Que se passe-t-il ? Arrêtez immédiatement !

La surprise cloua Shanii au sol pendant plusieurs secondes. Les soldats s'interrompirent également, les uns de stupéfaction et les autres parce que, malgré les ordres du commandant, Damian restait leur officier supérieur.

— Que se passe-t-il ? répéta ce dernier d'une voix glaciale.

— On nous a demandé d'accompagner les recrues de Seuthrae jusqu'à la fugitive, répondit l'un des Basaléens.

— Cette histoire ne concerne que la Légion Neuve, répliqua le jeune homme. Vous avez accompli votre mission, vous pouvez partir désormais.

— Et qui êtes-vous ?

— Damian Aquila, capitaine du Cinquième Contingent de la Légion Neuve.

Encore sous le choc, Shanii capta son attention et effectua un geste qui englobait l'ensemble des légionnaires avant de se désigner elle-même avec un regard insistant. Ce n'était peut-être pas très clair. Mais Damian comprit.

— *Leur* capitaine, corrigea-t-il.

Les trois Basaléens échangèrent des coups d'œil circonspects, mais ils finirent par hausser les épaules en rangeant leurs épées pour se regrouper près de la roulotte. Damian avait raison sur un point : les affaires de la Légion Neuve ne les concernaient pas.

— Quant à vous, lança Damian en avançant vers les autres légionnaires, votre mission prend fin aujourd'hui. J'ai prévenu le commandant que je gardais Shanii à mes côtés. Nous rentrerons ensemble à Seuthrae une fois cette histoire terminée.

— Les ordres de Clemens étaient clairs, protesta Ruslan. Ramener Shanii pour qu'elle soit punie.

— Ah ! s'exclama la jeune femme presque malgré elle. Je veux bien te voir essayer, espèce de...

— Un instant, Shanii, s'il te plaît, l'interrompit Damian en fronçant les sourcils. Nous pouvons régler cela sans effusion de sang. Les ordres de Clemens vous ont été donnés avant qu'il ne soit mis au courant de ma propre décision. Je suis le capitaine de cette unité, vous êtes sous ma responsabilité.

— Tu te crois tellement important avec tes airs de petit prince, railla Ruslan en croisant les bras sur sa poitrine. La Légion Neuve ne répond pas à des nobliaux basaléens !

— Tu sembles oublier que tu parles à ton capitaine.

— Capitaine de mes deux, oui !

À quelques pas d'eux, les trois soldats basaléens s'esclaffèrent doucement, amusés par cette scène tout droit tirée d'une comédie de rue. Damian, lui, n'avait pas l'air de trouver ça drôle. Shanii regarda les émotions défiler sur son visage jusqu'à ce qu'il parvienne à une décision et abatte son poing sur la mâchoire de Ruslan dans un craquement terrible.

Le légionnaire recula dans un horrible cri de douleur, replié sur lui-même comme pour se protéger d'un nouveau coup.

— Je me souviendrai de ton visage, déclara Damian en le dominant de toute sa hauteur. Et si tu ne veux pas aggraver ton cas, je te conseille de prendre la route dès ce soir. Que ça te plaise ou non, je *suis* ton capitaine. Et lorsque nous sommes en mission, ma parole est loi.

— Clemens...

— Le commandant réglera cette histoire avec moi. Dégagez, maintenant.

Sans attendre leur réponse, il s'empara du poignet de Shanii et l'entraîna à sa suite à travers les rues d'Ankacia.

Damian ne se rendit compte qu'il tenait toujours la main de Shanii qu'après s'être arrêté devant une auberge baignée de lumière de l'autre côté de la ville. Le silence se chargea aussitôt d'une tension palpable et il écarta maladroitement les doigts. Face à lui, Shanii ne prononça pas le moindre mot, se contentant d'étudier son malaise de ses immenses yeux aussi sombres que la nuit.

— Tu n'es pas blessée ? souffla-t-il au bout d'un moment.

— Ce n'était vraiment pas vous, alors ?

— Pas moi, quoi ?

— Rien... Non, je ne suis pas blessée. Ces crétins n'auraient pas pu m'atteindre même si je m'étais assise pour les laisser faire.

Le capitaine basaléen poussa un soupir. Il était soulagé de savoir qu'elle n'avait rien. Et même la douleur dans sa main droite qui pulsait au rythme des battements de son cœur ne parvenait pas à lui saper le moral. Ils étaient passés tout près de la catastrophe, ce soir. S'il était arrivé ne serait-ce que quelques minutes plus tard... Il ne voulait pas songer à ce qui se serait produit alors.

— Je vais aller te prendre une chambre, je pense qu'il vaut mieux que tu restes ici pour cette nuit.

— Je suis assez grande pour parler à un aubergiste, capitaine.

— Disons que je préfère éviter de crier sur les toits que tu as décidé de loger dans cet établissement, le temps que nous comprenions ce qui vient de se passer.

— Ce qui vient de se passer ? Quelqu'un m'a dénoncée, voilà tout. Et si ce n'est pas vous, c'est l'architecte.

Cela semblait plus que probable, en effet. L'architecte, ou alors Orrin. Mais Damian ne voulait pas agir avant d'en être certain. De plus, il ne savait pas exactement ce qu'il était en son pouvoir de faire. Son autorité en tant que capitaine avait-elle la moindre valeur face au gouverneur ?

— Nous parlerons de tout ça une fois entre quatre murs. Retrouve-moi dans l'arrière-cour, veux-tu ? Nous attirerons moins l'attention qu'ici.

Délaissant la jeune femme, Damian franchit le seuil de l'auberge d'un pas ferme. À l'intérieur, il découvrit une salle commune au plafond bas noirci par la fumée. Les musiciens qui s'étaient produits plus tôt dans les rues semblaient s'être donné rendez-vous près du comptoir et Damian aperçut même une dizaine de marchands simitiens, rassemblés autour de plusieurs tables. C'était une bonne nouvelle : cela indiquait que personne n'irait prévenir les autorités de la présence de Shanii parmi les clients.

— J'ai besoin d'une chambre, héla-t-il en s'approchant de l'aubergiste.

— Nous sommes complets, répliqua un homme à l'épaisse barbe blanche vêtu d'un tablier de cuir.

— Complets ?

— Les forains ont attiré tous les habitants de la région, je ne peux rien faire pour vous, monsieur.

Avec un soupir, Damian glissa une main sous le col de sa tunique pour tirer le médaillon frappé de l'aigle et du soleil impérial. Il avait souvent vu des officiers réquisitionner des chambres dans les villages qu'ils traversaient, mais c'était la première fois qu'il exerçait ce droit lui-même.

Le geste ne sembla pas émouvoir l'aubergiste outre mesure, et lorsque Damian brandit le médaillon sous son nez, il lui fit même l'affront de s'en saisir afin de vérifier son authenticité.

— D'accord, grogna-t-il, je vous libère une chambre. Donnez-moi un moment pour convaincre son occupant d'aller poser ses bagages à l'écurie.

Dehors, le sol était jonché de débris des spectacles de la veille. Damian tapa du pied pour disperser les rats festoyant sur les restes de nourriture, puis il partit à la recherche de Shanii. Son regard tomba sur une collection de bottes de paille taillées à l'effigie de personnages grandeur nature. Les habitants avaient été jusqu'à les affubler de tenues colorées avant de les transpercer d'une volée de flèches que personne n'avait pris la peine de ranger.

Attiré malgré lui par cette vision grotesque, le jeune homme s'approcha et toucha le tissu soyeux qui conservait encore un peu de chaleur, humide aux endroits où le sang s'écoulait des multiples blessures et...

Non.

Non, il n'y avait nul corps et nulle blessure. Ce n'était qu'un mannequin de paille. Damian secoua la tête, mais c'était trop tard. Les souvenirs s'étaient enfuis de la trappe qu'il gardait solidement fermée dans son esprit. La figure prit forme humaine à sa grande stupeur, se parant d'une longue chevelure bouclée, presque aussi noire que l'encre, d'une peau nacrée et d'yeux bleus comme...

Non. Non. Non.

Le jeune homme fit précipitamment demi-tour pour s'éloigner de la scène morbide. Ces images qu'il voulait par-dessus tout oublier, elles l'étouffaient désormais, menaçant de le noyer dans un tourbillon d'horreurs sans fin. L'air refusait de descendre le long de sa trachée. Il ne respirait plus.

Quelque chose le percuta violemment dans sa fuite alors qu'il était sur le point d'arriver à la grille.

— Capitaine !

L'air lui revint d'un seul coup, aussi acéré qu'une lame. Douloureux. Mais c'était de l'air et il l'avala à grandes goulées, comme un ivrogne à qui l'on tend une bouteille de son vin favori.

— Capitaine ? Est-ce que tout va bien ?

Damian battit des paupières, découvrant le visage de Shanii devant lui. Son nez retroussé, les trois grains de beauté sur sa joue droite et ses yeux... Était-ce de l'inquiétude dans son regard ?

— Tout... Tout va bien, répondit-il en toussant.

— Vous êtes sûr ? Vous avez l'air d'avoir vu un fantôme... Avez-vous besoin que j'aille chercher un guérisseur ?

— Non... Je m'en sortirai.

Lorsque Shanii mit une main sur son coude pour le guider vers la grille, Damian laissa échapper un rictus désabusé devant sa propre faiblesse.

— Tu vas finir par croire que nous sommes en porcelaine, à Setri.

— Eh bien, vous étiez tout de même sur le point de tomber dans les pommes, alors...

Il la bouscula légèrement pour l'interrompre et le geste la fit rire. C'était la première fois qu'il la voyait user de son sourire pour exprimer de la joie et non la menace de violences futures.

C'était plutôt agréable.

La vision du cadavre reflua doucement jusqu'à regagner le coffre qui emprisonnait les souvenirs de cette nuit maudite. Lorsque Damian referma le couvercle dans son esprit, il se sentit libéré d'un poids qui l'oppressait. Ce n'était qu'un répit temporaire, il le savait. Mais il était prêt à accepter n'importe quoi pour ne plus ressentir les affres de la trahison de sa mère.

— Que s'est-il passé ? demanda finalement Shanii d'une voix sérieuse.

— Je te raconterai un jour. Mais pas aujourd'hui, tu veux bien ?

— Je croyais que les gens de Setri avaient une vie aisée...

— Peut-être est-ce le cas.

— Mais pas vous. N'est-ce pas ?

— Les choses auraient pu être bien pires.

Et c'était la vérité. Ce soir-là, il avait vu son cœur se briser, sa famille se déchirer et son avenir être réduit à néant. Pourtant, être envoyé à Seuthrae était une punition préférable à beaucoup d'autres. L'empereur aurait tout aussi bien pu décider de les exécuter ou de les exiler dans les îles Oubliées, un archipel sauvage rempli de pirates dont personne ne revenait jamais.

Sa vie actuelle était loin du destin qu'il s'était imaginé, loin de la glorieuse carrière que ses parents avaient voulue pour lui, mais elle aurait pu être pire. Bien pire.

Chapitre 21

An XV du règne de l'empereur
Solis Vestinus Marcallas

La chambre que Damian avait payée ne comprenait en tout et pour tout qu'un lit étroit, poussé contre la cloison afin de permettre aux occupants d'évoluer à travers la pièce. Les parois dégarnies et les chansons à boire qui traversaient le plancher dans un brouhaha indistinct ajoutaient à l'impression de pauvreté que dégageait l'auberge.

Shanii se laissa toutefois tomber sur le lit avec un soupir satisfait. Comparé à la roulotte, cet endroit ressemblait à un palais.

— Capitaine ? appela-t-elle en se redressant sur ses coudes.

Debout à côté de la lucarne entrouverte, Damian avait les mains posées sur le mur comme pour s'empêcher de basculer. Depuis qu'elle l'avait retrouvé dans l'arrière-cour, le jeune homme avait le regard hanté. Perdu dans ses pensées, il n'avait pas prononcé un seul mot, même quand Shanii avait commencé à se moquer de l'auberge miteuse pour le faire réagir. Il ne semblait même pas s'être rendu compte que les doigts de sa main droite étaient toujours tachés de sang.

— Je vais bien. J'avais juste besoin d'un peu d'air.

Les portes de l'établissement s'ouvrirent, déversant un flot d'ivrognes tapageurs dans la cour, et le jeune homme referma la fenêtre pour ne pas être dérangé par le bruit. Shanii haussa les sourcils, intriguée par son comportement. C'était la première fois qu'elle le voyait ainsi. Nerveux. Agité. Angoissé par quelque chose qu'elle ne comprenait pas.

Le capitaine leva les mains pour défaire les nœuds de son armure, mais ses doigts meurtris effleurèrent le métal et il laissa échapper un sifflement plaintif.

— Attendez, fit la jeune femme en se redressant. Je m'en charge.

— Je ne pense pas que...

— Vous préférez vraiment le faire seul ?

Damian sembla hésiter. Dans la pénombre de la chambre, ses yeux paraissaient plus gris que bleus, mais il s'en dégageait une impression d'immensité qui n'en était que plus profonde. Lorsqu'ils rencontrèrent ceux de Shanii, elle ne put réprimer un frisson.

— Vous pouvez la garder, si c'est ce que vous souhaitez, déclara-t-elle avec un geste pour se rasseoir.

— Non. Je... J'ai du mal à respirer.

Le jeune homme laissa ses bras retomber le long de son corps pour lui faciliter la tâche. Shanii franchit alors la distance qui les séparait d'un pas souple. Ses doigts trouvèrent les courroies de cuir et s'affairèrent à les délier avec une agilité trahissant des années d'expérience.

— Pourquoi avoir frappé cet idiot de Ruslan ? demanda-t-elle après un instant de silence. Cela ne vous ressemble pas.

— Pas assez honorable à ton goût ?

— Vous m'ôtez les mots de la bouche, capitaine !

Le regard de Damian tomba aussitôt sur ses lèvres. Quelque peu surprise par cette réaction, Shanii prit conscience que c'était la première fois qu'ils étaient réellement seuls, tous les deux. Sans témoins. Loin du reste de leur groupe. Cette pensée éveilla une gêne qu'elle n'avait pas l'habitude de ressentir, et l'air sembla s'alourdir autour d'eux. Pendant quelques secondes, elle oublia tout de l'endroit où elle se trouvait, ou même de ce qu'elle était venue y faire. Mais l'instant ne dura pas.

— Que vouliez-vous dire, à propos du message que vous avez envoyé à Clemens ? demanda Shanii d'une voix brusque en faisant un pas en arrière.

Le capitaine basaléen battit précipitamment des paupières, comme s'il s'éveillait lui aussi d'un songe. Ses poings étaient serrés et son armure pendait, entrouverte, sur une tunique tachée de transpiration. L'illusion s'était envolée, ne laissant plus qu'un officier et une légionnaire fatigués par un long voyage dans la poussière des routes de l'empire.

— Avez-vous vraiment prévenu le commandant que je me trouvais avec vous ? insista Shanii en croisant les bras. Ne va-t-il pas envoyer plus d'hommes à ma recherche ?

— Je lui ai expliqué les raisons pour lesquelles j'avais accepté ton aide. Et que tu avais prêté le serment de revenir à Seuthrae avec moi pour y purger ta peine une fois toute cette histoire derrière nous. Ma parole est en jeu autant que la tienne, désormais. J'espère que je pourrai compter sur toi, le moment venu.

— Je ne pensais pas que vous prendriez ma défense, avoua la jeune femme du bout des lèvres.

Elle n'avait pas hésité un seul instant avant de se convaincre qu'il l'avait trahie. Sa réaction l'emplissait presque de honte, à présent.

— Ne t'ai-je pas accueillie parmi nous pour cette mission ? s'étonna Damian.

— Si, mais...

— Mais tu pensais qu'à la première difficulté, j'allais changer d'avis et t'abandonner ?

— Je... Oui.

— Tu fais peu de cas de mon intégrité, je vois, finit-il dans un rire triste.

— Ce n'est pas ça... C'est juste... Je n'ai pas l'habitude.

— Tu n'as pas besoin de t'excuser, intervint Damian en secouant la tête. La confiance n'est pas quelque chose qui se force. Je demanderai une audience au gouverneur demain à la première heure, afin de comprendre ce qui s'est passé et le convaincre de ne plus se mêler de cette histoire. Nous déciderons ensuite de notre prochaine étape.

— Capitaine...

— Essaie de ne pas t'attirer d'ennuis d'ici là, d'accord ?

— Capitaine !

— Oui ?

Sa voix, à peine plus qu'un murmure, éveilla quelque chose dans la poitrine de la jeune femme, dont le cœur se mit à battre irrégulièrement.

— Je voulais juste vous dire... Je...

Sa bouche se figea. Merci n'était pas un mot qu'elle avait l'habitude de prononcer. Damian l'étudia en silence pendant de longues secondes, puis ses lèvres s'étirèrent dans un léger sourire. Il hocha brièvement la tête avant de pivoter sur ses talons pour sortir de la chambre, sa cuirasse sous le bras.

Après son départ, Shanii sombra dans un sommeil sans rêve dont elle n'émergea qu'en fin de matinée. Elle entreprit alors de s'occuper de son équipement, une routine qu'elle avait négligée la veille en raison de son épuisement. Assise sur son lit, elle passa en revue son glaive afin de vérifier que la rouille n'avait pas commencé à attaquer le métal depuis sa dernière inspection. Elle le frotta ensuite à l'aide d'un tissu imbibé d'huile avant de le déposer contre le mur pour lui permettre de sécher. Sa cuirasse avait subi quelques chocs durant l'altercation, mais rien qui l'empêcherait de se battre à l'avenir. Peut-être devrait-elle remplacer les lacets pendant qu'ils étaient à Ankacia. Ce genre de réparation serait plus difficile à assurer quand ils auraient traversé la frontière.

Une fois le reste de son équipement nettoyé, elle se retrouva brutalement à court d'occupations. Et avec l'ennui vint le rappel qu'elle n'avait rien mangé depuis la veille. Son ventre se mit à gronder dans un bruit furieux. Fouillant dans ses maigres effets, elle récupéra quelques pièces de cuivre et quitta sa chambre.

À la position du soleil, Shanii jugeait qu'il était midi passé. La salle commune de l'auberge débordait de clients fuyant la chaleur torride de la mi-journée. La jeune femme nota même, avec un étrange malaise, la présence d'une dizaine de Simitiens rassemblés autour d'une table près du mur opposé. Elle fut prise de l'envie presque incontrôlable de se saisir de leurs poignets afin de vérifier qu'ils n'étaient pas marqués du tatouage que portaient les assassins de Kath. Elle avait décidé qu'elle ne laisserait aucun d'eux en vie.

Réprimant son impatience, Shanii tourna ses pas vers le comptoir pour se procurer de la nourriture. Au lieu de l'aubergiste, elle tomba nez à nez avec l'un des clients qui lui barra le chemin, l'air soupçonneux et le visage rougi par une consommation d'alcool abusive.

— Tu fais quoi, ici ? gronda l'inconnu en secouant son pichet dans sa direction.

C'était un Basaléen dans la force de l'âge, avec des cheveux grisonnants et les épaules larges de ceux qui travaillent dans les champs depuis des années. Il empestait la bière.

— Je viens chercher à manger, répondit Shanii avec le plus de tact possible.

— On sert pas les gens de ton espèce ici !

— De... De mon espèce ? répéta-t-elle, incrédule.

— Exactement ! C'est un mot trop compliqué pour toi ?

Ses amis partirent d'un rire gras, prenant l'étonnement de la jeune femme pour de la peur. Un silence tendu tomba aussitôt sur la pièce. Du coin de l'œil, Shanii vit l'aubergiste rassembler précipitamment ses bouteilles pour les mettre à l'abri, et elle décida de voir dans ce geste une autorisation tacite. Au diable Damian et ses précautions ! Plantant les pieds dans le sol, elle posa les mains sur ses hanches et lança d'un air décontracté :

— Je me demande si c'est pas un mot trop compliqué pour toi, en fait. Tu veux bien nous expliquer ce que tu entends par espèce ? Histoire que je sois sûre qu'on se comprend.

L'homme fit un pas en arrière, surpris par le retournement de ce qu'il avait imaginé être une victoire facile.

La présence de ses amis empêcha l'ivrogne de renoncer, même si l'envie étincela brièvement dans son regard. Il oscilla sur ses jambes pendant quelques secondes d'un air hésitant, jusqu'à ce que quelqu'un dans son dos le pousse en direction de Shanii, qui l'accueillit d'un crochet dans la mâchoire.

Le cri de surprise et de douleur mêlées constitua le signal de départ. Des dizaines de clients se levèrent brusquement de leur siège, un nombre assez important se rangeant derrière Shanii afin de lui venir en aide.

Comme si elle en avait besoin.

Le Basaléen qui avait bousculé son compagnon se jeta sur elle en l'insultant, imité par deux autres hommes qui l'accompagnaient. Shanii aurait presque pu admirer leur esprit de collaboration, si seulement ils n'avaient pas été si lents. Avec une succession de gestes fluides, la jeune femme se baissa, esquivant le premier coup sans la moindre difficulté, avant de se relever à toute vitesse pour se saisir du bras de son adversaire et le renverser sur son voisin.

Les deux hommes s'écroulèrent sur le comptoir, glissant vers le sol comme des pantins désarticulés. Le troisième, qui était parvenu à atteindre Shanii dans l'intervalle, tenta de l'immobiliser en tordant son poignet dans son dos. Mais elle pivota dans l'espace restreint, roulant son épaule afin de recouvrer sa liberté de mouvement. Son autre main fila alors vers la gorge de son assaillant, coupant ses voies respiratoires pendant quelques précieuses secondes qui lui permirent de s'échapper.

Avisant le chaos tout autour d'elle, Shanii grimpa sur un tabouret et bondit sur le comptoir afin d'avoir une vue d'ensemble de la situation. Quelqu'un essaya de se saisir de sa jambe, mais elle frappa aussi fort que possible sans même vérifier ce qui se trouvait sous son pied. Ces idiots devaient s'estimer heureux qu'elle ait laissé son glaive dans sa chambre. Elle pouvait déjà voir le regard furieux de Damian si elle causait des blessures graves au sein de la population basaléenne.

Elle pouvait le voir, en effet. Elle le voyait même bel et bien, découpé dans la lumière de la porte d'entrée. Ses sourcils froncés étaient visibles à cette distance, mais la veine qui palpitait sur sa tempe, elle, était sans doute née de son imagination.

Lorsque ses yeux tombèrent sur elle, il ouvrit la bouche et cria quelque chose, mais le bruit fut englouti par les clameurs de la bagarre. Shanii haussa les épaules en réponse, puis elle sauta du comptoir afin de venir en aide à un marchand de Simint qui était aux prises avec un villageois saoul. Elle atterrit sur le dos de l'assaillant, utilisant la force de son élan pour projeter l'homme sur le sol, et cogna sa tête contre le parquet pour l'empêcher de se relever.

— Assez ! Assez !

Damian la redressa sans ménagement en la tirant par le col de sa tunique. La jeune femme leva aussitôt les bras pour lui faire comprendre qu'elle ne comptait pas l'attaquer. Autour d'eux, la bataille prenait doucement fin. Les clients s'immobilisaient l'un après l'autre en grimaçant de douleur, l'air hébété. Un peu plus loin, l'aubergiste était en train de ramasser les morceaux d'un tableau qui avait volé en éclats.

— J'espère que tu as une bonne explication, souffla Damian avant de la relâcher pour se diriger vers leur hôte.

— Je n'ai fait que me défendre ! protesta Shanii de sa voix la plus sincère.

Cela ne sembla pas améliorer son humeur. Le Damian timide et angoissé de la veille avait été complètement avalé par le capitaine austère et taciturne qu'elle avait appris à connaître durant leur voyage vers Ankacia.

— Vous avez bien fait, si je peux me permettre, déclara quelqu'un sur sa gauche.

Le marchand simitien auquel elle était venue en aide un peu plus tôt la dévisageait avec un sourire malicieux, la tête légèrement inclinée en guise de salut. De stature imposante, il avait la peau noire et des cheveux coupés ras sur un crâne anguleux. Ses poignets ne comportaient aucun tatouage.

— Pardon ? fit Shanii, confuse.

— Vous avez bien fait de ne pas vous laisser marcher dessus. Les temps sont durs, pour les gens comme nous.

— Je ne suis pas comme vous.

Shanii avait répondu sans réfléchir, obéissant au conditionnement créé par les années qu'elle avait passées à écouter des sermons sur l'histoire de l'empire et sa propre appartenance à cette grande nation.

— Si vous le dites.

— Je ne suis pas...

— Je crois que vous avez perdu quelque chose.

Shanii poussa un cri de surprise en remarquant le pendentif de Kath à ses pieds et s'empressa de le ramasser, pétrifiée à l'idée qu'elle avait failli le perdre. Le lacet s'était rompu, mais le bâtonnet d'argent semblait intact.

— C'est un beau bijou, pour un soldat, commenta le marchand en fronçant les sourcils.

— 'Pas vos affaires.

— Veuillez m'excuser, j'ai toujours eu un faible pour l'orfèvrerie. Cela m'a tout l'air d'être un travail d'une qualité exceptionnelle... Pourrais-je l'admirer d'un peu plus près ?

— Non.

L'humeur sombre, elle s'empressa de le glisser sous son vêtement. L'expression de l'homme se fit déçue, mais il n'osa pas insister. Shanii continua de le défier du regard jusqu'à ce qu'il lève les mains en signe d'abandon. Alors, seulement, elle s'autorisa à respirer.

C'était peut-être une réaction exagérée concernant un simple pendentif, mais c'était le dernier cadeau de Kath et elle n'était pas prête à laisser quelqu'un d'autre poser les doigts dessus.

— Je vous dirai juste merci, dans ce cas, reprit l'homme en gardant ses mains bien en évidence devant lui.

— Merci ?

— Vous m'êtes venue en aide.

— Vous n'étiez en difficulté que parce que vous m'avez porté assistance.

— Qu'est-ce qui amène votre unité dans cette province ? On ne voit pas souvent les soldats de la Légion Neuve par ici.

Cette discussion mondaine au milieu d'une auberge en ruine était des plus étranges. Les clients blessés étaient en train de sortir de la pièce un par un et Damian était plongé dans un débat houleux avec le propriétaire, négociant le dédommagement qu'il allait devoir payer pour l'empêcher de faire remonter cet incident jusqu'au gouverneur. Shanii n'en revenait pas de le voir assumer la responsabilité des événements. Comme si c'était sa faute à elle. Elle s'était simplement défendue !

Le marchand toussa élégamment dans un mouchoir de soie, et la jeune femme se rendit compte qu'elle ne lui avait pas encore répondu.

— Nous sommes en route vers Thyrillai pour le recrutement du prochain contingent, déclara-t-elle, car c'était la justification officielle de leur expédition.

— Premier retour au pays ?

— C'est peut-être difficile à croire, mais mon pays est Basaléa.

— N'avez-vous pas de la famille qui vous attend, à Simint ?

— Ma seule famille est ici, avec moi, rétorqua-t-elle en croisant les bras. C'est la seule dont j'ai besoin.

Il fronça les sourcils et se tapota la tempe d'un doigt couvert de bagues.

— Je pense que je comprends, fit-il enfin. Quel est votre nom, belle guerrière ?

— Shanii. Et à qui ai-je l'honneur ?

— Nataye, du clan des Sheyras. Je lèverai un verre en votre nom, Shanii de Basaléa !

Avisant Damian qui revenait vers elle, Shanii se détourna du marchand et s'approcha de son capitaine. Le jeune homme l'étudia pendant quelques secondes, le regard s'attardant sur son visage avant de descendre le long de son corps, comme pour s'assurer qu'elle n'était pas blessée. Enfin, il poussa un soupir.

— Je ne peux pas te laisser seule un instant, on dirait.

— Ce n'est vraiment pas ma faute, capitaine !

— Le pire, dans cette histoire, c'est que je te crois, répondit Damian avec une grimace qui ressemblait presque à un sourire. Viens, disparaissons avant que l'aubergiste ne songe à m'extorquer plus d'argent. Le gouverneur s'est rangé à mon avis et il a demandé à te rencontrer.

— Me rencontrer ? Le gouverneur ?

— C'est ce qu'il a dit.

— Je dois aller chercher mes affaires à l'étage.

Il acquiesça de la tête et la suivit dans l'escalier. Une fois dans la chambre, Shanii se saisit de son épée, jugea qu'elle avait assez séché pour être transportée et se tourna vers son sac d'un air satisfait. Elle était plus que contente de quitter cet endroit.

— C'était Kelarios.

La jeune femme sursauta. Damian se tenait dans l'embrasure de la porte, une épaule appuyée contre l'encadrement, comme s'il était soudain trop gêné pour la suivre à l'intérieur de la pièce.

— Pardon ?

— Kelarios est celui qui a révélé au gouverneur que tu te cachais dans sa roulotte hier soir. Le capitaine de la caserne a ensuite confirmé qu'une unité de la Légion Neuve était avec la garnison depuis quelques jours et ils sont venus te chercher.

— C'était évident, non ? Vous attendiez-vous vraiment à autre chose ?

Damian détourna prestement le regard sans répondre à sa question. Devant son expression gênée, Shanii devina immédiatement à quelle autre personne il avait songé. L'idée ne lui avait même pas traversé l'esprit. Elle avait pourtant travaillé dur à attiser les braises de sa colère pendant ses heures d'entraînement.

— Orrin vous a dit quelque chose à mon sujet, n'est-ce pas ? s'enquit-elle en fronçant les sourcils.

— Ce n'était pas lui. Il était seulement... en désaccord avec ma décision.

En désaccord. C'était si joliment dit. Shanii avait déjà hâte de se retrouver face à l'aide de camp. Elle lui ferait comprendre qu'à la Légion Neuve, les *désaccords* se réglaient une épée à la main et non à coups de remarques désobligeantes dans le dos des gens.

Chapitre 22

An VIII du règne de l'empereur Solis Vestinus Marcallas

La première lettre de ses parents mit de longs mois à parvenir jusqu'à Kath. L'hiver rendait les routes difficilement praticables à Brekkur et le conflit grondant à la frontière avec Oltaï ne faisait rien pour améliorer la situation. Chaque jour avait été une épouvantable torture pour la jeune fille, qui attendait désespérément de savoir si sa famille souhaitait ou non reprendre contact avec elle.

Depuis le départ de Clemens et des Troisième et Quatrième Contingents, elle ne disposait même plus de l'excuse des leçons de stratégie pour s'occuper l'esprit.

Enfin, près de six mois après avoir envoyé son cœur sur les routes de l'empire, Kath fut appelée dans la tente de l'intendant par un beau soir de printemps. Là, sur le bureau poussiéreux, à côté d'un relevé des dépenses partiellement rempli, patientait une lettre cachetée du sigle de Hvnir. Le sceau avait été préalablement brisé, mais la jeune fille ne s'était pas attendue à autre chose.

Kath se saisit du courrier d'un geste tremblant. Le papier pesait une tonne entre ses doigts, alourdi par un maelström épouvantable de craintes, de doutes et d'espoirs. Ces derniers l'étouffaient davantage que tous les autres réunis.

— Tu devras lire cette lettre ici même et tu ne pourras pas la faire sortir, c'est bien compris ? demanda l'intendant, une main appuyée sur sa canne. Tu n'es pas obligée de rédiger une réponse tout de suite, mais si tu le souhaites, tu le feras ici, où je peux te surveiller.

— Bien, monsieur.

D'un geste négligent, il l'envoya vers la petite table dans le coin opposé de son bureau pour revenir à sa liste. On aurait pu croire qu'il ne lui portait plus la moindre attention, mais un œil averti aurait remarqué les regards discrets que le vieil homme jetait régulièrement dans sa direction.

Intimidée, Kath laissa ses doigts courir sur la lettre pendant de longues minutes avant de se convaincre de l'ouvrir. Elle aurait été bien en peine d'expliquer ce qui la terrorisait autant, mais lorsqu'elle se décida finalement à déplier la missive, son cœur battait si fort qu'il semblait sur le point de sauter hors de sa poitrine.

Ma très chère Kath, lut-elle, et ses yeux s'embuèrent aussitôt, l'empêchant de poursuivre pendant plusieurs minutes. Ce tracé si familier l'entraîna dans les brumes d'une vie qui n'était plus la sienne. Elle revoyait la main délicate de sa mère écrivant les paroles d'une chanson sur le papier que son père achetait toujours pour elle. Elle revoyait ses doigts à lui, abîmés et durcis par le travail du bois, mais capables de créer des sculptures d'une finesse exquise. Elle revoyait sa grand-mère, et les brioches dorées qu'elle cuisait dans les cendres de la cheminée. Grands dieux, combien de temps s'était écoulé depuis la dernière fois qu'elle avait songé à ces friandises ?

Parcourant des yeux le reste de la page, elle apprit que son père avait gagné le concours du meilleur artisan aux réunions interprovinciales de l'année passée. Il croulait à présent sous les clients et peinait à répondre à toutes leurs demandes. Malheureusement pour lui, Erling, le grand frère de Kath, avait décidé de ne pas suivre l'exemple de leurs parents et de leur amour des arts. Il était parti peu de temps après elle pour Drangavik, leur capitale, afin de continuer sa formation au sein de la guilde des marchands et ne revenait plus que rarement à la maison.

Kath était trop jeune pour le savoir lorsqu'elle avait quitté Hvnir, mais elle avait depuis eu l'occasion d'apprendre que la guilde des marchands était à Brekkur ce qui se rapprochait le plus d'un gouvernement. Elle fixait le prix des matières premières et organisait les rencontres entre les artistes et leurs mécènes, qu'ils soient brekkis ou basaléens. Les membres de la guilde étaient dispersés d'un bout à l'autre de la nation afin de rendre la justice et de décider des lois qui devaient être abrogées ou modifiées d'une année sur l'autre. C'étaient les seuls Brekkis autorisés à recevoir des titres de voyage, et par conséquent les seuls Brekkis – à l'exception des soldats de la Légion Neuve – à être admis à Basaléa.

Erling, à la guilde. Cela lui semblait si étrange, si peu cohérent avec l'image turbulente qu'elle avait gardée de lui. Mais le temps passait, et les gens changeaient. Il avait même griffonné quelques lignes en bas de la lettre pour affirmer qu'il était fier du parcours que suivait sa sœur et qu'il espérait pouvoir continuer à lui écrire.

Après avoir rédigé sa réponse, Kath s'empressa de rejoindre ses amis dans le dortoir qu'ils étaient désormais les seuls à occuper. L'heure du dîner était déjà passée, mais la jeune fille savait que Sokha aurait réussi à chaparder quelque chose pour qu'elle ne meure pas de faim.

Elle trouva les quatre enfants répartis sur deux paillasses, plongés dans une discussion houleuse qui semblait porter sur la meilleure façon de traiter un ennemi à terre. Certains – Shanii – se montraient particulièrement véhéments dans leur absence de compassion. Mais Kath se souvenait encore de la petite fille qui lui avait fait jurer de ne jamais l'abandonner quelques mois plus tôt, aussi peinait-elle à prendre cette façade au sérieux.

— Ah, Kath ! s'exclama Nara en se décalant pour lui faire de la place sur son lit de camp. Viens m'aider, ce sont des monstres.

— Je dis juste qu'il vaut mieux ne pas courir de risque, c'est tout, protesta Shanii en haussant les épaules.

— J'ai tendance à être d'accord, ajouta Sokha. Je préfère un travail propre et bien fait. Tiens, Kath, j'ai pensé que ça te ferait plaisir.

Il lui tendit une miche dorée et un bol de lentilles au cumin. La nourriture était froide, mais la jeune fille était trop affamée pour se préoccuper de ce genre de détail. Avec un geste de remerciement, elle se saisit du récipient et y plongea une cuillère tout en écoutant Naramsina tenter vainement de convaincre Shanii de l'importance de la pitié.

— Non, non et non, finit par s'insurger cette dernière. Si tu le laisses en vie, tu ne fais que lui donner une chance de te poignarder quand tu auras le dos tourné. Comme dans l'histoire que nous a racontée Kath l'autre jour ! Odinson Radakar ?

— Odinkar Ragnarsson, répliqua la jeune fille en riant. Mais Odinkar n'est pas celui auquel tu penses. C'est Obenyr Martelozov qui s'est laissé enivrer par l'orgueil et s'est fait tuer par l'homme qu'il croyait avoir vaincu en duel.

— Qui est Odinkar, alors ? s'enquit Nara d'une voix curieuse.

— Celui auquel les dieux ont confié une pierre sacrée qui l'a rendu invulnérable. Le dernier roi de Brekkur.

— Ah oui ! s'écria la jeune Daryani en frappant son front de sa paume. Et il l'a mise dans son épée, n'est-ce pas ? L'épée qui brille comme un soleil ?

Lorsque Kath était petite, les chants de sa mère regorgeaient de courageux champions et d'êtres surnaturels. Elle n'avait jamais songé que ces histoires trouveraient un auditoire à Seuthrae, mais depuis le départ du commandant Clemens pour Oltaï, elle en avait fait le tour une bonne dizaine de fois afin de satisfaire ses compagnons de dortoir.

— Celle-là même, confirma-t-elle, la bouche pleine.

— Une épée qui brille, s'esclaffa Barsheen.

— Parce qu'elle est magique ! insista sa sœur.

— La magie, ça n'existe pas, trancha Shanii. Ce qui importe, c'est que si tu fais preuve de pitié, tu finiras par te faire avoir comme Obenyr. Un ennemi reste toujours un ennemi. Même après que tu as remporté la victoire.

— Je suis contente de voir que tu as retenu quelque chose de mes histoires, se moqua Kath en secouant un morceau de pain dans sa direction.

— Ce n'est pas parce que je réfléchis mieux une épée en main que je ne suis pas intelligente, tu sais !

La petite fille s'était relevée, bras croisés, le visage tordu dans une expression implacable qui la faisait paraître plus âgée. Battant immédiatement en retraite, Kath s'exclama avec un grand rire :

— Loin de moi cette idée !

Shanii pouvait se montrer véritablement terrifiante quand elle le voulait.

— Nous sommes donc d'accord sur le fait que j'ai raison ?

— À propos de ton intelligence supérieure ?

— À propos de ne courir aucun risque !

— Clemens répète souvent qu'une victoire n'est complète que lorsque tous les pions sont sous notre contrôle, concéda Kath.

— Ceux de l'adversaire tout comme les nôtres, renchérit son amie.

— *Nos* pions ? s'étonna Barsheen.

— Il veut dire que nos alliés peuvent nous trahir à tout moment, traduisit Kath. Mais je crois qu'il exagère. C'est simplement une façon de p...

— Moi, je pense qu'il a raison.

Shanii s'était rassise, le dos appuyé contre Sokha et les jambes étendues sur la paillasse la plus proche.

— Tout le monde peut être acheté ou vendu, reprit-elle. *Tout* le monde. Nous sommes dans une gigantesque partie de *Brigands*, et chacun de nous joue son propre jeu pour tirer le meilleur parti de ce qu'il a reçu sur la ligne de départ.

Kath avala sa cuillerée de travers. Six mois plus tôt, Clemens lui avait confié qu'il pensait que Shanii ne ferait pas une bonne capitaine, car elle manquait de maturité. Il ne devait pas voir ce que Kath voyait, elle, lorsqu'elle observait Shanii.

— Tout le monde ne peut pas être acheté, protesta Sokha en tirant une mèche des cheveux de la jeune fille. Dans un contingent, nous apprenons à nous soutenir les uns les autres.

— Viseh a bien trahi Saemund pour nous.

— Shanii ! s'indigna le garçon. Viseh s'est joint à nous parce que Saemund était une vipère malfaisante !

— Est-ce que cela change quelque chose ? Me trahirais-tu si je devenais une vipère ? Et toi, Kath ?

— Je te mettrais un coup de pied aux fesses moi-même si c'était le cas.

— Ah ouais ? Il faudrait déjà m'attraper !

— On va se battre, maintenant ? se plaignit Nara avec un soupir. Rappelez-moi comment on en est arrivés là ?

— On en est là parce que Shanii a peur qu'on la laisse tomber, rétorqua Barsheen avec un sourire moqueur.

— Je n'ai peur de rien ! Je n'ai pas besoin de vous ou de...

Sentant la situation dégénérer, Kath reposa le bol de lentilles.

— Et si nous prêtions serment ? fit-elle à voix haute.

— Un serment ? répéta Sokha d'un air intrigué. Quel serment ?

— Le serment de ne jamais nous trahir et de rester amis jusqu'à notre mort.

Pour toute réponse, Naramsina lui offrit un sourire éclatant. Son frère haussa les épaules d'un geste désinvolte, mais peu importait, en fin de compte : où sa sœur irait, il irait aussi. Sokha hocha la tête comme si c'était une nouvelle aventure dans laquelle il était tout prêt à se lancer. Shanii – Kath se tourna vers elle en dernier – refusa de croiser son regard. Les yeux rivés sur la toile de leur tente qui claquait au gré des coups de vent, elle se garda bien de la moindre réaction qui aurait pu permettre à ses compagnons de deviner ce qui était en train de lui passer par la tête. Lèvres serrées, expression fermée, on aurait pu croire qu'elle n'avait simplement pas entendu la proposition de son amie.

Au fond d'elle, pourtant, Kath était persuadée qu'elle se sentait enfin rassurée.

— On fait comment, alors ? demanda Sokha.

— Un serment, c'est du sérieux, renchérit Nara.

— On fait quelque chose d'interdit.

C'était Shanii qui avait parlé. Le silence retomba aussitôt sur leur petit groupe alors que tous les regards convergeaient vers elle. Kath ne put s'empêcher de songer que leur officier supérieur se trompait du tout au tout à son sujet. Avec de l'entraînement et un bon mentor, elle ferait une capitaine exemplaire. À onze ans à peine, elle forçait le respect avec autant de naturel que Clemens lui-même.

— On s'introduit dans les quartiers de Clemens, cette nuit, et on vole quelque chose de valeur. Tous ensemble.

— Les amitiés se renforcent dans l'adversité, conclut Sokha.

Leur destin était scellé.

Après avoir réussi à éviter les gardes, accéder à la maison de Clemens ne présentait plus la moindre difficulté, son unique résident étant occupé depuis des mois à débusquer des rebelles sur la frontière occidentale de l'empire. Grâce à son séjour à Pelythrae auprès d'un maître espion, Sokha n'avait fait qu'une bouchée de la serrure.

Une fois à l'intérieur, Kath s'arrêta un instant sur le seuil, travaillée par une émotion inhabituelle. Il se dégageait du rez-de-chaussée un sentiment de familiarité presque douloureux. Elle avait passé tant et tant d'heures ici, assise à la grande table de bois verni ou feuilletant un ouvrage pioché au hasard sur les étagères. Il ne restait bien sûr rien des plats raffinés ou des innombrables bougies qui conféraient d'habitude à la pièce une sorte de douceur veloutée, mais l'endroit conservait malgré tout une trace de leur présence, des fantômes de rires et de discussions animées.

La jeune fille se sentit envahie d'une étrange langueur, une nostalgie de ces soirées à débattre autour d'une partie de *Brigands*. C'était comme si le commandant lui... *manquait* ?

— Qu'est-ce qu'on prend ? chuchota Sokha d'une voix excitée.

— Pas ici, répondit-elle. On monte.

Cette pièce, avait-elle décidé, était un endroit sacré.

L'étage se révéla peu à peu tandis qu'elle gravissait les marches le cœur battant. Le mobilier du commandant était sommaire, mais, comparé aux tentes dans lesquelles vivaient les autres légionnaires de Seuthrae, c'était d'un luxe tapageur. Le grand lit au fond de la pièce était recouvert d'un matelas de l'épaisseur d'une main et d'une couverture de laine plus douce que tout ce que les enfants avaient jamais eu l'occasion de toucher.

Shanii s'empressa de se saisir d'une pelisse de fourrure qu'elle jeta sur ses épaules en riant.

— Je suis la destruction de votre espèce ! gronda-t-elle d'une voix caverneuse avant de se mettre à pourchasser Sokha au travers de la salle. Je suis votre pire cauchemar !

Négligeant ses compagnons dont l'hilarité ne tarderait pas à révéler leur présence au guet, Kath se détourna pour observer le reste de la chambre, plus particulièrement le cabinet de travail où Clemens avait sans doute laissé quelque chose de valeur.

Isolé par un paravent sculpté, le bureau était un colosse de bois sombre dont le plateau principal arrivait au niveau des épaules de la jeune fille. Il débordait de lettres et de carnets à moitié rédigés. Certains d'entre eux comprenaient des comptes rendus des soirées qu'ils avaient passées ensemble à l'étage inférieur. Mais les notes étaient sans queue ni tête, commençant sur une page avant de finir sur une autre selon un raisonnement qui défiait toute logique. Kath ne put s'empêcher de sourire. Elle n'aurait jamais imaginé que l'irréprochable commandant Clemens dissimulait un aspect de sa personnalité si chaotique.

À cet instant, il lui sembla plus humain que jamais.

— Tant de courrier, souffla Nara en soulevant un papier au hasard. Ça raconte quoi ?

— Fais voir.

Kath lut les premières lignes et fronça les sourcils.

— Je crois que c'est l'ordre de mission pour l'expédition à Oltaï.

— Est-ce que ça dit quand Viseh et les autres vont revenir ? intervint Shanii en jetant son déguisement pour les rejoindre.

Kath secoua tristement la tête. Elle pensait beaucoup à Viseh depuis son départ, en partie parce qu'il lui manquait et en partie parce qu'elle songeait souvent combien il devait être difficile pour lui de prendre les armes contre son propre pays. Kath savait que leur mission était juste, et que c'était un honneur que de consacrer sa vie à préserver la paix. Mais cela ne rendait pas la situation du jeune homme plus facile.

Du moins était-ce ce qu'elle imaginait. Elle en avait touché un mot à ses compagnons, un soir, mais Shanii et les autres n'avaient fait que la dévisager d'un air surpris.

— Basaléa est notre pays, avait répondu Barsheen en fronçant les sourcils.

Kath ne parvenait pas à comprendre leur indifférence. Sans doute était-ce parce qu'elle avait commencé son entraînement plus tard que la majorité des légionnaires, mais Brekkur occupait une place particulière dans son cœur. Elle chérissait de tout son être le souvenir de ses vallées blanchies par la neige, ou de son ciel d'un bleu si pur qu'il en faisait presque mal aux yeux. Au fond d'elle, elle savait que Brekkur ne pourrait plus accepter la personne qu'elle était devenue, mais cela ne l'empêchait pas de l'aimer.

Et si Clemens lui demandait un jour de prendre les armes contre son pays, alors...

Alors elle ne savait pas ce qu'elle ferait.

— Kath, s'étrangla une voix. Regarde ça.

Shanii était penchée sur le bureau, les yeux écarquillés. Elle tenait entre ses mains une autre lettre dont la calligraphie était beaucoup plus soignée que l'ordre de mission. Curieuse de voir ce qui avait pu mettre son amie dans cet état, Kath s'approcha et jeta un coup d'œil à la missive.

Son sang se figea aussitôt dans ses veines.

Mon très cher frère, disait la lettre. *La situation à Pelythrae me laisse des plus inquiets. Comment nos soldats ont-ils pu être aussi aisément vaincus par une troupe de bandits ? Quelle est donc cette arme mystérieuse qui leur a permis de détruire une ville ? Des bâtiments de pierre anéantis par le feu ? Je ne peux tolérer un tel désavantage militaire. Il nous faut remédier à cela immédiatement. J'ai confié au commandant Actos de la Deuxième Légion la tâche de convaincre nos meilleurs scientifiques de vous accompagner dans cette mission afin d'étudier les dégâts causés à Pelythrae. J'attends de vous un rapport au plus vite. Il me faut cette arme. Quelle qu'elle soit.*

Ne me décevez pas.

Solis Vestinus Marcallas

Solis Vestinus Marcallas. L'empereur de Basaléa. Kath reposa la lettre d'une main tremblante. Son esprit bouillonnait de questions, mais elle avait également la sensation poisseuse d'avoir empiété sur un morceau de vie privée qui ne lui appartenait pas. Le commandant Clemens était le frère de l'empereur ? Leur commandant ? L'homme dont les traits remplaçaient peu à peu dans ses souvenirs l'image de son propre père ? Cet homme-là était de la famille impériale ? C'était tout bonnement impossible.

Shanii et elle se dévisagèrent en silence, ébranlées par la gravité de l'information qu'elles venaient d'apprendre.

— Kath ! Shanii ! les appela Sokha depuis le lit. Je pense qu'on a trouvé quelque chose !

Ravie de repousser la question de la place de Clemens dans l'arbre généalogique impérial à plus tard, Kath pivota précipitamment sur ses talons. Nara avait déniché le portrait d'une femme rousse, dans un cadre ouvragé à peine plus grand que la main. Le sujet de la peinture était en train de sourire, les doigts refermés autour d'un bouquet de fleurs sauvages.

Une épouse ? Une amante ? Kath avala nerveusement sa salive. C'était autant de mots qu'elle ne parvenait pas à associer à leur austère commandant.

— Je l'ai trouvé dans un tiroir, expliqua Nara.

— Cela me paraît suffisant pour notre pacte, déclara fermement Kath, qui avait brutalement envie de fuir ces murs imprégnés de souvenirs qui n'étaient pas les siens.

Cette nuit avait déjà rempli son quota de révélations dérangeantes.

— Je suis d'accord, approuva Shanii.

— On fait quoi, maintenant ?

— On l'enterre dans la forêt, décida la fillette. Et on jure qu'on restera ensemble jusqu'à la fin.

Chapitre 23

An XV du règne de l'empereur
Solis Vestinus Marcallas

Lorsque Damian et Shanii arrivèrent au palais, on leur expliqua que Titus Aiantes avait quitté son bureau pour assister à une compétition de lutte et qu'ils pouvaient le retrouver là-bas si tel était leur souhait. Pressé d'en finir avec ces formalités, Damian accéléra le pas. Il avait ordonné à Sokha et aux autres de commencer à contacter les rescapés des attaques qui avaient eu lieu dans la région ; il lui tardait d'avoir de leurs nouvelles.

— Savez-vous pourquoi le gouverneur veut me voir ? lui demanda Shanii tandis qu'ils traversaient un long couloir aux murs lustrés.

— Je suppose qu'il est curieux. Le commandant a envoyé beaucoup de gens à ta recherche.

— Le nombre m'a surpris aussi, avoua la jeune femme. Je n'aurais jamais imaginé qu'il serait à ce point furieux de ma désobéissance. Pensez-vous vraiment que le gouverneur se rangera à votre avis ? Qu'il n'insistera pas pour me renvoyer à Seuthrae ?

— Les affaires de la Légion Neuve ne sont pas d'une grande importance pour le gouverneur Aiantes.

— Mais si Clemens lui demande de me remettre aux soldats, si...

Damian l'arrêta d'une main sur l'épaule. Le corps de Shanii était raide sous ses doigts, comme si elle se retenait à grand-peine de bondir dans l'autre direction. Il ne s'était pas rendu compte qu'elle était si nerveuse à l'idée de rencontrer le gouverneur.

— Je ne te laisserai pas repartir à Seuthrae avant d'avoir fini ce que nous sommes venus faire ici, Shanii. Tu as ma parole.

— Je peux vous faire confiance, n'est-ce pas ?

La voix de la jeune femme trahissait une fragilité qui ne lui ressemblait pas. Damian espérait qu'il saurait se montrer à la hauteur de sa promesse. Il avait cédé à une impulsion irréfléchie en l'autorisant à rester après leur duel, mais plus le temps passait, plus il était persuadé d'avoir fait le bon choix. Depuis que Shanii les avait rejoints, l'atmosphère de leur groupe avait changé : les légionnaires obéissaient sans protester, ils s'étaient révélés travailleurs et bien disposés. Orrin avait même fait des progrès remarquables à l'épée.

Il n'aurait jamais obtenu ces résultats sans elle.

La salle des jeux était une longue pièce ovale aux fenêtres ouvertes sur le soleil éclatant de l'après-midi. Les parois étaient criblées d'alcôves contenant des bustes de marbre peints de couleurs vives, des empereurs antiques ou bien les ancêtres du gouverneur, Damian n'aurait su le dire. Au cœur de la salle, un muret délimitait une piste couverte de sable où les participants mettaient leurs talents à l'épreuve.

Habitué aux combats distingués en vogue à Setri depuis son enfance, Damian dut ravaler sa surprise devant la violence des deux hommes qui étaient en train de se battre dans l'arène. La capitale avait élevé cette activité au rang d'art raffiné, ne sélectionnant que les plus beaux duellistes et aux corps enduits d'une lotion huileuse.

Les éphèbes choisis se donnaient en spectacle avec une adresse incomparable, pirouettant hors de portée de leur adversaire avec l'agilité de félins. À Ankacia, en revanche, c'étaient de véritables coups, brutaux et dangereux, que les participants échangeaient.

— Capitaine Aquila ! l'appela le gouverneur depuis l'estrade où il s'était installé pour observer la compétition. Vous en avez mis, du temps.

— Toutes mes excuses, gouverneur. Nous avons fait aussi vite que possible.

— Ah, et voici donc la jeune fille au cœur de toute cette affaire... Approchez, venez vous asseoir avec moi.

Les courtisans qui s'étaient rassemblés dans la salle des jeux se mirent à crier des encouragements variés. Damian remarqua du coin de l'œil distraitement qu'un des deux combattants, un géant plus grand encore que Barsheen, avait fait tomber son rival et tentait de le coincer sur le sable de l'arène.

— Nous vous remercions de votre invitation, déclara Shanii tandis qu'ils rejoignaient leur hôte.

— Nous aurons le temps pour ces discours plus tard. Asseyez-vous, le spectacle est presque terminé.

Sur la piste, les deux opposants se tenaient désormais par les bras, les muscles saillants et le visage crispé par l'effort. Le plus petit des deux, un homme aux cheveux blond cendré, parvint à replier sa jambe autour de celle de son adversaire en même temps qu'il le frappait au nez d'un formidable coup de tête. Les deux combattants s'écroulèrent dans un bruit mat et Damian sentit un coude s'enfoncer légèrement dans ses côtes. Lorsqu'il se tourna, Shanii le dévisageait en haussant les sourcils si haut qu'ils disparaissaient presque dans ses cheveux.

— Quoi ? fit-il à voix basse.

— Je me disais juste que si vous en aviez assez d'être capitaine, vous pourriez vous reconvertir en duelliste. Vous avez déjà la technique.

Damian laissa échapper un petit rire qu'il dissimula aussitôt derrière une quinte de toux. Le géant qui avait été en position de force quelques minutes plus tôt avait désormais la tête immobilisée entre les jambes de son adversaire, qui faisait pourtant la moitié de sa taille. Après plusieurs tentatives infructueuses pour se soustraire à l'étreinte implacable, le lutteur tapa fiévreusement sur le sol, accordant la victoire à son rival dans un tonnerre d'applaudissements.

Alors que la foule se calmait peu à peu, le gouverneur se tourna vers Shanii pour l'observer de ses yeux clairs.

— Qu'en pensez-vous ?

— Vos hommes sont bien entraînés, répondit-elle sans hésiter. C'était un duel spectaculaire, vous pouvez être fier d'eux, gouverneur Aiantes.

— Des paroles dignes d'une pupille de Clemens ! Quand le capitaine m'a raconté votre petite mésaventure hier soir, je dois avouer que j'étais perplexe. Toutes ces ressources, tous ces hommes envoyés à travers l'empire pour une seule personne ? Quel gâchis !

— Ce n'était rien de plus qu'un malentendu que le capitaine Aquila a contribué à dissiper, expliqua Shanii en songeant à la façon dont Kath s'y serait prise pour le convaincre si elle avait été parmi eux. Je suis dévouée corps et âme à l'empire depuis mon plus jeune âge ; le commandant Clemens le sait. La mission du capitaine Aquila est d'une importance capitale pour Basaléa. Je suis ici parce que c'est ce pour quoi j'ai été formée toute ma vie.

— Votre loyauté m'inspire. Rappelez-moi votre nom ?

— Shanii.

— Shanii... Étrange, ce nom a quelque chose de... J'ai l'impression de l'avoir déjà entendu. De quel clan venez-vous ?

Peut-être était-ce le contrecoup de sa conversation avec le marchand simitien dans l'auberge, mais Shanii sentit une bouffée d'amertume l'envahir. Pourquoi fallait-il qu'on lui pose cette question encore et encore ? Elle se força pourtant au calme et rétorqua d'une voix glaciale :

— Basaléa.

— Bien sûr, bien sûr... Pardonnez-moi, je ne souhaitais pas me montrer impoli. Puisque le capitaine Aquila s'est porté garant de vous, je demanderai à mes hommes de raccompagner vos confrères hors des murs d'Ankacia. Vous êtes sous ma protection, Shanii. Pour le moment, du moins. Comprenez bien que je serais incapable de faire quoi que ce soit pour vous si le commandant Clemens émettait lui-même une injonction quant à votre capture. Les légionnaires ne disposaient d'aucun ordre de mission et cela joue en votre faveur. Mais si nous recevons une requête officielle, je serai obligé d'obtempérer.

— Votre générosité vous perdra, gouverneur Aiantes !

La voix, toute proche, fit sursauter Shanii. Elle appartenait à l'homme qui venait de remporter le combat.

— Capitaine Julian Pelagon, se présenta-t-il en adressant un signe de tête à Damian.

— L'un de mes capitaines les plus prometteurs, ajouta le gouverneur d'un air ravi. On le réclamait à Setri, vous savez, mais j'ai réussi à le garder près de moi. Les talents sont rares dans la région...

Shanii observa la silhouette svelte du Basaléen qui venait de les rejoindre sur l'estrade. Âgé d'une trentaine d'années, il était tout en muscles et ne semblait pas gêné de le montrer. Habillé simplement du pagne qu'il avait porté pour l'affrontement et d'une veste ouverte jetée en travers de ses épaules, il détonnait au milieu des courtisans raffinés présents dans la pièce. Sa désinvolture plut à la jeune femme, qui n'avait de surcroît pas menti en affirmant que le duel avait été mémorable. Julian était un combattant exceptionnel. Mais lorsque l'homme tourna vers elle un regard méprisant, les compliments moururent sur ses lèvres.

— Voilà que nous couvrons des déserteurs, maintenant... Je suppose que je ne devrais pas être étonné que la Légion Neuve se montre si peu respectueuse de la hiérarchie. On peut dire que vous avez du cran, au moins. Désobéir à l'ordre d'un officier aussi haut gradé que le commandant Clemens ? Vous l'ignorez peut-être, mais il est le f...

— Le frère de l'empereur Solis ? compléta Shanii avec un sourire narquois. Je sers sous les ordres de Luceo Clemens Marcallas depuis plus de dix ans, capitaine Pelagon, pensez-vous *vraiment* que je peux ignorer son identité ?

Le gouverneur les entraîna dans une alcôve privée derrière l'estrade au moment où deux nouveaux combattants se présentaient dans l'arène. C'était une pièce spacieuse et bien éclairée, et les murs épais qui les coupaient de la salle des jeux offraient un silence bienvenu après le vacarme de la foule.

— J'ai pensé qu'il nous serait plus facile de discuter ici, déclara Titus Aiantes en se laissant tomber sur une méridienne. Nous avons chargé Julian de la sécurité de la mine après la première attaque, et je suis certain qu'il pourra vous apporter des informations supplémentaires sur les hommes que vous recherchez.

— Le… La mine a été attaquée ? répéta Damian en écarquillant les yeux. Vous m'avez expliqué que les brigands qui sévissaient dans la région ne ciblaient que les fermes isolées, pourquoi iraient-ils s'en prendre à un endroit aussi lourdement protégé que votre mine ?

— Oh, souffla le gouverneur d'un air embarrassé. Je pensais que vous le saviez déjà. J'aimerais pouvoir vous affirmer qu'il ne s'agit que de simples bandits de grand chemin, mais la vérité est que la situation avec les Daoras est tendue, ces derniers temps. La mine est sur un… un territoire controversé, dirons-nous.

Damian se sentit traversé d'un frisson à ces mots. La mine d'Ankacia était la cause de la richesse soudaine de la région, après que celle-ci eut souffert durant des années de sa distance avec la capitale. Il allait de soi que le gouverneur en aurait fait une forteresse imprenable. Un petit groupe de pillards n'aurait jamais eu la stupidité de s'y attaquer. Titus Aiantes avait parlé d'un territoire controversé. Cela ne pouvait vouloir dire qu'une chose : la mine se trouvait au sud du fleuve Emné.

— Comment… ? souffla-t-il entre ses dents.

— Oh, ne faites pas l'enfant, capitaine. Cette mine va sauver notre ville. N'est-ce pas là ce qui compte le plus ? La gloire de Basaléa ?

Quelques semaines plus tôt, Damian aurait acquiescé. Il n'avait jamais été du genre à réfléchir à des détails comme la position exacte d'une frontière ou la moralité d'une décision qui pouvait bénéficier à l'empire. Basaléa était le pays qu'il servait, le pays qu'il avait appris à vénérer plus encore que sa propre famille. Mais à présent qu'il avait été transféré dans la Légion Neuve, son rôle n'était-il pas de prévenir ce genre d'abus ? De les dénoncer avant que les conflits ne deviennent inévitables ? Lorsqu'on lui avait confié cette mission, le jeune homme l'avait acceptée avec humilité, mais dans sa tête c'étaient les intérêts de l'empire qu'il s'était imaginé défendre face aux nations vassales. Jamais il ne lui serait venu à l'idée que les infractions trouveraient leur origine à Basaléa.

Damian jeta un regard à Shanii, qui haussa les épaules d'un air indifférent. Il savait qu'une seule chose comptait à ses yeux : retrouver la trace des meurtriers de son précédent capitaine. Il serait temps de réfléchir à la question de la mine plus tard, quand leur mission serait terminée.

— Oui, bien sûr, répondit-il donc en reportant son attention sur le gouverneur. Vous avez parlé d'informations supplémentaires ?

— Que savez-vous de l'appareil politique de Simint ? lui demanda Julian Pelagon.

— Le minimum, je suppose. La population de Simint est divisée en huit clans qui disposent chacun de sa propre famille royale. À chaque succession au trône de Simint, les clans envoient un couple de prétendants et le Conseil décide à qui reviendra la couronne. Les nouveaux souverains se rendent alors à Setri pour renouveler le serment de vassalité à l'empereur avant de monter sur le trône à Thyrillai. Quel est le lien avec les attaques ?

Julian Pelagon se tourna brièvement vers Shanii, comme dans l'attente qu'elle ajoute une précision, mais la jeune femme garda le silence. Sans doute ne savait-elle pas grand-chose de plus que lui.

— Il y a dix ans, leur Conseil a choisi un roi et une reine de la tribu des Daoras pour diriger le pays, expliqua le capitaine en attachant enfin sa veste. Le roi est mort des suites d'une maladie peu de temps après, mais sa femme est toujours à la tête de Simint. C'est une figure très appréciée de son peuple, et les rumeurs courent qu'elle souhaite mettre fin à la tradition pour transmettre la couronne à son propre fils.

— Tout cela est fort intéressant, le coupa Shanii en croisant les bras, mais pourrait-on parler des bandits ? C'est à cause d'eux que nous sommes ici, non ?

Julian Pelagon lui adressa un regard mi-amusé, mi-consterné. Il ne semblait pas habitué à être interrompu.

— J'y viens. Le prince en question, Anom des Daoras, s'est évanoui dans la nature il y a deux ans. Nous ne savons pas grand-chose sur lui, ses parents l'ont tenu à l'écart des envoyés basaléens à Thyrillai. Mais sa *disparition* coïncide avec l'accélération des raids le long de la frontière.

— Vous pensez donc que la famille royale soutient les attaques, déclara Shanii en fronçant les sourcils.

— Pas officiellement, bien sûr.

— Le prince ne pourrait-il simplement pas avoir perdu la vie ? demanda Damian.

— C'est une possibilité. Mais nos contacts stationnés dans la concession basaléenne de Thyrillai auraient été témoins d'un deuil de cette ampleur. Il aurait pu se réfugier dans la capitale des Daoras, Dehso, au sud des Oréades, mais...

— Dehso est trop au sud pour servir de base aux attaques contre Basaléa, riposta immédiatement Shanii.

— C'est ce que je pense aussi. Nous les avons combattus à plusieurs reprises près de la mine et à l'intérieur des terres. Nos patrouilles font de leur mieux, mais la frontière est longue. Il n'est pas si difficile de traverser le fleuve quand on s'éloigne d'Ankacia.

— Pourquoi ne pas avoir dépêché des troupes dans la forêt pour les neutraliser ?

— Les Oréades sont immenses et nous ignorons où se trouve leur repaire. Sans compter qu'y envoyer une armée serait pris comme une déclaration de guerre. La légion d'Ankacia ne dispose pas, au même titre que vous, de l'autorisation de pénétrer sur le territoire simitien.

Damian acquiesça lentement. C'était logique, mais il ne pouvait taire l'impression que le capitaine Pelagon ne lui avait pas révélé toute la vérité. Le rôle de la mine le perturbait particulièrement. Le Basaléen avait souligné que l'accélération des raids coïncidait avec la disparition du prince des Daoras. Mais ne coïncidait-elle pas également avec la découverte de la mine ?

— Qu'en penses-tu ? demanda Damian à Shanii, qui le dévisagea d'un air surpris.

Il se rappela avec un battement de cœur de retard qu'elle n'était pas sa seconde et qu'il n'aurait certainement pas dû solliciter son avis en public. Mais échanger avec elle était devenu si naturel qu'il avait parlé sans se poser de questions.

— Je pense que nous devons trouver l'emplacement de leur base et de leurs réserves, déclara-t-elle après avoir réfléchi pendant quelques secondes.

— Nous rendre nous-mêmes dans les Oréades ?

— Nous sommes les seuls à pouvoir le faire sans remettre en cause le traité que Basaléa a signé.

Et s'ils découvraient bel et bien le prince à la tête des pillards, ils pourraient prévenir Clemens, qui organiserait une riposte militaire appropriée. C'était, une nouvelle fois, logique. Néanmoins, en observant les traits crispés de la jeune femme, Damian devinait que ce qu'elle avait en tête ne se résumait pas à faire un rapport à leur commandant.

— Vous avez proposé de me faire visiter la mine, fit-il en ramenant son attention sur le gouverneur. Votre offre tient-elle toujours ?

— Bien sûr. Julian ?

— Je vous y escorterai moi-même. *Après* avoir gagné la compétition.

Damian réprima un soupir agacé et décida de se concentrer sur l'aspect positif de cette condition : cela leur laissait le temps de parler avec les survivants des précédentes attaques.

Chapitre 24

An XV du règne de l'empereur Solis Vestinus Marcallas

La berge au sud du fleuve Emné ressemblait à s'y méprendre aux paysages qu'ils avaient laissés derrière eux : une terre accidentée de vallées jaunies par le soleil et de rochers escarpés. Pourtant, il régnait en ces lieux un silence de mort qui vous empêchait d'oublier, ne serait-ce qu'un seul instant, que vous étiez aux portes du danger. À certains endroits, des constructions de pierres avalées par la végétation surgissaient sans prévenir, vestiges de villages qui n'avaient pas survécu aux batailles de la Longue Guerre. Shanii aurait été bien incapable de deviner s'ils étaient de construction simitienne ou basaléenne.

— J'imaginais ça plus vert, lança Sokha en étudiant les alentours d'un air dubitatif.

— C'est parce que les Oréades sont encore loin, répondit Nara.

— Et cet endroit n'est censé appartenir ni à Basaléa ni à Simint, c'est bien ça ? insista Sokha en fronçant les sourcils.

— Considérez ça comme un emprunt, déclara Julian Pelagon.

Une semaine s'était écoulée depuis qu'elle l'avait rencontré, mais la vue du capitaine suffisait à provoquer l'indignation de Shanii. Chaque jour supplémentaire à attendre tandis qu'il se consacrait aux jeux de lutte n'avait fait qu'exacerber son antipathie. Sept jours passés à entrer en contact avec les survivants des attaques daoras, dans une succession d'interrogations sans queue ni tête qui n'avaient fourni aucune information utile.

La jeune femme en était presque venue à croire qu'il les avait oubliés.

— Un emprunt ? répéta Damian en croisant les bras.

— Le traité signé par l'empereur nous interdit de nous établir au sud du fleuve, mais il ne nous interdit pas d'en faire usage. Les Simitiens profitent souvent de ces terres comme terrain de chasse, je ne vois pas pourquoi nous ne pourrions pas en faire autant. Premier arrivé, premier servi, non ?

L'homme jeta un regard en coin à Shanii, qui se sentit inexplicablement salie. Perturbée par leur proximité, elle referma la main sur la poignée de son épée, mais l'expression sévère de Damian l'empêcha de traduire sa pensée en acte.

— Vous êtes-vous déjà personnellement rendu dans les Oréades, capitaine Pelagon ? demanda-t-elle à la place.

— Pas depuis plusieurs années. Je vous avouerais que c'était un jeu, quand j'étais enfant. Une sorte de défi entre nous... Qui serait assez courageux pour traverser le fleuve ? Qui oserait s'approcher de la lisière des bois ? Qui tiendrait le plus longtemps entre les arbres ?

Il se pencha vers elle pour ajouter à son oreille :

— J'étais le meilleur.

Shanii savait qu'elle ne pouvait pas tout résoudre à la force de ses poings. Mais l'idée était plus qu'alléchante. Il y avait quelque chose dans la façon dont Julian l'observait qui déclenchait un sentiment de danger quelque part dans son esprit, une réaction d'alarme la poussant à dégainer les armes.

Moins d'une heure après avoir quitté le fleuve, le petit groupe déboucha au sommet d'un escarpement qui surplombait l'entrée de la mine. De hautes fortifications de bois avaient été dressées pour protéger un vaste terrain tapissé de tentes et de huttes construites à la hâte. Au sud, une série de tourelles permettaient aux légionnaires de surveiller les mouvements suspects à Simint. Afin d'éviter d'attiser la fureur de leurs voisins en érigeant une véritable ville dans la zone neutre, la majorité des ouvriers faisait l'aller-retour entre Ankacia et la mine chaque jour. Un grand nombre de soldats restaient toutefois en arrière pour assurer la protection de cette ressource tombée du ciel. En cette fin d'après-midi, la cour était bondée. On pouvait cependant reconnaître la silhouette de Kelarios penchée sur une table couverte de documents, sa crinière blanche le distinguant malgré la distance.

— Sous vos yeux, mes amis, lança Julian en écartant les bras d'un air théâtral, l'avenir d'Ankacia.

— Ankacia n'a aucun droit sur ces terres, rappela Damian d'une voix stricte. Ce n'est qu'une solution temp...

— Vous êtes un rabat-joie, capitaine Aquila. Je parlais de la mine, bien évidemment. Allons, le gouverneur m'a ordonné de vous montrer que nous respectons scrupuleusement les lois établies par l'empereur Solis, et je compte m'acquitter de cette mission dans les meilleurs délais.

— Dites ! s'exclama Barsheen en fronçant les sourcils. Ce n'est pas Orrin, là-bas ?

— Impossible, Orrin est... commença Shanii.

Mais la fin de sa phrase se perdit dans le silence. Elle venait d'apercevoir l'aide de camp trottinant près de l'architecte pour lui remettre une liasse de documents. Voilà donc l'endroit où il disparaissait tous les matins pour éviter d'avoir à s'entraîner avec elle.

— Orrin s'est montré curieux du travail de maître Kelarios, confirma Damian d'une voix quelque peu irritée. Je l'ai encouragé à lui tenir compagnie. Mais il ne m'a jamais dit qu'on l'avait autorisé à venir de ce côté du fleuve.

— Ne me regardez pas comme ça, se défendit Julian en haussant les épaules. Je ne suis pas responsable des va-et-vient de vos hommes. Suivez-moi.

Damian et les légionnaires lui emboîtèrent aussitôt le pas, mais Shanii demeura figée au sommet de l'escarpement rocheux. Car après avoir étudié l'agencement du camp, elle s'était tournée vers le sud et la forêt sombre qui se prolongeait jusqu'à l'horizon.

Les Oréades.

Alors que le climat devenait chaque jour un peu plus sec depuis qu'ils avaient pris la route du Sud, les Oréades étaient une oasis aussi époustouflante qu'inexplicable : une immense vallée fertile, couverte de forêts luxuriantes et bouillonnantes de vie, encerclée par les steppes arides qui s'étendaient de Setri jusqu'à la mer. À cette vue, Shanii se trouva malgré elle frappée de stupeur.

Brutalement, sans crier gare, son cœur se mit à rugir dans sa poitrine, lui causant une douleur qu'elle n'avait jamais eu l'occasion d'éprouver. Elle serra les poings le long de son corps, comme pour contenir ses doigts tremblants qui brûlaient du désir de se saisir de... de quelque chose qui était définitivement hors de sa portée. Son souffle se fit court, sa vision se brouilla. Aux prises avec cet étrange sortilège, elle se sentait incapable d'effectuer le moindre mouvement.

La jeune femme laissa échapper un juron. Cette faiblesse ne lui ressemblait pas. Ce n'était qu'une forêt, rien de plus ! Une étendue inexplicablement fertile, recouverte d'arbres par milliers. Un paysage imposant, certes, mais rien de plus. Shanii n'avait jamais souhaité retrouver la trace de ses ancêtres, ni même retourner sur les terres qui l'avaient vue naître. Kath était celle qui se morfondait sur sa famille, celle qui s'inquiétait dès que les missives de son frère avaient quelques semaines de retard. Shanii, elle, ne pouvait comprendre cet attachement à des êtres qu'elle ne reverrait jamais.

Alors pourquoi cette douleur sourde dans sa poitrine ?

Damian fondit sur Orrin à peine la porte de la palissade refermée derrière eux. Le crépuscule était en train de tomber dans la plaine, mais la pénombre n'était pas suffisante pour dissimuler ses traits furieux au jeune garçon lorsqu'il apparut devant lui.

— Capitaine, couina Orrin en sursautant.

— Une semaine !

— Pardon ?

— Une semaine que j'attends l'autorisation de traverser la frontière, et tu n'as pas songé à me dire que tu l'avais déjà fait !

Lorsque Orrin lui avait demandé s'il pouvait se joindre à Kelarios pour étudier son travail, Damian y avait vu un signe positif. Le garçon n'avait jamais témoigné un intérêt sincère pour quoi que ce soit avant cet instant, à part son rêve d'enfant de devenir officier. Damian avait cru que passer du temps avec des civils lui permettrait de décider une fois pour toutes si la vie de soldat était bien ce qu'il désirait. Il se trouvait particulièrement stupide, à présent.

— Je suis désolé, capitaine, marmonna Orrin en reculant. Je croyais...

Damian avait envie de secouer son aide de camp, mais il savait que cela n'arrangerait en rien la situation. Il leva donc les yeux pour étudier ce qui l'entourait à la lumière de sa torche. La moitié de l'espace protégé par la palissade était occupée par des tentes et l'autre semblait servir d'atelier à ciel ouvert pour Kelarios et ses apprentis, qui étaient en train de surveiller une gigantesque meule dans l'obscurité.

— Non, capitaine ! l'arrêta Orrin quand Damian fit un pas dans leur direction.

— Non ?

— Vous ne pouvez pas aller là-bas.

— Je ne peux pas aller... Et pourquoi ?

Le garçon jeta un regard embarrassé à son capitaine, qui nota que son attention fuyait vers sa torche.

— Orrin ? insista-t-il d'une voix glaciale.

— Je...

— Capitaine Aquila, intervint alors Julian Pelagon en les rejoignant d'un pas vif. Venez avec moi, je dois vous montrer les fortifications. Mes hommes ont commencé à creuser une tranchée, mais le sol est dur et caillouteux, ce qui rend les choses difficiles. Peut-être pourrez-vous nous prodiguer des conseils ? La légion de Setri est de loin la plus sophistiquée de tout l'empire...

Damian jeta un dernier regard irrité à Orrin avant de suivre son hôte le long de la palissade. Du coin de l'œil, il aperçut Shanii et Barsheen plongés dans l'étude d'une carte qu'ils avaient étalée sur le sol. Nara, Sokha et Viseh étaient derrière eux, occupés à monter leur tente dans la cour.

Le jeune homme aurait souhaité pouvoir les rejoindre, mais il ne pouvait pas fausser compagnie à Julian Pelagon sans lui manquer de respect, aussi continua-t-il son chemin en serrant les dents.

Peu avant l'aube, Shanii se tira de sa paillasse et ouvrit les battants de leur abri, laissant ses compagnons endormis derrière elle. Ses rêves avaient été agités, peuplés d'arbres gigantesques et d'ornements fleuris qu'elle aurait aimé pouvoir dessiner. Cette habitude de griffonner les motifs qu'elle voyait en fermant les yeux l'avait souvent calmée quand elle était enfant.

Peut-être était-ce la proximité des Oréades, mais elle pressentait que ses réflexes de petite fille ne suffiraient pas à apaiser la tension qui persistait dans son corps.

Elle avança donc au hasard des tentes, notant avec un malaise grandissant la façon dont les sentinelles se crispaient à son approche, certains portant même la main à la poignée de leur épée comme pour se défendre d'une attaque.

Comme si *elle* allait les attaquer.

Les premiers furent faciles à ignorer. Les suivants, un peu moins. Lorsqu'elle parvint à l'escalier qui grimpait vers le mur d'enceinte, une paire de soldats d'une quarantaine d'années se placèrent en travers de son chemin en montrant les dents et elle manqua de peu de faire de même.

L'ivrogne de l'auberge avait eu une réaction similaire en l'apercevant. Le capitaine Pelagon l'avait dévisagée d'un regard teinté de mépris avant même de chercher à la connaître. Au cours de la semaine écoulée, les rescapés des attaques que ses compagnons et elle avaient rencontrés les avaient étudiés avec méfiance, comme si l'uniforme de la Légion Neuve qu'ils portaient tous les désignait comme quelque chose d'autre. D'étranger.

Shanii toisa les deux gardes d'un air de défi jusqu'à ce qu'ils reculent pour lui libérer le passage. Elle n'était peut-être pas née ici, mais elle avait voué sa vie tout entière au service de l'empire. Elle était basaléenne au même titre qu'eux !

Du moins était-ce ce qu'on leur avait enseigné. Les enfants bien-aimés de l'empereur Solis, chargés de la mission sacrée de maintenir la paix d'un bout à l'autre du continent. Shanii serra les poings en continuant son ascension vers le mur d'enceinte. Ils étaient basaléens, oui. Mais elle commençait à comprendre qu'aucun de ces arguments n'avait la moindre valeur pour les habitants de l'empire.

Une fois qu'elle fut sur la palissade, la vue de la forêt à l'horizon atténua sensiblement son irritation. C'était comme si un nœud s'était défait dans sa gorge. Shanii détourna aussitôt les yeux, plus perturbée par ce constat qu'elle n'aurait aimé l'avouer. Ce faisant, elle découvrit qu'elle n'était pas la seule à s'être levée avant même le soleil : Damian était appuyé contre le mur, le regard tourné vers le sud.

— Capitaine ? l'appela-t-elle.

— Shanii ? Que fais-tu debout à cette heure ?

— Je dois retrouver Orrin. Maintenant que j'ai réussi à lui mettre la main dessus, je compte bien reprendre son entraînement là où nous l'avons arrêté.

— Pauvre garçon, s'amusa le capitaine.

Shanii se pencha au-dessus de la palissade pour jeter un coup d'œil à la plaine déserte qui les séparait des arbres. La position de la mine était avantageuse. Leurs ennemis ne pouvaient s'approcher sans avancer au grand jour, loin de la protection de la forêt et exposés aux dangers d'une pluie de flèches. Les rebelles daoras avaient fait preuve d'une inconscience étonnante en choisissant de s'en prendre à cet endroit. Les fortifications ne tomberaient pas à moins d'être attaquées par une puissante armée.

— À quoi penses-tu ? s'enquit Damian en la tirant de ses réflexions.

— Oh, je... je me demandais juste quand nous pourrions continuer notre route.

— J'ai prévu de vous envoyer surveiller la lisière de la forêt aujourd'hui même. Nous ne pouvons pas nous lancer dans les Oréades à l'aveugle. Cela prendra peut-être du temps, mais nous finirons par découvrir un indice de passage, et à partir de là, nous n'aurons plus qu'à le suivre. Ne t'inquiète pas, Shanii. Nous ne sommes pas parvenus jusqu'ici pour abandonner maintenant.

La jeune femme lui offrit un sourire sincère. La présence de Damian avait quelque chose de rassurant, presque confortable.

— À vos ordres, capitaine.

Quelque part à l'est, le soleil apparut à l'horizon dans un embrasement de teintes vives qui la fit sursauter. C'était la première aube ardente qu'elle voyait depuis le jour où Kath avait perdu la vie. Le cœur serré, elle étudia les couleurs dansant dans le ciel en luttant contre le voile de mélancolie qui menaçait de l'étouffer.

Au lieu de s'éteindre après quelques instants, le phénomène s'intensifia davantage en se déployant lentement vers la forêt. Comme en réponse, des milliers d'oiseaux prirent aussitôt leur envol au-dessus des Oréades, dont les arbres étaient nimbés de vert, de bleu et de rose par les vagues de lumière nacrées.

— C'est la première fois que je vois une aube aussi... souffla Shanii, incapable de trouver les mots pour décrire ce qu'elle avait devant les yeux. Est-elle en train de se *déplacer* vers le sud ?

— On dirait bien.

— Mais... pourquoi ? C'est comme si quelque chose l'attirait vers la forêt.

— Les légendes racontent que les Oréades étaient la source d'une puissante magie, autrefois.

— J'ignorais que les Basaléens croyaient à la magie, se moqua Shanii en tournant son regard vers le jeune homme. Surtout quelqu'un de votre âge...

Damian s'étouffa presque à ces mots.

— Je ne... bafouilla-t-il au milieu d'une quinte de toux. Ce n'est pas...

— Kath priait quand elle voyait une aube ardente. Elle devait y croire, elle aussi.

— Kath ? Ton ancienne capitaine, n'est-ce pas ?

— Oui. Elle disait que c'était une tradition à Brekkur. Chaque fois que l'aurore se parait des couleurs d'un arc-en-ciel, elle posait la main sur son cœur et se mettait à prier.

— Et pas toi ?

— Je n'ai jamais accordé de crédit à ces histoires. Même quand j'étais enfant.

— Parfois, les gens s'accrochent à leurs habitudes non pas parce qu'ils y croient, mais parce qu'elles les rassurent, lui confia Damian avec un sourire. Peut-être que cela lui faisait simplement du bien.

Shanii ne répondit pas. Elle se rappelait la dévotion religieuse de sa sœur. Mais si les dieux de Kath avaient bel et bien existé, jamais ils ne l'auraient laissée mourir de cette façon.

— Ah ! Tu es là.

La légionnaire et son capitaine sursautèrent en entendant la voix d'Orrin, lequel venait d'apparaître sur les remparts, la mine renfrognée.

— Je t'avais demandé de me rejoindre dans la cour, s'étonna Shanii.

— Tu n'y étais pas.

— Et je te manquais déjà ?

L'expression outragée de l'aide de camp balaya la mélancolie de la jeune femme. Un sourire triomphant aux lèvres, elle traversa la coursive à grands pas.

— Allons-y, nous avons du travail devant nous ! Et ne prends pas cet air implorant, veux-tu ? Tu n'imaginais quand même pas que tu pourrais échapper à ton entraînement pendant une semaine sans la moindre conséquence ?

— Essaie de le garder en vie, lança Damian d'une voix amusée. Je vais avoir besoin de vous tous en pleine possession de vos moyens pour surveiller la lisière de la forêt.

— Je ne peux rien promettre, capitaine. Vous m'avez demandé d'en faire un soldat. Et puis, Orrin aime se plaindre, mais je sais qu'il me remerciera le jour où il parviendra enfin à me vaincre en duel. N'est-ce pas, chaton ? Je suis certaine que tu n'attends que ça.

Le rire de Damian s'éleva comme en réponse dans l'air du petit matin, et Shanii songea que c'était la première fois qu'elle l'entendait s'esclaffer.

Chapitre 25

An XV du règne de l'empereur Solis Vestinus Marcallas

— Debout ! tempêta Shanii. C'est un ordre.

Étalé dans le sable grossier de l'arène d'entraînement, Orrin prit la décision de l'ignorer. C'était à peine s'il avait daigné répondre à ses questions depuis qu'ils étaient descendus des remparts, une heure plus tôt.

— Allez, ordonna-t-elle en le bousculant du pied. J'ai dit debout !

Voyant qu'il ne réagissait toujours pas, Shanii poussa un soupir exaspéré et abattit son bâton, forçant le jeune garçon à rouler précipitamment sur lui-même pour éviter un coup violent.

— Shanii ! protesta-t-il d'une voix éraillée par la peur.

— Je commence à perdre patience...

— Pas aujourd'hui, d'accord ? cria-t-il en se relevant, une grimace sur le visage. J'ai pas la tête à ça !

— Mais bien sûr. Je suis certaine que tes ennemis prendront soin de respecter tes états d'âme, eux aussi.

La tirade fut accueillie par un éclat de rire, quelque part sur sa droite. Sokha et les autres étaient assis sur le sol, amusés par le spectacle. L'expression rembrunie, Orrin baissa les yeux pour contempler ses pieds. À court de patience pour de bon, Shanii leva son bâton et trancha l'air en direction de la cage thoracique de son adversaire.

— Qu'est-ce que tu veux, à la fin ? s'exclama Orrin en faisant un bond maladroit pour l'esquiver.

— Toi en position de combat, au lieu de rêvasser.

— Tu es insupportable !

— Je n'ai pas besoin que tu m'apprécies, chaton, j'ai besoin que tu m'obéisses. Allez, attaque-moi. Je sais que tu en meurs d'envie.

— Tu n'as aucune idée de ce dont j'ai envie ! Aucune, tu m'entends ?

Il chargea tout de même, le glaive d'entraînement brandi devant lui comme une massue. Le rugissement qui s'échappa de sa gorge frappa Shanii de stupeur. Malgré la maladresse et le manque de précision, son geste fut même suffisant pour la faire reculer de deux pas.

— C'est ça, l'encouragea-t-elle. Encore !

Orrin se dégagea d'un mouvement brusque et se jeta de nouveau sur elle en criant. Il frappa, frappa et frappa encore. Distraitement, Shanii songea que leur prochaine leçon porterait sur l'utilité de viser autre chose que le bouclier de son adversaire, mais pour le moment elle devait s'avouer satisfaite. C'était plus de combativité qu'il n'en avait jamais montré. Il semblait également évacuer son trop-plein d'émotions, ce qui ne pouvait que lui être bénéfique.

— Je ne sais pas d'où te vient cette énergie, Orrin, lança Shanii à la fin de leur exercice, mais je t'en prie, continue comme ça, c'était très bien.

Le jeune garçon braqua sur elle ses immenses yeux verts, presque trop grands pour son visage. Orrin avait un de ces regards innocents qui en disaient généralement beaucoup trop sur ses pensées secrètes, ses peurs ou ses ambitions. La colère qui y tourbillonnait en cet instant était si vive que Shanii haussa les sourcils. Pendant une fraction de seconde, elle songea à lui demander s'il était troublé par quelque chose de plus sérieux que les difficultés de leur mission, mais son manque de complicité avec l'aide de camp la fit hésiter quelques instants de trop. Le moment passa, et Orrin acquiesça solennellement avant de quitter la piste.

Shanii le regarda s'approcher de ses affaires pour s'essuyer le visage, l'estomac rongé par une émotion qu'elle ne comprenait pas.

— Tu as encore des progrès à faire, petit, plaisanta Sokha en apparaissant au-dessus de l'épaule d'Orrin pour regarder dans son sac entrouvert. Ah, tiens, mes préférées !

Sans attendre l'accord du garçon, il plongea les doigts à l'intérieur et en tira une poire d'un vert tendre.

— Eh ! protesta faiblement Orrin en essayant de lui reprendre son butin. Elles sont à moi !

Sokha pirouetta hors de sa portée d'un mouvement léger avant de buter contre le torse de Barsheen, qui lui arracha le fruit des mains pour le rendre à son propriétaire. Face à cette scène, Shanii songea brusquement que ce n'était peut-être pas la froideur glaciale du jeune Basaléen qui avait causé son isolement du reste du groupe, mais bien le contraire.

— Qu'est-ce que tu en dis ? chantonna le maître espion en la rejoignant sur la piste. On passe aux choses sérieuses, ou bien...

Avec un éclat de rire, la jeune femme écarta son bâton dans un simulacre de révérence. Le geste fit sourire son compagnon, qui s'empara de l'arme abandonnée par Orrin pour se positionner face à elle. Et aussitôt, l'entraînement reprit.

Le rythme imposé par les mouvements brusques de Sokha la força immédiatement à se concentrer sur le duel, oubliant pour un temps ses questions à propos d'Orrin, des Oréades et des rebelles. L'habileté du jeune homme demandait une attention constante. Pendant plusieurs minutes, l'écho du bois contre le bois fut tout ce qu'elle entendit. Focalisée sur son adversaire, Shanii sautait d'un pied sur l'autre pour trouver une faiblesse dans sa défense. Mais alors qu'elle était sur le point d'y parvenir, elle aperçut du coin de l'œil les capitaines Aquila et Pelagon traversant la cour d'un pas rapide.

La concentration de la jeune femme flancha pendant quelques secondes, et le glaive d'entraînement de Sokha la frappa lourdement au ventre.

— Oh ! s'exclama-t-elle en tombant à genoux, le souffle coupé.

— Est-ce que ça va ? s'inquiéta son compagnon.

— Je vais bien, répliqua-t-elle en toussant. J'avais la tête ailleurs, c'est tout.

— Je suis certain que tes ennemis prendront soin de respecter tes états d'âme, marmonna Orrin d'un ton qui fit rire les autres légionnaires.

Shanii n'eut pas le cœur à le réprimander. Elle savait qu'elle l'avait bien cherché.

Lorsque Damian s'arrêta devant eux, sa mine ne rappelait plus en rien celle de l'homme qui avait ri avec elle sur la palissade quelques heures plus tôt. Shanii n'avait aucun mal à deviner que la conversation avec Julian avait été orageuse.

— Capitaine ? fit-elle.

— Suivez-moi. Vous tous.

De l'autre côté du mur d'enceinte attendait une charrette recouverte d'une bâche, escortée par quatre soldats trempés de sueur. La fraîcheur de la nuit n'était plus qu'un lointain souvenir à présent que le soleil était levé, mais cela n'aurait pu suffire à expliquer l'état des légionnaires. On aurait dit qu'ils avaient couru pendant des heures pour rejoindre le fort.

— Que se passe-t-il ? demanda Shanii en se tournant vers Damian, qui avait le regard rivé à la charrette.

— Une de nos patrouilles a été attaquée cette nuit, répondit Julian Pelagon.

Shanii ramena brusquement son attention sur les soldats. Ils avaient en effet l'air épuisés et l'un d'eux s'appuyait sur une béquille, mais elle ne distinguait ni blessure ni contusion.

— Une escarmouche, ajouta aussitôt le premier en secouant la tête. Ils n'étaient pas nombreux. Nous avons réussi à nous débarrasser de deux d'entre eux, mais les autres se sont enfuis.

— Et vous souhaitiez nous le faire savoir, parce que...

— Le capitaine nous a appris que vous étiez à la recherche des rebelles, expliqua le second, celui qui semblait avoir du mal à marcher.

— Ils ont ramené les morts.

C'étaient les premiers mots que Damian prononçait depuis qu'il était venu les chercher, et Shanii comprit enfin pourquoi il ne parvenait pas à quitter la bâche sombre du regard. Elle dissimulait les corps des deux assaillants que les soldats de la mine avaient tués.

L'image de Kath se vidant de son sang entre ses bras s'imposa une nouvelle fois à l'esprit de la jeune femme. Pendant quelques secondes, alors qu'elle battait furieusement des paupières, ce fut comme si elle assistait de nouveau aux derniers instants de sa sœur. Elle se rappelait avoir déshabillé les assassins pour inspecter chaque parcelle de leur corps, à la recherche d'un indice sur leur identité.

— Montrez-les-moi, ordonna-t-elle d'une voix menaçante.

Lorsque les hommes s'exécutèrent, Shanii découvrit les cadavres de deux Daoras d'une quarantaine d'années, les traits détendus dans la mort. Ils étaient vêtus de cuirasses légères et leurs armes avaient été alignées à côté d'eux, comme pour un rituel funéraire. Forçant son cœur au calme, la jeune femme s'approcha pour se saisir d'un de leurs poignets refroidis. Le tatouage qu'elle y trouva ne la surprit pas le moins du monde. Pour quelle autre raison le capitaine Pelagon aurait-il souhaité exhiber ces corps ?

— C'est le même ? demanda Damian en la rejoignant.

— Oui. Exactement le même. Nara et Viseh pourront le confirmer.

Avec Orrin et elle, ils avaient été les seuls à voir le tatouage. L'aide de camp en avait recopié une version approximative dans ses notes après l'incident, mais la marque qu'elle avait sous les yeux n'était pas une reproduction imprécise, c'était le motif qu'elle avait observé au bras des meurtriers de Kath. Il n'y avait pas d'erreur possible. Ces hommes faisaient partie du même groupe.

— Nous pouvons les suivre, maintenant, souffla-t-elle d'une voix qui était à peine plus qu'un murmure.

— Es-tu sûre de toi, Shanii ? insista Damian. Je sais que tu attends cet instant depuis longtemps, mais nous devons avancer avec précautions. La coïncidence est...

— Non, je suis certaine. C'est exactement le même dessin. L'emplacement lui aussi est identique.

Son capitaine acquiesça lentement, puis il pivota sur ses talons pour s'éloigner des morts d'un pas raide.

— Où l'attaque a-t-elle eu lieu ? s'enquit-il à voix haute.

— À deux heures de marche à l'ouest, répondit l'un des soldats. Nous pouvons vous y emmener.

Shanii tourna le regard vers Barsheen, qui hocha la tête avant même qu'elle ait eu besoin de formuler sa question.

— Barsheen pourra remonter leur piste, déclara-t-elle.

— Je devrais en être capable, confirma ce dernier. Mais nous devons nous dépêcher, leurs traces seront bientôt effacées par la forêt. Capitaine ? Quelles sont vos instructions ?

Après le départ de Julian Pelagon et de ses soldats, Damian pressa les paumes contre ses paupières dans une vaine tentative de masquer son état d'épuisement. Il n'avait pratiquement pas fermé l'œil la nuit précédente, et le moment de sérénité qu'il avait vécu sur les remparts n'avait pas dissipé sa fatigue bien longtemps. Il n'aimait pas l'idée de s'enfoncer dans les Oréades si vite, et avec un effectif si réduit, mais avait-il le choix ? Il faisait confiance à Shanii, et si celle-ci affirmait que c'était bien le tatouage des hommes qu'ils recherchaient, ils ne pouvaient pas laisser passer cette occasion.

C'était la raison pour laquelle ils avaient traversé l'empire.

— Préparez vos affaires, ordonna-t-il à ses légionnaires. Nous n'avons pas le temps de rentrer à Ankacia ; nous devrons nous contenter de ce que nous avons sous la main.

— Vous n'y pensez pas, capitaine ! s'exclama Orrin.

— L'aller-retour à Ankacia nous prendrait plusieurs heures, et si Barsheen ne se trompe pas, nous courons le risque de perdre leur piste en...

— Ce n'est pas ce que je voulais dire... Vous ne pouvez pas *sérieusement* songer à pénétrer dans les Oréades ! C'est bien trop dangereux !

Damian écarquilla les yeux, frappé de surprise devant la réaction virulente du jeune homme. Avait-il fait le voyage sans comprendre que c'était précisément là que leurs pas les conduisaient ?

— Si nous allons dans les Oréades, nous n'en reviendrons pas vivants, insista l'aide de camp d'une voix désespérée.

— Ne l'écoutez pas, capitaine ! gronda Shanii. Il a peur, c'est tout.

— J'ai peur pour une bonne raison !

— Si tu...

— Assez, les coupa leur capitaine. Ma décision est prise. Nous n'allons pas abandonner ici alors que nous sommes si près du but. Nous nous mettons en marche cet après-midi. Si tu préfères nous attendre à Ankacia, sache que je ne t'en voudrai pas, Orrin. Tu n'as pas tort, notre mission sera dangereuse et les risques sont réels. Je ne te forcerai pas à nous accompagner si tu ne le souhaites pas. Shanii ?

La voix de Damian s'étrangla lorsqu'il se tourna vers la jeune femme pour découvrir qu'elle se tenait juste devant lui et qu'elle venait de lui prendre la main, les yeux emplis d'une gratitude qui illuminait son visage.

Pendant quelques instants, Damian oublia complètement qu'ils n'étaient pas seuls. Il savait que Shanii et ses compagnons trouvaient souvent du réconfort dans les contacts humains, que ce genre de proximité n'était rien de plus qu'une marque de confiance et d'amitié. Mais il n'était pas habitué à ce qu'on envahisse son espace vital autrement que pour l'intimider.

Le silence entre eux s'éternisa, confortable et presque paisible. Damian ne parvenait pas à détourner son regard de ses immenses yeux bruns. Dans sa poitrine, son cœur battait à un rythme syncopé comme s'il n'arrivait pas à choisir entre accélérer et ralentir.

— Shanii, reprit-il avec une quinte de toux. Je voulais te rappeler que nous sommes ici pour les observer. Notre mission consiste à étudier leur organisation et à transmettre notre rapport au commandant Clemens.

— Bien sûr, capitaine.

— Tu ne comptes pas m'obéir, n'est-ce pas ?

— Je ne vous ai jamais caché que je ne serais pas satisfaite avant de les avoir exterminés jusqu'au dernier, rétorqua-t-elle avec l'ombre d'un sourire.

— La vengeance se dissimule souvent derrière les atours de la justice, mais il est dangereux de les confondre.

— Je ne suis pas une ingénue enivrée d'illusions de justice, capitaine Aquila. Je sais parfaitement pourquoi je suis ici.

L'insubordination de la jeune femme laissa Damian sans voix. Avant de faire sa connaissance, il n'avait jamais croisé un légionnaire se hasardant à parler avec autant de familiarité à son officier supérieur. Il savait qu'il aurait dû être irrité par son comportement – il l'avait été, lors de leur première rencontre –, mais il s'en sentait incapable, désormais. Il y avait quelque chose dans la ferveur avec laquelle elle s'exprimait qui lui donnait l'impression de se réveiller d'un long sommeil. Comme s'il avait constamment vécu dans l'obscurité et qu'en se tenant à ses côtés, il était enfin touché par la lumière qui émanait d'elle.

Chapitre 26

An X du règne de l'empereur Solis Vestinus Marcallas

Lorsqu'elle était enfant, quelques jours avant son départ pour la légion, la mère de Kath l'avait emmenée recevoir une bénédiction dans les cavernes sacrées de Vanys, la déesse du Souvenir et de la Féminité. Des heures durant, elle s'était baignée dans l'eau chaude et odorante d'une source thermale pendant qu'une prêtresse priait à ses côtés. La légende racontait qu'en des temps immémoriaux, les femmes consacrées à Vanys avaient possédé l'aptitude de déchiffrer le passé d'une personne ou d'un lieu, comme s'il s'agissait d'un langage secret qu'elles étaient les seules à connaître. Ce n'était plus le cas désormais, mais Kath avait tout de même frissonné lorsque les yeux de la vieille femme s'étaient posés sur elle. L'idée qu'on puisse deviner à quel point elle haïssait son destin terrifiait la petite fille.

La prêtresse avait marqué le front de Kath de trois traces sombres, une pour sa mère, une pour elle-même, et une pour la fille à laquelle elle donnerait un jour la vie. La petite avait ensuite jeûné jusqu'au souper, bercée par la litanie des oraisons, jusqu'à ce que sa peau soit toute fripée par l'eau du bain et que sa tête commence à tourner. Alors seulement, la femme l'avait lavée à l'aide d'un savon à la sauge avant de convier sa mère à une collation de baies sauvages et de vin coupé d'eau. Beaucoup d'eau, dans son cas.

Le rituel de Vanys était généralement réservé aux jeunes filles en passe de devenir femmes et permettait aux mères de transmettre leur savoir dans un espace sacré, guidées par la sagesse d'une prêtresse qui avait été témoin de milliers de conversations similaires au cours de son existence. Mais Kath était sur le point de les quitter pour ne jamais revenir. Sa mère et elle avaient donc dû s'accommoder d'une cérémonie simplifiée, adaptée à l'enfant de neuf ans qu'elle était alors.

Ce jour-là, dans les cavernes, Kath n'avait pas vraiment remarqué la différence. Mais à présent qu'elle était sur le point de fêter ses seize ans, la présence de sa mère lui manquait plus que jamais. Les rares femmes de Seuthrae ne s'embarrassaient pas de discours sur la puberté ou la sexualité. Kath elle-même n'avait vu son corps que comme un outil jusqu'à ce qu'il commence à changer, à lui faire ressentir des choses qu'elle ne comprenait pas. La jeune fille ne pouvait se débarrasser de l'impression d'avancer à l'aveugle vers l'âge adulte, et rien ne lui aurait fait plus plaisir que de retourner dans le confort de ces cavernes afin de poser les questions qu'elle n'avait jamais pu poser. Tout particulièrement lorsqu'elle observait Viseh à la dérobée chaque fois qu'ils se retrouvaient dans le salon du commandant Clemens.

Les années qui passaient n'avaient fait qu'ajouter à la beauté du jeune homme. Désormais âgé d'un peu plus de vingt ans, il était de loin le visage le plus connu de la Légion Neuve, et ses conquêtes se comptaient par dizaines dans les villages environnants. On murmurait parfois autour des feux de camp qu'il avait une maîtresse dans chaque ville de l'empire.

Kath savait pourtant qu'il était malheureux. Depuis que Saemund avait reçu son médaillon de capitaine à la fin de leur mission à Oltaï, la tension entre les deux légionnaires n'avait fait que grandir. Viseh disparaissait souvent sans prévenir, s'attirant des réprimandes de plus en plus violentes de la part de son officier supérieur.

Ses absences pesaient particulièrement lourd dans le cœur de Kath, qui savait qu'il partait retrouver des femmes, *ses* femmes. Et même si cette pensée l'emplissait d'un sentiment de honte, elle ne pouvait s'empêcher de songer qu'elle aurait aimé être l'une d'elles. Rien qu'un soir. Pour comprendre ces choses que personne ne lui avait expliquées. Pour cesser d'être une enfant. C'était comme si un poing se refermait doucement autour de sa gorge. Elle se sentait à l'étroit dans un corps qui ne la contenait plus.

— Kath ? appela Clemens en la ramenant brutalement à la réalité. Que penses-tu de la proposition de Saemund ?

La jeune fille n'avait aucune idée de la teneur de l'échange qui venait d'avoir lieu, mais un seul regard dans la direction de Shanii lui souffla la réponse. Les yeux de son amie brillaient de colère. Elle croisa donc les bras en secouant la tête d'un air peu convaincu.

— Je ne pense pas que ce soit la meilleure solution, déclara-t-elle.

Dans son esprit, cette réplique ressemblait à un coup de maître : elle était suffisamment précise pour exprimer son opposition tout en restant assez vague pour ne pas trahir le fait qu'elle ne savait pas de quoi ils étaient en train de parler. La lueur amusée qui éclaira brièvement le regard de Clemens lui fit toutefois comprendre qu'il l'avait percée à jour. Comme il le faisait à chaque fois.

— D'accord, fit-il en retrouvant son masque austère. Arrêtons-nous ici pour ce soir. Puisque nous sommes tous réunis, je suppose qu'il s'agit d'un bon moment pour discuter des prochaines semaines.

Vous n'êtes pas sans savoir que j'ai choisi de nommer Kath capitaine. L'heure est venue de l'emmener à Setri recevoir son médaillon.

La jeune fille baissa les yeux lorsque tous les regards se tournèrent vers elle, embarrassée qu'elle était de se retrouver brusquement au centre de l'attention.

— Nous partirons dans trois jours, reprit le commandant. J'ai des affaires à régler dans la capitale, aussi ai-je décidé de l'accompagner moi-même.

Un silence choqué tomba sur leur petite assemblée. Clemens ne quittait Seuthrae que pour les campagnes militaires de grande envergure, et il n'avait pas mis les pieds à Setri depuis de longues années.

— Le capitaine du Troisième Contingent sera de retour d'ici là pour s'occuper de vous, poursuivit Clemens. Saemund, tu coordonneras les entraînements pendant mon absence. Viseh, je veux que tu travailles main dans la main avec Rous et l'intendant pour t'assurer que le ravitaillement est bien organisé. Soyez patients et faites ce qu'il vous demande. Les années ne sont pas clémentes avec notre pauvre Phausius.

C'était une façon bien pudique de décrire le calvaire du vieil homme, qui dépérissait à vue d'œil depuis quelque temps, rongé par un mal inconnu qui ne le rendait pas moins désagréable pour autant. Kath allait le voir une fois par mois depuis qu'elle correspondait régulièrement avec son frère à Drangavik. Elle avait même été la première à signaler ses symptômes au commandant. Mais Phausius avait refusé de quitter son poste, et personne ne l'avait contredit. Il continuait donc à assumer ses tâches auprès de la Légion Neuve toujours un peu plus grognon, toujours un peu plus lent.

— Shanii ? appela Clemens avec une lueur amusée au fond des yeux. J'ai une mission pour toi, également.

— Laquelle ? demanda la jeune fille en bombant le torse.

— J'ai besoin que tu dresses un registre de toutes les armes qu'il nous reste en réserve. Tout particulièrement celles qui doivent être remplacées.

— Ça veut dire que je peux les essayer ? s'écria Shanii avec un sourire béat.

— Cela veut dire que tu *dois* les essayer.

Setri était une agglomération tentaculaire dont les faubourgs ambrés débordaient de l'enceinte de protection sur plusieurs lieues. La population, bruyante et fébrile, évoluait dans un désordre indescriptible au milieu des cris joyeux des colporteurs et de ceux, nettement moins heureux, de passants pressés cherchant à traverser la foule. À l'est de la ville, le port était surplombé par un phare colossal qui s'élançait dans le ciel comme pour transpercer les nuages. Des mouettes dansaient au milieu des voiliers, remontant le long du fleuve aussi loin qu'elles l'osaient pour voler leur nourriture. C'était chaotique. C'était terrifiant.

C'était la plus belle chose que Kath avait jamais vue.

— Vous êtes né ici ? souffla-t-elle à Clemens, qui patientait silencieusement à ses côtés.

— Oui. Il y a très longtemps.

Tous deux se tenaient au sommet d'une petite colline qui dominait la ville, dans un quartier rempli de teintureries et de lavoirs à l'odeur douteuse. Le voyage avait duré une dizaine de jours – bien plus que s'ils avaient effectué le trajet par le fleuve, mais le commandant avait insisté pour s'y rendre à cheval. L'équitation, selon ses dires, serait utile à Kath lorsqu'elle deviendrait capitaine.

— Comment avez-vous pu partir ? demanda-t-elle sans parvenir à quitter la cité du regard.

— Le devoir m'appelait ailleurs.

— Si j'étais née dans un endroit comme celui-ci, je pense que je ne serais jamais partie !

Clemens la dévisagea avec insistance, une lueur curieuse au fond des yeux. Kath ne comprit pas tout de suite ce qu'elle avait dit de si étrange, mais lorsqu'elle se repassa la discussion dans sa tête, elle devina qu'il avait peut-être pris sa réflexion pour un reproche détourné. Après tout, même si elle était effectivement née dans une cité aussi grande et luxueuse que Setri, elle aurait été obligée de la quitter à cause du recrutement pour la Légion Neuve.

— Je voulais dire... Je voulais simplement dire que c'était très beau, bafouilla-t-elle avant d'engager sa monture dans le chemin qui serpentait en direction de la muraille.

Le commandant la guida le long de larges rues pavées avec une précision étonnante, longeant des temples majestueux décorés de fresques aux accents rouges et or. Chacun d'eux était surmonté d'un gigantesque orbe représentant le Dieu unique des Basaléens, dont l'empereur était l'image ici-bas : le Soleil.

— Le palais a été construit en haut de la colline, dans le nord de la ville, afin de profiter d'une meilleure position de défense, décrivit Clemens en tendant le bras. Les casernes le bordent au sud.

— Et au nord ?

— La muraille est gardée à toute heure du jour et de la nuit. Mais si Setri est un jour prise d'assaut, le danger ne viendra pas du nord, il viendra de la mer. C'est pourquoi l'empereur préfère concentrer ses défenses sur le sud et l'est.

— Je vois.

— De ce côté-ci se trouvent les thermes. Et là-bas, c'est le quartier marchand. La plupart des échoppes n'ouvrent qu'à la nuit tombée. Quand j'étais jeune, on pouvait presque croire que la population entière de Setri se donnait rendez-vous dans ces ruelles après le crépuscule.

À cette heure, le soleil était haut dans le ciel, mais la foule était déjà extrêmement dense.

— Il y a toujours autant de monde ? s'enquit Kath, les doigts crispés sur les rênes de sa monture pour l'empêcher de renverser les passants.

— Non. Pas autant. Nous aurions dû prendre le bateau. Je n'ai pas pensé qu'un trajet à cheval nous ferait arriver en plein milieu des jeux saisonniers. Quel vieillard suis-je devenu !

— Vous n'êtes pas vieux ! protesta la jeune fille, les yeux écarquillés.

Vieillesse, tout comme fragilité ou émotion, était un mot qu'elle ne parvenait pas à associer à leur commandant.

La caserne où ils firent halte était un immense bâtiment rectangulaire percé de meurtrières. À l'intérieur, Kath découvrit un vaste terrain d'entraînement, cerné de tous côtés par les quartiers de vie des soldats et de leurs capitaines. Une cinquantaine de légionnaires, la plupart à peine plus jeunes qu'elle, étaient en train de s'exercer au bâton sur des mannequins de paille.

— Les dernières recrues, certainement, expliqua Clemens devant son haussement de sourcil interrogateur.

— Ils ont l'air âgés, pour de nouvelles recrues... commenta-t-elle en posant une main sur sa selle afin de descendre de cheval.

— La garnison impériale est bien trop importante pour s'occuper d'enfants, annonça une voix dans leur dos. Nous n'acceptons que les soldats dans leur troisième ou quatrième année de service militaire.

Kath se figea, le pied encore dans l'étrier. Un vieil homme venait de les rejoindre, vêtu d'une toge immaculée aussi blanche que ses cheveux. Avec son front tatoué d'un soleil et les boucles d'oreilles qui tiraient sur ses lobes distendus, il ne ressemblait pas à un soldat. Pourtant, en l'apercevant, Clemens s'empressa de lui prendre les mains.

— Maître Velarys. Cela fait bien trop longtemps...

— Tu ne m'as donc pas oublié, Luceo ! Je ne pensais pas te revoir un jour...

— Les affaires m'amènent, maître. Ainsi que ma pupille. Kath ? Je te présente Alanos Velarys, le meilleur stratège de notre armée. Il m'a tout appris.

— Tu me fais trop d'honneur. Kath, c'est cela ? Bienvenue parmi nous, petite. Et pour quelle raison l'as-tu escortée ici ?

— Elle va recevoir son médaillon des mains de l'empereur.

— Une fille ? s'exclama le vieillard en observant de nouveau Kath. Une fille, capitaine ?

— Les temps changent, mon vieil ami. Il nous faut changer avec eux.

Après avoir salué son maître, Clemens prit la direction du bâtiment administratif où ils pourraient enregistrer leur arrivée dans les archives impériales et envoyer un messager au palais. Les soldats s'écartèrent sans un mot sur leur passage, mais la jeune fille sentit leur regard suspicieux la suivre sans le moindre scrupule. Comme une marque brûlante sur sa nuque.

— Ils n'ont pas l'air ravis de me voir ici, constata-t-elle dès qu'ils furent à l'abri entre les murs.

Clemens posa une main sur son épaule. Kath était si grande qu'il avait à peine besoin de se baisser pour parvenir à son niveau, désormais.

— Te souviens-tu de ce que je t'ai dit lorsque j'ai proposé de te former ?

— Que je serais forcée de prouver mes compétences, encore et encore ?

— Et encore, et encore, confirma-t-il. Les gens d'ici n'ont pas l'habitude de voir des femmes accéder aux postes de commandement, mais la Légion Neuve m'appartient et je sais que j'ai fait le bon choix. Ne les laisse pas te marcher dessus, tu entends ? Si tu dois briser une ou deux mâchoires pendant notre séjour, considère que tu as ma bénédiction.

Kath hocha la tête d'un air grave. Un sourire furtif se dessina sur les lèvres du commandant, qui se redressa en ébouriffant presque tendrement les cheveux de la jeune fille.

— Allons, il est temps de préparer ton audience.

Chapitre 27

An X du règne de l'empereur Solis Vestinus Marcallas

Le lendemain matin, Kath fut réveillée par une succession de coups rapides à sa porte. Arrachée au sommeil, elle se tira péniblement du lit de camp et traversa la petite chambre qu'on lui avait attribuée. Le couloir était vide, mais un plateau attendait à ses pieds. Il apparaissait qu'elle n'aurait pas à chercher la cantine. La jeune femme ne savait pas si elle en était heureuse ou dépitée. Une partie d'elle aurait souhaité partir explorer la caserne, mais elle se sentait intimidée par tous ces murs et tous ces escaliers, ces salles gigantesques remplies de soldats et ces corridors de pierre d'où l'on ne pouvait apercevoir le ciel. La solitude de la petite cellule où elle avait passé la nuit était presque préférable.

Repliant la couverture, elle déposa la nourriture sur le lit et s'installa aussi confortablement que possible. La bouillie d'épeautre ressemblait en tout point à ce que les légionnaires mangeaient matin et soir à Seuthrae. Pourtant, Kath ne put retenir une grimace en plongeant sa cuillère dans le gruau gélatineux. Elle avait pensé qu'une ville aussi somptueuse que Setri offrait de meilleurs repas à ses soldats.

L'esprit submergé d'images de volaille rôtie et de tartes aux fruits, Kath se saisit de la miche de pain dorée et s'immobilisa, figée dans son mouvement par ce qu'elle venait d'apercevoir sur le plateau. Un bout de papier. Soigneusement plié en quatre. La jeune fille jeta un regard angoissé autour d'elle avant de se reprendre avec un sourire nerveux. Bien sûr qu'elle était seule dans sa chambre. Il n'y avait aucun endroit d'où l'on pouvait l'espionner.

Lorsque Kath se décida finalement à ouvrir le message, sa surprise se mua en incompréhension totale. Il n'était pas beaucoup de personnes dont elle pouvait reconnaître la calligraphie d'un coup d'œil. Celle de Shanii, sans doute. Celle du commandant Clemens, évidemment. Et celle de son frère, Erling. Erling avec qui elle échangeait des lettres depuis plus de deux ans, partageant son quotidien avec autant de sincérité qu'elle le pouvait, depuis son amitié avec Shanii jusqu'à la tutelle du commandant. Erling qui était censé se trouver à Brekkur, bien trop loin de la capitale basaléenne pour lui faire parvenir un billet tel que celui-ci.

Son frère était-il à Setri ? Depuis quand ? Et pourquoi ne lui en avait-il jamais parlé dans ses courriers ? Cette question ne resta pas sans réponse bien longtemps. De toute évidence, il ne lui avait pas dit qu'il comptait venir à Setri pour la même raison qu'il lui avait envoyé un message caché au lieu de se présenter lui-même à la caserne : parce qu'il ne souhaitait pas que le commandant Clemens apprenne sa présence.

Le cœur battant à toute vitesse, Kath posa de nouveau les yeux sur le billet.

Ce soir, minuit, à l'auberge du Cygne doré. Viens seule.

Le commandant Clemens la retrouva peu après midi devant la grille qu'ils avaient franchie la veille, vêtu d'une armure dorée bien plus couvrante que les cuirasses à plaques qu'ils possédaient à la Légion Neuve. Son casque était surmonté de six pics longilignes censés représenter les rayons du soleil. C'était la première fois que Kath le voyait porter une tenue aussi officielle. Il semblait si mal à l'aise qu'elle dut réprimer un fou rire déplacé. Shanii aurait adoré le surprendre dans cet accoutrement.

— Allons-y, déclara-t-il simplement avant de grimper assez maladroitement sur le dos de sa monture.

Ce fut donc sous le soleil étouffant de l'après-midi qu'ils traversèrent Setri pour rejoindre le palais impérial. La chaleur était insupportable et les rues désertes, à cette heure où les habitants choisissaient le plus souvent de se réfugier dans l'ombre de leurs demeures. Tout en avançant, Kath se demanda distraitement si c'était la raison pour laquelle l'empereur les avait fait attendre. Clemens était ainsi privé du retour triomphal qu'il avait sans doute espéré – en plus de transpirer abondamment sous son armure inconfortable.

Si l'empereur avait ne serait-ce que la moitié du talent de son frère pour les stratégies, c'était une possibilité tout à fait envisageable.

Après avoir gravi la centaine de marches qui menaient au sommet de la colline, Kath et Clemens durent abandonner leurs chevaux aux pages pour continuer leur chemin à pied. Le palais était cerné par un mur d'enceinte des plus impressionnants, mais son architecte l'avait criblé de terrasses et de cours intérieures afin de permettre à l'air de circuler aisément d'une pièce à une autre, ce qui ne manquerait pas de le rendre vulnérable en cas d'attaque. Les colonnes et les toits étaient tous recouverts de feuilles d'or réfléchissant la lumière du soleil à des lieues à la ronde. C'était magnifique. Et complètement superflu. L'empereur avait beau être à la tête de la plus grande armée du monde, on voyait bien que Setri n'était plus une ville militaire depuis des générations.

Si elle l'avait jamais été.

Les pages leur firent traverser une demi-douzaine de halls ostensiblement décorés de peintures et de sculptures aux couleurs vives, protégés des regards par des rideaux dansant légèrement dans la brise. Partout, les courtisans étaient plongés dans des célébrations sans fin. Allongés sur des méridiennes débordant de coussins, ou bien debout autour de tables de jeu, ils riaient, mangeaient et tapaient des mains au rythme des lyres et des tambourins.

Kath mourait d'envie de s'arrêter pour étudier chaque pièce. Rien ici ne ressemblait à l'endroit où elle avait grandi. Elle aurait souhaité pouvoir prendre le temps de tout découvrir afin de décrire le palais à ses amis une fois de retour à Seuthrae.

Malheureusement, Clemens ne lui en laissa pas l'occasion. Il traversa le palais sans un regard pour ses occupants, jusqu'à parvenir devant la salle du trône, dont les portes étaient gardées par deux soldats gigantesques, l'épée bien en évidence à la taille.

— Luceo Clemens Marcallas ! cria un héraut lorsque le commandant et sa pupille franchirent le seuil.

La salle du trône était une pièce longiligne, haute de plafond, bordée des deux côtés par des gradins de bois où se tenaient en cet instant même plusieurs dizaines de conseillers à l'air mécontent. Au fond de la pièce, une estrade rouge sang supportait le trône de l'empereur. Ce fut tout ce que Kath eut le temps de remarquer avant de s'incliner respectueusement.

— Mais voyez cela ! s'exclama une voix puissante tandis que la jeune fille remontait l'allée en prenant soin de garder les yeux rivés au sol. Mon frère daigne m'honorer de sa présence.

— Votre Majesté, protesta Clemens. Je suis venu aussi vite que possible.

— Redresse-toi. Ne sommes-nous pas du même sang ? Regarde-moi. Toi et ta petite protégée.

Kath se sentit à la fois insultée et touchée par la grâce divine. L'empereur de son pays lui avait peut-être parlé d'un ton condescendant, mais il venait de reconnaître son existence. C'était une sensation étrange, exaltante. Son cœur battait comme un fou dans sa poitrine. Ce fut pourtant d'une voix calme qu'elle le salua. On n'étudiait pas auprès de Clemens pendant des années sans apprendre à contrôler ses émotions.

— Votre Majesté.

— Approche, mon enfant. Mon frère veut te nommer capitaine sans même me laisser le loisir de t'observer. Approche.

Solis Vestinus Marcallas, l'empereur de Basaléa, ne ressemblait pas au vieil homme sage que Kath avait imaginé en songeant à cet instant. Ses cheveux d'un brun très sombre retombaient en boucles ondoyantes autour de son front ceint d'une couronne dorée. On pouvait aisément deviner le lien de famille qui le rattachait à Clemens à la forme de son visage, de son nez, ou à son regard perçant. Les années qu'ils avaient passées loin l'un de l'autre en revanche, l'un dans les plaisirs et l'autre sur les champs de bataille, les avaient transformés en deux hommes entièrement différents. L'empereur semblait plus doux, plus lisse. Comme s'il avait été sculpté dans du marbre brillant là où Clemens était fait d'un bois âpre et rugueux.

Kath ne commit pas pour autant l'erreur de le croire faible. On ne restait pas empereur d'un pays comme Basaléa à moins d'avoir un esprit aiguisé et une poigne de fer.

Suivant Clemens, elle s'approcha de la volée de marches qui menait à l'estrade. Derrière l'imposant trône surmonté d'un soleil en or massif se tenaient six gardes du corps, tous vêtus de la même armure dorée que Clemens. Leurs yeux perçants ne manquaient aucun des mouvements de l'assemblée. Six gardes. Un empereur. Un commandant. Plusieurs dizaines de conseillers. Et pas une seule femme.

Kath avait l'habitude de se retrouver dans des situations similaires, mais même elle ne se sentait pas à sa place ici.

— Brekkur, n'est-ce pas ? demanda l'empereur Solis en posant son regard d'aigle sur elle.

— Oui, Votre Majesté.

— Nos alliés de Brekkur sont des amis fidèles.

La jeune fille acquiesça lentement. Était-ce une question à laquelle elle était censée répondre ?

— Kath est de loin la légionnaire la plus douée de son contingent, intervint Clemens en effleurant brièvement son épaule. J'irais même jusqu'à dire qu'elle est l'une de mes pupilles les plus brillantes depuis des années. Je sais que c'est un choix audacieux, Votre Majesté, et je sais qu'il fera lever plus d'un œil au ciel, mais je refuse de gâcher son talent pour quelque chose d'aussi futile que l'opinion de quelques conseillers un peu trop conformistes.

Un silence tendu suivit sa déclaration, puis l'empereur éclata de rire.

— Et qu'en pensent mes chers conseillers si conformistes ? demanda-t-il à l'assemblée après avoir repris le contrôle de son hilarité.

Derrière Kath, les ministres s'agitèrent sur leurs sièges. Sans bouger de son trône, l'empereur les dévisagea l'un après l'autre, un air de défi au fond des yeux. L'un d'eux oserait-il exprimer son désaccord à voix haute ? Kath voyait la question dans son regard. Mais il lui manquait de précieuses informations pour comprendre ce qui était en jeu à cet instant. C'était comme jouer une partie de *Brigands* sans pouvoir observer les pions de son adversaire. Les deux frères étaient-ils alliés ? Ennemis ? La jeune fille aurait été tentée de supposer une rivalité entre eux, mais l'empereur n'avait pas semblé prendre ombrage de la pique pourtant explicite du commandant.

Perdue dans ses pensées, Kath ne se rendit tout d'abord pas compte que le silence se prolongeait de manière assez inconfortable. Lorsqu'elle releva les yeux, ce fut pour trouver ceux de l'empereur braqués sur elle.

— Es-tu fidèle à Basaléa, mon enfant ?

— Oui, Votre Majesté.

— Donnerais-tu ta vie pour Basaléa ?

— Oui, Votre Majesté.

— Jures-tu de te dévouer à sa cause et de ne jamais trahir ton empereur ?

— O... Oui, Votre Majesté.

L'espace d'un instant, le message qu'elle avait glissé dans sa tunique le matin même lui brûla la peau. Était-elle en train de prononcer son premier mensonge ?

— À genoux, Kath, capitaine de la Légion Neuve.

La gorge serrée par l'excitation et la crainte, la jeune fille s'exécuta et regarda l'empereur tendre la main dans sa direction. Il portait une épaisse chevalière en or, sertie d'une pierre rouge sang qui luisait à la lumière des torches. Kath cligna des yeux, ébranlée malgré elle par la vision de la bague. Elle avait l'impression confuse que le joyau était en train de l'*appeler*, comme s'il reconnaissait quelque chose en elle. C'était ridicule. Elle le savait. Mais la sensation tenace refusait de disparaître, et le bourdonnement sourd à ses oreilles l'empêchait de se concentrer sur autre chose.

— Basaléa accepte ton serment, déclara l'empereur d'une voix qui paraissait plus lointaine que jamais.

Kath se pencha sur la main de Solis en luttant contre le désir de prendre la fuite. La pierre s'était mise à pulser à son approche. Elle pouvait voir des nuages blancs tourbillonner furieusement en son cœur et le reste de la pièce semblait noyé dans une brume cotonneuse. Elle ne distinguait plus du coin de l'œil que des silhouettes aux contours imprécis. Lorsqu'elle posa finalement les lèvres sur le bijou, son contact la brûla comme une flamme.

Prise de vertige, Kath s'effondra maladroitement aux pieds du trône. Sa peau était moite et son souffle court. Elle avait l'impression d'avoir couru des lieues sans s'arrêter.

— Kath ? l'appela la voix de Clemens, tout près d'elle.

— Je vais bien, répondit-elle dans un murmure. C'est juste... l'émotion.

Cela *devait* être l'émotion. Quelle autre raison pouvait expliquer cette faiblesse soudaine ou ces hallucinations ? Elle avait attendu ce jour si longtemps, travaillé si dur pour se tenir à l'endroit qu'elle occupait désormais. Il était naturel de se sentir mal à l'aise. Distraitement, elle nota la présence d'un médaillon doré entre les mains de son souverain. Sur sa surface était gravée l'image d'un aigle, ailes déployées devant le soleil. Il n'était pas question qu'elle gâche cette occasion. Clemens méritait mieux qu'une élève qui tournait de l'œil au moindre obstacle.

Avec un sourire crispé, elle redressa les épaules et releva la tête pour permettre à l'empereur de passer la lanière autour de son cou. Au moment où le métal retomba contre sa cuirasse, Kath songea que le poids de ce médaillon s'assortissait d'une écrasante responsabilité, celle d'être la toute première femme capitaine dans l'histoire de l'empire.

Une main se posa sur son épaule, la faisant sursauter. Elle était debout – elle ne se rappelait pas s'être redressée – et Clemens se tenait à ses côtés, le regard fier et le visage détendu dans une expression presque paternelle qui se coulait mal dans ses traits sévères. Une vague de remerciements gonfla dans la poitrine de Kath. Elle devait tout à cet homme.

— Eh bien, allons, regarde quel effet tu as sur mon frère… les interrompit la voix amusée de l'empereur Solis.

Clemens retrouva immédiatement son masque habituel, toute trace de gentillesse ou de fierté disparue en une fraction de seconde.

— Il serait peut-être temps de faire tes propres enfants au lieu d'élever ceux des autres.

— Je ne désire rien de plus que ce que je possède, Votre Majesté.

— Qu'en pensez-vous, mes amis ? demanda l'empereur à l'assemblée en ignorant la remarque du commandant. Une femme, pour mon frère ? Quelqu'un pour réchauffer ses vieux os avant qu'il ne soit trop tard ?

Un mélange d'acquiescements et de rires s'éleva des gradins qui longeaient la salle du trône. Kath entendit distinctement l'un des hommes marmonner que la malheureuse se retrouverait aussitôt avec des centaines d'enfants à sa charge. C'était donc ainsi que ces hommes voyaient la Légion Neuve : des enfants.

La jeune fille serra les poings presque malgré elle. Il n'y avait pas d'enfants à Seuthrae. Il n'y avait que des soldats. Poussée par une colère qu'elle ne comprenait pas vraiment, elle ouvrit la bouche pour répondre, mais Clemens la prit de vitesse :

— Une famille n'a pas sa place à Seuthrae, Votre Majesté. S'il vous sied, j'aimerais raccompagner Kath avant que nous continuions notre discussion... en privé, peut-être ?

L'empereur les congédia d'un geste et Kath s'inclina en se mordant la lèvre. Elle avait été sur le point de faire une bêtise. Une très grosse bêtise.

Chapitre 28

An X du règne de l'empereur
Solis Vestinus Marcallas

Clemens l'escorta jusqu'aux portes du palais sous les regards curieux des courtisans. À peine sorti de la salle du trône, le commandant s'était débarrassé de son heaume pointu, mais le reste de son armure dorée le faisait toujours étinceler comme une flamme. Dehors, l'après-midi laissait doucement sa place au soir sous un soleil pourpre qui embrasait les toits de la ville avec un éclat plus lumineux encore que le blason impérial.

L'esplanade offrait vraiment une vue imprenable sur des lieues à la ronde. C'était sans doute le seul avantage tactique de ce palais ouvert aux quatre vents et protégé par des soldats aux cuirasses trop tendres.

— Je suis le frère de l'empereur Solis, déclara soudainement Clemens en s'éclaircissant la gorge. J'ai quitté la capitale il y a un peu plus de quinze ans pour reprendre les rênes de la Légion Neuve.

Kath ne put réprimer le sourire espiègle qui se dessina sur ses lèvres.

— Tu le savais déjà, n'est-ce pas ?

— Il se pourrait en effet que Shanii et moi ayons découvert quelque chose à ce sujet.

— J'aurais dû m'en douter. Tu feras une excellente capitaine. Je suis fier de toi.

— Merci.

Tant de non-dits, contenus dans un simple mot. Le commandant n'était pas du genre à faire dans les sentiments, et c'était ainsi qu'il avait élevé ses pupilles. Kath lui prouverait sa gratitude non pas avec des remerciements, mais en travaillant dur pour le restant de ses jours. C'était pour cela qu'elle était venue à la Légion Neuve, après tout.

— J'ai quelques affaires à régler avec l'empereur, mais je pense que tu as mérité une soirée de permission. Tiens, c'est pour toi.

Avec un sourire, Clemens lui tendit une bourse de cuir dont l'écho cliquetant ne laissait aucun doute quant au contenu.

— Qu'est-ce que c'est ? demanda malgré tout la jeune fille, car elle n'avait jamais encore reçu d'argent de sa vie.

— Tu as seize ans, désormais. Considère ça comme une petite avance sur ta solde. Le marché restera ouvert toute la nuit, je te conseille d'en profiter. Si mes affaires ne me retiennent pas ici, nous partirons demain.

Après sept ans à Seuthrae, Kath savait pertinemment que la prime versée aux légionnaires en mission ne s'élevait qu'à quelques maigres pièces de cuivre. La bourse distendue qu'elle tenait entre ses mains aurait aisément pu couvrir plusieurs mois de service.

— C'est un cadeau, Kath, ajouta le commandant en soupirant devant son air méfiant. File, maintenant. Je te retrouverai demain matin à la caserne.

De près, le marché était encore plus étourdissant qu'il ne l'avait semblé depuis l'esplanade. Toutes ces couleurs vives, ces parfums, ces musiques... C'était si nouveau pour Kath. Les habitants de la cité vaquaient à leurs occupations autour d'elle avec l'insouciance de ceux qui n'ont jamais eu à tenir une épée de leur vie ; les femmes, vêtues de robes vaporeuses qui les enveloppaient de la tête aux pieds dans un tourbillon coloré, et les hommes sous des toges blanches rehaussées de galons d'or.

Kath continua son chemin au hasard des rues pendant de longues minutes, la bouche entrouverte et des étoiles plein les yeux. Setri était plus magnifique encore que tout ce qu'elle aurait été capable d'imaginer.

— Les plus beaux bijoux de la capitale ! Approchez, approchez ! la héla l'un des marchands.

Son étal était recouvert de pierres précieuses, élégamment serties dans des peignes, des colliers et des fibules. Parmi ceux-ci, Kath remarqua rapidement un petit couteau au manche orné d'une améthyste. La lame était accompagnée d'une gaine de cuir travaillé qui s'attachait autour du bras. Un cadeau parfait pour Shanii.

— Celui-là, décida-t-elle en désignant l'arme.

— Très bon choix, la complimenta le marchand en se saisissant du coutelas pour le glisser dans une pochette de soie.

Une bourrasque souleva les cheveux de la jeune fille tandis qu'elle ouvrait sa bourse, balayant les feuilles sur le sol et les enseignes métalliques qui grincèrent en roulant sur leurs gonds. Mais le bruit ne s'interrompit pas lorsque la brise retomba. Kath releva la tête en fronçant les sourcils. Les panneaux continuaient de tanguer violemment, et elle pouvait voir les girouettes tourner à toute vitesse sur les toits.

— Que… murmura-t-elle, confuse.

Un concert de hurlements se superposa à la scène quand les chiens du quartier se mirent tous à japper d'une même voix. Les bras de Kath se couvrirent aussitôt de chair de poule, comme si une main invisible était en train de l'effleurer. Était-ce une autre hallucination ?

— Vous n'êtes pas d'ici, releva le marchand.

— Pardon ?

— On dirait que vous avez vu un fantôme. Il n'y a pas de perturbations, là d'où vous venez ?

— Des perturbations ? Quelles perturbations ?

Le marchand leva les bras pour lui montrer la rue, qui était en train de reprendre peu à peu son apparence habituelle. Les aboiements s'étaient tus. Les enseignes avaient cessé de se balancer.

— Vous l'avez senti aussi ? s'exclama Kath. Pardonnez-moi, je… je pensais que c'était dans ma tête.

— Dans votre tête ! Ha, quelle idée… Mais pas de quoi vous inquiéter, légionnaire. Ces perturbations ne sont pas dangereuses. Ces derniers temps, elles sont si régulières à Setri que nous y faisons à peine attention. C'est comme les aubes ardentes… Vous savez, quand j'avais votre âge, on en voyait rarement plus d'une par an !

— Et vous ignorez ce qui les cause ?

— J'ignore pourquoi le soleil se couche, et ça n'empêche pas la nuit de tomber tous les soirs… Vous souhaitez toujours le poignard, dites ?

Kath lui remit son argent en fronçant les sourcils. Si ces *perturbations* étaient un phénomène identique aux aubes ardentes, pourquoi n'en avait-elle jamais observé jusqu'à ce jour ? Un tel signe de la présence des dieux aurait dû être ressenti de Setri à Brekkur, en passant par Seuthrae.

— Ne faites pas cette tête, légionnaire, la rassura le marchand en empochant son dû. Nous ne craignons rien sous la protection de l'empereur Solis. Le Soleil vous guide.

— Le Soleil vous guide.

Sur le chemin de l'auberge du Cygne doré, la jeune fille ajouta à sa collection une sacoche de cuir plate que Sokha pourrait aisément dissimuler sous sa tunique, des têtes de flèches sculptées pour Nara et des bottes pour Barsheen. Au fil de ses recherches, elle repéra également des perles en verre translucide, dont la beauté et la qualité étaient supérieures à celles que Viseh attachait toujours dans ses cheveux. Ses jambes la ramenèrent devant l'échoppe à plusieurs reprises, mais elle ne put se résoudre à les acheter. Elle craignait que le jeune homme ne juge un tel présent déplacé.

Après un détour par la caserne pour déposer son armure et se vêtir de sa tenue de voyage, elle parvint au point de rendez-vous à l'heure indiquée par son frère. L'auberge du Cygne doré était située à l'extrémité sud de Setri, dans un faubourg moins animé et tangiblement moins riche que celui qui entourait le palais. L'auberge était toutefois propre et bien entretenue, sans traces de suie au plafond ou de graisse sur les tables.

Debout sur le seuil, Kath inspecta timidement la foule à la recherche d'une masse de cheveux blonds qui lui serait familière parmi le nombre important de clients brekkis. Après tant d'années loin de son frère, elle n'était pas tout à fait sûre de pouvoir le reconnaître. Pourtant, lorsque son regard croisa celui d'un jeune homme assis à l'écart, les mains serrées autour d'un pichet de bière, son cœur fit un bond dans sa poitrine et elle sentit les larmes lui monter aux yeux.

— Erling ! hoqueta-t-elle en faisant un pas dans sa direction.

Ce dernier secoua précipitamment la tête, la coupant dans son élan. Confuse, Kath tituba au milieu des regards curieux et finit par s'installer maladroitement à une table libre près de la porte.

— Tu as besoin de quelque chose, mon poussin ? s'enquit l'aubergiste, une femme aux traits fatigués qui semblait se demander ce qu'elle faisait ici.

— Un vin aux épices, fit Kath en ouvrant sa bourse pour la payer.

Le vin arriva sans se faire attendre et la femme empocha son argent avant de regagner son comptoir sans poser de questions. Luttant contre l'envie de se retourner, la jeune fille se concentra sur son gobelet. Une chose était sûre, désormais : Erling ne souhaitait pas qu'on apprenne qu'il l'avait rencontrée.

Du coin de l'œil, elle vit son frère se lever et traverser la pièce d'un pas pressé. En passant à côté d'elle, il fit tomber une bourse sur ses genoux avant de continuer son chemin vers la sortie sans lui accorder le moindre regard. Dévorée de curiosité, Kath se força pourtant à rester immobile pendant plusieurs minutes. Elle espérait qu'elle n'avait pas commis une erreur en acceptant cette invitation.

Quand elle fut certaine que personne ne l'observait, la jeune fille se saisit de la bourse pour l'ouvrir d'un geste brusque. À l'intérieur se trouvait une clé gravée du numéro quatre. La tentation de se lever était forte, mais Kath patienta quelques minutes supplémentaires, prenant soin de terminer son vin et laissant suffisamment de temps s'écouler pour que d'autres clients quittent l'auberge. Enfin, elle se redressa et emprunta l'escalier qui disparaissait vers les étages. Le premier palier comprenait des chambres numérotées de un à huit et au bout du couloir, une porte entrouverte donnait directement sur la cour.

Les sourcils froncés, incapable de se décider entre la joie et la méfiance, Kath dirigea ses pas vers la quatrième porte et glissa la clé dans la serrure.

Erling sauta à bas du lit dès qu'elle fit son entrée. Il était plus grand que dans le souvenir qu'elle en avait gardé, avec un teint lumineux et de longs cheveux d'or pâle tombant comme un rideau presque blanc sur ses épaules. Ses yeux de glace étaient identiques à ceux qu'elle croisait tous les jours dans le miroir du salon de Clemens.

— Erl... murmura la jeune fille, de nouveau au bord des larmes.

— Kath... Kath, c'est vraiment toi, n'est-ce pas ? Par tous les dieux, tu as tellement changé !

— J'avais neuf ans quand je suis partie, il n'y a rien de bien surprenant à cela.

Erling fronça les sourcils, mais Kath ne lui laissa pas le temps de l'interrompre.

— Que fais-tu ici ? Papa et maman ? Comment vont-ils ? Et grand-mère ?

— Nana nous a quittés le mois dernier, Kath. Je suis désolé. Papa et maman vont bien, comme toujours. Ils désespèrent de nous voir rentrer un jour.

— Que fais-tu à Setri ?

— Quand tu m'as dit que tu étais pressentie pour devenir capitaine, j'ai su que ce n'était qu'une question de temps avant que tu sois appelée à la capitale.

— Mais comment as-tu su que je serais ici *aujourd'hui* ?

— J'ai mes sources.

Ce fut au tour de Kath de froncer les sourcils. Ce genre de réponse évasive ne faisait qu'alimenter ses soupçons. Plus la conversation avançait, plus la jeune fille devinait qu'elle se terminerait mal. Sans remarquer son trouble, Erling reprit sa position sur le lit, ses longues jambes croisées devant lui sous sa tunique basaléenne.

— Pourquoi tous ces secrets ? demanda Kath en s'approchant de lui. Pourquoi m'avoir donné rendez-vous à minuit et avoir feint ne pas me reconnaître dans la salle commune ?

— Ne pouvons-nous pas discuter de choses plus agréables ? Cela fait si longtemps, petite sœur...

— Le temps est un luxe que je ne peux me permettre, riposta la jeune fille, qui commençait à perdre patience. Nous repartons dans quelques heures, et tu m'as fait traverser la ville au milieu de la nuit, aie au moins la bonté de m'expliquer pourquoi !

— Parce que tu me manquais ?

— Je ne suis plus une petite fille crédule, tu sais.

— Non, en effet, admit Erling avec un sourire triste. Quel âge as-tu aujourd'hui ? Quinze ans ?

— Seize ans.

— Seize... Ils t'ont volé ton enfance, Kath.

— Ils ne m'ont rien volé du tout ! Je n'ai fait que mon devoir ! Quand je suis partie...

— Tu n'es pas *partie* ! l'interrompit-il d'un ton brusque. Tu n'es pas partie, Kath, ils t'ont *enlevée* !

— Je...

— Non, écoute-moi. Juste un instant...

Trahison. Le mot grondait dans l'estomac de Kath comme un orage sur le point d'éclater. Ses doigts s'étaient refermés d'eux-mêmes autour de la poignée de son glaive. Comment pouvait-il proférer de telles paroles ? Au sein même de la capitale de l'empire ? Avait-il complètement perdu l'esprit ?

— Kath, protesta Erling dans un soupir. Assieds-toi. Je te jure que je ne te veux aucun mal. Une fois que tu m'auras écouté, tu seras libre de faire tes propres choix. Je te le jure sur Geidr, et je suis prêt à verser mon sang si tu le désires. Je respecterai ta décision. C'est plus que ce qu'ils t'ont offert.

La jeune fille dévisagea son frère pendant de longues minutes. Il semblait sincère. Son regard ne révélait aucune tromperie et il avait pris soin de garder ses mains bien en évidence sur le lit, loin de toute arme qu'il aurait pu dissimuler dans les replis de son vêtement. De plus, Kath devait admettre qu'il était difficile de rester en colère contre quelqu'un qui vous ressemblait autant. Observer Erling était une sensation étrange, comme si elle s'étudiait à travers un miroir déformant : les mêmes cheveux blonds, volant sur ses épaules et non sévèrement tressés comme les siens, les mêmes yeux bleus, sertis dans une peau douce qui n'avait jamais eu à connaître la vie à l'extérieur, la même beauté délicate, déclinée dans des traits plus anguleux.

Avec un soupir déchirant, Kath succomba à l'attrait de la familiarité et le rejoignit sur le lit.

— D'accord. Parle.

— Peu après ton départ, j'ai quitté Hvnir pour entamer mon apprentissage à Drangavik. La guilde m'a ouvert les yeux sur beaucoup de points, tu sais ? Il se passe des choses étranges à Brekkur. Et cela ne fait qu'empirer. Le climat est instable et nous perdons parfois des champs entiers du jour au lendemain sans comprendre pourquoi. Nous dépendons de Basaléa depuis des années pour nourrir notre population.

— Papa et maman ?

— J'ai toujours fait attention à ce qu'ils obtiennent ce dont ils avaient besoin, petite sœur. La famille passe avant tout, n'est-ce pas ?

Cela ressemblait fortement à une menace ou, tout au moins, à une sorte d'avertissement. Kath pinça les lèvres en songeant au serment qu'elle avait prêté quelques heures plus tôt à peine. Basaléa était sa famille, désormais.

— L'empire se montre généreux avec ses vassaux, déclara-t-elle d'une voix neutre. Avec Brekkur plus encore qu'avec les autres.

— L'empire nous vend ses céréales à des prix de plus en plus élevés, répliqua aussitôt son frère.

— Cela n'a rien à voir avec moi, Erl. Ce n'est pas la Légion Neuve qui fixe le prix des céréales.

— Ma mission auprès du grand maître de la guilde était de comprendre ce qui causait les instabilités et de clarifier le rôle de Basaléa.

— Parce que tu penses que Basaléa est derrière l'instabilité du climat ? se moqua doucement Kath.

— Je sais, cela paraît ridicule. Mais la vérité est que Brekkur est en danger. Notre puissance ne sera bientôt plus qu'un lointain souvenir, et le contrôle que Basaléa exerce sur nous augmente année après année. Nous devons réagir. C'est pour cette raison que je voulais te parler.

Instinctivement, les doigts de Kath retrouvèrent la poignée de son épée. Aurait-elle la force de le faire ? Pouvait-elle vraiment lever la main sur son propre frère ?

— Non, Kath, je t'en prie, l'arrêta Erling. Je ne sous-entendais rien de violent. Je ne suis pas ici pour te monter contre ton empire. Même si je ne comprends pas vraiment la loyauté que tu leur...

— Ils m'ont élevée, Erl ! Ce sont eux qui m'ont appris à réfléchir, qui m'ont donné les outils nécessaires à ma survie !

— Ils ne t'ont pas élevée, c'est un mensonge. Ils t'ont enlevée à ta famille et ils t'ont affûtée comme une arme ! S'ils t'avaient réellement appris à *réfléchir*, comme tu le dis si bien, alors tu pourrais le voir par toi-même !

La jeune fille se redressa soudainement en sortant la lame de son fourreau. Son visage était devenu blême, mais son bras ne tremblait pas.

— Kath ?! s'étrangla son frère.

— J'ai prêté serment, Erl. Aujourd'hui même. J'ai juré que je donnerais ma vie pour ce pays et que je ne le trahirais jamais. Ce que tu dis... Ce que tu avances...

Sa voix se brisa.

— Pardonne-moi, petite sœur, chuchota Erling en levant les mains vers elle comme pour calmer un animal effrayé. Mes paroles ont dépassé ma pensée.

Kath devinait qu'il n'en était rien, mais elle choisit de le croire. Parce qu'il était plus facile de se mentir et qu'elle ne souhaitait pas se donner une raison supplémentaire de dénoncer son propre frère aux autorités. Le cœur battant, elle baissa lentement son arme et força son corps à se détendre.

— Je ne suis pas ici pour te mettre dans une position délicate, répéta Erling.

— Que fais-tu ici, dans ce cas ?

— Garderais-tu un secret ? Si je te le demandais ?

— Il suffirait de me le faire jurer, répondit Kath en fronçant les sourcils.

— Non. Je souhaite que cela vienne de toi. Je ne veux pas de punition divine entre nous.

— Je suppose que je ne vais pas aimer ce que tu t'apprêtes à me révéler.

— Je n'en serais pas si sûr. Votre intendant... Disons qu'il n'a plus beaucoup de temps devant lui.

— Phausius ? Il est souvent malade, oui. Où as-tu enten...

Le regard pénétrant de son frère la coupa dans son élan. Était-il possible qu'Erling ait un lien avec la *maladie* de l'intendant ? Avait-il fait empoisonner le vieil homme ? Comment...

— Celui qui le remplacera est acquis à notre cause, reprit Erling en posant une main sur son bras.

— Votre cause ? Quelle cause ?

— Tu comprends ce que cela veut dire, n'est-ce pas ? Tu pourras me parler librement dans tes lettres. Tu n'auras plus à craindre d'être relue. Tu pourras exprimer toutes tes pensées.

— Erl, quelle cause ?

— La paix, Kath, avoua enfin le jeune homme dans un souffle. Pas ce simulacre de sécurité où un seul pays possède toutes les cartes dans son jeu. Une véritable paix, qui nous mettrait tous sur un pied d'égalité.

Chapitre 29

An XV du règne de l'empereur
Solis Vestinus Marcallas

Les Oréades étaient une vision tout droit sortie d'un rêve. Partout où se posait le regard, la végétation luxuriante recouvrait le paysage, de l'herbe gorgée de rosée à la mousse sur les troncs, ou les feuilles obstruant le ciel dans un nuancier de vert qui dansait dans la brise. Les arbres dessinaient un véritable labyrinthe de courbes qui défiait le bon sens et forçait les légionnaires à les escalader pour réussir à s'orienter.

La piste des bandits daoras s'était évanouie moins d'une demi-lieue après leur entrée dans la forêt. Barsheen avait passé des heures à étudier les sentiers qui s'entrecroisaient avant de finalement se déclarer vaincu. Ce n'était pas que l'endroit était entièrement laissé à l'abandon : Shanii et ses compagnons avaient repéré des restes de feux de camp, des fagots de bois trop soignés pour être naturels et des outils érodés par les éléments. Mais ces signes d'une présence humaine étaient bien trop anciens pour être reliés au groupe qui avait attaqué les soldats basaléens.

— Et maintenant ? souffla Nara en tournant la tête vers leur capitaine.

— Trouvons un endroit où nous reposer quelques heures, répondit ce dernier. La nuit ne va pas tarder à tomber.

Après une inspection rapide, leur choix se porta sur un talus protégé par un réseau de gigantesques racines qui sauraient les dissimuler aux regards indiscrets si quelqu'un venait dans leur direction.

— C'est vraiment incroyable, commenta Sokha à voix basse en tirant sur une liane avec curiosité. Toute cette humidité. Ici, au milieu des plaines...

— C'est magnifique, ajouta Nara avec un sourire.

Si Shanii se montrait honnête avec elle-même, elle devait avouer qu'elle se sentait mieux depuis qu'ils avaient pénétré sous le couvert des arbres. Comme si elle s'était enfin lavée du regard accusateur de tous ceux qui avaient croisé leur route depuis leur départ de Seuthrae. Elle avait du mal à se débarrasser de la pensée cuisante qu'elle était ici pour donner sa vie à un pays qui ne voulait pas d'elle.

Saluant Damian qui grimpait sur la butte pour prendre le premier tour de garde, la jeune femme se blottit contre Sokha et Nara.

— Fais attention aux plantes et aux animaux que tu ne connais pas, lança Barsheen à Orrin. Nous ne pouvons pas savoir lesquels sont toxiques.

— Comme ceux-là, par exemple ? demanda l'aide de camp en désignant un nœud de serpents qui encerclaient le tronc d'un arbre dénué de mousse, un peu plus loin sur le chemin.

— Comme ceux-là, oui, confirma Barsheen. Les légionnaires d'Ankacia m'ont parlé de ces serpents : des verdors. C'est une espèce inoffensive, jusqu'à ce qu'ils se sentent en danger. D'après ce que j'ai entendu, leur venin peut paralyser un homme en quelques minutes, et les Daoras en enduisent leurs armes quand ils se battent.

— Efficace, commenta Shanii alors que le Basaléen faisait un bond spectaculaire en arrière.

— Ne devrions-nous pas trouver un autre endroit pour dormir ?

— Il ne nous arrivera rien si nous les laissons tranquilles, promit Barsheen. Ils se nourrissent d'insectes et ne descendent presque jamais de leurs arbres.

— Et tu es sûr de ce que tu avances ?

— Tu veux qu'on aille vérifier ?

Orrin secoua précipitamment la tête et se recroquevilla contre les légionnaires comme s'il souhaitait s'assurer qu'aucune parcelle de son corps n'était exposée à la forêt.

Plus tard, après s'être tournée et retournée en vain contre le sol humide, Shanii abandonna l'idée de s'accorder quelques heures de repos et se redressa silencieusement pour ne pas réveiller ses compagnons. Son corps était bien trop tendu pour se laisser aller au sommeil. Depuis qu'elle avait pénétré dans les Oréades, elle sentait quelque chose vibrer dans sa poitrine, une énergie latente qui n'attendait que le bon moment pour se déployer.

C'était pire à présent que la nuit était tombée. Dans l'obscurité, une partie des plantes qui les entouraient émettaient une lueur bleutée qui nimbait les bois d'un halo de mystère et de douceur. Elle savait qu'elle aurait dû être intimidée par ces choses qu'elle voyait pour la première fois, mais elle ne ressentait rien d'autre qu'un profond sentiment d'émerveillement. La beauté des Oréades avait quelque chose de magique, même pour elle qui détestait ce mot.

En haut du talus, elle retrouva Damian accroupi contre l'énorme racine, toute son attention concentrée sur la forêt.

— Shanii ? s'étonna-t-il lorsqu'il la vit apparaître.

— Je n'arrivais pas à dormir.

— Oh.

— Je peux prendre le premier tour de garde si vous le souhaitez. Je ne dis pas ça pour vous vexer, mais vous avez vraiment mauvaise mine.

Damian s'esclaffa doucement, et le son de sa voix se répercuta entre les arbres en un écho vrombissant.

— Je vais en profiter pour essayer de fermer l'œil, dans ce cas. À moins que tu préfères ne pas rester seule ?

— Allez dormir. Je vous réveillerai si je vois quoi que ce soit de plus menaçant que des fleurs qui brillent.

— Shanii ?

— Oui ?

— Sois prudente.

La jeune femme le dévisagea en fronçant les sourcils. Évidemment qu'elle serait prudente. C'était peut-être sa première mission hors de Basaléa, mais elle n'était pas stupide au point de se comporter de façon irresponsable en plein cœur d'un territoire ennemi.

— Je suis toujours prudente.

— Comme la fois où tu as défié ton commandant en misant sur l'espoir que je t'accepterais à mes côtés ?

— La prudence même.

— Et la fois où tu as drogué un légionnaire deux fois plus grand que toi pour le traîner dans la forêt au milieu de la nuit ?

— Comment... Le commandant vous a raconté cette histoire ? Pourquoi ?

— Il se pourrait que je lui aie posé quelques questions sur la fille qui a interrompu notre réunion d'une façon si théâtrale, avoua Damian avec un sourire gêné.

— Ah. Je suppose que mes manières un peu brusques avaient de quoi surprendre un capitaine bien élevé de la capitale.

— Ce pauvre capitaine n'avait aucune chance face à ta colère.

— Je n'ai jamais été en colère contre vous.

— Vraiment ? demanda-t-il, un sourcil dressé.

— D'accord, je l'admets. J'ai peut-être été un tout petit peu en colère. J'ai du mal à accorder ma confiance, c'est tout.

— Me fais-tu confiance à présent ?

Shanii ignorait pourquoi ces mots étaient si difficiles à prononcer. Son cœur était entouré d'une muraille aussi haute que le ciel, un rempart presque infranchissable qu'elle n'ouvrait qu'en de rares occasions. Pour Kath. Sokha et les autres. Et pour Damian, aujourd'hui.

— Oui, répondit-elle en battant des cils, parce qu'elle n'arrivait pas à croiser son regard.

Elle se souvenait encore de la déchirure qu'elle avait ressentie quelques jours plus tôt lorsqu'elle avait cru que Damian l'avait dénoncée aux soldats d'Ankacia. Le capitaine ne l'avait pas trahie, ce jour-là, mais à présent qu'elle s'était ouverte à lui, il pourrait l'anéantir aussi facilement qu'on écrase un insecte.

— Je voulais simplement te rappeler de faire attention, reprit Damian en brisant le silence gêné qui avait suivi la déclaration de la jeune femme. Tu dois survivre à cette mission.

— Parce que vous tenez tant que ça à me supporter sur le chemin du retour ?

C'était une tentative d'humour, mais elle échoua misérablement. S'ils repartaient ensemble, si Damian la ramenait à Seuthrae, ce serait pour la remettre entre les mains de Clemens qui ne manquerait pas de la punir sévèrement pour sa désertion. Elle avait presque oublié cette menace, mais le regard pénétrant de Damian lui révéla que ce n'était pas son cas.

— Shanii... murmura-t-il d'une voix défaite. Ce n'est pas ce que je voulais dire.

— J'ai juré, capitaine. Je respecterai ma parole.

— Je parlerai en ton nom, une fois que nous serons devant le commandant, affirma Damian en posant une main légère sur son épaule. Je t'en fais la promesse. Nous trouverons un moyen de le convaincre de se montrer indulgent. Je sais à quel point ton ancien capitaine comptait à tes yeux et je comprends la motivation qui t'a poussée à entreprendre ce voyage. Mais il y a plus en jeu qu'elle, désormais. Une guerre couve entre ces arbres. Et notre mission est de l'empêcher...

— Pour la paix du continent et la gloire de Basaléa, acheva la jeune femme.

Elle avait tant et tant entendu cette phrase lors de ses leçons à Seuthrae qu'elle l'avait prononcée sans réfléchir. La gloire de Basaléa était la raison même de son existence. Le but auquel elle avait dédié sa vie entière. Avant qu'elle quitte la vallée où elle avait grandi, Basaléa avait toujours été symbolisé par la silhouette familière du commandant Clemens. L'homme qui avait su gagner sa loyauté. L'homme qui lui avait tout appris. Mais aujourd'hui se superposaient au commandant des images différentes. Julian Pelagon. L'homme qui avait amorcé la rixe dans l'auberge. Ou les regards méfiants des sentinelles de la mine.

Sans deviner son trouble, Damian acquiesça d'un air satisfait.

— Le Soleil nous guide, déclara-t-il d'une voix qui était à peine plus qu'un souffle.

— Le Soleil nous guide, répéta Shanii, avec un battement de cœur de retard.

Le lendemain, tandis qu'ils poursuivaient leur avancée sinueuse vers le sud, Shanii se rapprocha d'Orrin qui marchait d'un pas lourd, la mine soucieuse et les doigts crispés autour de la poignée de son épée. Son expression ombrageuse évoquait l'orage qui avait traversé ses yeux verts la dernière fois qu'ils avaient croisé le fer.

— Tout va bien, chaton ?

— Arrête de m'appeler comme ça.

— Tu es sûr, chaton ? Ça te va plutôt bien.

Pour toute réponse, le garçon émit un grondement entre ses lèvres serrées. Shanii réprima l'envie de lui ébouriffer les cheveux. Elle ignorait pourquoi, ou même quand cela avait commencé, mais Orrin était en train de passer du statut d'épine dans la plante de son pied à celui de jeune pousse qu'elle regardait grandir avec une émotion qui ressemblait presque à de la tendresse.

— Ne sois pas si nerveux, *Orrin*, reprit-elle en insistant bien sur son prénom. Tout ira bien.

— *Bien* ? Nous ne sortirons pas d'ici vivants et tu le sais aussi bien que moi.

— Vraiment ? s'étonna Shanii. Si tu en es si certain, pourquoi ne pas avoir accepté de rester à Ankacia quand le capitaine te l'a proposé ?

— J'ai mes raisons.

— Tu voulais nous protéger, c'est ça ?

— Pas toi, non, rétorqua-t-il en jetant sans doute malgré lui un coup d'œil en direction de leur capitaine.

— Ton affection me touche.

Elle faillit ajouter chaton, mais décida à la dernière minute qu'il valait mieux respecter son souhait. Pousser Orrin dans ses retranchements était une méthode efficace sur le court terme, mais il était essentiel que l'aide de camp comprenne qu'elle ne le considérait pas comme un petit garçon.

Perdue dans ses pensées, la jeune femme se remémora les soirées qu'elle avait passées dans le manoir de Clemens, lorsqu'elle était enfant. Le commandant avait toujours écouté son avis, même quand elle se trompait sur toute la ligne. Il lui avait offert un endroit où elle pouvait parler librement, sans risque de représailles, et cela lui avait permis de grandir.

Silencieusement, elle se jura d'être moins dure avec Orrin. Il était possible qu'elle ait poussé son rôle d'instructeur cruel un peu loin. Avec un soupir, Shanii ouvrit la bouche pour ajouter quelque chose de gentil quand des silhouettes émergèrent à quelques pas d'eux sur le sentier, lui arrachant un cri de surprise.

Ils étaient à peine plus de quinze. Un nombre dérisoire pour Shanii et ses compagnons, qui avaient affronté des groupes bien plus importants lors de leur formation. Vêtus de longs pagnes blancs serrés à la taille par des ceintures de cuir ouvragées, les Daoras les contemplèrent d'un regard choqué. À dire vrai, ils n'avaient pas l'air d'être des guerriers. Trop jeunes. Et pas assez athlétiques. Leurs vêtements de lin n'offraient qu'une protection illusoire, et les peintures multicolores qui ornaient leurs torses et leurs visages ressemblaient plus à des symboles festifs qu'à des peintures de guerre. Mû par l'habitude, le regard de Shanii tomba instinctivement sur les sarbacanes et les lames qui étaient attachées à leur ceinture.

Ce n'étaient peut-être pas des combattants, mais cela ne les rendait pas inoffensifs pour autant.

— Nous ne vous voulons pas de mal ! déclara Damian en levant les mains au ciel. Nous sommes simplement...

Les Daoras tirèrent leur sarbacane sans lui laisser le temps de s'expliquer et soufflèrent une nuée de projectiles dans leur direction.

Obéissant à un réflexe protecteur qu'elle ne s'imaginait pas posséder, Shanii se jeta sur Orrin pour s'interposer entre lui et les fléchettes. Ils basculèrent ensemble sur le sol au milieu du chaos grandissant. L'armure et le bouclier de la jeune femme avaient détourné la plupart des aiguilles, mais une morsure à l'arrière de sa cuisse lui indiqua que l'une d'elles au moins l'avait atteinte.

— Tout va bien ? demanda-t-elle précipitamment à Orrin, qui l'observait avec des yeux si écarquillés qu'ils semblaient vouloir bondir hors de ses orbites. Debout !

Elle n'attendit pas de voir s'il obéissait. Tirant son glaive hors de son fourreau, elle pivota sur ses genoux et se redressa d'un geste, sautant à la gorge du Daora le plus proche au moment même où ce dernier portait sa sarbacane à sa bouche. La lame ne rencontra aucune résistance lorsque Shanii trancha l'air au niveau de son torse avant de corriger sa posture pour affronter celui qui le suivait.

La jeune femme sentait le sol tanguer sous ses pieds. Devant elle, les visages ondulaient au rythme de sa respiration. Du poison, très certainement. Qu'avait dit Barsheen à propos du venin de serpent dont les Daoras enduisaient leurs armes ? La morsure du verdor paralysait en quelques minutes. Serrant les dents, elle songea à Kath. À la vengeance qu'elle lui avait promise. Elle ne pouvait pas encore se laisser aller. Bandant sa volonté, elle se jeta à la gorge du Daora dans un rugissement terrible. L'homme n'avait aucune chance face à sa fureur.

— Shanii ! appela une voix terrifiée.

Orrin avait été acculé contre un arbre. Le bouclier brandi devant lui, il tentait maladroitement de contrer les coups de son adversaire. Un peu plus loin, sur sa droite, Nara et Sokha étaient déjà au sol, le corps immobilisé par le venin. Damian, Viseh et Barsheen étaient encore en train de se battre avec un groupe de Daoras.

Une nouvelle piqûre sur son bras.

Shanii se mordit la lèvre inférieure au sang. La douleur la rattachait à la réalité, l'empêchait de se perdre dans les illusions qui commençaient à grignoter les coins de sa vision. Ne trouvant plus la force de lever son glaive, elle utilisa son propre corps pour se propulser contre le Daora qui s'acharnait sur l'aide de camp. Damian et les autres pouvaient s'en sortir sans elle. Orrin était sous sa responsabilité, désormais.

— Cache-toi ! voulut-elle crier, mais ce fut un marmonnement confus qui s'échappa de ses lèvres.

Une lame dans son champ de vision lui indiqua que son nouvel adversaire s'était déjà relevé. Son bouclier était tombé quelque part dans les fourrés. Priant le Soleil et tous les dieux de Kath de ne pas la priver de sa vengeance, elle puisa dans ses dernières forces afin de lever son glaive. L'impact de la machette se répercuta dans tout son bras, manquant de peu de lui faire lâcher prise – un geste qui aurait signifié une mort certaine. Mais elle tint bon.

Les jambes tremblantes sur un sol qui tanguait à présent comme des sables mouvants, Shanii savait qu'elle n'avait plus que quelques secondes avant de perdre connaissance. Derrière le Daora, elle apercevait la figure souriante de Kath qui lui tendait la main. Était-ce là un mauvais tour de son esprit attaqué par le poison, ou bien un signe que son heure était bel et bien venue ?

Elle ne voulait pas mourir ainsi.

Elle ne *pouvait* pas mourir ainsi. Pas avant d'avoir éliminé tous les responsables de la mort de sa sœur.

Privées de leur force, ses jambes se dérobèrent sous elle et elle s'écroula comme un pantin désarticulé. Mais Clemens avait été un bon professeur. Il lui avait appris qu'on ne se battait pas seulement debout, que le cerveau était la plus aiguisée des lames et qu'avec de l'entraînement, on pouvait tirer parti de n'importe quelle situation.

Alors que l'arme du Daora fendait l'air à l'endroit exact où la tête de la jeune femme se trouvait une seconde auparavant, elle prit appui sur ses genoux pour plonger son épée dans le ventre de son adversaire, qui laissa échapper un rugissement terrible en s'effondrant sur elle.

— O... Orrin ? appela Shanii d'une voix faible.

Aucune réponse. Repoussant le corps, elle jeta un regard autour d'eux. Barsheen avait fini par sombrer dans l'inconscience à quelques pas d'elle. Viseh et Damian étaient encore debout, mais du sang coulait abondamment d'une blessure sur la tempe de ce dernier. Cependant, il n'y avait plus qu'un Daora dans la clairière et Shanii se permit d'espérer. Une brève seconde. Un battement de cœur durant lequel elle imagina qu'ils sortiraient vainqueurs de cet affrontement.

Jusqu'à ce qu'une nuée de cris retentisse entre les arbres, signalant l'arrivée de renforts et coupant court à tous ses espoirs.

Une main sur le sol pour se soutenir, elle tourna les yeux dans la direction des nouveaux venus. Celui qui était à leur tête, un homme au visage orné de symboles ressemblant à des croissants de lune, leva une sarbacane dans sa direction et souffla.

Chapitre 30

**An XV du règne de l'empereur
Solis Vestinus Marcallas**

— Dépose les armes !

Damian jeta un coup d'œil autour de lui, essoufflé. Il était seul. Nara et Sokha étaient tombés les premiers, assommés par le poison contenu dans les fléchettes. Barsheen et Viseh s'étaient défendus courageusement avant de céder à leur tour. Le visage couvert de sang, Viseh était encore conscient, les mains serrées contre ses côtes pour empêcher la vie de fuir son corps. Damian n'avait pas vu venir le coup qui l'avait terrassé. Et Shanii... Shanii s'était battue comme Damian n'avait jamais vu quelqu'un se battre. Mais cela n'avait pas suffi. Rien de ce qu'ils avaient fait n'aurait pu suffire. Les Daoras ne lui avaient même pas laissé le temps de parler. Encore choqué par la rapidité avec laquelle la situation lui avait échappé, le jeune homme tituba en direction de ses compagnons.

— Dépose les armes, voleur d'enfants, répéta la voix, et ils vivront.

Le premier groupe n'était peut-être pas constitué de soldats de métier, mais le second, lui, l'était sans aucun doute. Ils étaient plus âgés, plus musclés, et leur expression stoïque face au carnage trahissait leur habitude des combats. Damian pouvait-il leur faire confiance ? Probablement pas. Mais s'il existait la moindre chance de sauver la vie de ses soldats, la moindre chance de sauver Shanii, alors il était prêt à courir ce risque.

— Vous les soignerez ? demanda-t-il en reprenant peu à peu son souffle.

— S'ils survivent jusqu'à notre arrivée au campement.

L'homme qui avait parlé semblait être leur chef, mais il était difficile d'en être certain, car rien ne le distinguait dans sa tenue ou ses armes. Large d'épaules, la peau brune et les cheveux coupés ras, il avait le visage orné de deux croissants de lune à demi effacés par la transpiration. Devinant qu'il n'avait pas le choix, Damian acquiesça et lâcha son glaive.

Aussitôt, l'un des soldats lui asséna un terrible coup de poing dans la mâchoire. La tête du jeune homme partit en arrière sous le choc, et la douleur explosa derrière ses paupières baissées. Il eut ensuite l'impression qu'on le transperçait d'une lame incandescente, mais ce n'étaient que ses bras que l'on tirait violemment pour lui attacher les poignets dans le dos avant de le faire tomber à genoux sans la moindre douceur. Pantelant, Damian tenta de lever les yeux pour toiser l'homme qui avait ordonné sa capture.

Dans l'angle de son champ de vision, un autre guerrier émergea des broussailles, une main menaçante refermée autour du cou d'Orrin qui avançait péniblement, le visage couvert d'égratignures.

— Capitaine ! s'écria plaintivement le jeune garçon en trébuchant vers lui.

— Orrin ! Tu es blessé ?

— Vous êtes en vie...

— Et nous allons tâcher de le rester, d'accord ? souffla Damian à voix basse.

Comment les choses avaient-elles pu dégénérer aussi rapidement ? La Légion Neuve bénéficiait d'un statut particulier depuis sa création : ils étaient les seuls membres de l'armée impériale autorisés à circuler hors des concessions basaléennes dans les cinq nations vassales. Clemens le lui avait assuré. Cette attaque n'aurait jamais dû avoir lieu. Elle était un manquement criant aux accords que Simint avait signés.

Délaissant momentanément Damian et Orrin, les Daoras rassemblèrent les légionnaires tombés sous l'effet de leur poison pour déposer une feuille émeraude entre leurs lèvres serrées.

— Il va avoir besoin de plus que cela, plaida Damian lorsqu'un guerrier s'approcha de Viseh qui gémissait doucement, le visage blanchi par la perte de sang.

Ses doigts ne semblaient plus avoir assez de force pour maintenir une pression suffisante sur son ventre.

— Il n'est pas le seul, répliqua l'homme d'une voix égale.

En effet, leurs blessés étaient plus nombreux encore. Devant lui, Damian compta sept Daoras souffrant de blessures plus ou moins graves qui s'accrochaient obstinément à la vie. Les autres étaient silencieux, mais depuis sa position précaire, le capitaine n'aurait su dire s'ils étaient morts ou simplement inconscients. Ravalant son empressement, il tourna son regard vers Shanii. Sa panique ne fit que grandir en la voyant si immobile, si *absente*.

— Que... Qu'allons-nous... faire ? balbutia Orrin dans un souffle.

— Les suivre, répondit Damian, la voix rendue chevrotante par ses efforts désespérés pour trouver une issue à leur situation. Dans un premier temps, nous devons les suivre, nous assurer que les autres vont bien.

L'homme qui les surveillait du coin de l'œil abattit le plat de sa machette contre le dos de Damian pour mettre fin à leur petit conciliabule. Ses compagnons avaient commencé à évacuer les leurs, aidant ceux qui pouvaient encore marcher à traverser les fourrés en direction du sud. Petit à petit, le champ de bataille se vidait.

Les blessés les plus graves furent disposés sur des civières fabriquées à la hâte avec des branches. Ce fut notamment le cas pour les légionnaires de Seuthrae, qui se virent empilés sans ménagement sur l'une d'elles comme les sacs de grains qu'ils étaient au regard de leurs ennemis. Lorsqu'ils y jetèrent Viseh, ce dernier poussa un cri strident avant de perdre connaissance.

— Non ! protesta Damian en se tendant d'avance face au coup qui ne manquerait pas de suivre. Attendez ! Prenez Orrin avec vous ! Laissez-le porter assistance à son camarade, s'il vous plaît...

En voyant la panique danser au fond de ses yeux verts, le jeune homme songea qu'Orrin n'aurait jamais le courage de se redresser. Ce dernier acquiesça pourtant d'un geste tremblant.

— Je... Je peux le faire.

— J'ai besoin que tu trouves un morceau de tissu propre et que tu appuies sur la blessure de Viseh, d'accord ? Sa survie dépend de toi.

Les guerriers daoras étudièrent le garçon quelques instants en échangeant quelques mots dans un dialecte inconnu de Damian. Enfin, ils hochèrent la tête, et celui qui entravait les mouvements d'Orrin le releva d'un geste brusque pour le pousser vers la civière.

— Essaie de le réveiller ! cria le capitaine tandis que le groupe se mettait en branle et disparaissait dans la végétation. Il doit rester éveillé !

Orrin lui jeta un dernier regard plein de frayeur avant de se précipiter à la suite des prisonniers.

Leur chef – s'il était vraiment leur chef – demeura en arrière avec une demi-douzaine de soldats. Le sentier était désormais plongé dans un silence de mort. Pas un oiseau, pas le moindre insecte pour venir perturber le calme morbide qui règne après les batailles.

— Ce n'est pas le chemin le plus court vers Thyrillai, voleur d'enfants, déclara le Daora.

C'était la deuxième fois qu'on l'appelait par ce nom. Damian fronça les sourcils, mais le mouvement tira sur la blessure qu'il avait à la tempe, transformant sa confusion en grimace. Le guerrier aux lunes était tout près de lui et deux autres se tenaient dans son dos, leurs mains puissantes plaquées sur ses épaules pour l'empêcher de bouger.

— Pourquoi m'appelles-tu ainsi ? demanda Damian en serrant les dents. Je ne suis pas un voleur d'enfants.

— Tu es basaléen, non ? N'est-ce pas ce que tu es venu faire dans ces contrées ?

Damian se morigéna en silence. Il aurait dû faire le lien plus tôt avec le tribut que réclamait l'empire pour grossir les rangs de son armée. C'était après tout la raison officielle de leur présence ici.

— Le recrutement n'est pas du vol, déclara le jeune homme en répétant les leçons apprises à l'académie militaire. La Légion Neuve est garante de la paix sur tout le continent. C'est grâce à elle que nous avons arrêté de nous entre-tuer depuis des années.

L'homme jeta un coup d'œil autour de lui en désignant le sol maculé de sang du bout de sa machette.

— Pas très efficace, je dirais.

— Vous nous avez attaqués les premiers ! protesta Damian, qui sentait son calme lui échapper. Vous avez transgressé les règles que votre souverain a approuvées !

— Vraiment ? Voilà une question vieille comme le monde : qui donc a lancé la première pierre, je te le demande ? Est-ce ma tribu, qui défend son territoire ? Ta petite troupe, qui pénètre dans un lieu où elle n'a aucun droit d'être ? Ou ton pays, qui vient prendre ce qui ne lui appartient pas ?

La voix du guerrier s'était faite terrible. Il posa une main sur la tête de Damian et glissa son arme sous son menton, le fil de la lame caressant sa peau dans une menace dont la délicatesse était plus effrayante encore que la brutalité.

— Donne-moi une raison, une seule raison, de ne pas mettre fin à tes misérables jours ici même.

— Je n'en vois aucune.

— Je ne m'attendais pas à te trouver si raisonnable, fit le guerrier avec un sourire qui réveilla quelque chose de douloureux dans le cœur de Damian.

— Attends ! s'écria le capitaine basaléen alors que la lame commençait à presser son cou.

— Tiens donc...

— Laisse-moi juste vérifier que mes compagnons ont été soignés. Tu pourras me tuer après si ça te fait plaisir. Je veux simplement être certain que vous respecterez votre promesse.

— *Tes* compagnons ?! Ces enfants ne t'appartiennent pas.

— Ils ne m'appartiennent pas, certes, mais ils sont sous ma responsabilité. Ils sont... Ce sont mes amis, avoua le jeune homme en rougissant malgré tous ses efforts pour rester stoïque. Si tu dois mettre fin à mes jours, permets-moi d'arriver devant mon Dieu sans avoir leur mort sur la conscience.

Le guerrier le dévisagea avec curiosité. Il n'était pas beaucoup plus âgé que lui, une demi-douzaine d'années, tout au plus. Pourtant, son expression était celle d'un homme qui avait vécu mille saisons.

— Une dernière volonté, en quelque sorte ?

— Une dernière volonté, acquiesça Damian en poussant un soupir de soulagement lorsque l'autre abaissa sa lame.

— J'espère qu'il te reste assez de force pour marcher.

Damian fit de son mieux pour garder la tête haute lorsque ses geôliers le remirent sur ses pieds. Ligotés dans une position inconfortable, ses bras tiraient douloureusement sur les muscles de ses épaules. Mais le jeune homme relégua la souffrance dans un coin isolé de son esprit afin de se concentrer sur ses chances de survie. Tout d'abord, il devait s'assurer que ses compagnons étaient soignés. Ensuite, il leur faudrait élaborer un plan de fuite. Le segment espionnage de leur mission avait échoué de façon spectaculaire, mais une chose était certaine : ils avaient fini par trouver les rebelles. S'ils parvenaient à obtenir des informations sur leur nombre ou la position de leur base, cette mésaventure aurait au moins servi à quelque chose.

— Nous ne vous voulions sincèrement pas de mal, essaya-t-il d'expliquer alors que le chef daora le tirait sans ménagement au travers des fourrés.

— Tes intentions m'importent moins que tes actions.

— Tout cela est un malentendu... Nous n'avons fait que nous défendre ! Tu es le capitaine de cette unité, n'est-ce pas ? Quel est ton nom ?

— Est-ce pour mieux me hanter quand je t'aurai envoyé rencontrer ton Dieu que tu veux le savoir ? Non merci.

— Je vais devoir t'appeler Lune, dans ce cas.

— Lune ?

Le guerrier éclata d'un rire sinistre tout en continuant sa route à travers la forêt, et Damian sentit de nouveau quelque chose remuer dans sa poitrine. Le fantôme d'une image qui fuyait sa pensée avec plus de célérité qu'un oiseau de proie.

— Moi, c'est Damian, insista-t-il en secouant la tête pour dissiper cet étrange sentiment.

Ce mouvement brusque réveilla la douleur dans son crâne, lui tirant une grimace. Lune s'arrêta un instant de marcher pour l'étudier, sourcils froncés.

— Tu m'as l'air plutôt détendu pour quelqu'un qui va mourir. N'as-tu pas peur des tortures sans fin que je pourrais te faire subir ? Pourquoi ne pas tenter ta chance ici et maintenant ? La forêt est vaste, tu réussirais peut-être à t'échapper. Oh, cela amuserait tellement mes hommes de te poursuivre.

— Je n'irai nulle part. Ces liens sont inutiles, je n'essaierai pas de m'enfuir.

— Parce que tu espères découvrir la position de notre campement ?

— Non, riposta Damian sans la moindre hésitation. Je veux juste m'assurer que mes amis vont bien.

Cela n'était pas vraiment un mensonge. Mais Lune laissa échapper un ricanement dubitatif et se remit en marche sans faire de commentaire, tirant son prisonnier d'un coup sec derrière lui.

Damian s'était imaginé obtenir un aperçu de l'endroit où ses ravisseurs le conduisaient, mais ces derniers eurent le bon sens de rabattre une besace sur sa tête. Privé de la vue, il tenta donc de rester à l'affût de toute sensation qui pourrait constituer un indice quant à leur destination. La concentration que cet exercice demandait l'empêchait en outre de céder à la panique ou de plonger dans les souvenirs qui affleuraient à la surface de son esprit, prêts à l'emporter dans leur tourbillon à la moindre seconde d'inattention.

Il estimait qu'ils avaient marché un peu plus d'une heure, ce qui signifiait que le mystérieux campement était relativement proche de l'endroit où ils avaient été capturés. Extrêmement proche même, si l'on supposait que les Daoras l'avaient entraîné dans un détour pour le désorienter. Damian ressentit cette proximité avec une profonde amertume : ils avaient échoué si près du but. Un jour de plus aurait suffi pour découvrir la cachette des rebelles par eux-mêmes et disparaître sans laisser de traces. S'ils n'avaient pas relâché leur vigilance, s'ils avaient prêté attention aux bruits de la forêt, sans doute auraient-ils entendu leurs ennemis approcher. Peut-être auraient-ils pu se réfugier dans les fourrés à temps et éviter le combat. Mais ce qui était fait était fait. Il devait désormais trouver un moyen de se tirer d'affaire sans aggraver leur situation.

— Pas de mouvement brusque, fit enfin la voix de Lune dans son oreille. Ou je termine ce que j'ai commencé tout à l'heure.

Une main pressa son épaule pour lui ordonner de s'asseoir. Damian fut ensuite abandonné aux ténèbres pendant ce qui lui sembla être une éternité. Personne ne daigna répondre à ses questions, si bien qu'il finit par se taire. L'endroit où il patientait était plus froid que la forêt qu'il avait laissée derrière lui. Une grotte, selon toute évidence. Une grotte particulièrement longue et sinueuse, car on lui avait fait traverser d'interminables corridors qui s'enfonçaient toujours plus bas. Ce qui indiquait un probable relief montagneux.

Enfin, la voix de Lune le tira de ses réflexions en lui enjoignant de se relever. On le débarrassa de ses liens et on le conduisit au travers de couloirs remplis de murmures avant de l'arrêter dans un lieu où flottait une odeur de sang et de plantes médicinales. L'opacité absolue de sa cagoule laissa finalement place à celle, plus relative, d'une petite pièce éclairée par des bougies aux flammes vacillantes. Damian cligna des paupières, prêt à étudier ce qui l'entourait, mais son regard fut immédiatement attiré par la rangée de paillasses où reposaient ses compagnons.

— Viseh ! s'écria-t-il en s'agenouillant devant le lit le plus proche.

Une main serrée dans celle du blessé, Orrin hocha la tête comme pour le rassurer. Viseh était un homme d'une beauté rare, mais le côté droit de son visage était désormais défiguré par une énorme plaie qui s'arrêtait à un cheveu de son œil. Malade d'inquiétude, Damian observa les bandages propres qui ceignaient les côtes du légionnaire.

— Le Soleil soit loué, souffla-t-il enfin en touchant son front pour vérifier qu'il n'était pas aux prises avec la fièvre.

— Leur guérisseur a dit qu'il s'en sortirait, expliqua Orrin d'une voix tendue.

Damian laissa échapper un soupir de soulagement avant de tourner son attention vers Nara et Sokha, qui occupaient les paillasses voisines.

— Ils n'ont pas encore repris connaissance, continua le jeune garçon en suivant son regard. Mais la paralysie s'est atténuée et ils remuent dans leur sommeil. Le guérisseur a dit qu'ils auraient de la fièvre pendant quelques heures et qu'ils devraient se réveiller une fois qu'elle serait tombée.

— Merci, Orrin. Tu as fait du bon travail.

— Tu t'inquiétais vraiment pour eux... remarqua Lune en s'accroupissant à ses côtés pour observer Viseh de plus près. Celui-là était encore plus joli que toi.

— Tu croyais que je mentais ?

— Aurais-tu pensé différemment, à ma place ?

Damian secoua distraitement la tête en plissant les yeux pour mieux scruter l'obscurité en direction des lits restants.

— Tu es un homme d'honneur, Damian.

— Toi aussi, Lune, merci d'avoir respecté ta promesse.

— Zeki.

Surpris, Damian se tourna vers lui.

— Je m'appelle Zeki, précisa alors Lune.

— Capitaine... les interrompit Orrin.

La tension dans la voix du garçon réveilla immédiatement l'appréhension de Damian, qui se redressa pour s'enfoncer dans l'obscurité d'un pas lourd, le cœur meurtri par un horrible pressentiment. Barsheen était allongé contre le mur, remuant sur sa paillasse au rythme de ses rêves enfiévrés. Shanii, elle, était aussi immobile que la mort.

— Non ! gémit le capitaine en tombant à genoux au chevet de la jeune femme.

Il posa un doigt hésitant dans le creux de son cou. Son cœur battait. Faiblement. Irrégulièrement. Mais il battait tout de même. Damian se concentra sur cette sensation en faisant de son mieux pour ignorer la peau de Shanii, étrangement froide sous ses doigts, ou son teint magnifique qui prenait peu à peu une couleur grisâtre.

Elle ne pouvait pas mourir. Shanii était une flamme trop vive pour s'éteindre.

— Réveille-toi, murmura-t-il d'une voix angoissée en caressant sa joue. Tu ne peux pas partir comme ça...

La douleur dans sa poitrine était si atroce qu'elle en avait éclipsé toutes les autres blessures. Shanii ne pouvait pas mourir. Certainement pas ainsi, dans la solitude et le silence d'une grotte oubliée du monde. En proie à une panique grandissante, le capitaine basaléen redressa brusquement la tête lorsque quelqu'un posa une main sur son épaule. Mais ce n'était que Zeki qui les dévisageait d'un regard pensif.

— Celle-là était des nôtres, autrefois, commenta le Daora d'une voix mesurée.

— Elle est des nôtres aujourd'hui, rétorqua Damian en serrant les dents.

Glissant un bras dans son dos, il souleva Shanii avec délicatesse pour la tenir contre lui, comme s'il pouvait lui transmettre un peu de sa propre chaleur. Il y avait quelque chose de profondément perturbant à la voir si immobile, dépourvue du feu qui l'habitait constamment. Damian avait l'impression qu'il était sur le point de vomir.

— Pourquoi ne s'est-elle pas remise comme les autres ?

— Ils ont trouvé trois piqûres sur son corps, expliqua Orrin. Les guérisseurs ont dit que c'était un miracle qu'elle soit en vie.

— Trois ? siffla Zeki en s'accroupissant devant le lit comme pour mieux observer la jeune femme. Elle était encore en train de se battre quand je l'ai vue. Je pensais qu'elle n'avait pas été touchée.

— Que va-t-il lui arriver ? demanda Damian.

— Difficile à dire. Le venin des verdors est très toxique, une piqûre peut tuer en l'absence d'antidote. Trois... Eh bien... Je ne suis pas sûr que l'antidote soit suffisant.

— Elle va s'en tirer !

Damian avait complètement oublié qu'il était censé récolter des informations pour Clemens. Il avait oublié que le destin des autres légionnaires dépendait de lui, ou même qu'il serait peut-être exécuté d'ici à quelques minutes. Ses seules pensées étaient pour Shanii.

En tant que soldat, il avait déjà été amené à voir des camarades perdre la vie. La mort était un phénomène inévitable lorsqu'on prenait les armes. Pourtant, à la façon dont son cœur se brisa en mille morceaux, il aurait pu imaginer que c'était la première fois. Qu'il n'était pas simplement en train de revivre une scène qui l'avait frappé en plein cœur des mois plus tôt et refusait de le laisser dormir en paix depuis.

— Je t'interdis de mourir ! ordonna-t-il en la secouant. Tu m'entends, Shanii ?

À cet instant, Zeki se saisit de son poignet d'un geste brusque. Son visage était déformé par une expression qui ressemblait autant à de l'incrédulité qu'à de l'horreur.

— Comment l'as-tu appelée ?

— Je... Quoi ?

— *Comment l'as-tu appelée ?!*

— Shanii...

— D'où vient-elle ?

— Basa...

— Non ! D'où venait-elle *avant* que les tiens ne l'obligent à renier son pays ?

Et brutalement, Damian comprit. Il parvint à s'emparer de l'image qui le narguait depuis sa rencontre avec le guerrier daora. Il devina pourquoi ce dernier avait éveillé quelque chose en lui. À présent qu'il regardait Zeki de près, cela semblait presque évident. C'était là, dans l'espoir qui naissait au fond de ses pupilles, dans la vulnérabilité qui perçait timidement au travers des failles de son armure. Shanii avait eu le même regard lorsqu'elle l'avait supplié de la laisser venir avec eux.

— Orrin ? appela Damian, même s'il était déjà certain de la réponse.

— Elle est née dans la tribu des Daoras, confirma le garçon. Le commandant m'a...

Il n'eut pas le temps de terminer. Zeki abattit sa main sur l'épaule de Damian pour le pousser violemment contre le mur et s'empara du corps inconscient de Shanii. Choqué, le capitaine fit un geste maladroit vers eux.

— Tu ne la touches pas ! rugit le guerrier en se relevant. Surtout toi, voleur. Tu ne t'approches pas d'elle, c'est compris ? Nahome ? Tamru ? Enfermez les deux Basaléens. Je dois discuter avec Anom.

Aussitôt, deux gardes s'engouffrèrent dans la pièce et enfoncèrent une cagoule sur la tête de Damian, le condamnant de nouveau à l'obscurité malgré ses protestations véhémentes.

Chapitre 31

An XII du règne de l'empereur Solis Vestinus Marcallas

Deux ans après Setri, l'intendant de la Légion Neuve poussa son dernier soupir. Il fut aussitôt remplacé par un homme d'une quarantaine d'années, dont la peau albâtre était la marque des habitants de Brekkur.

L'espion dont avait parlé Erling.

Pour être tout à fait honnête, Kath devait avouer que son frère n'avait jamais prononcé le mot espion. Il avait simplement dit qu'elle pourrait désormais s'exprimer librement dans les lettres qu'elle lui enverrait. Elle n'aurait plus à craindre de représailles si elle voulait partager ses souffrances ou ses doutes. Ou bien les choses dont elle était témoin dans le cercle privé du commandant Clemens.

Si elle obtempérait, ce serait elle, l'espionne.

L'homme s'appelait Svenhildr. Avec son air strict et ses manières distantes, il différait si peu de son prédécesseur que certains ne remarquèrent pas le changement. Kath aurait aimé pouvoir faire de même, mais elle ne parvenait pas à jouer les indifférentes. Il lui était impossible de le croiser sans être aussitôt gagnée par l'angoisse. Devait-elle prévenir le commandant que Svenhildr travaillait main dans la main avec Brekkur ? Il voudrait savoir d'où elle tenait cette information et il lui faudrait alors expliquer ces longs mois de silence. Elle serait sans doute punie. Mais cela ne valait-il pas mieux que l'alternative ? Elle méritait d'être punie. Le Soleil seul savait quel genre de renseignements le nouvel intendant allait relayer à Erling. Erling, son frère, qui serait étiqueté comme un traître. Un criminel.

Comment pouvait-elle condamner son propre frère ?

— Tout va bien, Kath ?

Surprise, la jeune fille se tourna vers l'entrée de leur tente. Elle s'était échappée tôt de l'entraînement ce jour-là en raison d'un mal de tête persistant. Kath aurait été étonnée de voir l'un de ses compagnons prendre son caprice suffisamment au sérieux pour venir s'enquérir de sa santé, mais ce ne fut rien comparé à la stupeur que provoqua l'apparition de Viseh dans leur dortoir.

— Tu n'as pas l'air en forme, insista le légionnaire. Je ne te dérange pas ?

— Un peu fatiguée, c'est tout. Fais comme chez toi.

Elle ouvrit les bras en direction des paillasses vides avec la même emphase que Clemens lorsqu'il les invitait à prendre place autour de sa table. Cela eut le mérite de le faire rire. Le cœur de Kath bondit dans sa poitrine à ce son.

— Qu'est-ce qui t'amène par ici ?

— Je voulais te parler en tête à tête, répondit-il en sortant une petite sacoche de sa ceinture. Ce qui est plus difficile que ça en a l'air, ces derniers temps...

— Qu'est-ce que c'est ?

— Un cadeau. Pour te féliciter de ta promotion. Avec un peu de retard, je te l'accorde, mais j'ai eu du mal à mettre la main dessus.

Les joues de Kath rosirent de plaisir. Elle glissa son index sur la pochette de cuir avant de la retourner pour en faire tomber le contenu dans sa paume. C'était un bracelet d'aigues-marines translucides, dans un dégradé de bleu qui rappelait la couleur de ses yeux. Les pierres caressèrent agréablement son poignet lorsque Viseh attacha le lacet de ses doigts habiles. Kath n'avait jamais possédé de bijou. C'était quelque chose qu'elle avait toujours associé à des dames de la haute société, inaccessibles et aussi différentes d'elle que le jour l'était de la nuit. Une partie d'elle ne pouvait d'ailleurs s'empêcher de songer que sa peau maculée de terre et de sueur allait ternir la beauté du bracelet. Mais c'était un cadeau de Viseh. Et cette pensée lui donnait des ailes.

— C'est magnifique, souffla-t-elle. Où as-tu trouvé des pierres comme celles-ci ?

— Athis. Son frère me l'a rapporté de l'Ouest juste pour toi. Cela a pris des mois rien que pour faire l'aller-retour !

L'humeur de Kath s'assombrit d'un seul coup. Athis était l'une des femmes dont Viseh partageait la couche lorsqu'il quittait Seuthrae pour quelques heures d'oubli. Kath, qui se rendait parfois au village pour superviser le ravitaillement du camp, savait qu'il s'agissait d'une femme plantureuse, mère de deux bambins d'un mari décédé. Elle avait beau la dépasser d'une tête, Kath avait eu l'impression d'être redevenue une enfant les rares fois où elle lui avait adressé la parole. Exactement comme en cet instant.

— Merci, déclara-t-elle malgré tout en dissimulant son chagrin derrière un sourire.

Au fond d'elle, la jeune femme se doutait que ce n'était pas vraiment de l'amour qu'elle ressentait pour Viseh. La fascination qu'elle avait éprouvée petite fille devant sa beauté s'était simplement accrue avec les années. À cela s'était tressé un sentiment de culpabilité pour le rôle qu'elle avait eu à jouer dans la fin de son premier amour. Ces deux émotions s'étaient si bien mêlées qu'elles ne faisaient plus qu'une désormais, et la jeune femme n'avait personne pour lui expliquer comment défaire ce nœud inextricable.

Kath aspirait de toutes ses forces à la logique implacable de leur commandant. Elle voulait être capable d'étudier son environnement comme elle détaillait un plateau de *Brigands* avant de déplacer ses pions. Depuis son retour de Setri, son esprit ressemblait plus à un bourbier qu'à un plateau de jeu.

— Il y a autre chose dont j'aimerais te parler, ajouta Viseh d'une voix qui la tira de ses réflexions.

— Oui ?

— Tu n'as pas encore nommé tes lieutenants ou ton unité principale.

— Ma première mission n'aura sans doute pas lieu avant des mois !

— Shanii ?

— Évidemment. Sokha, Barsheen et Nara aussi. Je souhaite m'entourer de gens en qui j'ai confiance. Comme Clemens nous l'a enseigné.

— Et moi ?

— Toi, quoi ?

— Tu sais bien que je déteste Saemund et que le sentiment est réciproque. Je n'en peux plus de servir sous ses ordres... Je pense que tu pourrais m'aider.

— Tu voudrais rejoindre mon unité ? s'exclama Kath d'une voix incrédule.

— Les yeux fermés.

— Pourquoi ne pas demander à Clemens de te confier ta propre unité ? Ce ne sont pas les légionnaires qui manquent.

— Tu sais bien que ce n'est pas comme ça que fonctionne la Légion Neuve, répondit Viseh avec un sourire moqueur. Et puis pourquoi voudrais-je crouler sous les responsabilités ? Un rôle de lieutenant me conviendrait parfaitement.

— La fonction de lieutenant n'est pas de se complaire dans l'inaction, tu sais.

— Ah, mais cela dépend entièrement des ordres de son officier supérieur.

— Permets-moi de clarifier ta requête. Tu veux que je te nomme lieutenant du Cinquième Contingent afin de convaincre Clemens d'autoriser ton transfert, mais sans te donner pour autant les devoirs qui vont avec le poste ?

— C'est à peu près ça.

Viseh lui décocha le sourire ravageur qu'il réservait habituellement aux femmes sur le point de céder à ses charmes. Kath sentit son cœur défaillir dans sa poitrine, mais elle serra les dents.

— J'ai comme l'impression qu'une des raisons pour lesquelles tu détestes Saemund est que ce genre de tour ne marche pas sur lui.

— Ça ne joue pas en sa faveur, avoua le jeune homme d'un ton faussement innocent.

— Viseh, je ne peux pas faire ça. Les transferts entre contingents vont à l'encontre du règlement, et...

— Tu le feras malgré tout.

— Ah ? Et pourquoi je ferais ça ? demanda-t-elle, piquée au vif par son assurance.

— Parce que tu m'as fait une promesse.

La bouche de Kath refusa de se refermer. Il lui fallut quelques secondes pour remonter le cours des années qu'ils avaient passées ensemble à Seuthrae jusqu'à cet instant où elle avait effectivement contracté une dette envers lui. Son aide, contre un service. Telles avaient été les conditions de leur accord, le jour où Shanii et elle s'étaient vengées de Saemund.

— Tu as bonne mémoire, lança-t-elle entre ses dents.

— Tout bien considéré, ce n'est pas vraiment un désavantage pour toi de m'avoir dans ton unité, tu sais ? J'ai voyagé bien plus que Shanii et toi, je connais déjà la région. Et je me débrouille avec une épée. J'aurais pu te demander bien pire.

— Le problème ne vient pas de t'avoir ou non dans mon équipe, répliqua Kath en riant malgré elle. La difficulté est de convaincre le commandant.

— Je suis certain que tu trouveras une solution, *capitaine*.

Kath se perdit une fraction de seconde dans son sourire, incapable de la moindre pensée cohérente. Cette fascination devait cesser. Tout particulièrement si Viseh finissait sous son commandement. Mais aucun de ses arguments ne parvint à la convaincre. Juste une fois. Elle pouvait bien se permettre de l'admirer une dernière fois.

Le lendemain, après avoir écouté Cheiron leur réciter l'histoire de Basaléa et de la Légion Neuve une énième fois, Kath et Shanii prirent la direction de l'armurerie pour vérifier l'état du matériel à leur disposition.

— Que veux-tu qu'on fasse de ça ? grimaça Shanii en parcourant la liste du regard. Abîmé. Déchiré. Abîmé. Reprisé une bonne dizaine de fois. Ces épées ont connu de meilleurs jours également.

— Ce n'est pas comme si je m'attendais à autre chose...

— Tout ce qui était potable a déjà été raflé par Saemund et les autres… Nous allons ressembler à des mendiants !

— Nous pouvons acheter de nouvelles tuniques au village ; l'argent fourni par le commandant couvrira cela sans problème, précisa Kath tout en observant un plastron de cuir élimé par les années. C'est plutôt au niveau des cuirasses que je m'inquiète. Je ne peux pas vous envoyer au combat avec ces choses qui n'arrêteront même pas un coup d'épée.

— À moins que ce ne soit l'une de nos propres armes, ironisa Shanii en tirant un glaive de son fourreau pour l'étudier d'un air dubitatif. Ces lames ne réussiraient pas à couper du fromage ! Il faudrait tout racheter. Repartir de zéro.

— Nos ressources sont limitées, Shanii… L'or ne pousse pas sur les arbres.

C'était la réponse officielle, celle qui aurait obtenu l'approbation du commandant Clemens. Pourtant, malgré tous ses efforts, Kath ne parvenait pas à oublier le luxe tapageur de Setri. Elle y avait vu des pans de mur entiers recouverts d'or, des pierres précieuses vendues à même les rues comme la plus basique des denrées et des courtisans au ventre distendu par des repas trop copieux. L'or ne poussait peut-être pas sur les arbres, mais cela ne voulait pas dire qu'il n'existait pas en abondance ailleurs. Loin de Seuthrae.

Svenhildr choisit cet instant pour faire son entrée dans la réserve, une liasse de documents entre les mains. Kath hésita, figée sur place par cette apparition soudaine. Comme chaque fois qu'elle le voyait, elle se retrouvait déchirée entre deux réactions opposées : engager la discussion ou bien s'enfuir en courant pour rejoindre Clemens et lui avouer la vérité.

Pourquoi ne parvenait-elle pas à prendre une décision ? Elle se souvenait de la fierté qu'elle avait ressentie en accompagnant le commandant dans la salle du trône de Setri. Elle avait prêté serment, par tous les dieux ! Elle avait embrassé l'anneau impérial et juré qu'elle servirait l'empire jusqu'à sa mort.

Rien n'était plus pareil depuis le jour où elle avait retrouvé Erling. Le regard implorant de son frère la poursuivait jusque dans ses rêves, tout comme les mots qu'il lui avait lancés : *Ils ne t'ont pas élevée, ils t'ont enlevée.* Sous le coup de la colère, elle avait refusé d'entendre la vérité dans ses paroles, mais elle n'était pas parvenue à la tenir à distance bien longtemps.

Ce n'était pas un mensonge que de dire qu'elle n'avait jamais eu le choix.

Mais que cela signifiait-il, maintenant que la Légion Neuve était toute sa vie ?

— Ohé ! l'appela Shanii en claquant des doigts devant son visage. Tu es toujours parmi nous ?

— Pardon, répondit précipitamment Kath. Tu disais ?

— Je disais que nous pouvions nous débrouiller pour affûter les épées, mais qu'il va falloir faire quelque chose pour les armures. Et les tuniques. Si Clemens refuse de payer, peut-être pourrait-on le convaincre de redistribuer une partie de l'équipement des autres contingents ?

— Ce n'est pas une mauvaise idée. Tu viens avec moi ?

— Oh que non ! C'est toi qui as voulu de ce poste, Kath. Amuse-toi bien avec le commandant !

Shanii éclata de rire et lui frappa légèrement l'épaule avant de prendre la direction du terrain d'entraînement d'un pas léger. Sentant sur elle le regard de l'intendant, Kath s'empressa de finir de vérifier sa liste pour ne pas avoir à s'attarder plus longtemps que nécessaire en tête à tête avec lui.

Sur le chemin qui menait au manoir, Kath fut arrêtée par des cris près de la palissade. Elle hésita un instant à continuer sa route et à ignorer ce qu'elle devinait être une sorte de mauvaise nouvelle avant de céder finalement à la curiosité en tournant les talons vers l'origine du bruit. Une unité du Troisième Contingent était en train de faire son entrée dans Seuthrae, accompagnée d'une trentaine de jeunes enfants.

La gorge nouée, Kath les regarda se mettre en ligne, leurs petits poings serrés par la peur. C'était le quatrième groupe cette semaine. Clemens avait envoyé des soldats recruter de nouveaux légionnaires dans les nations vassales de l'Ouest, et les bataillons faisaient peu à peu leur retour.

C'était dans l'ordre des choses. Dix ans s'étaient écoulés depuis la formation du Cinquième Contingent, et l'heure était désormais venue de commencer la formation du sixième.

Une fois rassemblés, les enfants se mirent de nouveau en marche dans une suite de mouvements saccadés. Il y avait là vingt-trois garçons et six filles de quatre à six ans dont la peau dorée et les cheveux bruns évoquaient le désert de Daryan. En étudiant les plus jeunes d'entre eux, Kath dut réprimer une nausée grondante : c'étaient à peine plus que des bébés.

Dissimulant son malaise sous un sourire qu'elle espérait gentil, Kath s'accroupit aux côtés d'un garçon qui reniflait bruyamment.

— Eh, fit-elle. Quel est ton nom ? Je m'appelle Kath.

Le petit la dévisagea sans comprendre, les yeux écarquillés par la terreur.

— Kath, répéta la jeune femme en se montrant du doigt. Je m'appelle Kath.

— Eshaï, pleurnicha le garçon.

— Ravie de te rencontrer, Eshaï. Tu n'as pas à avoir peur. Nous sommes une grande famille, ici. Tu comprends ? Famille ?

Elle désigna l'ensemble du camp puis serra ses mains l'une contre l'autre. Le seul effet fut de redoubler les larmes de l'enfant. Quel âge avait-il ? Quatre ans ? Cinq ans ? Il était minuscule.

— Kath, la salua le légionnaire le plus proche. Rien de nouveau depuis notre départ ?

— Rien de particulièrement intéressant... Et vous ? Pas de problème avec les tributs ?

— Pas plus que d'habitude.

— Ils ont l'air effrayés.

— C'est ta première fois, c'est pour ça. Ils sont tous comme ça, au début. Ne t'inquiète pas pour eux, Kath. Tout ira bien. Ils sont des nôtres, à présent.

Allait-on réellement leur donner un glaive et leur apprendre à se battre ? Ils savaient à peine parler... Kath avait été enrôlée à neuf ans, ce qui était déjà affreusement jeune lorsqu'on y réfléchissait. Mais comparé à ce garçon, comparé à chacun d'entre eux, vraiment, ça n'était rien du tout. Shanii était-elle arrivée ainsi à Seuthrae ? Une petite fille en larmes ? À peine plus qu'un bébé ?

D'un signe de la main, le légionnaire exhorta les enfants à reprendre leur route vers le pavillon de l'intendant, à qui incombait la tâche de recenser toutes les nouvelles recrues. L'estomac noué, Kath se redressa pour continuer son chemin vers le manoir de

Clemens. Tout arrivait beaucoup trop vite. Les décisions, les doutes. Pourquoi ne pouvait-elle simplement pas revenir à l'époque où son avenir était tracé et ses convictions aussi limpides que de l'eau de roche ? Il ne tenait qu'à elle de prendre cette décision, non ?

À cet instant, le garçon qu'elle venait de consoler brisa les rangs de ses camarades pour la rattraper et se saisir de son bras de toute la force de son petit poing. Kath oscilla sur ses jambes. Pendant une fraction de seconde, elle fut transportée dans un endroit aride qu'elle ne reconnaissait pas. Elle vit les visages d'un homme et d'une femme qui ressemblait à Eshaï devenir de plus en plus flous au fur et à mesure qu'elle s'éloignait. Son ventre se tordit de panique et de haine envers ces légionnaires qui venaient l'enlever à tout ce qu'elle connaissait. Elle aurait voulu être forte, mais les larmes roulaient le long de ses joues. Encore et encore et encore. Un flot impétueux qui refusait de s'arrêter.

Lorsque la vision s'évanouit, Kath tomba à genoux sur la terre battue, essoufflée et luttant contre les sanglots sans comprendre ce qui lui arrivait. Ce qu'elle avait vu. Une hallucination ? Ou bien un souvenir ?

— Famille, renifla Eshaï en la désignant.

Kath leva lentement les mains pour les poser sur ses tempes, anticipant un nouveau mirage, mais elle ne vit rien. Rien d'autre que le visage sale et maculé de morve du petit garçon qui pleurait entre ses bras. Un petit garçon que l'on avait arraché à son avenir.

Et brutalement, pour la première fois depuis des années, Kath songea que la Légion Neuve était la cause de bien des horreurs.

Chapitre 32

An XV du règne de l'empereur Solis Vestinus Marcallas

Shanii revint à elle sur une paillasse rudimentaire, baignée d'un parfum entêtant de plantes médicinales. Un mur de pierre naturelle lui faisait face, fort différent de la forêt où elle avait perdu connaissance. Obéissant à son instinct, elle referma aussitôt les yeux pour éviter de se trahir et resta aussi silencieuse que possible afin de faire le tri dans le chaos de ses pensées.

La bonne nouvelle était qu'elle était en vie. Une information qu'il était tout à fait raisonnable d'apprécier à sa juste valeur. Shanii se souvenait encore de la bataille qui avait eu lieu et des deux – non, trois – fléchettes empoisonnées qui l'avaient atteinte. Son corps en gardait des séquelles : à présent qu'elle avait été tirée du sommeil, elle avait l'impression d'avoir été rouée de coups pendant des heures. Dans un tel moment, la jeune femme se sentait reconnaissante d'être au moins capable de respirer.

La mauvaise nouvelle, en revanche, était qu'elle était probablement aux mains de ses ennemis. Damian était peut-être un combattant hors pair, mais il n'aurait jamais pu venir à bout, seul, des renforts qu'elle avait vus émerger entre les arbres avant de s'évanouir. Discrètement, elle se mit à renifler pour tenter de déceler quelque chose qui pourrait lui apporter un indice. Tout ce qu'elle obtint fut un léger coup de bâton sur la cuisse.

— Oy ! fit une voix masculine.

Shanii garda les yeux fermés, fouillant désespérément dans ses souvenirs à la recherche d'une solution. Un conseil que Clemens leur aurait donné sur le comportement à tenir dans une situation telle que celle-ci. Une bribe d'information. N'importe quoi. Mais elle revint bredouille de cette introspection.

— Oy ! répéta la voix, qui n'appartenait à aucun de ses compagnons. Je sais que tu es réveillée.

Estimant à l'oreille que l'individu se trouvait quelque part sur sa gauche, Shanii ouvrit brusquement les yeux et se jeta sur lui. C'était peut-être le seul effet de surprise dont elle disposerait avant longtemps ; il n'était pas question qu'elle le gâche. Malheureusement, sa tentative échoua brutalement lorsque la corde qui reliait ses mains à un anneau derrière elle réduisit son effort à néant.

— Ah ! cria-t-elle en retombant maladroitement sur la paillasse, l'épaule hurlant de douleur.

Deux hommes étaient en train de l'observer à une distance raisonnable, leurs silhouettes exagérément allongées en raison de sa position sur le sol. Malgré sa vision encore trouble, elle reconnut l'un d'eux comme le guerrier aux croissants de lune, car son visage était le dernier qu'elle avait vu avant de sombrer dans l'inconscience. À présent qu'il s'était débarrassé des traces de peinture, il paraissait plus jeune – la vingtaine passée depuis peu. Ses cheveux étaient coupés ras sur un front dégagé et il portait pour tout vêtement un long pagne de lin ainsi qu'un châle cousu dans le même tissu. Le regard de Shanii tomba immédiatement sur la main marquée de cicatrices qui tenait un bâton de bois sombre, le cœur battant à toute allure tant elle était certaine de ce qu'elle allait y découvrir.

Ses certitudes se virent pourtant ébranlées. Son poignet vierge était dénué du moindre tatouage.

Confuse, la jeune femme tourna son attention vers le second individu, vêtu lui d'une courte tunique d'un blanc immaculé rehaussée d'un torque d'or et d'une ceinture de cuir à laquelle pendait une petite dague incrustée de joyaux. Il était plus âgé, et son allure était celle d'un commandant. Shanii en aurait mis sa main à couper. Bras soigneusement croisés sur le torse, le Daora était en train de l'étudier du regard calculateur et distant qu'affectait souvent Clemens lorsqu'il examinait les solutions s'offrant à lui. Les deux hommes partageaient la même peau acajou et la même mâchoire carrée, mais à la différence de ceux de son compagnon, les cheveux du second étaient coiffés en une multitude de tresses qui dessinaient des motifs sur son crâne.

— Quel est ton nom ? demanda le Daora aux cheveux tressés.

Sa voix était lente et posée, ce qui conforta Shanii dans son opinion : c'était à l'évidence quelqu'un qui avait l'habitude de s'adresser aux foules. Mais pourquoi un homme de son statut se serait-il déplacé dans sa cellule ? Et où étaient les autres ?

— Je te le dirai si tu me détaches, lança-t-elle en levant ses mains avec un sourire moqueur.

— Hors de question.

— Ça te fait te sentir important de regarder les gens de haut, c'est ça ?

C'était un pari dangereux, mais la jeune femme devinait qu'ils avaient besoin d'elle. Pourquoi, elle aurait été bien incapable de le dire. Mais le fait est qu'ils l'avaient soignée, isolée, et qu'elle s'était réveillée face à un Daora haut gradé. Ils ne la tueraient pas aujourd'hui. Ce qui signifiait qu'elle pouvait bien se permettre d'évacuer un peu de sa frustration.

À sa grande surprise, au lieu de répondre à sa provocation, le Daora s'accroupit devant elle, une main levée entre eux comme s'il hésitait à toucher son visage.

— Je pense que je vois ce que tu veux dire, fit-il en se retournant vers son compagnon. Mais est-ce vraiment possible, après tout ce temps ? Et quelle erreur absurde ! De toute évidence, ils ne sont pas aussi stupides que cela.

— Je ne me l'explique pas plus que toi, Anom.

— Et si c'était un piège ?

— Regarde-la...

Le dénommé Anom ramena son attention sur Shanii, qui avala nerveusement sa salive. Enfermée dans cette pièce sans ses amis, elle éprouvait une vulnérabilité qui la faisait grincer des dents. Elle devait lutter contre l'envie furieuse de se jeter sur ses geôliers, de se battre, de faire quelque chose pour reprendre le contrôle. Mais avec la corde qui restreignait ses mouvements et sa tête qui tournait encore, Shanii savait qu'elle n'irait pas bien loin.

— Quel est ton nom ? répéta-t-il.

Devant le silence borné de la jeune femme, il dégaina sa dague pour la poser contre son cou dans un geste fluide qui fit glisser ses nombreux bracelets, dévoilant un poignet sans la moindre marque.

— Anom ! protesta l'autre.

— Quel. Est. Ton. Nom.

— Shanii.

— De quelle tribu viens-tu ?

— Basaléa.

La lame se pressa davantage contre sa peau, pas assez pour la blesser, mais suffisamment pour hérisser ses cheveux sur sa nuque.

— Avant. Avant Basaléa.

— En quoi cela vous intéresse ?

— Dis-moi !

— Les Daoras.

Elle était en train de calculer la probabilité de réussir à attraper la dague pour la retourner contre son propriétaire lorsque ce dernier la libéra d'un coup sec, les yeux écarquillés par la surprise.

— Shanii des Daoras ? répéta-t-il d'une voix presque tremblante. Shanii, du clan des Daoras ?

— Qu'est-ce que cela change, où je suis née ? railla-t-elle. Nous sommes parents ou quelque chose ?

Anom laissa échapper un rire saccadé en faisant quelques pas en arrière, le regard médusé.

— Parents ? s'esclaffa-t-il. Tu demandes si nous sommes parents ?

— Tu te trouves face à Anom des Daoras, intervint son compagnon en se rapprochant jusqu'à se tenir devant Shanii. Le fils du roi Ezana et de la reine Makeda. Ton frère.

— Mon *quoi* ?

— Et je suis Zeki. Ton frère, également. N'as-tu vraiment gardé aucun souvenir de Simint ? Nous sommes si heureux de te retrouver, petite sœur.

Un genou à terre devant elle, Zeki posa une main sur son cœur et tendit la seconde pour frôler le front de la jeune femme.

— Shanii des Daoras, bienvenue parmi les tiens.

Les siens.

Dans une autre vie, Shanii aurait peut-être été transportée de joie à l'idée de rencontrer des membres de sa famille. De découvrir qu'elle avait au moins deux frères, un père et une mère. Ou qu'elle était la fille d'une reine, si temporaire que soit ce titre dans ces contrées. Dans une autre vie, elle aurait peut-être été émue du geste de bienvenue que venait de faire Zeki. Qui sait, peut-être aurait-elle versé des larmes de joie en se lovant entre ses bras.

Mais elle n'était pas cette jeune fille. La Légion Neuve était sa véritable famille, pas ces gens qui l'avaient abandonnée. Ces gens qui l'avaient envoyée à Basaléa pour refaire leur vie sans elle.

— Les... Les miens ? souffla-t-elle, incrédule.

Zeki acquiesça, l'espoir scintillant dans ses pupilles noires. Shanii sentit quelque chose se briser en elle. Avant de pouvoir réfléchir à ce qu'elle était sur le point de faire, elle se saisit de la main qui était sur son front et utilisa son propre poids afin de renverser le jeune homme, compressant sa gorge du bras avec toute la force qu'elle parvint à déployer. Le Daora se mit aussitôt à suffoquer, gesticulant violemment dans le but de se libérer de l'étreinte désespérée.

Un coup dans les côtes la fit alors basculer sur la gauche et Zeki roula promptement hors de sa portée en toussant à fendre l'âme. Shanii ramena ses jambes sous elle pour tenter une nouvelle fuite, oubliant presque les cordes qui attachaient ses poignets. Elle aurait dû être capable d'encaisser ce genre d'attaque sans bouger, mais son corps lui répondait avec quelques instants de latence depuis qu'elle s'était réveillée. Pire encore, ses mains s'étaient mises à trembler.

— Du calme ! ordonna Anom en se positionnant entre elle et Zeki. Nous ne te voulons pas de mal.

— Où sont mes compagnons ?

— Les légionnaires ?

— Comment vont-ils ? Sont-ils en vie ?

— Ne t'inquiète pas pour eux. Tu étais de loin celle dont l'état était le plus préoccupant.

— À qui la faute ? ricana Shanii en tournant les yeux vers Zeki.

Anom suivit son regard, les sourcils froncés. Quand il vit son frère baisser la tête d'un air coupable, il soupira.

— Vraiment, Zeki ? Trois dards ?

— Je ne savais pas ! protesta ce dernier. Et je ne suis responsable que du troisième !

— Les deux autres n'ont pas vécu assez longtemps pour lui faire un rapport, cracha la jeune femme avec son sourire le plus vicieux.

— À l'avenir, les choses seront plus faciles pour toi si tu ne te vantes pas à tout va d'avoir assassiné les tiens...

— Les miens ?

Ce mot ne voulait rien dire pour elle. L'endroit où elle était née n'avait pas fait d'elle ce qu'elle était devenue. Sa famille n'était pas ces gens à qui elle ne devait rien, ses frères n'étaient pas les deux hommes qui se tenaient devant elle. C'était Sokha, et Barsheen, et Viseh. Sa famille, c'étaient ceux qui avaient grandi avec elle, Kath et Naramsina, ceux qui avaient partagé les mêmes souffrances et surmonté les mêmes épreuves.

— Je veux les voir, ordonna-t-elle d'une voix coupante.

— Qui ?

— Ceux que vous retenez prisonniers. Ma *famille*, acheva-t-elle en insistant bien sur le dernier mot.

— Non, trancha Anom.

— Je veux les voir !

— Pas encore. Ils sont conscients, soignés et nourris, c'est plus que ce que tes amis basaléens auraient fait pour nous dans la même situation. Tu resteras ici en attendant que nous prenions une décision à votre sujet. Et si tu tentes de t'échapper, je ne pourrai pas garantir la sécurité de tes compagnons, c'est bien compris ?

— Attendre que *vous* preniez une décision ? N'es-tu pas l'autorité suprême ici ? À qui dois-tu rendre des comptes ?

Le prince l'étudia de haut en bas, ses traits aristocratiques figés dans une expression sereine qui ne parvenait pas à effacer complètement la tempête au fond de ses yeux. Il ne semblait pas apprécier leur présente situation beaucoup plus qu'elle. Ce n'était qu'une piètre consolation.

— Makeda, avoua-t-il après un moment de silence. Je dois prévenir Makeda.

Chapitre 33

An XV du règne de l'empereur
Solis Vestinus Marcallas

Six jours. Cela faisait six jours que Zeki avait disparu avec Shanii pour ne jamais revenir. Abandonnés à eux-mêmes depuis leur départ, Damian et les légionnaires avaient vu leurs requêtes rejetées les unes après les autres. Personne ne voulait leur dire où la jeune femme se trouvait, ni même si elle était encore en vie. Leurs geôliers ne daignaient faire leur apparition qu'au moment de leur tendre un peu de nourriture au travers des barreaux, et la seule personne qui était venue leur rendre visite était le guérisseur.

La pièce dans laquelle ils étaient désormais confinés était une cellule de taille modeste, bloquée par une grille d'installation récente. D'après les odeurs alléchantes qui les enveloppaient du matin au soir, Damian estimait qu'ils se trouvaient quelque part dans les cuisines. Une sorte de remise, vidée à la hâte de son contenu pour les accueillir.

C'était à peu près les seules informations qu'il avait réussi à glaner. Cela, et l'absence de tatouages sur tous les poignets qu'il avait aperçus. Un constat qui l'avait par ailleurs profondément ébranlé : se pouvait-il qu'ils aient été induits en erreur à un moment ou à un autre de leur voyage ? Les bandits qui avaient sévi dans le sud de l'empire et tué le précédent capitaine du Cinquième Contingent étaient-ils vraiment des rebelles daoras ? Damian avait l'impression d'être le capitaine le plus ridicule de toute l'histoire de Seuthrae. C'étaient ses choix à lui qui les avaient menés ici. S'ils mouraient, ce serait sa faute. Si Shanii mourait, ce serait *sa faute.*

— Capitaine ? l'appela une voix féminine.

Naramsina s'était réveillée de son sommeil incertain, sa longue natte brune pendant lâchement sur son épaule. Comme les autres, elle s'était remise de la paralysie causée par le venin des verdors, mais elle souffrait encore de séquelles, tout particulièrement un tremblement assez intense dès qu'elle essayait de se servir de ses mains.

— Vous n'arrivez pas à dormir, capitaine ?

— Pour être honnête, je ne comprends pas vraiment comment eux y parviennent, souffla Damian en désignant le reste de leur unité du menton.

— Ne soyez pas trop dur envers eux. Nous serons plus utiles à Shanii si nous sommes reposés et bien nourris lorsqu'elle aura besoin de nous.

— Nous ne savons même pas si elle est encore en vie...

— Elle l'est, affirma la jeune femme avec un regard confiant. Ce n'est pas une piqûre de rien du tout qui en viendra à bout.

— Elle avait l'air si fragile... se remémora Damian dans un souffle. Si... Si légère... Comme si elle n'était plus vraiment là...

— Elle est en vie.

La voix catégorique de Naramsina se fraya un chemin dans l'esprit de Damian, qui se surprit à lui sourire. Elle avait raison. Shanii était bien trop têtue pour laisser une piqûre de venin l'arracher à sa vengeance. Avec un hochement de tête, il se décala pour faire de la place à la jeune femme qui avançait doucement vers lui, les bras écartés pour conserver son équilibre.

— Tu vas mieux, remarqua-t-il en la regardant s'asseoir de façon assurée.

— Encore un ou deux jours et je serai sur pied pour de bon ! Je me demande ce qui se passe, de l'autre côté de la frontière... Si nous ne donnons pas rapidement de nos nouvelles, ils finiront par présumer que nous sommes morts, n'est-ce pas ? À Ankacia.

— Pas encore, mais certainement très bientôt, confirma Damian d'une voix sombre. Cela te met mal à l'aise ?

Naramsina réfléchit un instant avant de secouer la tête avec un sourire triste.

— Ma seule famille est ici, avec moi. Les autres ne comptent pas. Quelqu'un portera-t-il votre deuil, à Setri ?

— J'en doute.

— N'avez-vous donc pas de famille ?

— Mon père est encore en vie. Mais il me tient pour responsable de la mort de ma mère. Il ne m'a pas adressé la parole depuis... depuis...

Damian sentit sa gorge se nouer. Penser à ses parents provoquait une douleur physique dans sa poitrine. La panique qui suivait systématiquement ces montées de souvenirs lui donnait envie de fuir. Mais il n'avait nulle part où aller. C'était comme si les murs de la caverne se refermaient peu à peu sur lui, menaçant de l'étouffer. À cet instant, les doigts de Naramsina se glissèrent doucement entre les siens. Le jeune homme n'aimait pas se l'avouer, mais il était jaloux de l'affection sincère que se portaient ses compagnons de voyage. Il aurait voulu savoir s'abandonner avec une telle facilité. Être capable de faire confiance à quelqu'un de la manière dont ils se faisaient confiance les uns aux autres. Peut-être fut-ce pour cette raison qu'il se décida à parler. Ou peut-être était-ce simplement l'aura réconfortante de Naramsina qui invitait aux confessions.

— Ma mère était une dissidente, expliqua-t-il d'une voix faible. Elle faisait partie d'une faction rebelle à Setri. Le commandant de ma légion avait eu vent d'une réunion, et mon régiment a été envoyé pour les arrêter. C'était censé être une mission de routine. Je... Les choses ne se sont pas passées comme prévu. Ils sont tous morts.

— Votre mère ?

Damian acquiesça silencieusement. S'il continuait de parler d'elle, le coffre verrouillé au plus profond du labyrinthe de son esprit allait s'ouvrir, et il ne se sentait pas encore capable de libérer toutes les horreurs qu'il avait vues cette nuit-là. Toutes les horreurs qu'il avait commises.

— Qu'en est-il de toi ? demanda-t-il pour changer de sujet. Gardes-tu des souvenirs de tes parents ? De Daryan ?

— Pas vraiment. Il me reste quelques images, des sensations. Mais pour être honnête, elles ne sont peut-être que le fruit de mon imagination. Nous étions si jeunes.

— Raconte-moi. Si nous ne pouvons pas dormir, autant nous tenir compagnie.

— Je... Je ne sais pas si je suis censée...

Elle poussa un soupir et décroisa ses jambes pour les soumettre à de lents étirements. Ses doigts tremblaient encore, malgré ses efforts visibles pour les contrôler.

— Je me souviens de flammes. Je pense... Je crois que mon village avait caché tous les enfants lorsque les soldats sont arrivés chez nous. Je me souviens du visage de Barsheen tout contre le mien. Je n'avais pas peur. Même quand les flammes ont commencé, je n'avais pas peur parce qu'il était là, avec moi.

— Ils ont mis le feu ?

— À cette époque, ce n'étaient pas toujours les soldats de la Légion Neuve eux-mêmes qui venaient pour les nouvelles recrues. Les choses ne se passaient pas aussi calmement qu'aujourd'hui. Je me rappelle des soldats à l'armure étincelante qui nous attrapaient au fur et à mesure que nous sortions des buissons en flammes. Mes parents étaient là. Ils pleuraient. C'est le seul souvenir qu'il me reste d'eux... Je ne sais même pas s'il est réel.

Perturbé par son histoire, Damian baissa les yeux. Ses propres démons lui paraissaient si dérisoires face à ce que Naramsina et Barsheen avaient vécu. Ce que chacun d'eux avait vécu, probablement.

— La Légion Neuve a été créée pour garantir la paix entre toutes nos nations, protesta-t-il par habitude. Pas pour... Pas pour ça.

— La paix est-elle vraiment la paix lorsqu'elle est imposée à la force des armes ?

Il n'avait rien à répondre à cela. Cette mission avec la Légion Neuve était en train de le changer, l'éloignant chaque jour davantage de la personne qu'il avait été lorsqu'il avait quitté Setri.

— Je suis désolée, capitaine, souffla Nara. Je... Je n'aurais pas dû.

— Ne t'excuse pas. C'est seulement que les choses sont un peu confuses pour moi. Notre histoire paraissait tellement plus simple à l'académie. Tout était justifié, expliqué. Mais la réalité est... compliquée. Je me sens stupide d'avoir été si naïf.

— C'est compliqué pour nous aussi, répondit la jeune femme d'une voix triste. Basaléa est le seul pays que j'ai connu. Ce ne sera jamais pleinement le mien, mais c'est également le seul endroit où je me sens chez moi.

— À Seuthrae ?

Elle acquiesça en désignant ses compagnons endormis de la tête, comme pour dire *avec eux.*

Le temps s'écoule curieusement lorsqu'on est tenu à l'écart de la ronde du soleil. Shanii aurait été incapable de deviner combien d'heures séparaient les visites de Zeki, ou les plateaux de nourriture que les Daoras déposaient devant sa paillasse avant de déguerpir sans un mot. Elle était seule. Entièrement coupée du monde. Son unique réconfort était que la corde attachant ses poignets avait été allongée pour lui permettre de manger par elle-même – une question de dignité à ses yeux. Pour la jeune femme qui avait grandi dans une plaine au milieu de milliers de légionnaires, passant ses nuits sous des tentes dont les rabats claquaient constamment au vent, cette solitude était une torture inimaginable. Mais s'il y avait bien une chose dans laquelle Shanii excellait, c'était de ne pas laisser les autres voir ce qui l'affectait le plus profondément.

Ainsi, lorsque Zeki réapparut avec une amphore au col mince ce jour-là, elle l'accueillit avec un sourire sardonique, les bras croisés sur la poitrine comme si elle était la maîtresse des lieux.

— Est-ce que tout va bien ? s'enquit-il en s'asseyant hors de sa portée, près des braises que ses précédents visiteurs avaient allumées une heure plus tôt en lui apportant son repas.

— Je songe à m'installer ici définitivement, riposta Shanii. Le service est vraiment digne d'une reine.

— D'une princesse, plutôt.

— Hmm. Dans ce cas, j'aimerais proposer quelques améliorations.

Zeki laissa échapper un petit rire tout en tirant des graines d'une pochette à sa ceinture pour les jeter dans une poêle qu'il posa sur les braises. Bientôt, la chambre fut envahie d'une odeur à la fois fruitée et amère, un parfum que Shanii n'avait jamais eu l'occasion de sentir auparavant, mais qui lui chatouillait les narines d'une façon presque familière. Une foule de questions se pressaient derrière ses lèvres, mais la jeune femme rechignait à donner satisfaction à son geôlier, aussi les ignora-t-elle toutes pour se concentrer sur ce qui importait vraiment.

— Comment vont-ils ?

— Je ne suis pas censé te parler d'eux aujourd'hui non plus, fit Zeki sans lever les yeux de son ouvrage.

C'était ce qu'il lui répondait à chacune de ses visites. Généralement, son refus enfermait Shanii dans un silence borné qui durait jusqu'à son départ. Ce jour-là, cependant, elle opta pour une nouvelle approche.

— Qu'est-il arrivé au groupe de la forêt ?

— Ceux que vous avez attaqués ?

— Ceux qui *nous* ont attaqués, corrigea-t-elle en fronçant les sourcils.

— Tu le vois comme tu veux. Ils essayaient seulement de se défendre. Les rencontres avec les Basaléens se terminent généralement dans le sang. Six d'entre eux sont morts. La moitié n'avait pas vingt ans.

Non. Elle ne ressentirait pas de culpabilité. Le Soleil leur était témoin que Damian avait tenté d'entamer la discussion.

— Roni devait se marier dans quelques jours. Nous étions en train de célébrer sa Dernière Veillée.

Shanii le dévisagea d'un regard incertain. Elle n'avait aucune idée de ce que ces mots signifiaient.

— C'est une vieille tradition daora, expliqua le jeune homme en retirant les graines des flammes pour les écraser à l'aide d'un pilon en pierre. À la fois une épreuve et une fête. Les garçons sur le point de se marier partent dans la forêt avec leurs amis à la recherche d'une variété de fleurs sauvages bénie par la Déesse. Après l'avoir trouvée, ils boivent et dansent toute la nuit pour dire adieu à leur enfance. Tu ne t'en souviens pas ?

Fuyant le regard inquisiteur de son prétendu frère, Shanii focalisa son attention vers le sol d'un air obstiné.

— Tu ne te souviens vraiment de rien ? insista Zeki d'une voix un peu triste. Avant, je veux dire. Avant Basaléa.

— Il n'y avait rien avant Basaléa.

— Je t'emmenais jouer dans les arbres quand ta nourrice avait le dos tourné. Tu adorais sauter des branches les plus hautes et tu me donnais des sueurs froides chaque fois que tu essayais de t'élancer d'un bond.

— Je ne t'écoute pas, rétorqua-t-elle en serrant les poings.

— Nous étions les gardiens de la forêt, à Dehso. Nous faisions des rituels chaque mois pour garantir la protection de la Déesse. Tu aimais...

— Tu parles dans le vide.

Avec un soupir, Zeki fit glisser la poudre sombre le long du col du vase qu'il avait apporté avant de le reposer sur les braises. Le parfum entêtant faisait saliver la jeune femme.

— Je le prépare pour toi, lui assura le Daora avec un sourire en coin lorsqu'il s'aperçut du regard inquisiteur de sa prisonnière.

— Je n'en veux pas.

— Tu vas changer d'avis très rapidement, crois-moi.

Dans le silence qui suivit, Shanii le regarda remuer doucement le contenu du vase au-dessus des braises avant de le pencher pour remplir deux petits récipients d'argile d'un liquide sombre et épais.

— Promets-moi que tu ne vas pas me le jeter au visage, souffla Zeki tout en s'avançant précautionneusement vers elle.

L'idée lui avait effectivement effleuré l'esprit, mais elle devait avouer que sa curiosité était la plus forte. Un peu intimidée, Shanii tendit la main pour se saisir du gobelet que lui offrait le jeune homme. Elle le porta précipitamment à ses lèvres et le regretta tout aussi vite lorsque la boisson lui brûla la langue.

— Doucement, conseilla Zeki.

— Qu'est-ce que c'est ?

Malgré la douleur initiale, le breuvage avait quelque chose de réconfortant. Dans sa bouche, l'amertume laissa place à un arrière-goût sucré qui la réchauffa de l'intérieur, l'incitant à se détendre.

— Du café, répondit le jeune homme en avalant une gorgée de son propre gobelet. On le prépare à partir de fruits poussant sur le territoire du clan des Ayudhis. Les enfants essaient toujours d'en chaparder un verre lorsque les adultes ont le dos tourné. Tu ne faisais pas exception à la règle, quand tu étais petite. Je... Je me suis dit que cela réveillerait peut-être quelques souvenirs.

— Je suis désolée, Zeki, déclara Shanii d'une voix qu'elle espérait douce, car elle pouvait deviner une tristesse sincère dans les yeux de son interlocuteur. Je ne suis pas celle que tu recherches.

— Serait-ce si horrible que cela ? D'avoir retrouvé ta famille ?

— Ma *famille* est quelque part dans vos cachots !

Zeki poussa un soupir abattu avant de se détacher du mur auquel il était appuyé, le regard décidé.

— Cela te ferait-il plaisir d'aller les voir ?

— Je... Bien sûr ! Mais... Je croyais que le prince avait ordonné de...

— Anom est parti au-devant de Makeda. Il ne sera pas de retour avant une heure ou deux. Je sais que tu as l'impression d'être une prisonnière, Shanii, mais j'espère que tu comprends pourquoi nous avons été obligés de restreindre tes mouvements. Temporairement. Tu t'enfuirais à la première occasion si nous te laissions aller et venir en liberté, et tu ne dois pas faire cette erreur. Pas encore. Pas avant d'avoir parlé à ta mère.

— Ma mère ?

— Makeda, la reine.

— Non, tu as dit *ta* mère, insista Shanii en fronçant les sourcils. N'est-elle pas censée être *notre* mère ?

— Ah... C'est une histoire pour un autre jour. Promets-tu de te montrer raisonnable si je te libère ?

— Sois plus précis avec le terme raisonnable.

Lorsqu'il éclata de rire, Shanii sentit un nœud se défaire à l'intérieur de sa poitrine. Un poids dont elle ignorait la présence venait de s'envoler. Le rire de Zeki était franc, bruyant et dépourvu de la moindre timidité. Il se propageait jusqu'à ses yeux pétillants et éveillait en elle l'écho de souvenirs qui n'auraient pas dû exister.

— Pas de tentative de fuite jusqu'à avoir parlé à la reine, commença le jeune homme en énumérant à l'aide de ses doigts. Pas de tentative de meurtre sur mes compatriotes. Pas de coup de pied ou de coup de poing. Disons, pas de coup tout court. Tu accepteras de discuter avec Makeda et d'écouter ce qu'elle aura à te dire.

— Et qu'est-ce que je gagne en échange ?

— Tu retrouves tes compagnons. Et je révoque la sentence de ton joli capitaine. J'avais prévu de le tuer, vois-tu. Mais je suis prêt à oublier cette punition, jusqu'à la décision de Makeda. J'ai vu à quel point il s'inquiétait pour vous autres... La loyauté envers ses soldats n'est pas une qualité commune chez les officiers, et j'ai un faible pour les gens honnêtes. C'est d'accord ?

Shanii hocha immédiatement la tête. Elle était prête à jurer tout ce qu'il voulait pour retrouver ses compagnons. Reposant son café, Zeki tira une petite lame de sa ceinture pour couper la corde qui la retenait prisonnière. Shanii lui cracha au visage à peine sa liberté retrouvée.

— J'ajoute *pas de crachat* à la liste.

— Il fallait y penser avant, répliqua-t-elle en se massant les poignets.

— D'accord, je te le concède. Te sens-tu assez forte pour marcher ? Les séquelles du venin de verdor mettent souvent longtemps à disparaître.

— Bien sûr !

C'était une exagération de sa part. Depuis son réveil, elle avait multiplié les exercices de rééducation, mais elle n'avait que partiellement retrouvé sa mobilité. Oui, elle pouvait marcher. Mais elle devait se mordre les lèvres, parfois jusqu'au sang, pour empêcher ses jambes de trembler sous son poids.

Faisant la sourde oreille à son corps qui hurlait son inconfort, elle se leva avec dignité et se força à suivre Zeki le long des couloirs sombres et humides.

Zeki l'entraîna dans une vaste grotte où une dizaine d'individus étaient affairés à la préparation des repas de la colonie, broyant des plantes odorantes dans des mortiers et disposant des morceaux de viande dans des trous remplis de pierres brûlantes. Sur le chemin, Shanii étudia attentivement tous les Daoras à la recherche d'un poignet tatoué. Elle n'en vit aucun.

Son ventre se noua devant les conclusions à tirer de cette découverte, mais elle l'ignora, repoussant cette information dans un coin de son esprit pour l'analyser plus tard.

— Vous les avez enfermés dans les cuisines ?! s'exclama-t-elle lorsqu'ils s'arrêtèrent devant une alcôve fermée par une grille de fortune.

— Je ne sais pas si tu l'as remarqué, mais nous ne sommes pas exactement une place forte avec des cachots adaptés.

— Shanii ! s'écria Sokha. Shanii est de retour !

Zeki demanda au garde d'ouvrir la porte avant de s'écarter pour laisser la jeune femme se précipiter à l'intérieur en trébuchant sur ses jambes encore trop faibles. Lorsque Sokha la rattrapa, elle se serra contre lui avec un soupir de contentement. Il était là, son véritable frère. Sa famille.

D'autres bras coulèrent autour de ses épaules, de son dos. Nara et Barsheen se joignirent à leur embrassade, mi-riant mi-pleurant d'être enfin réunis après des jours d'incertitude. Shanii ne pleura pas. Elle ne leur déclara pas un amour éternel, n'avoua même pas à quel point ils lui avaient manqué. Mais la force de son étreinte le disait pour elle.

Enfin, les trois amis s'écartèrent, révélant Viseh qui était assis contre la paroi, ainsi que Damian et Orrin debout à ses côtés. Elle fit un pas hésitant dans leur direction.

— Cap...

Les bras puissants du jeune homme se refermèrent brusquement autour d'elle. Inattendus. Déconcertants. Mais pas désagréables pour autant. Shanii se blottit au creux de son épaule, prétextant la faiblesse de son corps pour se convaincre qu'elle n'était pas simplement heureuse de le retrouver, lui aussi.

— J'ai cru que tu étais morte, murmura-t-il contre son front. J'ai cru...

L'émotion qui la submergea en cet instant ne fit qu'accroître son sentiment de quiétude, balayant la tension des derniers jours. Si quelqu'un devait s'ajouter à sa famille, ce serait Damian, et non Zeki ou Anom. Comblée, elle se serra plus fort contre lui.

— On m'oublie ? fit la voix de Viseh.

À ce rappel, Damian s'écarta d'elle, les joues un peu rouges, mais Shanii lui adressa un sourire complice avant de se laisser tomber au chevet de leur compagnon blessé.

— Comment vas-tu ? demanda-t-elle.

— Bien mieux, maintenant que tu es devant moi.

— Beau parleur.

— Jusqu'à la fin.

Shanii observa son visage d'un air inquiet. La bataille dans la forêt lui avait laissé une longue balafre qui fendait sa joue entre deux gros bourrelets.

— Ha ha, j'étais sûr que tu étais sensible à mon charme !

— Viseh...

— Ne dis rien, la coupa-t-il avec un sérieux déstabilisant. Je préfère ne pas savoir à quel point c'est horrible. S'il te plaît.

— Tu es toujours bien plus beau que moi, plaisanta-t-elle pour lui rendre le sourire.

— Ah, Shanii... Si nous nous en sortons vivants, je crois que je te demanderai en mariage.

— Et qu'est-ce qui te fait penser que j'accepterais, vieil homme ?

Viseh émit un reniflement outré qui se transforma rapidement en quinte de toux pour dissimuler sa grimace de douleur. Voyant que Shanii ne comptait pas se relever, les légionnaires prirent place en demi-cercle autour d'eux, des questions plein les yeux. La jeune femme savait qu'elle leur devait la vérité, mais son cœur battait si fort dans sa poitrine qu'il l'empêchait de réfléchir.

— Alors ? finit par demander Nara.

— Ils... Ils ont dit que je faisais partie de leur famille.

Elle s'était attendue à des cris effarés, mais la seule réaction qu'elle obtint fut des sourires compatissants.

— Vous n'avez pas l'air très surpris, nota-t-elle en fronçant les sourcils.

— Damian nous l'a dit, répondit Sokha.

— Damian ? Mais... Comment ?

— Je l'ai deviné quand Zeki a entendu ton nom, expliqua le jeune homme avec un regard triste. C'était assez évident. Il t'a dévisagée comme si tu étais un miracle... Tu lui ressembles, tu sais.

— Je ne lui ressemble pas du tout.

— Tu dois être encore en état de choc. Ce n'est pas facile à...

— Non, le coupa-t-elle, vous ne comprenez pas... Il a dit... Il a dit que j'étais de sa famille, sa sœur. À lui et à Anom !

— Anom, le prince ? s'exclama Barsheen d'une voix incrédule. Anom, le fils de la reine qui est peut-être derrière la rébellion ? Cet Anom-là, c'est ton frère ?

Shanii acquiesça, à court de mots. Quelque chose en elle frémissait d'horreur à l'idée que la perception qu'ils avaient d'elle était sur le point de changer. Mais à part les regards choqués, la seule réaction visible fut un éclat de rire de Sokha.

— Eh bien, voyez-vous ça ! Notre petite teigne est une princesse !

La tension qui avait paralysé le corps de la jeune femme se relâcha aussitôt. Le cœur débordant de gratitude, elle écouta ses amis se plonger dans un débat autour des conséquences de cette révélation. Elle était certaine d'une chose : peu importait si Zeki avait raison ou tort. Il n'existait rien au monde qui l'empêcherait de repartir d'ici avec son unité.

— Shanii ?

Profitant de la discussion enflammée de leurs compagnons, Orrin avait fini par se rapprocher d'elle, une lueur hésitante dans le regard.

— Qu'y a-t-il ?

— Je voulais te remercier... Pour avoir, tu sais...

— Sauvé ta petite tête ? Tu t'es débrouillé pour te faire capturer malgré tout, à l'évidence.

— Je... Je ne pouvais pas le laisser seul.

— Le capitaine ?

— Je...

— C'était un geste honorable, le rassura Shanii avec un sourire qu'elle espérait gentil. Stupide, très certainement, mais honorable. Tu es plus courageux que je ne le pensais, Orrin. Quelques efforts supplémentaires à l'épée et nous avons encore une chance de faire de toi un véritable légionnaire !

Pour toute réponse, Orrin posa sur elle un regard consterné qui lui donna envie de rire. De l'autre côté de la grille, un homme traversa la pièce à toute allure pour échanger quelques mots avec Zeki, et lorsque ce dernier se tourna vers Shanii, elle devina que les retrouvailles étaient terminées.

La reine l'attendait.

Chapitre 34

An XIII du règne de l'empereur Solis Vestinus Marcallas

— Kath ! Le commandant veut nous voir !

La jeune femme leva les yeux de la carte qu'elle était en train d'étudier avec Sokha pour les poser sur Shanii qui venait d'entrer dans leur tente, une moue amusée sur le visage. Depuis quelques mois, le commandant organisait régulièrement des exercices militaires grandeur nature afin de pousser ses pupilles à recréer les stratégies développées pendant leurs leçons à l'échelle d'une armée. Les soldats de Saemund, forts de leur expérience sur le terrain, étaient bien plus doués qu'eux à ces jeux. Ils avaient dérobé les oriflammes du Cinquième Contingent à de nombreuses reprises, remportant à chaque fois une victoire écrasante. Luttant pour pallier ce désavantage, Kath songeait à déplacer leurs trophées dans un emplacement discret sous la surveillance d'un petit groupe de légionnaires au lieu de les garder derrière leurs lignes comme elle l'avait fait jusqu'à présent.

— Que se passe-t-il ? s'enquit-elle en traversant la tente jusqu'à Shanii.

— Je ne sais pas, mais une troupe vient d'arriver de Setri. Clemens m'a demandé d'aller te chercher.

— Tu me caches quelque chose, devina Kath en fronçant les sourcils.

— Moi ? Comment oses-tu ?

— Shanii... Je vais être obligée de prendre ma voix de capitaine.

— C'est que j'aime tellement quand tu prends ta voix de capitaine...

— Balance le morceau, insista Kath, qui avait du mal à garder son sérieux.

— D'accord, d'accord. Il y avait un gamin avec eux. Un nobliau, aussi délicat qu'une fleur. Mon petit doigt me dit qu'on l'a envoyé ici pour qu'il se fasse les dents auprès de vrais soldats.

— Et Clemens va l'assigner à notre unité.

— C'est ce que je devine, oui. Oh, tu vas l'adorer, Kath. Il est entré dans le camp en se pinçant le nez ! Son noble petit nez, agressé par nos odeurs si roturières...

La jeune femme éclata de rire en se tournant vers Sokha, qui haussa les épaules et leur fit un signe de la main. Elle s'engagea ensuite sur le chemin de la résidence de Clemens en débattant avec Shanii d'une série d'hypothèses rocambolesques au sujet du mystérieux garçon.

À l'approche du manoir, elle croisa la route de Svenhildr, une liasse de documents sous le bras. Tous deux échangèrent un regard lourd de sens, mais Kath baissa précipitamment les yeux pour éviter d'éveiller les soupçons.

Cela faisait un an que son frère et elle partageaient leurs idées. Une année presque complète, depuis qu'elle avait assisté à l'arrivée des recrues du Sixième Contingent et décidé une fois pour toutes de ne pas rapporter à Clemens que le nouvel intendant de Seuthrae était un espion de Brekkur. Une année à attendre chaque missive avec impatience, à imaginer une raison terrifiante derrière chaque retard. Kath avait l'impression de mener une double vie épuisante. Mais il était beaucoup trop tard pour revenir en arrière.

La jeune femme croyait toujours, au plus profond de son cœur, que la mission de la Légion Neuve était juste. Seuthrae était sa maison. Sa famille. Sa vie. Elle ne laisserait personne essayer de le détruire. Mais cela ne signifiait pas que les choses devaient perdurer telles qu'elles étaient. Il existait tant d'améliorations possibles. Recruter de jeunes adultes sur la base du volontariat, par exemple. Les attirer avec une véritable solde au même titre que le reste de l'armée basaléenne. Kath n'était pas à court d'idées, et elle s'était épanchée en long, en large et en travers sur ce sujet dans les nombreuses missives qu'elle avait écrites à son frère.

Erling s'était montré ravi de son enthousiasme. Il ne cessait de lui répéter qu'il comptait beaucoup sur elle. Svenhildr et lui l'avaient même encouragée, à plusieurs reprises, à partager avec eux certaines des informations militaires qu'elle venait à apprendre au cours de ses entretiens avec le commandant. Les mouvements de leurs troupes. Leurs plans pour Brekkur. Les relations de l'empereur avec son frère.

Kath avait refusé.

Clemens était assis dans son salon, aux côtés d'un garçon aux cheveux roux qui se tortillait sur sa chaise. Shanii n'avait pas menti lorsqu'elle avait parlé de fleur.

— Kath, Shanii, les salua Clemens. Laissez-moi vous présenter Orrin Lydus. Futur officier de l'armée impériale.

À cette description, le jeune Basaléen se redressa contre son siège, dévisageant les nouvelles venues avec une indifférence teintée de dédain.

— Son officier supérieur a suggéré qu'il termine son apprentissage auprès de nous, aussi ai-je décidé de l'affecter à ton unité, Kath. Je suppose que tu n'y verras pas d'inconvénient.

— Une fille ?! s'étrangla Orrin d'une voix choquée.

Derrière elle, Kath entendit Shanii étouffer un fou rire. Elle était sans doute déjà en train d'imaginer les ennuis que le garçon allait causer, et cela semblait la mettre de bonne humeur.

— Puisque nous sommes tous d'accord, conclut Clemens, Orrin sera ton aide de camp pour les deux prochaines années. Je compte sur toi pour répondre à ses questions et l'assister quand il en aura besoin. J'ai lu dans sa lettre de recommandation que son officier espère qu'il profitera de cette expérience pour améliorer ses compétences au combat. Aussi, n'hésite pas à le faire participer à vos entraînements.

Les joues du jeune garçon prirent feu devant cette critique à peine déguisée

— Avez-vous une mission pour nous, commandant ? s'enquit Shanii avec espoir.

— Il est encore un peu tôt. Mais si l'acclimatation d'Orrin se passe bien, je compte vous envoyer patrouiller sur la frontière d'ici à quelques mois. Fais en sorte que ton unité soit prête, Kath.

Quelques semaines plus tard, sur le chemin de l'arène, Kath fut arrêtée par une petite fille qui se plaça en travers de sa route. Elle avait la peau brune des Simitiens et des yeux d'un marron si pâle qu'il tirait sur le jaune. Kath l'avait déjà croisée plusieurs fois dans le campement au cours des deux dernières années, particulièrement lorsqu'elle rendait visite à Eshaï, avec qui la fillette s'était liée d'amitié.

— Kesia, c'est bien ça ? demanda Kath avec un sourire. Que se passe-t-il ?

— Eshaï veut te voir. C'est urgent.

— Eshaï ? Que...

— Il est malade.

— J'arrive tout de suite.

La jeune femme se tourna vers Shanii, qui dévisageait Kesia d'un air curieux.

— Continue sans moi, je te retrouve dans l'arène, lui fit Kath.

— Tu ne veux pas que je t'accompagne ? demanda son amie en haussant les sourcils.

— Non, j'ai besoin de quelqu'un pour distraire le professeur Gallius. Je risque d'être un peu en retard.

Shanii la dévisagea d'un air blessé, mais elle n'insista pas et pivota sur ses talons pour reprendre son chemin vers le terrain d'entraînement. Kath se sentait coupable de lui dissimuler ainsi tout un pan de sa vie, mais elle était certaine que la jeune fille ne comprendrait pas ses doutes concernant la Légion Neuve. De tous leurs compagnons, Shanii était la plus explicite dans son soutien à Basaléa. Comment aurait-il pu en être autrement, alors qu'elle n'avait plus aucun souvenir de son pays d'origine ? Kath n'était pas prête à risquer leur amitié même pour quelque chose d'aussi important que cela.

— Que veux-tu dire, malade ? s'enquit-elle en emboîtant le pas à Kesia au lieu de courir après Shanii comme son cœur le lui dictait.

— Il n'arrive plus à se lever. Comme Assor. Maya. Et Odzare. Leur nombre a augmenté depuis quelques jours.

— Tu as prévenu l'intendant ?

— Il a demandé à couper l'accès à leur dortoir. Mais Eshaï souhaitait absolument te voir, alors je suis venue.

Les sourcils froncés, Kath pressa le pas jusqu'à s'arrêter devant la tente que partageaient les enfants. Elle était gardée par deux légionnaires qui se dressèrent sur son chemin.

— Désolé, fit le premier, un jeune homme originaire d'Oltaï répondant au nom de Ruslan. Personne n'entre.

— Laisse-moi voir Eshaï. Il a besoin de moi.

— Ce sont les ordres.

Derrière le soldat, l'auvent s'entrouvrit brièvement, révélant un visage creusé et bien trop pâle. Le cœur de Kath se serra. C'était plus grave que ce qu'elle avait imaginé.

— Laisse-moi passer, Ruslan, lança-t-elle. Mon rang est encore supérieur au tien, je te le rappelle.

— Le commandant...

— Considère cela comme un ordre. Laisse-moi passer. Je m'occuperai de Clemens.

Les deux gardes échangèrent un regard suspicieux, mais ils finirent par s'écarter. Après tout, Kath était leur capitaine.

À l'intérieur de la tente, l'air vicié la prit brutalement à la gorge. Les vingt enfants qui partageaient ce dortoir étaient allongés dans un silence morbide, troublé uniquement par des gémissements et des sanglots. Certaines paillasses étaient souillées de vomi.

Kath tira immédiatement le col de sa tunique pour se couvrir le nez dans l'espoir de se prémunir contre la pestilence. À quelques pas d'elle, Eshaï la dévisageait avec des yeux cernés.

Une épidémie. Le cauchemar de tout officier qui se respecte. La jeune femme n'était pas suffisamment versée dans l'art de la médecine pour deviner de quoi ils souffraient, mais si tous les enfants de ce dortoir-ci étaient atteints, ce n'était qu'une question de temps avant que la contamination ne se propage à leurs voisins.

— Eshaï, fit-elle en s'agenouillant devant lui, dis-moi, depuis quand es-tu malade ?

— Tr... Trois jours, balbutia l'enfant d'un tout petit filet de voix.

— Trois jours ? Pourquoi ne pas m'avoir appelée plus tôt ?

— Cl... Cle...

— Le commandant ?

Le garçon hocha la tête, oscillant sur des jambes qui ne le supportaient presque plus. Kath le raccompagna doucement vers sa paillasse, luttant contre sa propre peine et son envie de fuir en courant. Pourquoi Clemens ne leur avait-il pas dit que Seuthrae était aux prises avec les premiers signes d'une épidémie ? Il fallait faire quelque chose de toute urgence, avant qu'il ne soit trop tard. Quérir des médecins de la ville, organiser des rotations de surveillance. Séparer les différents contingents, peut-être.

— Où as-tu mal ? demanda-t-elle encore.

— Ici, répondit Eshaï en désignant son estomac, puis son crâne.

— Je vais aller parler au commandant, d'accord ? Tiens bon, nous allons faire quelque chose pour toi.

— M... Merci...

Elle effleura ses cheveux trempés de sueur, le cœur à vif face à la douleur du petit garçon. Derrière elle, les gémissements dégénérèrent en spasmes.

— Je reviens vite, promit-elle avec un dernier regard vers Eshaï.

Clemens était à son bureau lorsque Kath grimpa en trombe les escaliers du manoir. Elle n'était pas entrée ici depuis que ses compagnons et elle avaient dérobé le portrait de la belle inconnue et prêté serment de ne jamais se trahir. La jeune femme avait du mal à se convaincre que cinq années s'étaient écoulées depuis cette nuit-là. Elle aurait aimé pouvoir revenir à ces instants d'insouciance, quand tout ce qui comptait pour elle était de plaire au commandant et de passer du temps avec ses compagnons. Avant Setri. Avant Erling. Avant la rencontre avec le petit Eshaï, dont les larmes lui avaient brisé le cœur.

Mais elle ne le pouvait pas.

À son apparition soudaine, le commandant leva les yeux du courrier qu'il était en train de rédiger.

— Je suppose que tu es au courant, soupira-t-il.

— Cette lettre a intérêt à être un appel à l'aide !

— Kath, je te permets beaucoup de choses, mais je suis toujours ton officier supérieur. Surveille ton langage, s'il te plaît.

— Comment pouvez-vous nous tenir à l'écart d'un incident de cette envergure, commandant ? Eshaï et les autres sont malades ! Ils arrivent à peine à se lever et...

— Tu es allée les voir ? s'exclama Clemens en se relevant brusquement. Les as-tu touchés ?

— Bien sûr, je...

— Inconsciente ! Lave-toi les mains. Tout de suite.

— Mais...

— Tout de suite !

Il lui désigna un bol d'où s'échappait une forte odeur d'alcool. Kath s'exécuta en se mordant les lèvres pour contenir sa colère. Comment pouvait-il rester si calme face à une situation si préoccupante ?

Ne voyait-il donc pas que Seuthrae se tenait au bord d'un terrible précipice ?

Clemens contourna le bureau pour s'approcher d'elle, gardant malgré tout une distance qui n'était pas habituelle. Il avait l'air épuisé.

— Je comptais vous en parler ce soir, se justifia-t-il. Ce sera notre dernière session pour un petit moment, il nous faut limiter les contacts, jusqu'à ce que cette histoire soit derrière nous.

— Ce ne sera pas suffisant, commandant ! Nous devons appeler des guérisseurs sans attendre.

— Personne dans la région n'a les moyens de faire face à une épidémie de ce genre.

— Faisons-les venir de Setri, dans ce cas !

— Nous n'avons ni le temps ni les ressources nécessaires. Kath, mes mains sont liées et mon coffre est vide. De plus, la pire chose qui pourrait arriver serait que des médecins aillent et viennent et transportent la maladie en dehors de nos murs dans les villages environnants.

— La pire chose ?! s'étrangla la jeune femme.

— Tu sais bien ce que je veux dire.

— À moins que vous ne soyez en train de m'expliquer que la vie de ces enfants vaut moins que celle des habitants de la région, non, je ne vois pas du tout ce que vous voulez dire.

— Kath...

La colère de la jeune femme était si ardente qu'elle l'étouffait. En cet instant, elle ne reconnaissait plus du tout l'homme qui se tenait en face d'elle, cet homme qui l'avait élevée, qui lui avait enseigné les voies de la raison et de la logique. Au fond, pourtant, Clemens n'avait pas changé. C'est elle qui n'était plus la même.

— Nous ne pouvons pas rester sans rien faire ! protesta-t-elle en serrant les poings.

— J'ai ordonné de fermer les remparts de Seuthrae. À partir d'aujourd'hui, plus personne n'entre ni ne sort. Les réserves d'alcool seront partagées entre tous pour diminuer les risques de contamination. Nous limiterons nos déplacements au minimum et chaque symptôme suspect devra être rapporté afin de mettre les dortoirs en quarantaine. Les enfants seront heureux de prendre un peu de repos.

— Commandant, ils vont mourir...

— Je ne peux plus rien pour eux, avoua Clemens d'une voix sombre. Mais je peux encore sauver les autres. Te sauver toi. Et les Basaléens que nous avons juré de protéger. Ou bien aurais-tu déjà oublié ton serment ?

— Mais...

— Jure-moi que tu respecteras mes ordres, Kath. Je ne peux pas me permettre la moindre insubordination en une telle période.

— Je... Je le jure...

— Jure-le sur Geidr.

La jeune femme réprima difficilement une remarque désobligeante. Le commandant avait retenu sa leçon. Elle songea un instant à refuser, mais il était son officier supérieur et elle avait effectivement prêté un serment de loyauté envers Basaléa et ses habitants. Avait-elle vraiment une autre option ?

— Je jure sur Geidr que je n'irai pas à l'encontre de la quarantaine, fit-elle entre ses dents. Mais je ne peux pas jurer que je vous soutiens dans cette décision.

— Cela suffira pour aujourd'hui.

Au vingt-troisième jour après le début de l'épidémie, Eshaï ferma les yeux pour ne plus jamais les rouvrir, emportant avec lui un morceau du cœur de Kath.

Cinquante-huit légionnaires avaient déjà perdu la vie. Et Clemens refusait toujours de faire appel à des médecins, préférant isoler les malades et brûler les corps à l'extérieur des murs de Seuthrae.

Chaque jour qui passait était un couteau de plus planté dans la poitrine de la jeune femme. Chaque décès, un poids supplémentaire sur la montagne de sa culpabilité.

Elle avait juré, oui.

Mais cela ne suffirait plus bien longtemps.

Cinq mois après l'apparition des premiers symptômes, aucun nouveau malade ne fut recensé pendant plusieurs semaines et Clemens ordonna la fin des restrictions. Kath et ses compagnons avaient tous survécu, mais la Légion Neuve se voyait réduite de plus d'un tiers.

En marchant à travers le camp étrangement silencieux, main dans la main avec Shanii, Kath avait du mal à retenir ses larmes. Quel gâchis. Quel incommensurable gâchis.

— Tant de vies, murmura-t-elle en regardant les bûchers où avaient continuellement brûlé les possessions des malades pendant des mois.

Pour toute réponse, sa compagne se pressa plus fort contre elle. Shanii avait le visage fermé, dénué de toute expression. Un inconnu aurait pu imaginer qu'elle n'était pas affectée par ce qui l'entourait. Mais Kath la connaissait. Elle la connaissait mieux que quiconque, peut-être mieux qu'elle ne se connaissait elle-même. La détresse, chez Shanii, ne s'exprimait pas par ce sourire implacable qu'elle réservait à l'excitation du combat. Elle ne s'exprimait pas non plus par les cris, la rage ou même les larmes. Non, lorsque Shanii se sentait impuissante, elle renforçait les murailles qui entouraient son cœur jusqu'à s'isoler entièrement du monde extérieur. C'était ainsi qu'elle protégeait l'enfant qui vivait encore quelque part en elle.

Ce fut à cet instant, en observant son amie, sa sœur, sa moitié, que Kath comprit qu'elle devait faire quelque chose.

— Je dois aller voir l'intendant, Shanii, tu peux m'excuser ?

— Tu as besoin de mon aide ? demanda la jeune fille, d'une loyauté indéfectible.

— Tu m'as déjà aidée. Bien plus que tu ne l'imagines. Je te retrouve un peu plus tard, d'accord ?

Sans attendre sa réponse, elle déposa un baiser furtif sur le front de sa compagne et fit demi-tour d'un pas décidé.

Svenhildr était à son bureau, le visage émacié par la maladie. Lorsqu'il aperçut la jeune femme, ses lèvres desséchées s'étirèrent en un faible sourire chargé de tristesse. Ils avaient tous tant souffert. Kath l'observa pendant de longues secondes en silence, ployant sous les doutes, mais également libérée d'un poids dont elle prenait seulement conscience. Son cœur battait à toute vitesse dans sa poitrine, l'incertitude se mélangeant à l'espoir, la peur à la fierté. Mais cela n'avait plus d'importance. Sa décision était prise.

— Que puis-je faire pour toi, Kath ? s'enquit l'intendant.

— J'ai changé d'avis.

Chapitre 35

An XV du règne de l'empereur Solis Vestinus Marcallas

Shanii se laissa guider en chancelant à travers un nouveau dédale de couloirs qui s'enfonçaient toujours plus profondément sous terre. Tout en essayant de garder en mémoire le chemin qu'ils étaient en train d'emprunter, la jeune femme se fit la réflexion que le sous-sol de la forêt était peut-être criblé de tunnels similaires, permettant aux groupes rebelles de disparaître sans jamais révéler la position de leur camp. C'était loin d'être une idée absurde. Il faudrait qu'elle en parle à Damian dès qu'elle le reverrait.

— Nous sommes arrivés.

Toute à ses pensées, elle manqua de peu de percuter Zeki qui venait de s'arrêter devant un embranchement désert, identique à tous ceux qu'ils avaient croisés jusqu'alors.

— Où sommes-nous ? s'enquit Shanii en oscillant sur ses jambes encore faibles.

— Au bout de ce couloir, tu trouveras une série de caves avec des bassins et...

— Votre reine m'a convoquée dans des bains ?! s'exclama-t-elle, partagée entre le choc et l'amusement.

— Elle ne voulait pas différer votre rencontre un seul instant de plus. Et tu excuseras ma sincérité, mais tu en as plutôt besoin, toi aussi.

Il était vrai qu'elle n'avait pas eu l'occasion de faire autre chose que de courtes toilettes au cours des derniers jours. Zeki avait pris soin de lui faire parvenir de l'eau chaque matin, mais dans sa cellule avec les mains attachées, sa marge de manœuvre était des plus limitées.

— Je ne suis pas responsable des conditions de ma détention, je te signale, marmonna-t-elle pour la forme.

— Personne ne t'empêchait de demander.

Irritée par son air narquois, la jeune femme serra les poings, mais il l'arrêta d'un geste.

— On a dit pas de coups, tu te rappelles ?

Shanii songea un instant à revenir sur sa promesse, à céder aux perspectives séduisantes d'un règlement de comptes, mais elle se décida pour la raison. Les vies de Damian et des autres étaient en jeu. Elle pouvait se montrer tête brûlée bien sûr, mais elle était également capable de réfléchir. Clemens avait veillé à cela. Ce qui ne l'empêcha pas de bousculer violemment le jeune homme en le dépassant.

— J'ai vraiment l'impression d'avoir retrouvé ma petite sœur, maintenant ! cria ce dernier dans son dos tandis qu'elle poursuivait péniblement son chemin dans la galerie.

Quelques instants après avoir quitté Zeki, Shanii déboucha sur l'entrée d'une vaste caverne aux parois scintillantes de condensation. Sur toute la longueur de la pièce se succédaient des bassins en réseau qui s'écoulaient les uns dans les autres dans un doux ruissellement. Une série de lampes à huile disposées dans des alcôves au ras du sol dispensaient une lumière tamisée ainsi qu'un subtil parfum boisé.

Seules trois femmes étaient visibles au travers du nuage de vapeur. La première était assise dans l'eau jusqu'aux clavicules, les yeux fermés et la tête renversée contre le rebord, tandis que les deux autres, vêtues de fines robes blanches collées à leur peau par l'humidité, lui massaient le cou et les bras.

Shanii savait comment passer inaperçue. Elle n'avait jamais été aussi douée que Sokha en la matière, mais elle pouvait se vanter d'être sa meilleure élève. Pourtant, elle avait à peine franchi le seuil de la caverne qu'une voix puissante résonna entre les murs :

— Approche.

Il y avait quelque chose dans la voix de la reine qui interdisait toute insubordination. Makeda était le genre de femme qui n'avait pas besoin de hausser le ton pour se faire obéir.

Shanii savait pertinemment que ces personnes étaient parmi les plus redoutables.

La gorge trop nouée pour parler, elle s'approcha du bassin sans quitter des yeux le profil de la femme devant elle. Makeda. La reine. Sa mère, si elle en croyait ces histoires absurdes. Shanii ne se retrouvait pas du tout dans son visage. Ses traits altiers, ses pommettes saillantes et son front bombé dessinaient une figure de reine, pas celle d'une légionnaire élevée dans la poussière des plaines. Ses tresses noires étaient parsemées de mèches grises, mais c'était bien là la seule indication de son âge, car sa peau était aussi lisse que celle d'une jeune femme.

— Eh bien, qu'attends-tu ? fit la reine sans même relever les paupières. Viens.

Parce qu'elle ne voyait pas de raison de refuser, Shanii se débarrassa de ses vêtements, déposa tendrement le collier de Kath dans leurs plis et fit un premier pas dans l'eau chaude. Aussitôt, l'une des domestiques s'avança vers elle, mais la jeune femme la renvoya d'un geste brusque : il était hors de question qu'elle laisse une inconnue s'approcher de son cou.

— Ils disent que vous êtes ma mère, lâcha finalement Shanii après de longues minutes de silence à respirer l'air humide des bains.

— Et tu ne les crois pas.

— Non.

À ces mots, Makeda ouvrit enfin les yeux pour les plonger dans ceux de Shanii. La jeune femme frissonna sous le poids de son regard, mais elle ne flancha pas. La patience n'était peut-être pas son fort, mais les jeux de pouvoir, si. Ce n'était pas la première fois qu'on cherchait à l'intimider. Elle avait grandi à Seuthrae.

L'affrontement s'éternisa jusqu'à ce que Shanii sente sa nuque frémir. La reine avait des pupilles d'un brun particulièrement lumineux, marquant un contraste frappant avec sa peau sombre. Autour des bassins, l'air était si épais qu'il devenait difficile de respirer. La jeune femme brûlait d'envie de s'immerger afin de disparaître, mais elle ne voulait pas offrir à son ennemie le plaisir de la voir céder.

Enfin, les lèvres de la reine s'étirèrent dans un demi-sourire qui marqua officiellement la fin du duel.

— Ils ont raison, affirma-t-elle. Je n'en étais pas sûre, mais je le suis à présent.

— C'est une erreur !

— Je peux t'assurer que cela n'en est pas une.

— Et pourquoi vous ferais-je confiance ? grimaça Shanii. Vous n'avez pas l'air particulièrement surprise de me découvrir parmi vous. Ni surprise ni...

— Heureuse ? acheva la reine dans un sourire dépourvu de chaleur. Rêvais-tu donc de retrouvailles émouvantes avec ta famille ? Mon enfant, la joie est un privilège bien rare pour ceux qui occupent le trône, et la surprise une faiblesse impardonnable. Crois-moi quand je te dis que je *suis* heureuse de te retrouver, Shanii, mais ton apparition pose plus de questions qu'elle n'en résout. Tu es peut-être ma fille, mais tu es une inconnue dans l'ordre des choses. Et avant d'être mère, je me dois d'être reine.

L'indifférence glaciale de la femme qui lui faisait face éveilla une colère sourde dans le cœur de Shanii.

— C'est ridicule ! protesta-t-elle en croisant les bras sur sa poitrine. Quelle serait la probabilité d'une telle rencontre ?

— La véritable question est : pourquoi ton commandant t'a-t-il envoyée dans les Oréades alors qu'il devait bien se douter que nous ne te laisserions pas repartir ? Le frère de l'empereur Solis s'est taillé une réputation jusque dans ces contrées. Je le croyais plus intelligent que cela.

Il ne voulait pas que je vienne fut la première pensée qui traversa l'esprit de Shanii, mais elle choisit de se focaliser sur la seconde, qui lui semblait beaucoup plus pressante.

— Ne pas me laisser repartir ?! Cela ne faisait pas partie des termes de notre accord. Je ne compte pas rester ici.

— Tu préférerais continuer ta route vers Thyrillai et devenir une voleuse d'enfants à ton tour ?

Shanii pinça les lèvres pour s'empêcher de dire une bêtise. Leur mission n'avait jamais été de trouver de nouvelles recrues pour la Légion Neuve, mais si les Daoras apprenaient la vérité sur leur présence, cela ne ferait que rendre leur situation plus délicate encore. Même si ces gens n'étaient pas les rebelles qu'ils recherchaient, ils leur étaient liés d'une manière ou d'une autre. Le contraire était impossible.

— N'en as-tu jamais voulu à la Légion Neuve de t'avoir enlevée ? demanda la reine de sa voix indolente en constatant que Shanii ne répondrait pas à sa question précédente.

— Ils ne m'ont pas enlevée. Je sais que ce n'est pas comme ça que les choses se déroulent à Simint. Vous m'avez désignée ! C'est vous qui avez choisi de m'envoyer là-bas !

— Tu avais l'âge des recrues et il était de mon devoir de prouver à mon peuple que les familles royales ne sont pas au-dessus des lois. Mais cette loi, petite Shanii, ce n'est pas moi qui l'ai écrite. Crois-tu vraiment que j'aurais décidé d'envoyer mon enfant, mon bébé, dans le pays de mes ennemis ? Est-ce ainsi que l'on vous instruit, de l'autre côté de la frontière ?

— Taisez-vous !

Les deux domestiques se figèrent avec un cri de surprise : on ne devait pas souvent parler à la reine sur ce ton. Shanii s'était imaginé subir la fureur de Makeda, mais elle n'obtint rien de plus qu'un regard calculateur, comme si son interlocutrice prenait mentalement note de ses faiblesses. C'était *trop*. Trop d'informations. Trop de mensonges. Trop vite. Les vapeurs l'enveloppaient d'effluves parfumés qui lui donnaient le vertige. Ou peut-être étaient-ce les dernières séquelles des fléchettes empoisonnées. Shanii avait l'impression qu'elle était sur le point de perdre la tête.

Notant son inconfort, la reine fit signe à ses demoiselles de compagnie.

— Cela suffit pour aujourd'hui. J'ai entendu ce que je voulais entendre. Raccompagnez-la à sa cellule, je dois réfléchir à ce que nous allons faire d'eux.

Elle se releva ensuite d'un geste souple, levant ses jambes effilées sans la moindre pudeur pour franchir le bord du bassin. Congédiée, Shanii savait qu'elle aurait dû faire de même, mais la vue du corps de Makeda l'avait pétrifiée. Là, sous la poitrine de la reine, on distinguait un dessin de vignes qui ondulaient vers son ventre où s'épanouissait une fleur à huit pétales. Malgré l'imprécision des contours vieux de plusieurs années, le tatouage était immanquable. C'était une œuvre d'art magnifique. C'était aussi, malheureusement, un dessin qui hantait les souvenirs de Shanii depuis sa plus tendre enfance.

Une enfant barbote dans l'eau chaude, riant aux éclats dès qu'elle parvient à faire une vague assez haute pour déborder du bassin.

Une petite fille se love affectueusement contre quelqu'un dans la chaleur humide des bains.

Une femme passe la main dans ses cheveux frisés en disant que tout ira bien.

Une mère, qui ressemble à Makeda.

Combattant les images qui se bousculaient dans son esprit, Shanii sauta maladroitement hors du bassin et tâtonna frénétiquement le sol pour récupérer ses affaires. Encore sous le choc, elle enfila ses vêtements sans se soucier de se sécher avant de s'engager en courant dans le tunnel, pressée de mettre le plus de distance possible entre elle et ce qu'elle venait d'apprendre.

— Shanii ! l'appela Zeki lorsqu'elle parvint à son niveau.

Mais elle ne s'arrêta pas.

Sa fuite effrénée la mena dans l'une des salles communes. Là, un homme s'approcha doucement d'elle, les mains levées comme s'il cherchait à rassurer un enfant effrayé. Le geste ne fit qu'accroître sa panique. Les doigts serrés autour du collier de Kath, la jeune femme dérapa sur le sol humide avant de se relever pour foncer dans le premier tunnel qu'elle croisa, puis le suivant, et le suivant, jusqu'à trouver une petite alcôve protégée des regards où elle s'abrita, les jambes tremblantes et le cœur battant à toute allure.

Quelles étaient donc ces images qui l'assaillaient depuis qu'elle avait vu le tatouage de la reine ? Des souvenirs ? Comment pouvait-elle brutalement se rappeler des détails si anciens ? N'était-ce pas plutôt un tour joué par son imagination ? Une plaisanterie cruelle du destin pour se moquer de son rêve naïf de retrouver sa famille ?

Non. Si elle était sûre d'une chose, c'était qu'elle n'avait jamais souhaité rencontrer sa famille.

Jusqu'à aujourd'hui.

Elle avait deux frères. Elle avait une mère. Et ils étaient là, juste à portée de main.

Elle avait eu une sœur, également, songea-t-elle en repensant à Kath, les doigts crispés autour du pendentif au point de se faire mal. Elle avait eu une sœur, mais ces monstres l'avaient tuée. Elle ne devait pas perdre de vue la raison pour laquelle elle avait défié les ordres de Clemens et quitté la Légion Neuve. Ce n'était pas pour retrouver une hypothétique famille qui avait refait sa vie sans elle. C'était pour venger la mort de Kath.

— Shanii, te voilà, souffla Zeki en apparaissant devant elle. Qu'est-ce qui t'arrive ? Tu es trempée...

— Je veux rejoindre mes compagnons, exigea-t-elle d'une voix qui avait perdu toute force. Je...

— Demain. Nous irons ensemble. Je dois juste convaincre Anom et...

— Non ! Maintenant... Je... Je dois les voir...

À présent que l'adrénaline et la panique étaient en train de la quitter, Shanii se rendait compte que ses vêtements gorgés d'eau collaient à sa peau comme des lames glacées. Elle tremblait de tout son corps. Et lorsqu'elle tenta de se lever sans l'aide de Zeki, elle manqua de peu de retomber sur le sol.

— D'accord, concéda le jeune homme. Retournons à ta chambre dans un premier temps, j'irai les chercher.

— Ma *chambre*, ricana-t-elle doucement en songeant à la cellule où elle avait passé les derniers jours.

— Tu n'es pas notre prisonnière, Shanii. Je sais que ces grottes ne respirent pas vraiment l'opulence, mais tu verras, lorsque nous rentrerons à Dehso. C'est l'endroit où tu es née, là où tu aurais dû grandir... Ce pays était le tien. Il peut le redevenir, si tu acceptes de t'y ouvrir.

Shanii secoua faiblement la tête. Zeki pensait peut-être l'aider, mais il ne faisait qu'alimenter sa confusion. Maintenant qu'elle se tenait contre lui, essoufflée et sans force, la jeune femme regrettait de s'être échappée des bains en courant. Elle avait gaspillé une énergie qui lui aurait été plus que bénéfique en cet instant.

Ils effectuèrent un bref détour auprès d'une famille de Daoras pour récupérer une pile de linge propre avant de prendre le chemin de sa chambre. Si elle devait être tout à fait honnête, Shanii était forcée d'avouer que les quartiers de la famille qui lui avait prêté des vêtements n'étaient pas beaucoup plus conviviaux que les siens.

— Nous y sommes, déclara Zeki en la conduisant jusqu'à son lit de fortune. Tu peux rester seule un moment ?

— Zeki ?

— Oui ?

— Que signifie le tatouage des lignes barrées ? demanda la jeune femme d'une voix fatiguée.

Elle en avait plus qu'assez de faire semblant.

— Les lignes barrées… répéta Zeki en fronçant les sourcils.

— Trois lignes parallèles, transpercées d'une courbe au milieu.

Les yeux du Daora s'écarquillèrent légèrement en signe de compréhension.

— Où as-tu vu ce symbole ?

— Je… Quelque part, dans les cavernes. Peut-être le jour de…

— Tu dois te tromper, Shanii. Personne n'a un tel tatouage ici. Je peux te l'assurer. Change-toi, tu vas attraper froid. Je vais essayer de libérer l'un de tes compagnons pendant une heure ou deux.

Cédant à sa mauvaise humeur, Shanii jeta la pile de linge propre dans sa direction, mais il était déjà parti.

Chapitre 36

An XV du règne de l'empereur
Solis Vestinus Marcallas

Une heure s'écoula. Peut-être plus, peut-être moins, qui aurait pu le dire, dans un endroit pareil ? Toujours est-il qu'au retour de Zeki, Shanii n'avait pas bougé. Prisonnière de ses pensées bien plus que des murs qui l'entouraient, elle n'avait même pas songé à inspecter les couloirs environnants pour tester les limites de sa liberté nouvellement retrouvée.

Lorsque des mains secouèrent gentiment ses épaules, Shanii ne put s'empêcher de sursauter. Redressant la tête, désorientée, elle rencontra le regard inquiet de Damian. Derrière lui, Zeki avait les bras croisés.

— Je voulais la fille, maugréa-t-il d'un ton suspicieux. Mais elle a refusé de venir.

— Nara ? Pourquoi...

— Ce n'est pas qu'elle ne souhaitait pas te voir, expliqua aussitôt Damian en s'accroupissant pour se mettre à son niveau. Ils n'ont autorisé qu'un seul d'entre nous à le suivre et j'ai décidé que ce serait moi.

— J'aurais dû insister, grommela Zeki.

— Pourrions-nous avoir un petit peu d'intimité ? s'énerva Damian en jetant un coup d'œil derrière son épaule.

— Tu veux que je te laisse ? Tu en es certaine ?

C'était à Shanii que Zeki venait de s'adresser, aussi hocha-t-elle doucement la tête. Encore aux prises avec le flot de souvenirs qu'elle refusait de regarder en face, la jeune femme avait du mal à comprendre le sens de leur échange, mais elle se sentait en sécurité avec Damian. Il représentait la Légion Neuve. Il représentait la maison. Sans se soucier du Daora dans la pièce, elle se blottit contre la poitrine de son capitaine, à la recherche du réconfort qu'elle obtenait d'habitude auprès de ses compagnons.

— Que s'est-il passé ? demanda Damian une fois qu'ils furent seuls. Zeki a dit que tu te sentais mal. Est-ce que tu as besoin d'en parler ?

— J'ai vu Makeda.

— Ah... Je suppose que ça ne s'est pas passé comme tu l'imaginais ?

— Je... balbutia Shanii en s'abandonnant contre lui, paupières fermées. Je ne voulais pas croire à cette histoire de famille. Je... Je voulais croire qu'ils se trompaient, mais... mais...

Les mots se refusèrent à elle. Clemens lui avait appris à observer un champ de bataille avec le regard d'un stratège, en analysant non seulement ses propres troupes, mais également les raisonnements de son adversaire. Elle aurait dû être capable d'examiner leur situation d'un point de vue impartial, sans se laisser aller aux émotions. Shanii ne s'était jamais sentie aussi démunie qu'en cet instant à ce jeu-là.

— La reine a un tatouage sur le ventre, expliqua-t-elle finalement en se redressant pour dévisager son capitaine. Une fleur à huit pétales. Ce symbole... Je ne sais pas comment, mais je m'en *souviens.*

Je le dessinais souvent sur le sol quand j'étais petite. Je pensais l'avoir créé de toutes pièces, mais je me trompais. Je m'en souviens parce qu'il était tatoué sur le ventre de la... de ma...

— De ta mère.

La jeune femme acquiesça, plus misérable que jamais.

— Serait-ce si horrible que ça ? fit Damian en lui souriant d'un air compatissant. Cela ne change rien à la personne que tu es devenue. La Légion Neuve est toujours ta maison, Shanii. Peut-être est-ce une chance qui t'est donnée d'apprendre à les connaître ?

— Apprendre à connaître les meurtriers de Kath ?

— Nous ne savons pas s'il s'agit vraiment d'eux, n'est-ce pas ? Je n'ai relevé le symbole nulle part, ni sur tes frères ni sur les hommes et les femmes que j'ai vus dans les cuisines...

— Zeki le connaît, lui, le coupa Shanii avec un regain d'énergie.

Ce brusque rappel à la réalité lui fit prendre conscience d'autre chose : elle était toujours vêtue de sa tunique déchirée, salie, dont l'odeur douteuse parvenait à ses narines. La tenue qu'on lui avait prêtée était rassemblée en une pile désordonnée non loin de la porte, là où elle l'avait jetée un peu plus tôt en essayant d'atteindre Zeki.

— Veux-tu que je sorte quelques instants ? demanda Damian en suivant son regard.

— Non, je... J'ai peur qu'il ne vous laisse pas revenir.

— Tu peux me tutoyer, tu sais.

— Pardon ?

— Après tout ce que nous avons vécu, je pense que tu peux m'appeler Damian et me tutoyer.

— Vous êtes sûr, capitaine ?

— Tu n'appelais pas Kath capitaine, n'est-ce pas ?

— Seulement quand j'étais en colère contre elle.

— Dans ce cas, conclut-il en haussant les sourcils, considère que je serai vexé la prochaine fois que tu m'appelleras par mon grade.

Shanii laissa échapper un rire amusé. Sa panique s'était envolée. La frustration et l'angoisse de ces dernières heures également. Le calme de Damian était communicatif. Avec lui, le silence n'était plus un vide à combler, mais quelque chose de complice et de confortable. Un sentiment inédit pour la jeune femme qui avait toujours abhorré les moments de silence.

— Peux-tu te... te retourner quelques instants ? demanda-t-elle.

La marque de familiarité résonna dans l'espace qui les séparait pendant de longues secondes durant lesquelles aucun d'eux ne parla, puis Damian acquiesça, le visage empourpré, avant de pivoter sur ses genoux pour regarder le mur.

Shanii se redressa lentement. Ses jambes manquaient encore de stabilité, mais elle se sentait mieux. Les joues brûlantes, elle commença à retirer ses vêtements abîmés avec des gestes saccadés. Ayant grandi dans un campement militaire, la jeune femme n'avait jamais ressenti de pudeur face à quelque chose d'aussi élémentaire que la nudité, la sienne comme celle des autres. À ses yeux, le corps n'était qu'un outil, une arme, et si elle savait ce à quoi certains couples s'adonnaient dans l'obscurité, c'était une notion à laquelle elle n'avait jamais vraiment pris le temps de réfléchir jusqu'à présent.

Un frisson la parcourut de la tête aux pieds lorsque sa tunique tomba sur le sol, la laissant nue et vulnérable dans le dos de son capitaine. Elle s'empressa aussitôt de se saisir de l'ensemble qu'on lui avait prêté, le cœur battant au triple galop alors même que Damian gardait soigneusement les yeux rivés au mur. La robe lâche était cousue dans un lin vaporeux, serré à la taille par une tresse de tissus colorés et ouvert sur ses clavicules grâce à un large col bordé de perles de bois peint. La jeune femme n'avait aucune idée de ce qui était considéré comme des atours royaux dans ces régions, mais pour elle qui n'avait connu que la tenue rugueuse des militaires de la Légion Neuve, ce fut comme revêtir le costume d'une reine. Avec une innocence enfantine, elle s'autorisa quelques instants de rêverie pour se concentrer sur le bruissement du tissu contre sa peau quand elle bougeait.

— Tu as fini ? murmura Damian.

— Oui, répondit-elle avec une toux embarrassée.

Distraite par le déferlement de sensations, elle l'avait fait patienter bien plus longtemps que nécessaire.

— Je peux me retourner ?

— Vas-y.

Les yeux de Damian s'écarquillèrent légèrement lorsqu'il aperçut Shanii dans ses nouveaux atours. Ses joues déjà rouges s'enflammèrent davantage encore, et la jeune femme sentit son propre cœur accélérer dans sa poitrine. Pétrifiés, ils s'observèrent sans un mot pendant quelques secondes jusqu'à ce que Shanii éclate de rire devant l'absurdité de sa réaction. Ce genre de timidité était bonne pour les enfants.

— Tout va bien là-dedans ? appela la voix de Zeki de l'autre côté de la porte.

La brève étincelle d'euphorie s'éteignit aussi vite qu'elle était apparue. Shanii n'avait pas le temps de se laisser aller à ces illusions naïves. Elle avait des choix à faire. Des décisions à prendre. Une sœur à venger.

— Oui ! cria-t-elle à l'intention du Daora avant de s'accroupir près de son capitaine, qui la dévisageait toujours comme s'il venait de lui pousser une deuxième tête. J'ai l'air si bizarre que ça ?

— N... Non, pas bizarre du tout. Je... Que voulais-tu dire, tout à l'heure, à propos du tatouage ?

— J'en ai parlé à Zeki avant que vous n'arriviez, et...

— Tu, l'interrompit-il en fronçant les sourcils.

— Avant que tu n'arrives, concéda-t-elle. Il a dit que personne ici n'avait un tel tatouage. Mais comment serait-ce possible ? Nous avons vu les corps à Ankacia. Nous avons suivi la piste à travers la forêt...

— Et nous avons trouvé Makeda et son fils.

Damian jeta un coup d'œil vers la porte fermée, comme s'il pouvait voir au travers et découvrir ce que les Daoras leur cachaient. Shanii devinait à quoi il était en train de penser. S'ils parvenaient à s'échapper d'ici avec une preuve que la reine de Simint était impliquée dans les attaques qui avaient eu lieu dans le sud de l'Empire basaléen, cela changerait toute la structure des relations entre leurs pays.

— Si Zeki est disposé à parler, murmura Damian, tu dois tirer parti de cette opportunité.

— Je ne lui fais pas confiance. Ni à lui ni à Makeda. S'ils sont liés d'une façon ou d'une autre avec le groupe que nous cherchons, ils n'ont rien à gagner à se montrer honnêtes avec nous.

Pire encore : si elle attirait l'attention de la reine sur la véritable raison de leur présence ici, elle prenait le risque d'exposer leur troupe à un danger plus grand encore. Tant que la reine simitienne ne les voyait que comme des voleurs d'enfants, ils avaient une chance de sortir de cet endroit vivants. Mais si Makeda apprenait qu'ils étaient ici pour enquêter sur les attaques contre Basaléa, ses priorités viendraient peut-être à changer.

Ces rebelles n'étaient peut-être pas ceux qu'ils cherchaient, mais leur identité ne laissait pas vraiment de doute. Pour quelle raison le prince Anom, qui était censé avoir disparu depuis plusieurs années, se cacherait-il dans un lieu aussi sordide que celui-ci si ce n'était pour superviser des raids le long de la frontière ? De plus, Makeda elle-même avait parlé de Basaléa comme de son ennemi.

Était-il possible qu'il existe simplement différentes factions de rebelles ? Un paysage politique plus complexe encore que ne l'avait imaginé le gouverneur d'Ankacia ? Shanii n'en avait aucune idée, et elle ne voyait pas comment mener l'enquête sans attirer l'attention sur elle. Néanmoins, elle savait qu'elle devait essayer. Elle était la seule d'entre eux à bénéficier d'une liberté de mouvement – partielle, tout au moins.

— Je dois la rencontrer de nouveau, n'est-ce pas ? murmura-t-elle en baissant les yeux.

Damian n'eut pas besoin de demander de qui elle parlait.

— Elle détient les clés pour nous faire sortir d'ici, opina-t-il.

L'effort que cela lui coûterait éveillait déjà une angoisse dans le secret de son cœur. Shanii ne voulait pas revoir Makeda. Elle ne souhaitait rien de plus que de quitter cet endroit sans un regard en arrière. Mais c'était impossible. Sokha et les autres avaient besoin d'elle.

— J'essaierai, promit-elle.

Damian déplaça timidement ses doigts pour se saisir des siens. Malgré ses origines nobles, il avait la peau rêche de ceux qui grandissent l'épée à la main. La douceur de ses mouvements lorsqu'il commença à caresser sa paume effraya Shanii. Elle lui donnait envie de se relâcher contre son épaule, à la recherche non d'une source de réconfort, mais d'oubli. De se recroqueviller et de le laisser porter le poids des décisions. Elle lui donnait envie de se montrer vulnérable, et Shanii haïssait la vulnérabilité plus que tout.

Pourtant, à cet endroit, en cet instant précis, rien au monde n'aurait pu la pousser à retirer sa main.

Chapitre 37

An XV du règne de l'empereur
Solis Vestinus Marcallas

Seuthrae semblait prendre une grande inspiration au retour des beaux jours. La nature renaissait de ses cendres au printemps, même dans les plaines arides de la province, qui se couvraient alors de petites fleurs délicates. Bien sûr, ce n'était pas Seuthrae lui-même, mais sa région qui resplendissait ainsi d'une nouvelle vie. Le campement de la Légion Neuve, piétiné quotidiennement par des milliers de soldats, était une terre morte au milieu de l'hiver comme au cœur de l'été.

La saison froide avait été particulièrement dure pour Kath, qui avait échangé de multiples lettres avec son frère. Et parlé. Et avoué des secrets qu'elle n'aurait jamais imaginé partager.

Ce qui faisait d'elle une parjure.

Peu importait. Le temps des incertitudes était passé, et la seule culpabilité qui hantait désormais la jeune femme n'était pas due à sa trahison. C'était son éloignement de Shanii et des autres qui la faisait souffrir.

Bientôt. Elle leur expliquerait bientôt. Elle devait seulement attendre le bon moment. La plus grande peur de Kath était de les voir se retourner contre elle. Pas à cause de la punition qui adviendrait s'ils la dénonçaient, mais parce que, plus encore qu'Erling, plus encore que Brekkur, ils représentaient ce qu'elle avait de plus cher. Sa véritable famille. S'ils lui tournaient le dos... Elle n'osait même pas imaginer la douleur que cette perte pourrait lui causer.

— Kath ? Je souhaiterais te voir avant le souper, ce soir.

La jeune femme sursauta quand Clemens entra dans son champ de vision. C'était une réaction stupide, surtout face à quelqu'un de si intelligent, mais elle ne put la réprimer. Kath avait souvent l'impression que ses pensées les plus secrètes s'affichaient sur son visage, aussi clairement que les mots écrits à la surface d'une page.

— Bien sûr, commandant, répondit-elle d'une voix posée. Moi seule ?

— Shanii, également. Il est temps de vous confier votre première mission.

— Je la préviendrai.

Il acquiesça, oscillant brièvement sur ses jambes comme s'il hésitait à ajouter quelque chose. Leur relation était des plus tendues depuis l'épidémie, et Kath n'avait fait aucun geste pour combler le fossé grandissant. Autrefois, elle avait vu en lui un mentor, une figure presque paternelle qui avait tant à lui apprendre. Aujourd'hui, lorsqu'elle regardait sa silhouette élégante qui se détachait de la poussière de l'arène, elle ne voyait plus qu'un meurtrier.

Le salon de Clemens était vide quand les jeunes femmes y pénétrèrent, peu de temps avant le souper. Après avoir étudié les lieux pendant quelques instants, Shanii désigna l'escalier du menton en une question silencieuse.

— Commandant ? appela Shanii en grimpant les marches.

— Ah, vous voilà, s'exclama leur officier supérieur en leur faisant signe d'approcher. Vous tombez à pic. Regardez. Savez-vous ce que c'est ?

Kath jeta un coup d'œil au parchemin qu'il leur désignait. Il s'agissait d'une liste de centaines de noms, une grande partie d'entre eux rayés. Sa nervosité redoubla en un battement de cœur. Elle avait en effet une très bonne idée de ce que ce document représentait.

— Il y a trois ans, nous avons accueilli un millier de recrues à Seuthrae pour former le Sixième Contingent, expliqua Clemens en désignant le registre. Mais les choses se sont déroulées comme vous le savez, et nombre d'entre eux ont succombé à la maladie l'année dernière.

— Ce serait difficile d'oublier, laissa échapper Kath d'un ton acerbe.

— Nos effectifs sont beaucoup trop bas aujourd'hui, et je crains que cela ne cause des problèmes dans quelques années lorsque les plus jeunes seront en âge de prendre les armes. Nous devons remédier à cette situation.

— Comment ? s'enquit Shanii.

Kath serra les poings, car elle avait déjà deviné ce que le commandant était sur le point de répondre, et cela ne lui plaisait absolument pas. Clemens les dévisagea l'une après l'autre d'un air imperturbable avant de continuer :

— J'ai décidé de vous envoyer dans le Sud pour enrôler de nouveaux légionnaires. Rous et Saemund partiront pour le Nord à la fin de la saison. Nous nous occuperons de l'Est un peu plus tard, ensemble. Il sera moins dangereux de concentrer nos effectifs lorsque nous prendrons la route d'Oltaï.

— Commandant ! protesta Kath. Les nations vassales n'accepteront jamais de se séparer de leurs enfants si vite après la dernière campagne de recrutement !

— Je me doute que cela sera difficile. Mais leur coopération est nécessaire à la survie de tous. Nous avons besoin de suffisamment de troupes pour surveiller les frontières. C'est une mission qui leur importe autant qu'à nous, et ce sera à vous de le leur faire comprendre.

— Mais...

— Kath, ton unité devra suivre la grande route jusqu'à Ankacia avant de remonter le fleuve Emné pour prendre un bateau en direction de Thyrillai. La forêt des Oréades est trop dangereuse. L'accord que nous avons signé avec la famille régnante nous interdit d'y pénétrer, et je ne compte pas revenir sur cette promesse à moins d'une urgence absolue. Shanii, en tant que seconde, tu emmèneras un autre groupe vers le désert daryani...

— Pourquoi ne pas nous envoyer toutes les deux au même endroit ? interrogea cette dernière.

— En tant que lieutenant, ton rôle n'est pas de suivre Kath comme une ombre, mais de mener tes propres troupes en son nom. C'est pour cela que je vous entraîne depuis des années. L'heure est venue de passer à l'acte désormais. Il te faudra faire attention une fois à Daryan. Nos relations avec les caravanes qui vivent le long de la frontière ont toujours été tendues, mais il est possible qu'elles le soient davantage aujourd'hui. Sois prudente.

— Je prendrai Barsheen et Naramsina avec moi pour faciliter les négociations.

— C'est une bonne idée. Je vous laisse organiser votre contingent comme vous l'entendez. Vous choisirez cent légionnaires chacune, les autres resteront à Seuthrae pour aider à accueillir les recrues au fur et à mesure. C'est bien compris ? Kath ?

— Oui, commandant, acquiesça la jeune femme du bout des lèvres.

— Parfait, vous pouvez descendre. Je vous rejoindrai très vite pour souper.

Prise d'une violente nausée, Kath pivota sur ses talons pour s'engager dans l'escalier en trébuchant presque à chaque marche. Accélérant encore le pas, elle traversa le salon et franchit la porte principale, pantelante. L'air vicié de la maison sembla la poursuivre à l'extérieur sans lui offrir le moindre répit. Son estomac se révulsait en vagues douloureuses qui lui labouraient le ventre. Elle ne pouvait pas se rendre à Simint. C'était impossible. Elle ne voulait pas condamner d'autres enfants à mort...

Erling. Elle devait prévenir Erling.

— Kath ! s'écria Shanii en émergeant à sa suite sur le seuil du manoir. Tu vas où comme ça ?

— J'ai besoin d'être seule quelques instants, je suis désolée.

— Qu'est-ce qui t'arrive, Kath ? Tu es différente depuis quelque temps...

— Je... bafouilla Kath, prise de court. Ce n'est rien.

— Laisse-moi venir avec toi, alors.

— Je ne peux pas. Je te raconterai tout, je te le promets. Donne-moi juste un petit peu de temps.

Shanii fit un pas en arrière, blessée. Elle n'avait pas l'habitude d'être repoussée, tout particulièrement par Kath aux côtés de qui elle avait passé les dix dernières années.

— Écoute, je...

— Non, je vois.

— Shanii...

— Je comprends. Va prendre l'air, si c'est ce dont tu as besoin. Je m'occupe de distraire Clemens.

Kath la regarda disparaître à l'intérieur du manoir, dévorée de culpabilité. Elle savait qu'elle devait la vérité à Shanii. Mais elle ne parvenait pas à passer ce cap. Tant qu'elle restait silencieuse, elle pouvait prolonger leur amitié. Continuer égoïstement de prétendre qu'elles se tenaient dans le même camp, face à un ennemi commun. La jeune femme ne voulait pas que Basaléa les sépare. Shanii était beaucoup trop importante pour elle.

— Tout va bien, capitaine ? demanda une voix douce dans son dos.

Kath fit volte-face. Viseh était apparu à l'angle du mur sans faire le moindre bruit.

— Tu n'as pas besoin de m'appeler capitaine à longueur de journée, répondit-elle en haussant les épaules. Tout le monde sait que tu as rejoint le Cinquième Contingent, maintenant.

— Je ne vous ai jamais vues vous disputer, Shanii et toi.

— Tu ne dois pas te rappeler notre enfance, alors.

Le légionnaire fronça les sourcils, comme s'il faisait des efforts pour fouiller dans ses souvenirs. Puis il secoua la tête, et son visage se fendit d'un sourire charmeur.

— Il faut croire que non. Tu ne nous rejoins pas, ce soir ?

— Non, pas ce soir. Dis à Clemens que je ne me sens pas très bien, d'accord ?

Il acquiesça et posa une main délicate sur l'épaule de la jeune femme, qui retint sa respiration. Elle ne lui avait jamais rien dit de ses sentiments confus à son égard, pas même fait le moindre sous-entendu, intimidée par l'abîme qu'il maintenait religieusement entre lui et le reste du monde. Kath savait que beaucoup l'imaginaient arrogant, mais elle comprenait que cette distance était un moyen de se protéger, tout comme Shanii se réfugiait derrière son animosité, et elle-même derrière ses mensonges.

Seuthrae n'avait épargné aucun d'eux.

Bientôt. C'était un serment qu'elle lançait au ciel, à Geidr et à tous les dieux de Brekkur. Bientôt, elle leur avouerait toute la vérité.

Mais pour l'heure, elle devait retrouver l'intendant.

Svenhildr faisait les cent pas dans son bureau lorsqu'elle le rejoignit.

— Je ne peux pas y aller ! s'écria-t-elle brusquement. Je ne *veux* pas y aller !

Il la dévisagea d'un air mécontent, probablement parce qu'elle avait parlé sans vérifier qu'ils étaient seuls. Mais cela aurait été une précaution inutile : Kath savait que Svenhildr ne se serait jamais permis de montrer une telle agitation en présence de quiconque.

— Clemens nous a ordonné de partir recruter de nouveaux légionnaires, expliqua-t-elle rapidement.

— Je sais.

Évidemment. Une décision de cette envergure n'aurait jamais pu être prise sans la participation de l'intendant. Kath sentit une bouffée de colère monter en elle. Pourquoi n'avait-il pas gonflé la liste des survivants de l'épidémie ? Pourquoi n'avait-il pas menti sur l'état de leurs réserves ?

— Je ne veux pas aller à Simint ! Je ne veux pas perpétuer cette tradition ! Nous condamnons des enfants à mort... Cela doit cesser, Svenhildr. Mon frère a-t-il fait des progrès ? Y a-t-il du nouveau ?

— Tu dois y aller.

— Quoi ?!

— Assieds-toi, j'ai quelque chose à te montrer.

Avisant un siège déplié près de l'étagère, Kath s'installa et patienta nerveusement tandis que Svenhildr déplaçait ouvrage après ouvrage avec des gestes mesurés. Le papier était un produit de luxe, mais Clemens avait toujours insisté pour que leurs archives soient proprement tenues. Soixante années de recrues, de dépenses et de notes sur l'expérience de la Légion Neuve se trouvaient rassemblées ici.

— Lorsque l'épidémie nous a frappés, expliqua l'intendant en dégageant une boîte, lorsque les victimes sont devenues si nombreuses qu'elles ont commencé à déborder des fosses communes, j'ai vu une opportunité se dessiner au milieu de l'horreur. Il était évident que le commandant finirait par ordonner une nouvelle campagne de recrutement. Et j'ai prié pour que tu en fasses partie.

— Moi ? Pourquoi ? Ne suis-je pas censée aider à *arrêter* tout ça ?!

— Justement. Nous avons besoin que tu apportes quelque chose à Thyrillai. Tu sais que les contacts entre Brekkur et Simint sont fortement surveillés. Nous ne pourrons jamais mettre fin à la tyrannie de Basaléa sans coopération. Et nous ne pouvons pas prétendre à la moindre coopération sans une méthode de communication. Les diplomates brekkis ne sont pas autorisés à voyager plus au sud que Setri, et les Simitiens ne peuvent remonter au-delà d'Ankacia, sauf lors d'une succession, quand un nouveau souverain vient prêter serment à l'empereur. Cela fait des années que nous essayons de trouver une solution... Et je pense que nous la tenons enfin.

Svenhildr s'arrêta devant elle pour déposer dans sa paume un petit sachet pourpre. L'objet qu'il contenait était particulièrement lourd pour sa taille.

— Tu disposes d'une opportunité sans précédent de faire évoluer la situation, reprit l'intendant en refermant le poing de la jeune femme sur l'étui mystérieux. La faire évoluer pour de bon. Basaléa garde la mainmise sur le continent en empêchant les nations vassales de coordonner leur résistance. L'armée basaléenne est tentaculaire, mais pas au point de contenir des attaques simultanées sur plusieurs fronts. Imagine ! Imagine ce que nous serions capables de faire avec...

— Erling et toi... Vous voulez la guerre, n'est-ce pas ?

— Non. C'est une possibilité, bien sûr, mais ce n'est pas notre but. Tout ce que nous souhaitons, c'est établir un canal de communication entre deux pays qui ne méritaient pas d'être coupés l'un de l'autre. Lorsque tu arriveras à Thyrillai, tu n'auras qu'à remettre cela à notre contact, rien de plus. Kath, tu comprends à quel point c'est important, n'est-ce pas ? Est-ce que tu acceptes ?

La jeune femme posa les yeux sur le sachet qu'elle n'avait pas osé ouvrir. Il lui semblait plus lourd encore que quelques instants plus tôt. Était-elle en train de commettre une erreur ? Allait-elle être la cause d'une guerre, elle qui avait été entraînée toute sa vie à préserver la paix ? Elle dont la vie même avait été sacrifiée pour cette paix ? Ce que lui demandait l'intendant allait à l'encontre de tout ce qu'elle avait appris, de tout ce qu'elle avait juré en recevant son médaillon de capitaine. Mais il lui suffisait de fermer les yeux pour revoir la file d'enfants affolés franchir l'enceinte de Seuthrae quelques années plus tôt. Pour revoir le visage malade d'Eshaï, ou même des légionnaires de son propre contingent qui avaient perdu la vie au cours des dix dernières années. La paix était importante, oui, mais le prix qu'ils avaient dû payer pour celle-ci – le prix qu'ils payaient encore – était beaucoup trop élevé.

Le cœur battant, elle releva finalement les yeux vers Svenhildr.

Et hocha la tête.

Chapitre 38

An XV du règne de l'empereur Solis Vestinus Marcallas

On les entraîna tous aux bains le jour où Makeda accepta enfin de leur accorder une audience. Un détail qui réconforta Damian, car il semblait révéler que la reine les considérait comme des invités contraints plutôt que comme de véritables prisonniers. Des prisonniers, eux, auraient sans doute été laissés dans une position d'inconfort, afin de renforcer la domination de la reine. À moins, bien sûr, que le seul but de la manœuvre n'ait été de protéger son noble nez de leur odeur nauséabonde.

— Tu es certain que ça va aller, Viseh ? demanda Barsheen en regardant leur compagnon souffler bruyamment en enfilant une tunique propre.

— J'ai entendu dire que la reine était la plus belle femme de Simint, répondit ce dernier d'une voix enrouée. Pas question que je manque l'occasion de la rencontrer !

— Tu parles de la mère de Shanii, là, tu sais ? se moqua Sokha.

Viseh esquissa une grimace gênée avant de reporter son attention sur sa tenue en serrant les dents. Au cours des quelques minutes qu'on leur avait accordées pour se décrasser, il avait gardé les yeux soigneusement fermés afin d'éviter de croiser malencontreusement son reflet dans l'eau. Le vaniteux jeune homme avait encore du mal à accepter la balafre qui lui barrait désormais le visage. Le temps passé entre les mains des Daoras avait pourtant transformé la plaie affreuse en cicatrice propre et en voie de guérison. Elle ne partirait jamais complètement, c'était évident. Mais il pouvait s'estimer heureux de n'avoir perdu ni la vue ni la vie.

Après avoir retrouvé Naramsina, les légionnaires furent escortés dans une caverne bondée au plafond si haut qu'il disparaissait dans l'obscurité. Au fond de la pièce, une dizaine de soldats armés jusqu'aux dents se tenaient de part et d'autre d'un trône de pierre aux reflets bleutés, surmonté de plaques d'ivoire translucides dans lesquelles était gravée la silhouette d'une déesse à huit bras. Et depuis ce trône une femme majestueuse les observait.

Makeda.

La reine de Simint était une femme à la beauté intemporelle. Ses cheveux sombres étaient rassemblés en un chignon évasé dans la nuque afin de mettre en valeur la couronne qui ceignait son front : un cercle d'or d'où émergeait une tête de serpent aux yeux de rubis.

Lorsqu'il croisa son regard, Damian tomba à genoux, rapidement imité par ses compagnons – Viseh avec plus de grognements que les autres. Le capitaine avait eu pour projet de scruter la foule à la recherche de Shanii, mais à présent qu'il était devant le trône il devait s'avouer incapable de se libérer du magnétisme de la souveraine.

— Makeda, annonça un homme aux tresses noires qui correspondait à la description que Shanii avait faite du prince Anom. Tu as devant toi les voleurs d'enfants que nous avons capturés dans la forêt. Ils attendent ta justice.

— Votre Majesté... commença Damian avant d'être interrompu par un vigoureux coup de bâton dans les côtes.

— De quoi sont-ils accusés ? s'enquit la reine.

Sa voix était la quintessence même de la souveraineté : froide, posée et aussi tranchante qu'un couteau. Aucune expression ne traversa son visage tandis qu'elle étudiait ses prisonniers – ni intérêt, ni curiosité, ni colère. Elle avait presque l'air de s'ennuyer.

Elle était magnifique, c'était un fait indéniable, mais Damian ne parvenait pas à retrouver en elle la flamme ardente qu'était Shanii. Cette aura brûlante qui l'avait percé en plein cœur dès l'instant où la jeune femme avait fait irruption dans le manoir de Clemens.

— Ils ont pénétré illégalement dans les Oréades et ont assassiné six de nos hommes, expliqua le prince.

— Au cours d'un combat que vous avez engagé, précisa Sokha en relevant légèrement la tête.

Le coup qu'il reçut en réponse était loin d'avoir la force de celui qui avait été asséné à Damian quelques secondes plus tôt.

Makeda étudia les légionnaires un à un avant de tourner son regard vers Damian, qui se sentit parcouru d'un frisson. Dans une succession de gestes fluides, elle posa les mains sur l'accoudoir de son trône, se redressa et fit quelques pas dans sa direction, les doigts sur le fourreau orné de pierres précieuses qui pendait à sa ceinture.

— Le jour où je suis devenue reine, j'ai prêté serment, déclara-t-elle d'une voix limpide sans s'arrêter de marcher. J'ai juré de suivre les lois de Basaléa et de respecter le traité que l'empire avait signé avec mes prédécesseurs. Nous avons accepté de vous céder des enfants, *nos enfants*, une fois tous les dix ans. Et de cette erreur monumentale qu'ont commise les miens, je ne te tiendrai pas responsable, voleur d'enfants. Mais dix années ne se sont pas écoulées depuis votre dernier raid. Aussi ne suis-je pas dans l'obligation de tolérer ta présence parmi nous aujourd'hui.

Elle était juste devant lui à présent. À cette distance, Damian songea qu'il pouvait reconnaître Shanii dans certains détails de son visage, la forme de ses yeux, de ses sourcils ou même l'angle de son nez, mais l'ensemble dessinait une personne entièrement différente. Elle était glace quand sa fille était flamme.

— Lesquels parmi eux ne sont pas basaléens ? demanda Makeda sans même se retourner vers le prince.

Damian dut se retenir de répondre qu'ils l'étaient tous. Lèvres pincées, il regarda Anom se rapprocher pour désigner Barsheen, Naramsina, Sokha et Viseh. Ces derniers échangèrent un regard inquiet lorsque la reine tira doucement son poignard de la gaine ouvragée en se positionnant devant Barsheen.

Peu à peu gagné par la panique, Damian tourna la tête en tous sens pour essayer de distinguer une silhouette familière dans la foule mouvante. Où était donc passée Shanii ? N'aurait-elle pas dû être à leurs côtés pour un moment de cette importance ? Elle était la seule qui pouvait encore arrêter la reine. Mais le jeune homme avait beau chercher, il ne la voyait nulle part.

— Attendez... commença-t-il en luttant contre les gardes qui l'empêchaient de se relever.

À quelques pas, deux autres soldats étaient en train de restreindre les mouvements de Naramsina et de Sokha. Orrin, lui, était immobile, ses yeux terrifiés rivés au capitaine. Sans faire attention à eux, la reine posa son poignard sur la pommette de Barsheen et pratiqua une petite entaille.

— Le sang a payé le sang, récita-t-elle.

La blessure n'était pas profonde, mais il s'en échappa malgré tout quelques gouttes d'un sang carmin qui coulèrent le long de la joue de Barsheen. Confus, Damian retint son souffle jusqu'à voir la reine s'écarter du jeune homme. C'était tout ? Les choses pouvaient-elles vraiment être aussi simples que cela ?

Makeda contempla son ouvrage pendant un court instant avant de se tourner vers Nara et Sokha, sur les visages desquels elle accomplit le même rituel. Redressant ensuite la tête, elle étudia silencieusement Viseh qui lui souriait de son air le plus charmeur.

— Celui-là a déjà payé, décréta-t-elle finalement en rangeant son couteau. La dette que vous aviez envers nos morts est à présent acquittée. Celle qui vous lie à Basaléa ne regarde que vous. Mes hommes vous raccompagneront à la lisière de la forêt aujourd'hui même, et de là, vous serez libres de partir.

Dans le silence terrible qui suivit cette déclaration, les légionnaires se dévisagèrent les uns les autres, incertains de la conduite à tenir. À court d'idées, Damian décida que c'était la meilleure offre qui pouvait leur être faite. L'absence de Shanii était une inquiétude constante, mais le jeune homme savait qu'elle n'était pas en danger. Pas autant qu'eux, en tout cas.

— Laissez le garçon partir également, asséna-t-il d'un ton catégorique en tournant son regard vers la reine. Laissez Orrin partir.

— C'est un Basaléen. Et en tant que tel, il a transgressé les règles que nos pays ont édifiées ensemble. Au même titre que toi.

— C'est un enfant.

— C'est un criminel.

— Ce n'est qu'un enfant, par le Soleil ! Laissez-le partir. Je répondrai de nos crimes à tous les deux.

— Capitaine, non... souffla Orrin en secouant la tête.

Alors que la reine était en train de réfléchir, un homme surgit de la foule d'un pas pressé. Dépassant les gardes sans la moindre difficulté, il se pencha pour parler discrètement à son oreille au milieu des murmures indistincts. Vêtu d'une toge qui aurait tout aussi bien pu appartenir à un Basaléen, le nouvel arrivant avait la peau d'un noir intense, des cheveux qui grisonnaient sur les tempes et l'expression tendue de quelqu'un qui apporte de mauvaises nouvelles. Makeda l'écouta en pinçant les lèvres, puis elle donna une suite d'ordres rapides à ses soldats, qui s'empressèrent de quitter la salle.

— Damian Aquila, décréta-t-elle finalement d'un ton implacable, tu es reconnu coupable d'avoir pénétré illégalement sur nos terres sacrées, d'avoir tué six des nôtres et d'avoir tenté de gagner Thyrillai pour y capturer des enfants en enfreignant les règles établies par nos pays. Pour ces crimes, ton châtiment est la mort.

Toutes les voix se turent à cet instant précis, plongeant la caverne dans un silence absolu qui fit frissonner le jeune homme.

— Votre Majesté, si vous me laissiez vous expliquer...

— Le temps des discussions est terminé.

Les doigts de la reine se refermèrent autour du manche de son poignard et ses lèvres s'étirèrent dans une ébauche de sourire létal qui devait être une sorte de marque de famille. Impuissant, Damian songea qu'elle allait le tuer ici, sur-le-champ. Qu'il allait mourir sans revoir son père, sans avoir l'occasion de poser de nouveau les yeux sur les toits dorés de Setri. Sans savoir où était Shanii. Et peut-être était-ce vraiment ce qui serait arrivé si une voix n'avait pas déchiré le silence d'un ton accusateur :

— Vous avez commencé sans moi !

Lorsque Zeki était apparu sur le seuil de sa petite chambre, quelques minutes plus tôt, Shanii avait cru que c'était pour lui annoncer qu'elle était enfin autorisée à retrouver ses compagnons, après des jours de refus catégoriques. Mais il lui avait avoué du bout des lèvres que leur jugement avait lieu en cet instant même. Sans elle.

La jeune femme traversa la caverne d'un pas retentissant. Si Makeda imaginait pouvoir se débarrasser de ses amis afin de la priver d'une raison de repartir, elle se fourvoyait gravement. Si le moindre malheur arrivait à ses compagnons, Shanii raserait cet endroit jusqu'à ses fondements, tatouage ou non.

— Vous avez commencé sans moi, répéta-t-elle en s'immobilisant devant la reine.

Le regard irrité et hautain de Makeda s'arrêta sur Zeki, qui baissa honteusement la tête. Depuis leur arrivée dans les cavernes, Shanii s'était souvent demandé pourquoi Anom était un prince et Zeki un simple soldat alors qu'ils se prétendaient tous deux ses frères. L'échange auquel elle venait d'assister apporta une réponse à ces questions : Makeda était peut-être sa mère, mais elle n'était absolument pas celle de Zeki. Un enfant né d'une infidélité de son père, sans doute, accepté bon gré mal gré à la cour, car il n'avait nulle part où aller.

— Shanii. Ta présence ici n'est pas nécessaire.

— Je ne vous laisserai pas vous en prendre à mes compagnons !

— Le sang a été payé par le sang. Tes compagnons sont libres de partir.

Interrompue dans son élan, la jeune femme vacilla sur ses jambes. Que voulait-elle dire par là ?

— À part celui-ci, continua la reine en désignant Damian. Le voleur d'enfants répondra de ses crimes par sa vie.

— Non !

— Shanii, ne t'en fais pas pour moi... commença Damian en esquissant un geste vers elle avant d'être brutalement immobilisé par l'un des soldats daoras.

— Ne le touchez pas ! tempêta la jeune femme.

La reine haussa un sourcil. Elle ne devait pas souvent voir ses ordres remis en cause. Il faudrait qu'elle s'y habitue. Shanii n'allait pas les laisser faire du mal à Damian. Le cœur battant, elle réfléchit à toute vitesse, comme lorsque Clemens la surprenait avec un coup retors pendant une partie de *Brigands*. Le sang avait été payé par le sang, avait dit Makeda. Cela lui donna une idée. Une idée risquée. Une idée que son mentor n'aurait certainement pas approuvée. Mais il n'était pas là pour lui dire quoi faire aujourd'hui.

Shanii espérait juste qu'elle n'était pas en train de condamner ses autres compagnons à mort.

— Le sang doit payer le sang, déclara-t-elle en haussant la voix pour être entendue de tous. Mais pas le nôtre : le vôtre. Damian est innocent du crime dont vous l'accusez. Nous ne sommes pas ici pour recruter de nouveaux soldats pour la Légion Neuve, nous sommes ici afin d'obtenir justice pour ma sœur.

— Tu n'as pas de sœur, répondit sèchement la reine en contournant le capitaine agenouillé pour se tenir face à sa fille.

— J'ai deux sœurs. Tu as porté la main sur l'une d'elles, aujourd'hui. Et tes hommes ont assassiné l'autre, il y a moins de deux lunes. Je suis ici pour obtenir justice, *mère*. Je suis ici parce que je veux ma vengeance.

Damian poussa un soupir exaspéré, mais Sokha et les légionnaires la dévisagèrent avec fierté. Cela rassura Shanii dans son choix. C'était la raison pour laquelle ils étaient tous venus, après tout.

— C'est toi ! s'exclama une voix masculine. J'ai failli ne pas te reconnaître, mais c'est vraiment toi !

Surprise par l'éclat de voix, Shanii tourna la tête vers la personne qui avait parlé. Il s'agissait d'un homme d'une quarantaine d'années, vêtu d'une toge basaléenne. Son apparition soudaine au milieu des rebelles daoras était si inattendue que la jeune femme eut besoin de quelques secondes pour comprendre où leurs routes avaient pu se croiser. Leur discussion dans l'auberge d'Ankacia aurait tout aussi bien pu avoir eu lieu dans une autre vie.

— Que... Nataye ? fit-elle en fronçant les sourcils. Que faites-vous ici ?

— Tu es la princesse disparue de Makeda ? Toi ?

— Je n'ai jamais vraiment disparu, rétorqua Shanii en haussant les épaules. Makeda savait exactement où je me trouvais. C'est elle qui m'y a envoyée.

Le visage de la reine ne trahit aucune émotion face à la voix pleine de défi de sa fille. Nataye, lui, écarquilla les yeux.

— Ce doit être toi ! C'est évident !

— Nataye, l'interrompit Makeda d'un ton cassant, tu sais que tu es toujours le bienvenu parmi nous, mon ami. Mais cette affaire ne concerne que les Daoras, pas les Sheyras...

— Mon hypothèse ne peut pas attendre, Votre Majesté.

Devant le visage déconfit de la reine, effectivement très peu habituée à être publiquement contredite, Shanii décida qu'elle appréciait ce mystérieux Nataye. Ce sentiment ne dura cependant pas longtemps, car il empoigna ses épaules en la secouant un peu trop frénétiquement à son goût.

— La sœur dont tu as parlé. Celle que tu veux venger. À quoi ressemblait-elle ?

— 'Pas vos affaires, répliqua la jeune femme, passablement irritée.

— Nataye ! s'offusqua la reine.

— Ne voyez-vous donc pas ? demanda le marchand en tournant son regard exalté vers la souveraine. Avez-vous déjà oublié la raison pour laquelle j'ai dû quitter Thyrillai ? Cette bienfaitrice que j'attendais et qui n'est jamais venue ? J'ai remonté le fleuve jusqu'à Ankacia afin d'essayer de retrouver sa trace. J'ai cherché, en vain, le moindre indice de son passage. Et si c'était là l'explication de son absence ?

— De quoi parlez-vous à la fin ? s'énerva Shanii en se dégageant de l'étreinte du marchand.

— À quoi ressemblait ta sœur, princesse ?

Comme si elle venait de comprendre, la reine ordonna brutalement à ses hommes d'évacuer la caverne. Très vite, il n'y resta plus que sa garde rapprochée, le prince et les légionnaires de Seuthrae qui se relevaient en regardant autour d'eux d'un air perdu.

— Était-elle née à Brekkur ? continua Nataye avec un sourire qui se voulait sans doute engageant, mais qui donna à la jeune femme l'envie de fuir. Grande pour son âge, les cheveux presque blancs et les yeux de glace ? C'est à cela que son frère ressemblait, à l'époque.

— Oui, mais... Comment...

— T'aurait-elle confié quelque chose avant de mourir ? À toi ou à l'un de tes compagnons ? Quelque chose de compact et facile à transporter...

Après des années à étudier la stratégie militaire auprès du commandant Clemens, Shanii s'imaginait entièrement maîtresse de ses pensées. Mais lorsque Nataye prononça ces quelques mots, la main de la jeune femme vola d'elle-même vers sa poitrine, comme pour empêcher quiconque de lui dérober le trésor si précieux qu'elle portait autour du cou.

— Le pendentif ! s'exclama le marchand avec une expression triomphante. Elle t'a donné le pendentif que j'ai vu pendant l'échauffourée à Ankacia ! J'aurais dû m'en rendre compte plus tôt ! J'y ai pensé, bien sûr, mais j'étais à la recherche d'une Brekki, et puis tu ne semblais pas exactement chaleureuse envers moi, alors je me suis convaincu que je me trompais. Kath. Elle s'appelait Kath, n'est-ce pas ?

— Qu'essayez-vous de dire ? Je ne... Je ne comprends pas.

— Kath travaillait pour nous, Shanii.

Chapitre 39

An XV du règne de l'empereur
Solis Vestinus Marcallas

Les mots prononcés par Nataye s'insinuèrent dans son esprit avec une extrême lenteur. Shanii se les répéta même plusieurs fois, simplement pour être sûre qu'elle avait bien entendu ce qu'elle pensait avoir entendu. Puis elle éclata de rire. C'était plus fort qu'elle. Comment pouvaient-ils imaginer qu'elle croirait un tel ramassis de mensonges ? Kath ? Travailler pour les rebelles daoras ? Mais pour quelle raison aurait-elle fait une chose pareille ?

— C'est complètement ridicule, souffla-t-elle en reprenant sa respiration. Kath ne pouvait pas travailler pour vous...

— Je pense que je peux le pr...

— Si elle travaillait pour vous, pourquoi l'avez-vous assassinée ?!

En une fraction de seconde, le rire était devenu hurlement.

— Assassinée ? répéta Anom en fronçant les sourcils. Je peux t'assurer que nous n'avons assassiné personne. Nos forces n'ont pas traversé la frontière depuis des mois...

— Vous mentez ! Les rebelles daoras ont tué Kath et ils ont attaqué les soldats basaléens près de la mine, il y a quelques jours encore !

— Tu dois faire erreur, insista Nataye en faisant un geste vers le pendentif, mais Shanii se dégagea brusquement.

— Ne me touchez pas !

— Silence !

La voix intransigeante de Makeda tomba sur leur discussion comme un couperet. Shanii elle-même se retrouva incapable d'ajouter le moindre mot malgré sa colère et sa panique grandissante.

— Shanii, déclara la reine, tu portes une accusation infondée envers ton propre peuple. Je peux t'assurer que les individus qui ont attaqué cette Kath que tu sembles considérer comme ta sœur ne répondaient ni aux ordres d'Anom ni aux miens. Nos derniers raids sur la mine datent d'avant la construction des fortifications. Penses-tu vraiment que nous irions délibérément nous briser contre leurs murs ? Nous n'avons pas l'effectif nécessaire pour sacrifier ainsi inutilement nos hommes.

— Mais...

— Le tatouage ! s'exclama Zeki en se frappant le front. C'est pour cela que tu étais à la recherche du tatouage, n'est-ce pas ?

La reine tourna son regard vers lui, comme si elle venait seulement de se souvenir de sa présence.

— Quel tatouage ? s'enquit-elle en fronçant les sourcils.

— Votre fille m'a posé des questions à propos d'un symbole qui ressemblait au Zatan. J'ai cru que c'était une coïncidence, je n'ai pas pensé...

— Le Zatan... Cela expliquerait beaucoup de choses en effet.

— Vous connaissez donc ce symbole, lança Shanii d'un ton accusateur.

— Oui. Mais tu ne le trouveras nulle part parmi mes gens, je peux te l'assurer. C'est la marque des maudits, ceux qui ont perdu la protection de la Déesse. Le Zatan est utilisé d'un bout à l'autre de Simint pour identifier nos traîtres et nos criminels. Ceux qui le reçoivent sont frappés de l'interdiction de vivre en société, ils ne peuvent ni faire du commerce ni s'établir sur les terres des huit clans. Tout citoyen qui s'associe à eux se verrait puni à son tour. Ce n'est ni plus ni moins qu'une condamnation à mort.

— Les hommes qui nous ont attaqués étaient bien vivants, gronda Shanii en serrant les poings.

— Certains d'entre eux ont pu échapper aux soldats qui patrouillent le long de la frontière afin de tenter leur chance à Basaléa plutôt que de mourir ici, répliqua Anom en haussant les épaules. Est-ce si surprenant que cela ?

L'idée que quelques hors-la-loi aient pu passer au travers des légions stationnées le long du fleuve Emné n'était pas invraisemblable, mais une troupe organisée ? Et comment auraient-ils pu continuer leur chemin aussi loin à l'intérieur des terres sans être inquiétés ?

— Ils ne ressemblaient pas à un petit groupe de voleurs désespérés, ajouta Viseh, qui devait être en train de se livrer à des réflexions similaires. C'était une compagnie entière, avec des armes de bonne qualité, un équipement qui aurait pu appartenir à des soldats. Des chevaux.

— L'empire les aurait-il recrutés ? s'étonna Anom en tournant le dos aux légionnaires pour regarder sa mère.

— Pour terroriser son propre peuple ?

— Et attiser la haine des Basaléens contre nous afin de justifier leur présence dans l'entre-deux, ou les assauts récents contre les Oréades... Ce n'est pas une tactique inhabituelle.

— Essayez-vous vraiment de nous faire croire que c'est Basaléa qui est derrière les attaques ?! s'exclama Shanii, qui frôlait la crise de nerfs.

Depuis qu'elle avait quitté l'enceinte familière de Seuthrae, ses convictions s'étaient vues ébranlées les unes après les autres. Tout se mélangeait dans sa tête : la mort de Kath, la rébellion des Daoras, la guerre qui se profilait à l'horizon. Comme s'il ne s'agissait que de différentes facettes d'un même pion sur un plateau de *Brigands*. Comme si Clemens se trouvait à ses côtés, en train de la provoquer pour qu'elle devine enfin la stratégie de son adversaire.

— Je sais que tout cela peut paraître difficile à croire, fit Nataye d'une voix douce en tendant la main vers Shanii, mais je pense pouvoir le prouver. Puis-je ?

L'ultime cadeau de Kath n'avait jamais pesé si lourd qu'en cet instant. Shanii aurait voulu refuser, mais elle n'avait pas vraiment le choix. Elle entendait la sincérité dans les mots du marchand. Nataye connaissait le nom de Kath. Il savait qu'elle avait un frère. Comment aurait-il pu détenir ces informations s'il n'y avait pas une part de vérité dans ce qu'il avançait ?

— Prenez-en soin, souffla-t-elle en faisant passer le pendentif au-dessus de sa tête.

L'homme lui adressa un sourire encourageant en refermant les doigts sur le morceau d'argent. Les sourcils froncés, il l'approcha de ses yeux pour l'étudier en détail.

— Vous n'avez jamais essayé de l'ouvrir ?

— L'ouvrir ? Mais... ce n'est qu'un penden...

Les protestations de Shanii s'évanouirent lorsque le marchand débloqua la partie supérieure du pendentif d'un geste un peu brusque afin de la dévisser, révélant la pièce d'argile gravée de symboles minuscules qui avait été tout ce temps cachée à l'intérieur.

— Je pense que je vous dois une explication, déclara Nataye en rendant le pendentif vidé de son secret à sa propriétaire.

— Fais vite, Nataye, ordonna la reine. Les renforts arriveront bientôt, nous n'avons pas de temps à perdre.

Pas de temps à perdre avant quoi ? Damian aurait voulu le demander, mais il sentait qu'il valait mieux ne pas attirer l'attention sur lui sous peine d'être renvoyé dans une cellule pendant que les autres redressaient la situation. Le jeune homme savait qu'il était passé tout près de la mort. À dire vrai, il n'était pas encore certain d'être tiré d'affaire. Mais il était en vie et c'était ce qui comptait pour le moment.

— Tout a commencé en l'an V ou VI du règne de l'empereur Solis, narra le Sheyra en fronçant les sourcils comme s'il cherchait à se remémorer la date exacte. Quand Makeda et son époux Ezana sont partis à Setri pour renouveler le serment de vassalité envers Basaléa. Je faisais partie de la délégation, avec des représentants des autres clans. Lors de la réception qui a suivi le serment, j'ai été abordé par deux Brekkis de la guilde des marchands en visite à la capitale. Le premier s'appelait Benedict Dumanovsky et le second, son assistant, Erling Kiryanov.

— Le frère de Kath, souffla Shanii d'une voix chevrotante.

— Nous avons rêvé, ce soir-là, imaginé un avenir où Basaléa ne maintiendrait pas un embargo constant sur nos côtes afin d'empêcher nos bateaux de rallier les autres pays du continent. Un avenir où nous serions autorisés à acheter et à vendre nos ressources sans l'intermédiaire d'un tiers qui s'enrichirait sur notre dos.

Le regard du marchand tomba sur Damian, qui détourna les yeux presque malgré lui. Il savait que les mouvements de population des nations vassales étaient fortement restreints, et que seules certaines villes frontalières de l'empire étaient ouvertes à leurs voisins. Il n'avait simplement jamais réfléchi à ce que cela signifiait pour le commerce, ou les relations des nations vassales les unes avec les autres.

— Mais il y avait un obstacle énorme à notre désir de communication, continua Nataye en refermant les doigts autour de la pièce d'argile. Les cargaisons qui partent de Brekkur pour parvenir à Simint sur les vaisseaux basaléens sont fouillées de fond en comble, et les seuls textes autorisés à bord sont les registres qui doivent être tamponnés par le maître du port à l'arrivée. Si nous avions été capables d'élaborer un code cette nuit-là, peut-être les choses auraient-elles été différentes... Mais ce n'était malheureusement pas un travail de quelques heures. Nous nous sommes donc séparés, et je n'ai plus entendu parler d'eux pendant des années... Jusqu'à ce que l'un de mes agents dans la garnison de Thyrillai m'apprenne que le gouverneur basaléen avait reçu un message étrange de l'intendant de Seuthrae. Les quelques mots envoyés par pigeon annonçaient la venue d'une troupe de légionnaires dont la capitaine, Kath Kiryanov, était la sœur d'un membre important de la guilde, et qu'il serait mal vu qu'il lui arrive quoi que ce soit pendant son séjour. La coïncidence était trop grande. C'était un signe. Dès qu'on me l'a rapporté, j'ai deviné qu'Erling cherchait à me faire parvenir quelque chose. J'étais persuadé que ce serait la clé du code que nous avions imaginé.

— Si tout ce que vous souhaitez est de vous envoyer des messages, demanda Orrin d'une petite voix, pourquoi ne pas utiliser des pigeons voyageurs comme le reste de l'empire ?

En temps normal, une remarque aussi naïve aurait probablement attiré à Orrin des railleries de la part des autres légionnaires. Mais l'humeur n'était pas à la plaisanterie.

— Les pigeons voyageurs ne peuvent pas aller où bon leur semble, expliqua Barsheen à voix basse en mettant une main sur son épaule. Ils ne peuvent aller que dans un seul endroit, en fait : là où ils ont été élevés.

— Le jeune homme a raison, approuva Nataye. Les oiseaux doivent être acheminés par voie terrestre afin de pouvoir retourner en volant vers le pigeonnier où ils sont nés. Une manœuvre qui nous est, bien entendu, impossible.

— Votre seule solution était donc de coder les chiffres des registres, souffla Shanii d'une voix impressionnée.

À cet instant, Damian comprit qu'Orrin et lui ne ressortiraient pas de cet endroit vivants. Pas après avoir reçu une information de cette envergure. Il suffirait, pour réduire leur opération à néant, que l'un d'eux prévienne les autorités. C'était un risque que Makeda ne pourrait pas courir.

— C'était cela ou soumettre nos messagers aux périls d'un voyage dangereux à travers le désert de Daryan, continua le marchand, ou même à travers la frontière entre Qecia et Oltaï qui est, selon ce que nous avons entendu, toujours étroitement surveillée.

— Et Kath... Et Kath était vraiment en train de vous l'apporter ?

— J'ignore si elle avait conscience de l'importance de ce qu'elle transportait. Son frère est le seul à posséder la réponse à ces questions désormais.

— Laissez-moi retourner à Ankacia ! ordonna finalement Shanii d'une voix brusque en relevant la tête pour planter son regard dans celui de sa mère.

— Non.

— Je dois y aller ! Tirer cette affaire au clair. S'ils sont véritablement responsables de la mort de Kath, alors je les ferai payer.

— Nous ne pouvons pas te laisser faire quelque chose d'aussi absurde, répondit la reine. L'armée basaléenne stationnée à la mine a doublé au cours des derniers jours, et tous les indices laissent à penser qu'ils se préparent au combat.

— Que voulez-vous dire par là ?! s'exclama Damian. Quelle armée ?!

Un frisson lui parcourut la nuque lorsque Makeda se tourna vers lui.

— L'armée que tu étais censé conduire droit dans notre repaire après avoir réussi à nous fausser compagnie, déclara la reine d'une voix aussi coupante que l'acier.

Un silence pesant tomba aussitôt dans la grotte. Damian sentit tous les regards converger vers lui, y compris ceux de ses coéquipiers qui le dévisagèrent en fronçant les sourcils, comme s'ils ne savaient plus qui croire.

— Je... Je ne vois pas de quoi vous parlez, protesta-t-il. Je n'ai jamais eu pour mission d'emmener les soldats d'Ankacia jusqu'à vous !

— Tu vas donc me dire que le fait qu'une armée est en train de se masser autour de la mine en cet instant n'est rien de plus qu'une coïncidence ? Qu'après des années à ne pas oser s'attaquer directement à nous, tes concitoyens ont simplement choisi, par le plus grand des hasards, le moment où l'un des leurs a réussi à s'immiscer dans notre campement pour préparer leur assaut et détruire nos bois sacrés ?

— Oui !

Anom laissa échapper un rire sarcastique en levant les bras au ciel.

— Damian a raison ! s'écria Shanii. Il n'y a pas d'armée à la mine d'Ankacia, tout au plus quelques soldats pour protéger les ouvriers !

— Si tu crois sincèrement cela, petite sœur, rétorqua le prince, c'est qu'il t'a également trompée. Cela fait déjà plusieurs jours que les légionnaires se massent à la frontière et qu'ils abattent les arbres des Oréades pour alimenter leur mine et renforcer leurs défenses.

— Je ne mentirais jamais à propos d'une telle chose ! s'emporta Damian. Si le gouverneur Aiantes avait envoyé des criminels dans sa province afin d'obtenir le soutien de l'empereur, ou s'il était vraiment en train de menacer la paix avec Simint comme vous semblez le dire, alors oui, il devrait être arrêté. Mais c'est complètement absurde !

— C'est pourtant la vérité, reprit Nataye d'une voix sombre. Le gouverneur a forcé tous les marchands simitiens à quitter la ville, hier. Nous étions sur le fleuve quand nous avons entendu des échos terribles, comme un tonnerre grandissant du côté de la mine. J'ai faussé compagnie aux autres pour m'approcher. Je les ai vus abattre les arbres par dizaines. Et ce n'est pas tout : ils avaient avec eux des armes étranges. De longs bâtons de métal qui émettaient un bruit assourdissant. C'était... Je n'avais jamais vu quoi que ce soit de ce genre.

— C'est impossible ! L'empereur n'autoriserait jamais une telle chose ! La paix avec Simint est précieuse pour Basaléa. Et nous arrivons tout juste d'Ankacia ! Une arme ? Le gouverneur ne nous aurait pas dissimulé une information de cette importance !

— Capitaine ? intervint Orrin d'une voix tremblante.

Damian pivota sur ses talons d'un geste brusque pour dévisager son aide de camp, qui jouait nerveusement avec ses doigts.

— Ils... Ils ont raison.

— Pardon ?

— Je suis désolé, j'ignorais que... Je pensais que vous le saviez...

— Qu'essaies-tu de dire, Orrin ?

Le jeune garçon tourna son regard craintif vers les Daoras avant de revenir vers son capitaine, comme s'il hésitait encore à parler.

— Ils ont raison, avoua-t-il finalement en baissant la tête. C'est pour cela que les Basaléens osent désormais s'en prendre à la forêt alors qu'ils ne l'ont jamais fait jusqu'à présent. La véritable mission de maître Kelarios était d'apporter une arme d'un nouveau genre à Ankacia. Une machine redoutable, contre laquelle les ennemis de Basaléa ne pourraient rien.

— Kelarios, l'architecte ?

— Gregoran Kelarios n'est pas vraiment un architecte, mais un physicien. Je... Ses apprentis me l'ont révélé, juste avant notre départ. Il y a sept ans, Oltaï a attaqué un campement de la Légion Neuve. Ils avaient une arme extraordinaire dont Basaléa n'avait jamais entendu parler : une poudre qui s'enflammait et détonait au moindre contact avec le feu. Kelarios a accompagné la délégation de Clemens pour mener l'enquête.

— Comment est-ce possible ?! Pourquoi...

— Tout ce que je sais, c'est qu'il a finalement réussi à reproduire le phénomène. Les armes qu'il a créées utilisent cette poudre pour projeter des morceaux de métal à une vitesse suffisante pour percer même les cuirasses les plus solides. Ils appellent cela des bâtons de feu.

— Pourquoi n'es-tu pas venu m'en parler immédiatement, Orrin ?

— Ils m'ont dit que je devais garder le secret, pour la paix du continent et la gloire de Basaléa... Je suis désolé, capitaine... Vous sembliez proche de maître Kelarios... Je pensais que... que...

— ... que je le savais déjà ?

— Ce n'était pas le cas ?

— Non !

Damian était furieux. Envers Orrin, certes, mais envers son propre pays également. Pourquoi lui avait-on caché une information de cette importance ? Était-ce parce que le commandant pensait qu'il était un pion de l'empereur et voulait se débarrasser de lui ? Clemens l'avait envoyé à Simint alors qu'il connaissait la véritable fonction de maître Kelarios et devait se douter que la situation était sur le point de dégénérer. Il l'avait même encouragé à pénétrer dans la forêt au risque de se retrouver pris en tenaille entre deux armées. Ce n'était pas une mission : c'était une condamnation à mort.

— Je ne sais rien à propos de ces bâtons de feu, mais l'attaque dont parle Orrin est réelle, déclara Barsheen d'une voix qui tira le capitaine de ses pensées. Sokha, Nara et moi, nous étions à Pelythrae lorsque la ville a été rasée. Tout est parti en fumée.

— Je me souviens que Clemens est allé à Oltaï pour enquêter sur cette attaque, ajouta Shanii en fronçant les sourcils. Il a emmené... Viseh, tu y étais, non ?

— Mon unité assurait l'arrière-garde. Nous sommes restés en poste pendant six mois à la frontière, mais je n'ai aucune idée de ce que le commandant faisait de l'autre côté.

Basaléa ne pouvait pas détenir une telle puissance. L'équilibre des relations entre les nations du continent penchait déjà lourdement en faveur de l'empire, mais ce n'était rien comparé à ce qu'il pourrait devenir si Basaléa venait à faire pression sur ses rivaux avec l'arme meurtrière que décrivait Orrin.

— As-tu encore quelque chose à nous révéler ? demanda Damian à son aide de camp d'un ton cassant. Ou bien avons-nous fait le tour des surprises ?

— Je... Je pense savoir comment détruire leurs réserves.

Anom secoua la tête, mais Makeda leva la main pour lui intimer le silence. Ses yeux perçants étaient désormais rivés à la petite silhouette du Basaléen, lequel s'était recroquevillé comme pour échapper à son regard.

— Capitaine ? souffla Orrin d'une voix qui ressemblait presque à un couinement.

— Dis-nous.

— L'arme est... L'arme elle-même est inoffensive sans le mélange qui l'accompagne. C'est une sorte de poudre, et maître Kelarios doit la fabriquer sur place, car elle perd rapidement de sa puissance. Cette poudre est très instable. Et lorsqu'elle est mise en contact avec des flammes...

La voix du jeune homme s'érailla, comme s'il hésitait à poursuivre. Puis il inspira une grande bouffée d'air avant de reprendre, ses yeux verts rivés à ceux de Damian :

— Il a dit que les dommages seraient catastrophiques.

Damian se souvenait qu'Orrin l'avait empêché de s'approcher de Kelarios, le soir de son arrivée dans la mine. Le capitaine Pelagon s'était également empressé d'intervenir et de l'emmener à l'autre bout du camp. Était-ce à cause de la torche qu'il tenait en main ? Le jeune homme poussa un soupir en échangeant un regard avec ses compagnons. Si tout cela était vrai, alors il était logique de penser que le gouverneur les aurait exhortés à continuer vers la forêt au lieu de les laisser s'attarder dans la mine, où ils auraient fini par découvrir la vérité. Titus Aiantes était-il réellement derrière les attaques qui avaient eu lieu dans le sud de Basaléa ? Les fermes ? L'ancien capitaine du Cinquième Contingent ? Damian ne savait plus que croire.

— Je suis sincèrement désolé, capitaine, répéta Orrin avec des yeux suppliants.

— Plus tard, le coupa Shanii. Nous n'avons plus de temps à perdre. Nous devons détruire cette arme.

— Vous en avez assez fait, répliqua Makeda de sa voix glaciale. C'est un problème entre les Basaléens et nous. Nous avons toléré leur présence dans l'entre-deux durant tout ce temps, et au lieu de se considérer comme satisfaits, ils ne font que prendre toujours plus. Cela s'arrête aujourd'hui. Les Oréades sont sacrées pour mon peuple. Nous devons leur rappeler que ces frontières doivent être respectées.

— Tout ce que cela signifie, c'est que vous aurez besoin de nous, s'énerva Shanii. Vous ne pourrez rien contre les fortifications de la mine, vous avez dit vous-même qu'envoyer vos hommes se briser contre ses murs était du gâchis !

— Et que pourriez-vous faire de plus, à vous sept ? railla Anom.

— Nous pouvons entrer dans l'enceinte.

La reine échangea un regard lourd de sens avec son fils avant de se tourner vers Damian, qui avala nerveusement sa salive. L'heure était venue de savoir s'il survivrait pour voir un nouveau jour se lever.

— Je suis de l'avis de Shanii, déclara-t-il d'un ton ferme. Nous avons plus de chances d'être admis à l'intérieur des fortifications.

— Devrais-je croire que tu acceptes de te battre à nos côtés contre ton propre peuple ?

— Non, vous ne le devez pas. Je ne me battrai pas à vos côtés. Mais si vous nous laissez partir, je vous fais le serment de détruire cette arme et d'appréhender son constructeur afin de l'empêcher de commettre un crime irréparable.

— Même si cela implique de trahir les ordres de ton commandant ?

— Les ordres de mon commandant sont de protéger la paix aux frontières. Je ne vois pas en quoi je suis en train de les trahir. La région ne survivra pas à un tel déséquilibre. Cette arme doit être détruite. Et Kelarios arrêté. Quoi qu'il en coûte.

Il lui faudrait également décider à qui, de l'empereur Solis ou du commandant Clemens, il devrait dénoncer les activités douteuses du gouverneur d'Ankacia. Mais cette question serait tranchée plus tard. S'il sortait des combats à venir en un seul morceau.

Chapitre 40

An XV du règne de l'empereur Solis Vestinus Marcallas

Kath s'était dressée contre la Légion Neuve. De toutes les révélations qui lui avaient été faites au cours des derniers jours, c'était de loin celle-ci qui perturbait le plus Shanii. Pas en raison de la décision elle-même, mais parce que sa meilleure amie, sa sœur, avait choisi de garder le silence jusqu'au bout. Jusqu'à sa mort. Tout en étudiant l'entre-deux à l'abri de la forêt, la jeune femme ne pouvait s'empêcher de se demander pourquoi. Kath avait-elle vraiment cru que Shanii la dénoncerait au commandant Clemens ? Que cela changerait quelque chose à leur amitié ?

— Elle voulait te protéger.

Pivotant sur ses talons, elle aperçut Damian, assis dans le renfoncement d'une épaisse racine. Comme eux tous, il avait enfilé sa tunique de la Légion Neuve, abîmée par le combat qui les avait opposés aux Daoras. Le moment venu, l'état de leurs vêtements les aiderait sans doute à convaincre les Basaléens de leur bonne foi.

Après avoir obtenu l'approbation de sa souveraine, l'armée daora s'était approchée de la lisière des bois pour découvrir les rangées d'arbres coupés que les soldats avaient abandonnés derrière eux avant de se retirer pour la nuit. L'étrange lumière émise par la végétation s'était éteinte sur des lieues à la ronde, comme si la forêt souffrait de cette amputation.

Il ne leur restait plus qu'une heure avant le lever du soleil, mais Anom tenait à attendre jusqu'à la dernière minute afin de laisser le temps aux résidents des autres abris de les rejoindre pour l'assaut, par un réseau de cachettes disséminées à travers toutes les Oréades – exactement comme Shanii l'avait prédit.

— Pardon ? fit-elle en quittant son poste d'observation pour s'asseoir aux côtés de son capitaine.

— Tu pensais à Kath, n'est-ce pas ?

— Comment le savez-vous ?

— Je croyais que nous en avions fini avec le *vous*.

Le rire bon enfant qui s'échappa des lèvres de la jeune femme lui attira une remarque désagréable de Zeki, lequel se tenait à quelques pas d'eux, une main sur son épée.

— Comment le sais-tu ? répéta Shanii à voix basse en ignorant le Daora. Qu'elle voulait me protéger.

— J'ai vécu quelque chose de similaire... Je ne m'en étais pas rendu compte à l'époque, mais quand je te regarde aujourd'hui, ça me semble évident. Kath a pris une décision terrible ; elle savait à quel point ce poids serait lourd à porter. Si elle ne t'a rien dit, ce n'est pas parce qu'elle ne te faisait pas confiance, c'est parce qu'elle ne souhaitait pas te forcer à te débattre avec les conséquences de ses choix.

— Tu le penses vraiment ?

— J'en suis persuadé.

C'était peut-être le cas, mais cela n'effaçait ni les secrets ni les mensonges. En observant le sourire triste de son capitaine, Shanii songea qu'il ne parlait sans doute pas tant de Kath que du terrible événement qu'il semblait avoir vécu avant d'être envoyé à Seuthrae. Elle hésita un instant à lui poser la question, mais elle opta pour le silence : Damian lui avait fait comprendre qu'il lui en parlerait quand il serait prêt. Il ne lui revenait pas de décider de ce moment pour lui.

Au lieu de cela, elle laissa sa tête retomber contre l'épaule du jeune homme, qui se figea, comme pris au dépourvu par son geste. C'était pour elle une chose bien étrange que de se sentir progressivement attachée à une nouvelle personne. Depuis qu'elle avait ouvert son cœur à Barsheen et à Naramsina, après l'attaque de Pelythrae, Shanii avait entièrement perdu l'habitude de ce genre d'exercice.

Les secondes s'égrenèrent dans un silence paisible, et Shanii sentit le corps de son capitaine commencer à se détendre à ses côtés.

— Penses-tu que nous avons une chance de remporter la victoire ? demanda-t-elle en relevant légèrement la tête pour le dévisager.

— Nous le devons. Quelqu'un doit repartir à Seuthrae pour s'assurer que le commandant Clemens est informé de ce que nous avons appris.

— Il connaissait l'identité de Kelarios, Damian. Il n'est pas innocent.

— Lui, ou un autre dans ce cas. Je ne sais pas ce qui va se passer lorsque nous rentrerons à Seuthrae, mais je te promets que nous exigerons des explications de Clemens. C'est Basaléa qui a transgressé en premier les règles de l'accord de paix, et Basaléa doit assumer la responsabilité de ses actes. La Légion Neuve s'en assurera. Ensemble, nous pourrons changer les choses de l'intérieur.

— Tu le penses vraiment, n'est-ce pas ? murmura-t-elle, à mi-chemin entre l'incrédulité et l'admiration.

— Nous devons faire tout ce qui est en notre pouvoir pour empêcher le continent de sombrer dans une nouvelle guerre. C'est le rôle de la Légion Neuve.

Le bras du capitaine se releva pour se poser doucement, presque timidement, sur ses épaules. Les yeux rivés sur l'entre-deux visible au travers des arbres, Shanii se demanda si elle pouvait faire sien cet espoir. La vision que Damian avait de Basaléa était-elle justifiée ou découlait-elle d'un idéalisme naïf ? Kath était la personne la plus intelligente que Shanii avait jamais rencontrée, après le commandant Clemens, peut-être. Et pourtant, elle avait tourné le dos à l'empire.

Du bruit dans les fourrés attira son attention sur leur droite. Un soldat daora était en train de leur faire signe entre les arbres. L'heure de se regrouper pour l'assaut était arrivée.

— Damian... souffla Shanii en se redressant. Avant que nous y allions, il y a une chose que je dois te dire...

— Oui ?

— Je... Merci.

Le regard océan de Damian s'écarquilla légèrement à ces mots. Coupant court à son hésitation, la jeune femme déposa un baiser furtif sur ses lèvres avant de sauter de la racine pour rejoindre le reste de l'armée au petit trot.

Pétrifié, Damian contempla l'endroit où Shanii avait disparu pendant plusieurs secondes avant de finalement tourner la tête pour croiser le regard désapprobateur de Zeki.

— Je... commença-t-il, gêné. Je ne sais pas...

— Allons-y, le Basaléen, rétorqua l'autre entre ses dents.

Ils rejoignirent ensemble le gros de l'armée, qui se préparait au combat dans une tension grandissante. À une distance dérisoire de leur cachette, le camp fortifié s'éveillait doucement. Depuis leur passage quelques jours plus tôt, les soldats d'Ankacia avaient commencé à installer d'énormes pieux autour de leurs tranchées. Les tourelles de surveillance avaient également gagné un ou deux étages. De toute évidence, ils étaient en train de se préparer au conflit. Mais Damian ne put s'empêcher de noter que les travaux étaient loin d'être terminés et que la nouvelle ligne de défense comportait de nombreux points faibles. Un minuscule atout, dont ils devraient se contenter.

— Tu es certain que tu veux servir d'appât ? demanda Anom à Zeki pour la millième fois depuis que Damian et Shanii avaient élaboré leur plan d'attaque.

— Personne ne connaît ton visage, Anom. Il est plus simple que je joue le rôle du prince.

— Tu n'as pas à risquer ta vie pour moi, petit frère.

— Les soldats ont besoin de toi pour les guider. Si les choses se passent mal, je ne représente pas une très grande perte pour la rébellion... Et ça me permettra de garder un œil sur Shanii.

— Je n'ai pas besoin qu'on garde un œil sur moi, grimaça cette dernière en attachant un cinquième poignard, à sa cuisse celui-là.

— Tu garderas un œil sur moi, dans ce cas, rétorqua Zeki avec un sourire forcé.

Leur plan était simple. Damian et les autres devaient feindre d'être poursuivis par l'armée rebelle après avoir capturé le prince daora, ce qui les aiderait à être admis à l'intérieur des fortifications. Le véritable prince lancerait alors son assaut en concentrant ses troupes sur la porte, leur offrant par là même une distraction qui empêcherait les officiers stationnés à la mine de contrôler la véracité de leur histoire. Avec les Basaléens occupés sur le front, Orrin se faufilerait hors de vue en compagnie de Sokha et de Nara pour arrêter Kelarios et détruire la réserve de bâtons de feu. Une fois cela fait, eh bien, ils se retrouveraient en flagrant délit de trahison au milieu de soldats prêts à en découdre. Pour faire face à ce léger désagrément, Damian, Zeki et le reste des légionnaires avaient pour mission d'ouvrir la porte à l'armée daora en marche.

— Êtes-vous vraiment certains qu'il ne vaut pas mieux pousser les Basaléens à effectuer une sortie afin de les rencontrer en terrain neutre ? insista Anom. Les affronter à forces égales ?

— Vos forces ne seront jamais égales, répliqua Shanii en fronçant les sourcils. Savez-vous seulement comment les légionnaires basaléens se battent ?

— Ce n'est pas la première fois que je me mesure à des Basaléens !

— Sur un champ de bataille ? Face à des légionnaires en formation de combat, en rangs serrés, chacun soutenu par le bouclier de la ligne qui suit ? Même sans l'appui des bâtons de feu, vous vous écraseriez sur eux comme sur un mur. Et lorsqu'ils chargeront... Vos boucliers sont trop petits pour endurer leur assaut, et vos épées trop courtes pour percer leurs rangs.

— Shanii a raison, approuva Damian. Notre seule chance est de causer le chaos de l'intérieur afin de les empêcher de s'organiser.

Anom les observa d'un air dubitatif.

— La porte n'est protégée que par une barre, insista Shanii. Nous devrions pouvoir la retirer sans trop de problèmes.

— Ils auront sans doute ajouté de nouveaux systèmes de défense, la contra Viseh avec une grimace.

— C'est possible, oui. Mais si nous arrivons à gagner assez de temps pour soulever la barre principale et qu'Anom fragilise les fondements de l'autre côté, elle cédera. Ce n'est que du bois.

Le prince se tourna vers ses troupes d'un air grave. La veille, ses hommes avaient commencé à fabriquer un bélier, mais la tâche s'annonçait dangereuse. Deux tourelles de surveillance encadraient la porte et les sentinelles seraient armées d'arbalètes ou même de bâtons de feu.

— Une fois que vous serez à l'intérieur, ajouta Damian, les choses seront plus faciles. Les légionnaires n'auront pas la place suffisante pour recourir à leurs formations habituelles, et cela rééquilibrera les forces entre vous.

— Je n'apprécie pas de remettre ainsi notre sort entre les mains de quelques individus, avoua le prince en ramenant son attention sur le capitaine basaléen. J'espère que je peux vous faire confiance, Damian Aquila.

— Tâchez simplement de rester en vie jusqu'à ce que nous parvenions à vous ouvrir les portes. Et souvenez-vous de ce moment. Souvenez-vous que la Légion Neuve s'est tenue à vos côtés. Nous ne nous battons pas contre Basaléa, aujourd'hui. Nous nous battons contre le gouverneur d'Ankacia.

Anom le considéra en silence pendant plusieurs secondes, le visage plus crispé que jamais. Puis il acquiesça, et la troupe se mit en marche.

Ils émergèrent de la forêt en courant, Zeki juché sur l'épaule de Barsheen comme s'il avait perdu connaissance. Damian et Sokha avaient pris la tête du groupe, immédiatement suivis d'Orrin, de Barsheen et de Nara. Shanii fermait les rangs aux côtés de Viseh, qui soufflait bruyamment à chaque pas. Le jeune homme aurait sans doute mieux fait de rester dans les grottes avec les femmes et les enfants, mais son état ne pouvait que les aider à convaincre la garnison basaléenne de leur faire confiance. De plus, Shanii n'aurait accepté de personne l'injonction de demeurer en arrière, aussi se refusait-elle à juger. Viseh n'était pas stupide. S'il se sentait en mesure de venir, alors c'était son droit.

Damian exhorta la troupe à grands cris, adressant des signes véhéments aux soldats qui montaient la garde au pied des fortifications, le glaive à la ceinture et l'arbalète en main. L'un d'eux était armé d'un long cylindre de métal ouvragé dont l'embout reposait sur une tige : un bâton de feu.

— Qui va là ? s'écria-t-il.

— Damian Aquila, de la Légion Neuve ! Nous sommes passés par Ankacia il n'y a pas dix jours. Nous avons capturé le prince Anom ! Vous devez nous laisser entrer...

L'homme jeta un coup d'œil curieux vers Barsheen avant de se tourner vers ses camarades d'un air perdu.

— Je vais faire appeler le capitaine Pel...

— Nous n'avons pas le temps ! Les rebelles sont sur nos talons ! Laissez-nous entrer, le capitaine voudra voir notre otage.

Derrière eux, les premiers Daoras commencèrent à émerger d'entre les arbres en criant. La panique se refléta brièvement sur le visage des Basaléens, qui s'empressèrent d'ouvrir les portes aux légionnaires de Seuthrae.

Lorsque les battants se refermèrent derrière elle dans un claquement retentissant, Shanii eut une pensée pour tous ceux qui étaient sur le point de mourir. L'estomac noué, la jeune femme observa les rangées de tentes dressées à la hâte afin de faire face à l'augmentation brutale du nombre de soldats stationnés à la mine. Ils étaient plus nombreux qu'elle ne l'avait craint : plusieurs centaines, au bas mot, contre eux huit. Shanii n'en était pas à son premier combat, mais la perspective de prendre les armes contre Basaléa la laissait confuse et nauséeuse. Malgré tous ses grands discours, et son désir de vengeance qui brûlait aussi fort qu'au premier jour, elle ne pouvait pas se défaire d'années de conditionnement en quelques heures.

Avec une profonde inspiration, la jeune femme ordonna aux battements de son cœur de ralentir et s'efforça de ne rien trahir de sa nervosité lorsque Orrin, Sokha et Nara s'éclipsèrent entre les tentes en direction de la meule et des réserves de poudre.

— Capitaine Aquila ? Que se passe-t-il ?

Les légionnaires rassemblés dans la cour s'écartèrent devant un Julian Pelagon aux traits tirés.

— Nous vous pensions mort, ajouta-t-il d'un ton médusé avant de laisser son regard couler vers la silhouette du Daora sur l'épaule de Barsheen.

— Nous avons réussi à échapper aux Daoras en prenant leur prince en otage, expliqua Damian. Où voulez-vous le...

Ce fut à cet instant que la première volée de coups de feu éclata dans l'air du petit matin. Semblable au tonnerre, le bruit assourdissant se répercuta en écho contre les murs avec une force hors du commun. Shanii ne put s'empêcher de se retourner vivement pour observer les sentinelles qui avaient tiré depuis les remparts. Qui aurait pu dire combien de Daoras avaient péri de l'autre côté de la porte ? En une seconde à peine ?

Orrin avait parlé de morceaux de métal projetés à une vitesse si extrême qu'ils en déchiraient les armures, mais Shanii ne s'était pas rendu compte avant cet instant de la portée de ces quelques mots. Basaléa venait de révolutionner l'art de la guerre.

— Capitaine Pelagon ! s'exclama Damian d'une voix qui avait quelque peu perdu de son assurance. Qu'est-ce...

Mais le regard de Julian était rivé à la silhouette de Zeki, qui avait sursauté en même temps que Shanii et les autres en entendant la terrible détonation. Zeki, qui avait tourné la tête vers le mur pendant une fraction de seconde et révélé qu'il n'était pas aussi inconscient qu'il prétendait l'être.

— Que signifie cela ? gronda Julian avant de finalement comprendre pourquoi Damian n'était pas mort aux mains des Daoras comme le gouverneur et lui l'avaient probablement espéré. Traître !

— Capitaine, je...

— Cela ne devrait pas m'étonner !

Les soldats avancèrent vers eux d'un pas menaçant, les mains sur la garde de leurs glaives. Du haut des tourelles, une seconde volée de coups de feu déchira l'air. Profitant de la distraction, Shanii essaya de reculer pour se rapprocher de la porte, mais les légionnaires d'Ankacia lui coupèrent le passage.

— Si quelqu'un a trahi Basaléa, c'est vous ! protesta Damian, tombant finalement le masque.

— Balivernes !

— Vous nous avez menti à propos des rebelles ! Ne jouez pas les innocents ! C'est vous qui avez envoyé des bandits simitiens attaquer les fermes autour d'Ankacia, n'est-ce pas ? Le gouverneur et vous, vous avez...

Autour d'eux, les soldats hésitèrent une fraction de seconde, les yeux tournés vers leur capitaine, qui éclata d'un rire tonitruant.

— Mais que racontez-vous là ?!

— Vous avez risqué la vie des habitants de la région pour justifier votre soif de conquêtes auprès de l'empereur ! Pour couvrir le fait que c'est vous, et non Simint, qui avez rompu le traité de paix !

— Vous avez perdu la tête, Aquila. Tout ça parce que vous avez mis l'une de ces vermines dans votre lit...

L'indignation figea Shanii dans son mouvement. Le sentiment d'alarme qu'elle avait ressenti la toute première fois qu'elle avait croisé le Basaléen s'éveilla de nouveau, et elle se jura qu'elle serait celle qui lui fermerait la bouche pour de bon.

Damian serra les poings, mais il ne tira pas son épée. Une erreur, ne put s'empêcher de songer la jeune femme en abandonnant momentanément la porte pour se rapprocher de son capitaine. Lorsque Pelagon se pencha vers Damian, une expression complaisante sur le visage, elle retint de justesse sa main qui brûlait de se saisir de ses poignards. Encore un peu de patience. Juste un peu. Ils devaient gagner du temps.

— Vous avez trahi tous vos serments, gronda Damian à voix basse.

— Et je le referais sans hésiter, fit le Basaléen à l'oreille du jeune homme, suffisamment fort pour que Shanii l'entende.

À cet instant, des cris d'avertissement s'élevèrent dans le campement, quelque part dans la direction où Orrin et les autres avaient disparu un peu plus tôt. Trop vite. Beaucoup trop vite. Shanii pria pour que ces exclamations passent inaperçues dans le chaos grandissant. Mais Julian n'était pas stupide – pas autant qu'elle l'avait espéré, en tout cas. Tournant son regard vers le reste de leur groupe, il prit conscience que certains d'entre eux manquaient à l'appel et ordonna d'une voix forte qui marqua la fin de leur misérable plan :

— Arrêtez-les ! Et trouvez-moi les autres !

Chapitre 41

An XV du règne de l'empereur
Solis Vestinus Marcallas

Une main se posa brutalement sur l'épaule de Shanii. Immédiatement, la jeune femme virevolta pour se soustraire à la menace puis, profitant de la seconde d'incompréhension qui suivit, bondit sur le capitaine Pelagon. La porte attendrait. À cet instant, mettre le Basaléen hors d'état de nuire était tout ce qui comptait à ses yeux.

Afin de parfaire leur rôle de prisonniers tout juste échappés des geôles simitiennes, seuls trois d'entre eux s'étaient munis d'une épée : Damian, Viseh et Sokha. Shanii, elle, avait attaché des poignards à tous les endroits qu'elle pouvait atteindre sous sa tunique et jeté un châle sur ses épaules pour dissimuler ceux qui ornaient ses bras. Ce ne serait pas suffisant face à des soldats entraînés, mais cela lui permettrait de gagner assez de temps pour se dénicher un glaive.

Julian céda sous la puissance de l'assaut et tous deux chutèrent dans un chaos de membres entremêlés dont la jeune femme sortit triomphante, disposant fermement ses genoux de part et d'autre de son adversaire pour l'empêcher d'attraper son arme. Dans le même mouvement, elle se saisit du couteau sur sa cuisse pour le frapper au visage. Cet homme avait délibérément laissé des criminels s'introduire sur le territoire de Basaléa. Kath était morte à cause de ses manigances. Il devait payer.

Mais Julian n'en était pas à son premier corps-à-corps. Sa main gauche bloqua l'avancée de Shanii et la droite entra presque simultanément en collision avec sa mâchoire d'un coup qui la fit basculer dans un cri. La jeune femme s'écroula à terre sous la force de l'impact pendant que son adversaire se redressait d'un geste fluide en tirant son épée.

Peut-être serait-elle morte à ce moment exact si Damian ne l'avait pas soulevée d'une main sous l'aisselle pour plonger avec elle derrière la tente la plus proche. Moins de dix secondes s'étaient écoulées depuis le début des combats et Shanii n'avait déjà plus aucune idée de qui était encore à ses côtés.

— Ça va ? demanda précipitamment Damian.

La jeune femme cracha le sang qui s'était accumulé dans sa bouche et sourit à son capitaine. L'adrénaline dansait dans ses veines, endormant la notion même de douleur ainsi que les doutes qui l'avaient assaillie quelques minutes plus tôt. Elle se sentait prête à raser le camp à elle seule.

— À merveille.

Tournant les yeux vers la cour, Shanii aperçut Barsheen et Zeki en train de se battre contre un groupe de légionnaires dans leur progression vers la porte, ainsi que Viseh qui peinait à maintenir ses adversaires à distance en raison de ses récentes blessures. Quelques soldats des remparts avaient pivoté vers eux pour prêter main-forte à leurs camarades, mais ils n'osaient pas faire usage de leurs bâtons de feu au milieu de la mêlée. De l'autre côté des murs, les Daoras n'avaient pas cette chance : un troisième coup de tonnerre se répercuta bientôt à l'intérieur des fortifications. L'arme mystérieuse semblait plus lente à recharger qu'une arbalète – si elle pouvait même être rechargée : le délai pouvait tout aussi bien être dû à la nécessité d'en chercher une nouvelle à chaque salve. La jeune femme n'avait pas de temps à perdre en conjectures. Déjà, des soldats s'approchaient de sa cachette, glaive brandi devant eux.

— Je vais aider Viseh, lança-t-elle.

— Nous devons atteindre la porte !

Shanii acquiesça précipitamment et libéra deux poignards de leurs gaines avant de se jeter à découvert pour venir en aide à ses compagnons. Le premier couteau atterrit dans la nuque de l'homme qui tenait Viseh en joue. Un légionnaire se rua alors vers elle en criant, mais elle l'évita d'un geste fluide et planta le second poignard dans son cou. Glissant avec lui pour se protéger d'un éventuel projectile, elle s'appropria rapidement son glaive.

Le poids familier entre ses doigts la réconforta quelques instants. Puis une main l'empoigna par les cheveux pour la tirer violemment en arrière. Au lieu de le combattre, Shanii se laissa aller au mouvement. Le dos fléchi, elle referma son poing sur le poignet de son adversaire et utilisa la force de son poids pour le propulser sur le côté, ce qui le força aussitôt à lâcher prise. C'était un jeune homme, à peine plus âgé qu'elle, les yeux écarquillés par le choc de se voir défait par une fille qui ne lui arrivait même pas à l'épaule. L'idiot aurait dû profiter de son arme, songea-t-elle en lui lacérant les cuisses.

Les deux Basaléens qui suivirent trouvèrent la mort au bout de son épée. Le troisième parvint à lui porter un coup qui laissa une estafilade le long de son bras droit. Mais alors qu'elle trébuchait dans une tentative maladroite pour retrouver son équilibre, l'homme s'écroula à ses pieds dans un cri. Derrière lui, Viseh la dévisageait d'un air épuisé, les vêtements gorgés de sang.

Rassurée de le trouver encore en vie, Shanii voulut dire quelque chose, mais les mots s'évanouirent lorsqu'elle aperçut Nara et Sokha s'élançant de l'espace entre deux tentes vers un cabanon sur leur gauche, les mains refermées sur des torches qu'ils avaient volées aux Basaléens. De l'autre côté, Damian, Zeki et Barsheen tentaient de forcer le barrage de légionnaires qui bloquaient l'accès à la porte. Un cor s'était mis à sonner dans le lointain, peut-être le signe de l'arrivée des renforts. Les clans simitiens ne pourraient rien pour eux s'ils ne parvenaient pas à les rejoindre à l'intérieur des fortifications. Damian lui-même lui avait ordonné de se concentrer sur cette mission. Mais Nara et Sokha étaient en train de risquer leur vie juste sous ses yeux. Shanii ne pouvait pas perdre quelqu'un, pas si vite après Kath. Son cœur flancha, déchiré entre son devoir et son désir. Elle était sur le point de faire un pas en direction de Nara quand le monde se disloqua dans une éruption de flammes et de morceaux de métal : la réserve de poudre avait explosé.

Le souffle de la déflagration projeta violemment Shanii contre une tente qui s'affaissa sous son poids. Assommée, la jeune femme cligna des paupières un nombre incalculable de fois avant que l'univers daigne enfin reprendre sa place devant ses yeux. Elle remua ensuite lentement les mains et les pieds, soulagée de voir qu'elle était encore en un seul morceau. Ses jambes et ses bras étaient lacérés d'entailles plus ou moins sérieuses et elle ressentait une intense douleur sous la poitrine – probablement le signe d'une côte cassée. Un moindre mal, au vu de ce qui aurait pu lui arriver.

Les dents serrées, Shanii tourna la tête pour étudier ce qui l'entourait en plissant les yeux devant la fumée et les flammes. Le silence presque religieux qui avait suivi l'explosion était déjà rempli de cris : des centaines et des centaines de cris de guerre qui lui firent cligner des paupières une nouvelle fois pour s'assurer qu'elle n'était pas en train de rêver. Les Daoras avaient envahi le campement grâce à une brèche créée par l'explosion de la réserve. La porte, elle, était toujours intacte.

Du coin de l'œil, la jeune femme aperçut Anom qui relevait Zeki tout en se défendant contre deux légionnaires assez mal en point. Tirant son avant-dernier poignard, elle le lança dans la fesse de celui qui se tenait le plus près. Si elle devait se montrer honnête, Shanii aurait été forcée d'avouer qu'elle avait visé l'épaule. Mais son bras ne lui répondait plus qu'à moitié après la chute terrible qu'elle venait de subir, et le cri indigné du Basaléen compensa amplement sa frustration.

Après s'être débarrassé du second assaillant, le prince daora tourna vers elle un visage maculé de suie et de sang puis hocha la tête en signe d'approbation.

— Shanii ! appela une voix toute proche.

Barsheen, Nara et Sokha firent leur apparition dans son champ de vision, couverts de sang des pieds à la tête. Tout comme elle devait l'être en cet instant. À leur côté, Viseh était appuyé contre son épée comme s'il s'agissait d'une canne.

— Est-ce que ça va ? demanda la jeune femme en serrant la main tendue de Barsheen. Orrin ?

— Je l'ai perdu de vue dans le chaos, répondit Sokha. Le capitaine ?

Ils trouvèrent Damian entortillé dans les restes d'une autre tente, à la limite de l'inconscience, mais toujours vivant. Un morceau de métal s'était enfoncé dans son épaule et il semblait s'être cogné la tête en tombant, mais à part cela, il n'était pas beaucoup plus mal en point qu'ils ne l'étaient eux-mêmes. Ignorant le hurlement de ses côtes, Shanii aida Barsheen à le relever et suivit Sokha vers la brèche afin de s'éloigner des combats.

— Tenez bon, capitaine, souffla Sokha.

— On y est presque, ajouta Shanii d'un ton qu'elle espérait optimiste.

Leur groupe progressa difficilement, ralenti par le poids du capitaine qui peinait à avancer. Un pas après l'autre, ils traversèrent la cour jonchée de cadavres. Tout autour d'eux, la terre était devenue meuble du sang qu'elle avalait à grandes gorgées.

Alors qu'ils étaient sur le point de s'engouffrer dans la brèche, un petit nombre de légionnaires échevelés leur barrèrent soudain la route. Shanii confia Damian à Barsheen et, remarquant que le capitaine avait perdu son épée dans l'explosion, lui tendit son dernier poignard.

— Mets-le à l'abri, d'accord ? souffla-t-elle à Barsheen. On vous rejoint dès qu'on peut.

— Orrin ?

— On se charge de le trouver. Occupe-toi du capitaine et de Viseh.

Assistée par Sokha et Nara, la jeune femme se lança à corps perdu dans ce nouveau combat. Coups d'épée. Coups de poing et de pied. Tout s'enchaînait à une vitesse folle autour d'elle, et Shanii savait qu'elle ne devait qu'à ses années d'entraînement rigoureux le fait d'être encore en vie. Les bruits de tonnerre s'étaient tus. Il ne restait plus désormais que le claquement du métal contre le métal ainsi que les cris des blessés et des mourants.

— Ils sont là !

Entre les rangs clairsemés des Basaléens surgit soudain la silhouette du capitaine Pelagon, meurtri par les combats, mais toujours bien trop vivant au goût de Shanii. Son visage à l'apparence si aristocratique n'était plus qu'un masque de colère hideux.

— Je veux leurs têtes !

— Il commence à m'énerver, celui-là, souffla la jeune femme entre ses dents avant de se jeter sur lui.

Il lui tardait de prouver à Pelagon combien les choses seraient différentes maintenant qu'elle avait une épée entre les mains. Sa côte brisée se rappela à elle dans un bref accès de douleur lorsqu'elle bondit, mais elle la relégua loin dans son esprit. C'était un problème pour plus tard. Si elle survivait.

Le capitaine para son assaut furieux sans trop de difficulté. Il savait désormais qu'elle préférait la force brute à la finesse et avait adapté sa défense en conséquence. Mais il ignorait que Shanii était versée dans des arts martiaux plus subtils que la violence frontale. Dans une succession de gestes fluides, la jeune femme usa de son glaive pour détourner le sien vers le sol et pivota sur ses pieds pour se retrouver sur son flanc et le frapper au genou. L'os émit un horrible craquement et Julian s'écroula dans un cri.

Satisfaite, Shanii leva son épée pour mettre fin à ses souffrances, mais son mouvement fut interrompu par la silhouette d'un légionnaire d'Ankacia fondant sur elle. Aussi rapide que le vent, elle pirouetta hors de portée de la lame et partit à l'assaut de l'infortuné soldat qui avait osé la priver de sa victoire.

La distraction ne dura que quelques instants, mais elle laissa au capitaine Pelagon suffisamment de temps pour se redresser, sa jambe droite affligée d'une raideur inquiétante. Son visage n'affichait pourtant rien de la douleur qu'il devait ressentir en cet instant. Il avait également profité du chaos pour se saisir d'un de ses légionnaires et lui arracher son arme – une arbalète avec laquelle il tenait désormais Shanii en joue, un sourire cruel sur les lèvres.

— Espèce de... gronda-t-il en libérant la corde.

— Non !

Shanii bascula en arrière, emportée par le poids du corps qui venait de s'interposer entre elle et la mort. Trop choquée pour réagir, elle se redressa sur les coudes et regarda sans comprendre les traits d'Anom se déformer en une grimace de douleur. Brusquement, elle eut l'impression de se voir dans un miroir. C'était comme si on venait de lui retirer le bandeau qui l'avait aveuglée depuis son arrivée à Simint. Le prince – son frère – leva faiblement la main, comme s'il cherchait à toucher son visage.

— Anom... murmura Shanii d'une voix incrédule.

La bouche de son frère se releva en un demi-sourire et il acquiesça lentement, comme au moment où elle lui était venue en aide, quelques minutes plus tôt. Puis il ferma les yeux.

Et ne les rouvrit plus.

Chapitre 42

An XV du règne de l'empereur Solis Vestinus Marcallas

Le hurlement de rage qui s'éleva à l'instant où le prince Anom quitta le monde des vivants n'avait pas été poussé par Shanii : c'était Zeki qui avait assisté, impuissant, à la scène et venait de se jeter sur Julian Pelagon avec une violence inouïe, sauvant par là même la vie de sa sœur, comme son frère l'avait fait avant lui.

Incapable de l'imiter, Shanii se contenta de le regarder passer Julian au fil de l'épée avant de courir vers elle pour serrer tendrement le prince des Daoras contre sa poitrine. Sur ses joues, les larmes avaient tracé des sillons dans la poussière et le sang. Shanii savait qu'elle aurait dû éprouver quelque chose elle aussi : de la tristesse, de la colère, de la confusion même. Mais son esprit était vide. Elle avait l'impression de se tenir à l'extérieur de son propre corps, assistant aux événements sans pouvoir réagir.

Ce fut Sokha qui la ramena brusquement à la réalité en apparaissant devant elle.

— Shanii ! cria-t-il en plaçant les mains de part et d'autre de son visage pour s'assurer qu'elle n'était pas blessée.

— Je vais bien, souffla-t-elle d'une voix rauque.

Elle jeta un dernier coup d'œil vers la silhouette immobile d'Anom et posa son glaive sur le sol pour essayer de se relever. Son corps marqua sa désapprobation par un concert de grincements. Cela faisait un moment que la jeune femme ne parvenait plus à déceler l'origine de ses blessures. La douleur noyait son cerveau dans une sorte de brume qu'elle avait de plus en plus de mal à dissiper.

Appuyée contre Sokha, elle fouilla les environs du regard à la recherche d'une nouvelle menace, mais rien ne vint. Le combat les avait propulsés au travers de la brèche et Shanii se tenait désormais dans la plaine qui s'étendait jusqu'aux Oréades, à un endroit où la tranchée en cours de construction n'était encore qu'une légère saillie dans le sol. Les quelques Basaléens qu'elle apercevait de ce côté-ci du fort étaient agenouillés en posture de reddition, blessés ou même morts.

C'est alors qu'un cor sonna tout près d'eux, relayé par un autre, puis un autre jusqu'à ce que le champ de bataille entier résonne du chant guttural de la victoire.

C'était fini.

Au milieu des Daoras qui émergeaient peu à peu des fortifications pour découvrir leur prince mort entre les bras de Zeki, une silhouette familière surgit brusquement de la fumée : Nara.

Soutenue par Orrin, la jeune femme trébuchait de fatigue à chaque pas le long du mur, tête baissée vers ses pieds comme pour les exhorter à continuer de fonctionner.

— Nara ! s'écria Shanii en se précipitant vers elle, sa propre douleur oubliée.

Son amie releva faiblement les yeux sur les visages inquiets de Shanii et de Sokha juste devant elle. Elle reporta ensuite son regard derrière eux jusqu'à distinguer son frère jumeau parmi les survivants. Ses lèvres s'étirèrent alors dans un petit sourire. Son corps se détendit. Et elle s'effondra.

— Nara !

Shanii n'avait pas réussi à pleurer pour Anom, mais lorsque le corps de la jeune femme toucha le sol, elle hurla. Un hurlement effroyable et désespéré qui n'avait pour rivaux que les cris horrifiés de Barsheen. Tous deux tombèrent à genoux à côté de Nara dont le corps était agité de convulsions. Ses doigts griffaient la terre nue à la recherche de quelque chose qu'ils ne pouvaient saisir. Elle ne semblait même plus les voir.

— Nara, non ! Pas toi... Pas toi !

Damian, Sokha et Viseh accoururent également, le regard impuissant. La cuirasse de la jeune femme s'était déchirée au niveau de l'estomac – une blessure surnaturelle qui ne pouvait provenir que des bâtons de feu. Une autre victime des armes cruelles qu'avaient employées les Basaléens. Le sang s'écoulait de la plaie en vagues mortelles malgré les efforts frénétiques de ses compagnons pour lui venir en aide.

— Pas toi, pas toi, pas toi, se lamentait Shanii, en proie à la détresse la plus totale.

Pas Nara. La jolie et gentille Nara, qui aurait dû grandir loin des flammes de la guerre. Qui n'aurait jamais dû être amenée à toucher une arme de toute sa vie. Nara ne méritait pas de mourir. Elle aurait dû mener une existence paisible dans son village, trouver un compagnon qui lui aurait été fidèle et aurait accepté de supporter son jumeau trop protecteur. Elle se serait mariée, aurait eu des enfants.

Elle n'aurait jamais rencontré Shanii.

Le flot de sang se tarit lorsque la vie quitta Nara pour de bon. Barsheen poussa un hurlement sinistre et, tremblant de tout son corps, posa son front sur celui de sa sœur en laissant libre cours à ses larmes.

C'était la faute de Basaléa, songea Shanii en serrant les dents. Basaléa avait tué Nara, transgressé la frontière de Simint au mépris le plus total des règles que l'empire imposait à toutes les autres nations. Basaléa avait aussi causé la mort de Kath.

Basaléa les avait arrachés à leur vie pour les transformer en soldats à sacrifier sur un champ de bataille.

Comment avait-elle pu croire qu'il en était jamais allé autrement ? En grandissant, elle avait vu ce qui arrivait aux enfants de la Légion Neuve, les tourments qu'on leur infligeait au quotidien et les punitions plus horribles encore réservées à ceux qui n'obéissaient pas. Elle se rappelait les visages terrorisés des nouvelles recrues qui avaient fait leur entrée à Seuthrae, dix ans après elle. Elle savait très bien que c'était sans la moindre hésitation que Clemens avait condamné plusieurs centaines, non, plusieurs milliers d'entre eux à mort lorsque l'épidémie avait frappé leur campement, au cours de l'hiver précédent.

Et pendant tout ce temps, Shanii avait gardé le silence. Sans protester ni se battre. Parce que c'était la seule vie qu'elle connaissait. Elle comprenait aujourd'hui que cela n'avait été qu'une excuse. Au fond, elle avait simplement eu peur de perdre le peu de confort qu'elle avait réussi à gagner. Peur de perdre la famille qu'elle s'était créée.

Elle l'avait perdue malgré tout.

Qui serait le prochain, entre eux tous, à périr au nom d'une paix qui n'en était pas vraiment une ? Qui serait le prochain à être sacrifié sur l'autel de l'expansion de Basaléa ?

En face d'elle, sur le visage de Barsheen, les larmes avaient été remplacées par une colère ardente. Lorsqu'il croisa le regard de Shanii, la jeune femme comprit qu'il en était arrivé à la même conclusion. Elle ne serait pas sans allié dans la voie qu'elle venait de choisir.

Sans un mot, Shanii regarda son ami d'enfance toucher de la main le ventre ravagé de sa sœur avant de la passer sur son propre visage, peignant une nuée de sang frais sur ses joues déjà maculées. Derrière lui, leurs compagnons les contemplaient d'un air hagard. Sans prêter attention à eux, Barsheen plaça ses doigts sur l'un des symboles qui ornaient son cou, puis il prononça quelques mots à voix basse.

Shanii ne comprit pas ce qu'il disait, mais elle savait que c'était un serment, et qu'il parlait de fureur et de vengeance. S'avançant à son tour, elle l'imita d'un geste tremblant. Au moment de passer la main sur son visage, elle hésita quelques instants, sans parvenir à trouver des mots qui pourraient exprimer l'étendue de sa peine. Mais l'image de Clemens se superposa brièvement à celle de Nara, symbole de toutes les épreuves qu'ils avaient traversées depuis l'enfance, et l'indécision disparut. Redressant les épaules, elle fit de son mieux pour se parer de la même dignité que Makeda et prononça les mots qui allaient définitivement changer le cours de sa vie :

— Le sang demande le sang.

Et Basaléa paierait.

Naramsina était morte avec un sourire serein sur le visage. Lorsque Barsheen lui ferma les paupières, elle sembla plongée dans un sommeil paisible. Si l'on faisait exception du sang répandu autour d'elle.

Le cœur en morceaux, Shanii se releva. Sokha se tenait juste derrière elle, les yeux rougis par les larmes qu'il tentait vainement de contenir. La jeune femme posa une main sur son épaule, grimaçant sous la douleur que le geste éveilla dans ses côtes. Mais cette souffrance n'était rien face à la perte de ses deux sœurs. Elle avait l'impression d'avoir été piétinée par une armée de chevaux, passée au fil d'une centaine d'épées et jetée d'une falaise pour venir s'écraser sur des rochers acérés. Kath. Nara. Nara et Kath. Deux femmes qui n'auraient jamais dû mourir.

Damian apparut devant elle pour lui prendre délicatement la main, le visage sombre. Il avait l'air aussi mal en point qu'eux tous. Le sang coagulait sur le bandage de fortune qu'il avait improvisé sur son épaule, ruisselant encore par moments le long de son bras. Ses cheveux poisseux étaient hérissés de part et d'autre de son crâne, roussis à certains endroits par la chaleur de l'explosion. Mais il était vivant.

Le soulagement se mêlant au deuil, Shanii laissa échapper un sanglot déchirant lorsqu'il la serra étroitement contre lui. Blottie dans le secret de sa tunique, elle s'autorisa enfin à pleurer pendant que son capitaine lui prodiguait la seule chose qu'il pouvait lui offrir en cet instant d'extrême vulnérabilité : un mur qui la protégeait des regards.

— Merci, murmurait-il en boucle contre ses cheveux, merci d'avoir survécu.

Sans lui, Shanii se serait fracassée contre sa peine, un bateau en pleine tempête, emporté par le tourbillon de ses émotions. Mais elle tint bon. Au prix d'efforts considérables, elle éloigna même le chaos et finit par reprendre le contrôle des battements de son cœur, comme elle l'avait toujours fait. Comme on le lui avait enseigné.

— Est-ce... murmura-t-elle finalement en relevant la tête. Est-ce que tu vas bien ?

— Oui. Et toi ? Es-tu blessée ?

— Rien qui puisse m'arrêter.

— Le Soleil soit loué... souffla Damian. Nous devons partir immédiatement. Pendant que les Daoras sont trop occupés pour se soucier de nous.

— Partir ?

Shanii se libéra à regret de son étreinte pour le dévisager. La pureté de son regard bleuté ressortait curieusement dans le sang et la terre répandus sur sa peau. Il avait l'air inquiet, et cela éveilla une nouvelle vague d'angoisse dans son cœur.

— Partir où ? demanda-t-elle, sur la défensive.

— À Seuthrae. Pour prévenir Clemens de ce qui s'est passé ici, et s'assurer que le gouverneur sera puni. Si nous patientons trop, ton frère finira par se rappeler...

— Tu veux toujours rentrer à Basaléa ?! s'étrangla Shanii. Même maintenant ? Après avoir vu...

— Nous pouvons changer les choses de l'intérieur, Shanii... Nous pouvons encore sauver la paix entre Basaléa et Simint.

— La paix ?! La paix est morte et enterrée, Damian. Regarde autour de toi ! Regarde tes mains ! N'as-tu pas joué le même rôle que moi aujourd'hui ? Prévenir Clemens ? Clemens savait ce qui allait se passer ici ! Pourquoi aurait-il accepté d'escorter Kelarios s'il souhaitait sincèrement la paix ? Il nous a envoyés à la mort... Tout ça... Tout ce que nous avons vu...

— Shanii... Basaléa est notre pays. Ne renonce pas si vite.

— J'ignore si l'empire a vraiment été mon pays un jour, murmura la jeune femme en reculant d'un pas pour mettre de la distance entre eux. Mais une chose est sûre, il ne l'est plus, à présent.

— Ne dis pas ça... Nous pouvons changer les choses.

Shanii le dévisagea sans comprendre. Comment pouvait-il s'accrocher à ses idéaux après avoir été témoin de la violence qu'avait causée le gouverneur d'Ankacia ? La violence qu'avaient encouragée Clemens et l'empereur ? Kelarios avait travaillé des années durant sur cette arme. Ce qui s'était passé ici n'était pas un acte isolé : c'était une déclaration de guerre !

— Nous pouvons changer les choses, oui, dit-elle d'un ton ferme. Ici. Restons ici. Nous ne pouvons pas continuer à regarder ailleurs pendant que Basaléa assujettit le reste du continent !

— Tu me demandes de trahir mon propre pays ? s'exclama le jeune homme d'une voix stridente.

— Une guerre se profile à l'horizon, Damian. De quel côté veux-tu sincèrement être lorsqu'elle éclatera ?

— Shanii...

— Reste avec moi.

Incapable de résister plus longtemps à la tentation, Shanii tendit la main pour la glisser dans celle de son capitaine. Elle ne comprenait pas d'où lui venait ce soudain besoin de le toucher, de s'assurer qu'il était vraiment là, devant elle, mais Damian devait l'éprouver lui aussi, car ses doigts calleux se refermèrent solidement autour des siens.

— Shanii... murmura-t-il une nouvelle fois.

— Ne pars pas.

Une éternité plus tôt, dans ce qui semblait désormais être une autre vie, elle lui avait fait le serment de rentrer avec lui à Seuthrae.

La jeune femme se souvenait encore de la joie indescriptible qu'elle avait ressentie en traçant sa route vers la vengeance. Elle aurait été prête à sacrifier sa propre vie sans la moindre hésitation. Le châtiment pour les déserteurs était la mort, mais cela n'avait pas pesé le poids d'une plume dans la balance. Elle serait rentrée avec lui de son plein gré, la tête haute, aurait délibérément marché vers son exécution pour l'honneur de détruire le nid des rebelles et de venger la mort de Kath.

Comme les choses avaient évolué ! Aujourd'hui, si Damian lui ordonnait de le suivre, elle refuserait. Et il ferait d'elle une parjure. Le regard rivé à celui du Basaléen, Shanii devina qu'il était lui aussi en train de songer à ce moment. Elle vit les mots perler sur ses lèvres, prêts à être prononcés, à tout changer entre eux.

Mais Damian ne lui rappela pas sa promesse. Au lieu de cela, il l'attira contre lui d'un geste désespéré et l'embrassa. Ce baiser n'avait rien à voir avec la caresse chaste qu'ils avaient furtivement échangée avant la bataille. Les lèvres du jeune homme avaient le goût du sang, de la fumée et des larmes lorsqu'elles s'écrasèrent contre les siennes. Shanii monta à l'assaut de Damian comme elle montait au front, usant de ses dents et de sa langue avec la même énergie qu'au combat, saisissant ses cheveux à pleines mains au risque de les arracher. C'était un baiser au goût des choses qui auraient pu être. C'était un baiser au goût d'adieu.

Shanii n'aurait su dire combien de temps elle se perdit dans cet univers de possibilités qui ne se réaliseraient jamais. Combien de temps elle resta ainsi, entre les bras de Damian, à prétendre que le monde qu'elle connaissait n'avait pas été mis en pièces sous ses yeux. Les mains du jeune homme étaient partout, dans ses cheveux, sur sa nuque et dans son dos. Shanii se blottissait toujours plus étroitement contre lui pour se fondre dans son étreinte et chasser à jamais le souvenir de la famille qu'on lui avait arrachée. Elle aurait voulu que le temps s'arrête sur cet instant.

Ce ne fut pas le cas. Damian finit par se détacher d'elle avec des mouvements lents et maladroits, comme s'il devait se battre contre le courant. Un vent glacial se faufila aussitôt dans l'espace qui les séparait, soufflant les espoirs naïfs de la jeune femme comme la flamme d'une bougie.

— Damian... murmura Shanii en luttant contre le sentiment de vulnérabilité qui enflait dans son cœur.

— Je suis désolé.

Il ne pouvait pas. Pourtant, lorsqu'il lui adressa un dernier regard brisé avant de lui tourner le dos, Shanii comprit qu'il le pouvait bel et bien : c'était son choix. Et il choisissait Basaléa.

Troublée par le vide qui était en train de se creuser en elle, la jeune femme le regarda s'éloigner d'un pas chaloupé, contournant le mur qui les séparait du champ de bataille pour se joindre discrètement à un groupe de prisonniers basaléens.

Immédiatement, Orrin quitta le chevet de Nara pour s'approcher de Shanii avec un regard désolé, pour la première fois dépourvu du mépris qu'il affichait toujours lorsqu'il s'adressait à elle.

— Je le protégerai, promit-il en lui touchant brièvement le bras.

Bien sûr qu'ils choisissaient Basaléa. C'était leur pays, après tout. L'empire était le foyer qu'il n'avait jamais vraiment été pour elle et ses compagnons. Shanii voulut lui sourire en retour, mais ses lèvres refusèrent d'obéir. Il lui semblait que la joie en elle était morte pour toujours. De l'autre côté du mur, les prisonniers basaléens se mirent doucement en marche vers Ankacia. La veille, Makeda et Anom étaient convenus de leur laisser la vie sauve en cas de victoire, en échange de leurs armes et de tout ce qu'ils pouvaient posséder de précieux. Un massacre aurait très certainement entraîné une riposte immédiate du gouverneur Aiantes, et la petite faction de rebelles n'était pas prête à faire face à une attaque de cette envergure. Pour l'heure, la mine était à eux, et les légionnaires basaléens avaient déserté l'entre-deux. C'était tout ce qu'ils pouvaient espérer.

Shanii était encore en train d'observer les prisonniers s'éloigner quand un autre de ses compagnons se détacha de leur groupe, décochant par là même une flèche dans le petit tas de cendres qu'était devenu son cœur.

— Viseh ? murmura-t-elle d'un ton incrédule.

— Je suis désolé, ma belle, fit ce dernier en posant un baiser sur son front. Tu n'as peut-être plus personne qui t'attend à Basaléa, mais ce n'est pas mon cas.

— Mais... Kath... Nara...

— Kath et Nara sont parties. Mais je vis encore. Et toi aussi, Shanii, ne l'oublie jamais. Elles n'auraient pas voulu que tu l'oublies.

— Viseh...

— J'espère recroiser votre route un jour, lança-t-il à leur groupe avant de se mettre en marche vers le nord.

Shanii le regarda rejoindre Damian, qui continuait son chemin vers la frontière sans regarder en arrière. Ils l'abandonnaient. *Il* l'abandonnait. Une bouffée de colère sourde se mit à gronder dans sa gorge.

Lorsqu'elle vit Sokha bouger à son tour, le choc la paralysa pendant une longue seconde. Mais le jeune homme se contenta de la tirer par la main en direction de Barsheen. Trop faible pour lui résister, elle se laissa faire et posa les yeux sur Simint. À la vue de la forêt qui couvrait les terres des Daoras jusqu'à l'horizon, elle eut l'impression que l'air venait enfin de retrouver le chemin vers ses poumons.

— Et maintenant, capitaine ? demanda Sokha en lui pinçant la paume pour attirer son attention.

— Je ne suis pas ton capitaine.

— Tu es mon capitaine depuis le jour où Kath nous a quittés, Shanii.

Épilogue

An XVI du règne de l'empereur Solis Vestinus Marcallas

Dehso était une ville fortifiée bâtie à la limite sud des Oréades, sur une colline qui surplombait la vallée fertile de cette région de Simint. C'était la capitale du clan des Daoras, lieu de naissance de Makeda et de son défunt époux, Ezana. C'était également l'épicentre d'une révolution qui s'apprêtait à secouer la nation tout entière.

Makeda siégeait habituellement dans sa salle du trône devant une statue colossale de la Déesse, une femme-serpent dont les huit bras représentaient les huit clans royaux de Simint. Mais aujourd'hui, elle se tenait dans l'antichambre de ses quartiers personnels, les épaules couvertes d'un châle sombre et sa couronne abandonnée sur la table. Elle sentait sur elle les regards interloqués de tous ceux qui avaient répondu à son invitation : ses généraux, Nataye, Zeki, Shanii ainsi que Barsheen et Sokha, les deux légionnaires qui avaient survécu à la bataille. Zeki lui-même lui avait rapporté que les autres étaient morts, une nouvelle qui avait rassuré la souveraine. Il aurait été bien trop dangereux pour la rébellion de laisser aux deux Basaléens une chance de prévenir leur empereur que Brekkur et Simint étaient sur le point d'établir un canal de communication clandestin.

Profitant du silence de l'assemblée, la reine se perdit dans le visage de sa fille. Sa fille qui se tenait devant elle, après toutes ces années. Quelque chose en elle refusait encore d'y croire, mais elle savait qu'elle ne se trompait pas. Une mère pouvait reconnaître son enfant n'importe où. Même lorsqu'elle avait été contrainte de remettre cet enfant à leurs ennemis, à peine plus qu'un bébé, vraiment, en dépit de ce que son cœur hurlait. La loi était la loi. Et Simint valait tous les sacrifices.

— Vous ne pouvez pas être sérieuse, Makeda ! finit par s'exclamer l'un de ses généraux.

L'homme s'appelait Faris. C'était un lointain cousin de son époux, fidèle compagnon qui la soutenait sans réserve depuis toujours. Et seule cette loyauté lui conférait le droit de lui parler ainsi.

— C'est le plan sur lequel nous travaillons depuis des années à présent. Nous ne faisons qu'en remplacer les acteurs. La mort d'Anom ne doit pas signifier la fin de la rébellion. Ou bien as-tu changé d'avis, Faris ?

— Bien sûr que non, Votre Majesté. Mais la fille est... une inconnue dans l'équation. Comment pouvez-vous imaginer que votre peuple lui fera confiance ?

— La *fille* est juste là, grimaça Shanii. Et elle apprécierait que vous ne feigniez pas le contraire.

Makeda étudia le feu dans les yeux de son enfant. Depuis leur retour de la mine, elle brûlait d'une flamme plus vive encore que lors de leurs retrouvailles – une flamme faite de furie et de sang. Elle canalisait l'attention sans le moindre effort apparent de sa part dès qu'elle entrait dans une pièce. Devant cette force de la nature, la reine était partagée entre l'admiration et l'angoisse. Tant de choses reposaient sur ses épaules, désormais.

— Je voulais simplement dire, reprit Faris d'une voix conciliante, qu'il existe peut-être d'autres candidats à votre succession. Vous gagneriez sans aucun doute à abdiquer au profit de quelqu'un dont la loyauté à notre cause a été maintes et maintes fois démontrée.

Makeda savait qu'il parlait de Zeki. Et pour être parfaitement honnête avec elle-même, elle reconnaissait que Zeki était un homme juste. Un officier aimé de ses soldats. Un chef en devenir. Mais il était également né d'une autre femme, et cela, elle ne pourrait jamais le lui pardonner.

— L'abdication de notre reine n'a de sens que si la couronne va à quelqu'un de son sang, intervint Zeki, qui comprenait tout à fait la situation. Peut-être insinuez-vous que je devrais m'en saisir, conseiller Faris, mais ce serait m'inciter à la trahison et j'aimais beaucoup trop mon frère pour cela.

— Vous allez mettre la couronne sur la tête d'une Basaléenne ! s'écria l'homme en levant les bras au ciel.

— Je ne suis pas une Basaléenne !

La voix de Shanii était aussi coupante que l'acier et son regard si furieux que Faris lui-même dut faire un pas en arrière.

— Je comprends tes craintes, mon ami, reprit la reine. Mais ma décision est définitive. Nous suivrons le plan.

— Bien, Votre Majesté, soufflèrent ses conseillers l'un après l'autre.

Makeda retint de justesse un soupir de soulagement. Elle savait à quel point la situation était précaire, et le soutien de ses gens n'était pas quelque chose qu'elle tenait pour acquis. Le plan qu'ils avaient passé des années à concevoir reposait désormais sur les épaules de Shanii. Une jeune fille qui avait vécu toute sa vie loin de sa famille, et qui ne partageait avec Simint qu'une haine farouche de leur ennemi commun. C'était dangereux. Mais c'était tout ce qu'ils avaient.

BASALEA

SIMINT

OLTAI

BREKKUR

QECIA

DARYAN

BONUS

An XV du règne de l'empereur Solis Vestinus Marcallas

Shanii était auprès d'elle lorsque Kath ouvrit les yeux, incapable de comprendre pourquoi elle était allongée sur ce sol humide, le corps brisé et meurtri. L'esprit confus, la jeune femme essaya de se redresser, mais ses jambes refusèrent de lui obéir. Brutalement, la bataille lui revint à l'esprit. Elle avait tenté d'empêcher les Simitiens d'attaquer ses compagnons. Et tout ce qu'elle avait reçu en échange était un coup d'épée au ventre.

L'épée.

Son ventre.

Avec une clairvoyance effrayante, Kath comprit qu'elle allait mourir.

— Shanii... essaya-t-elle de murmurer, mais le nom refusa de passer la barrière de ses lèvres.

— Tu ne peux pas partir... Kath... se lamenta Shanii. Tu m'as promis ! Tu as prêté serment ! Tu n'as pas le droit de partir...

Kath voulait lui dire qu'elle était désolée. Elle aurait souhaité pouvoir tenir cette promesse pendant des années et des années encore. Elle aurait aimé expliquer à Shanii qu'elle était la personne qui comptait le plus à ses yeux. Que jamais elle n'aurait dû laisser tous ces secrets les éloigner l'une de l'autre.

Il y avait un secret, non ?

Le souvenir de son frère et du pendentif s'imposa brusquement à son esprit. Kath eut envie de rire en prenant conscience qu'elle l'avait oublié. Ses mensonges l'avaient obsédée pendant des mois, et voilà qu'elle les oubliait ! Le rire se transforma en haut-le-cœur, éveillant une nouvelle nuée de douleurs.

Elle était vraiment en train de partir.

C'était injuste.

Elle ne voulait pas mourir.

Le collier.

Elle ne devait pas oublier le collier.

Kath tâtonna en direction de sa ceinture d'une main tremblante, mais Shanii s'empara de ses doigts et la jeune femme se sentit aussitôt envahie par une vague d'émotions brutales qui n'étaient pas les siennes. Le désespoir de perdre sa sœur. La rage de se voir à nouveau délaissée. Le soulagement lorsqu'elle avait entendu ces mots qu'elle désirait tellement entendre. Pendant quelques instants, le champ de bataille s'effaça, la ramenant à la nuit affreuse où elle s'était réfugiée sous les couvertures en luttant contre la voix dans sa tête qui lui répétait inlassablement que tout était sur le point de changer. Elle pouvait sentir la tension qui lui dévorait l'estomac à l'idée que sa sœur allait devenir capitaine et l'abandonner à Seuthrae pour parcourir le monde.

Sans elle.

Quand Kath vit la couverture se soulever sur le visage de l'enfant qu'elle avait été et entendit sa propre voix promettre de rester à ses côtés jusqu'au bout, elle comprit. Aussi facilement que si elle l'avait toujours su.

Ce n'était pas une hallucination. C'était un souvenir. Celui de Shanii.

Comme dans les légendes que lui racontait sa mère.

Comment était-ce possible ?

Pourquoi à cet instant ?

Cela n'avait plus d'importance.

Elle allait mourir.

— Attends... Laisse-moi t'aider ! s'exclama Shanii en se saisissant elle-même de la bourse à la ceinture de Kath. Tu veux... me donner... quelque chose ?

Oui.

Sa mission.

Elle ne devait pas oublier le collier.

Le nom du contact qui l'attendait à Thyrillai était sur le bout de sa langue, mais elle n'arrivait pas à le prononcer. C'était un simple mot. Un simple mot ! Nataye. Nataye. Pourquoi n'y arrivait-elle pas ?

Soudain, Kath se rendit compte qu'elle n'avait plus mal. Elle ne sentait plus ni ses jambes ni ses bras. C'était comme si son corps était en train de disparaître.

Elle ne voulait pas partir.

Autour d'elle, le village et le champ de bataille avaient disparu sous une nappe aux couleurs de l'aube ardente. La lumière dansait devant ses yeux, baignant chaque être et chaque plante dans sa grâce divine.

Ce n'était pas une hallucination non plus.

C'était la réalité telle qu'elle aurait dû être.

Si la magie coulait librement dans le monde des hommes.

Ses compagnons étaient en train de lui parler, mais elle ne pouvait déjà plus entendre. Elle ne distinguait plus que la lueur irisée qui tournoyait à toute vitesse autour de Sokha et des jumeaux, comme pour mieux leur faire ses adieux.

Elle ne voulait pas partir.

Pas maintenant. Pas alors qu'elle venait de faire une découverte si fondamentale. Maintenant qu'elle *savait*, au plus profond d'elle-même, que le monde n'était pas tel qu'on le leur avait enseigné.

Elle ne voulait pas partir.

Mais le destin vous réserve parfois un sort dont vous ne vouliez pas.

Retrouvez le tome 2
de *Légion Neuve*,
***La Couronne de fer*,**
au printemps 2025.

#lisez! engagé
www.lisez.com

Pour plus d'information :

Imprimé sur du papier issu de forêts gérées durablement.

Toute notre actualité et nos auteurs sur :
www.slalom-editions.fr